北帰行

佐々木 譲

角川文庫 17591

目次

☆

録音された声は、妹からのものだった。

「姉さん、きょうからアパートに移った。ひと部屋だけの、独房みたいなところよ。汚れているし、バスルームもちょっと小さい。でも、ぜいたくは言えないらしい。店まで歩いて行ける場所にあるんだもの。まともに借りたら、とても貯金なんてできないくらいの家賃だというの。ま、半年だけのことだし、我慢する。

　ここが父さんの国かと思うと、とっても奇妙な気がする。父さんぐらいの歳のひとを見ると、ついつい見つめてしまうの。でも、父さんほど素敵なひとは全然いない。

観光はまだまだ。少し余裕ができてきたら、父さんが生まれた町とか、父さんのいた大学とかにも行ってみたい。行ったら、写真を撮って送るね。じゃあね」

　彼女は携帯電話のオフボタンを押してテーブルの上に置くと、手早くパジャマを脱いでバスルームに向かった。

東京

女の瞳孔《どうこう》は、開いたままと見える。焦点は何にも合っていない。

女の頭の下で、赤黒い液体が広がっていった。グレーのカーペットがその液体を吸って、ぬめり出している。

「おい」と男は女の頬を張った。

女は反応しなかった。首が横を向いて、そのままの角度で止まった。

西股克夫《にしまたかつお》は立ち上がった。

自分の顔に、何か液体の垂れる感触があった。

西股は自分の右の額に手を当ててみた。ぬるりとしている。手が赤く汚れた。先ほどよりも出血の量が増えているようだ。

「くそっ」

西股は、娼婦《しょうふ》を意味する最悪の言葉を口にした。自分で口にしても、品の悪さにげんなりしてしまうほどの悪態《あくたい》だ。

西股はテーブルの上からタオルを取り上げて、額に当てた。

女はまだ動かない。白い裸身を、無防備に西股の目にさらしている。いかにもあの国の娘のものらしい、透き通るような白い肌。形のよい胸の部分には、静脈さえ青く浮いて見える。アンダーヘアは髪と同様に黒いが、薄かった。脚のつけねの部分を申し訳程度に覆っている。

好みだった、と西股は思った。金髪でないのは残念だが、それでもこの身体は、一週間前にも自分を興奮させてくれた。今夜は少し趣向を変えて、べつのスタイルでこの娘の身体を味わい尽くすつもりでいたのに。

なのに娘は、今夜は自分の要求に首を振った。前のときの支払いを執拗《しつよう》に要求した。雇用主の自分に支払えと迫るとは、勘違いもはなはだしいものだった。西股が力ずくで娘を従順にさせようとすると、腕を振るって抵抗した。自分を日本語で、ヘンタイ、とさえののしった。

誰がこの場で主人であるか、それを教えてやらねばならなかった。だから顔を張ってやった。すると彼女は、本気で殴りかかってきたのだ。その勢いの強さに西股は驚き、一瞬たじろいだ。そこにふたつ目の殴打。右の額が切れたのがわかった。

額に手を当てると、血がついた。血を見て、西股の怒りはたちまち極限に達した。娘を殴り返し、相手が顔を覆ってうずくまったところで、蹴《け》り上げた。娘は床に倒れこんだ。西股は床に膝《ひざ》立ちになって、娘の顔と腹を何度も殴った。十回、いやそれ以上だろうか。最初、娘の身体には反応があった。身体をよじって、痛みから逃れようとした。腕も脚もばたついた。しかし、十回以上もの殴打のあと、ふと気がつくと、もう反応しなくなっていたのだ。殴っても、拳《こぶし》は娘の筋肉にめりこむだけとなった。痛めつけ過ぎたか。

そこでようやく西股はわれに返り、立ち上がったのだった。

部屋のドアが激しくノックされた。

「兄貴、兄貴、大丈夫ですか！」

いましがたの騒ぎが聞こえたのだろう。西股はトランクスを引き上げてからドアに近寄ってロックをはずした。

すぐに弟分が入ってきた。藤倉奈津夫《ふじくらなつお》。ホスト上がりの、黒いスーツが似合いすぎる男だ。

弟分の藤倉は、部屋を見て、驚いた様子で言った。

「生きてます？」

直接的すぎる問いだった。

西股は苛立《いらだ》って答えた。

「知らねえ。そんなに簡単に死ぬか」

藤倉は、床に横たわる娘の脇にしゃがむと、彼女の腕を取った。脈を診ているようだ。この男がそんな知識を持っているとは意外だった。もっともこの弟分が、一流大学の工学部の出だと知ったときも驚いたものだが。

男は藤倉の言葉を待ったが、彼は首をかしげるだけだった。

藤倉はテーブルの上の娘のポーチに手を伸ばし、中を探った。すぐに鏡を取り出すと、その鏡を娘の口元に当てた。

少しのあいだ藤倉はその鏡を見つめていたが、やがて顔を西股に向けた。

「脈も呼吸も、ほとんど感じられませんよ」

「馬鹿な」西股は怒鳴るように言った。「まだ三分もたっていない」

「救急車を呼びましょう。まだ間に合うかもしれない」

「馬鹿野郎」西股はもう一度怒鳴った。「それじゃ傷害罪だろうが」

「どうします？」

お前が考えろと言いたいところだった。しかし、弟分の藤倉にこの場の処理を委ねることは、自分の立場をゆるがしかねない。上下の関係に微妙な変化ができることも心配しなければならないだろう。やはりここは、おれが自分の責任で処理しなければならない。

西股は藤倉に言った。

「運び出せ。どっかの山の中に捨てろ」

「ないことにするんですね」

「いや、無理だ。流しのやったことにする。たとえ失踪《しっそう》ってことでも、責任は取らなきゃならない。だったら、早めに死体を出して、相手方と決着をつける」

「見つかってもいいんなら、海に捨てましょう」

「どうしてだ？」

「女の身体から、兄貴の唾《つば》やら皮膚やらが検出されるかもしれません。数日でも水に浸《つ》けておけば、DNA採取は難しくなる」

なるほど。娘はこのおれを殴打してきた。爪のあいだに、おれの皮膚細胞の一片でも残っているかもしれない。

「海でいい」と西股は言った。

「そうします。でも、いちばん怖いのは相手方です。失踪で納得しますか？　女の保護は、契約のうちだし」

気に障《さわ》る言い方だった。そんなことは百も承知だ。だからこそ、こうやって対策を考えているんだろうが。

西股は言った。

「死体が見つかったところで、あっちの組織には詫《わ》びを入れる」

「商品が死んだとなれば」

藤倉はそこで言葉を切った。さすがに、それ以上のことを言うのは出すぎたことだとわかっているようだ。

男は藤倉の言葉を引き取って言った。

「向こうはぶち切れる。承知だ。だけどしょせん商品のことだ。カネで解決する」

藤倉はうなずいて、携帯電話を取り出した。

次に自分のやるべきことは、アリバイ作りだ。

この時刻、自分はべつの場所にいたことにしなければ。いや、そもそも娘はこの部屋にはやってきていないという工作をすべきか。店のマネージャーに、女がまだ着いていないと抗議の電話をするというのはどうだろう。店は企業舎弟《しやてい》だが、この件についてマネージャーに事情を話すわけにはゆかないのだ。

待てよ、と考え直した。この手の商売の女は、客のもとに到着したとき、店のほうに到着と客が警察関係者や変質者ではないことを報告する。ここに着いたとき、娘はマネージャーに電話してしまったろうか。見た記憶はない。

おれは客として女を呼んだわけではなかった。マネージャーの雇用主という特権で、商品である女の味見をしようとしたのだ。一回目の味見では満足した。また関係者特権での味見だったからこそ、前回もカネは支払わなかった。その分はマネージャーが持つべきだった。マネージャーも娘も、それが通常のビジネスでないことは承知していたろう。だからマネージャーに、きょうも来させるようにと指示したのだ。ほかの客の場合とは対応はちがうはずだ。

しかし、娘が電話をしていないという確信は持てなかった。

西股はテーブルの上の娘のポーチを持ち上げて、携帯電話を探した。

ピンクの携帯電話が見つかった。日本のメーカーのものではなかった。開いて画面に発信記録を表示させようとした。見たこともない文字が現れた。

西股は、電話を終えた藤倉に言った。

「向こうの携帯だ。お前、わかるか」

藤倉は携帯電話を受け取って言った。

「キリル文字ですね」

「キリル文字?」

「ロシアの字です。日本でも使えるやつを、向こうから持ってきたんでしょう」

「わかるか?」

「読むだけは。買いつけやら射撃訓練やらで、三回ロシアに行きましたからね」

いや、こいつは少しだけなら、ロシア語を話す。このビジネスでは重宝しているのだ。あの国から送られてきた女たちとも、多少は会話が成立していたはずだ。

「発信記録を見てくれ。ここに来たとき、店のほうに電話してるだろうか」

藤倉は女の携帯電話のプッシュボタンを押してから言った。

「してませんね」

ということは、女もこれが通常のビジネスとはちがうと承知していたということだろう。なのに、前回のカネを支払え、と女は要求した。どういうことだ? このおれが、マネージャーの事実上の雇用主だということを、マネージャーは女に言い含めてはいなかった? あるいは、信用できる客だから電話は不要とまでは言ったが、カネのことについては言い忘れたか。

それとも、マネージャーはこのおれにもカネを支払わせるつもりだったのか。

西股はいま一度激昂《げっこう》が沸き上がってくるのを感じた。

「野郎、やきを入れてやる。その携帯は、電源を切って、どこかに始末しろ」

「はい」

西股は自分の携帯電話を取り出して電話番号を呼び出し、オンボタンを押した。

すぐに相手が出た。

「どうも、社長」

西股は、怒りを抑えた声で言った。

「女がまだ来てねえぞ。どうしたんだ？」

相手は驚いた声で言った。

「え、まさか。小一時間も前に向かったはずですが」

「おれが、嘘でも言ってるってのか」

「いえ。そんなことは。乃木坂《のぎざか》のあのビルでいいんですよね」

「到着の電話は入ってるのか」

「何言ってるんですか。社長のところに行かせるのに、そんな商売みたいな真似はさせませんよ」

「それにしちゃ、前のときはカネを払えとぬかしたぞ」

「あの女が？　何か誤解があったのかもしれません。チップの意味だったのかな」

「チップだって、カネはカネだろうが」

「すいません。そうです」

「とにかく、あと少しなら待つ。女に連絡つけて、早く来させろ」

「はい、至急やります」

西股は携帯電話を切った。これで、女はここには来ていないことになった。

電話が終わるのを待っていたのか、藤倉が言った。

「あとはまかせてください。今夜のうちに、東京湾に捨てます。いかにも質の悪い客がやったように見せかけます」

「捨てに行くときに、気をつけろ。検問で捕まったらおじゃんだ」

「うまくやります」

西股は、ふっと長く息をついた。ようやくパニックが鎮まったような気がした。事態を乗り切れるという自信も、少しではあるが芽生えてきた。

相手の組織は、契約の不履行や裏切りに対して厳しい。自分がこれまでつきあったどんな国のどんな組織にもましてだ。彼らがそのことで、ダンピングしたという例を知らない。彼らは、絶対に帳尻《ちょうじり》を合わせてくる。見事なまでにすっきりとした帳尻合わせを追求してくる。けっして貸し倒れを容認することはないのだ。

決着では揉《も》めるかもしれない。

西股の身体が、もう一度ぶるりと震えた。

女は、携帯電話を握ったまま考え込んだ。

もう三日、妹から電話がないのだ。留守電にも何も言葉は残っていない。こちらからかけても、相手の電源が入っていないという、電話会社からの無機的なメッセージが繰り返されるだけ。電話をちょうだいという自分の伝言も二度残したのに、いまだに妹は電話してきていない。

どうしたのだろう。自分たちは幼いときから仲のよい姉妹だった。なんでも話すことができた。学校のこと、友人のこと、恋人のこと、セックスのこと、仕事のこと、なんでも。ほかの姉妹ならば多少は秘密にするかもしれないようなことだって、自分たちのあいだでは開けっ広げに話題にした。自分があの仕事に就いたときも妹には隠さずに話したし、妹だってこんど日本に行くときにそのことを率直に打ち明けてくれた。隠しておかねばならないようなことは、自分たち姉妹のあいだにはないはずだった。

だから、この三日間の電話の不通はおかしい。日本に行く直前、彼女はトーキョーでも使えるという最新型のノキアを買ったのだ。自分は、はしゃいでいる妹に言った。トーキョーからの電話代はべらぼうな料金になるらしい。長い電話はしないようにしよう。元気だということが知れるだけでも安心なのだから、とくに長話の必要がないときは、簡単なメッセージだけを交わすことにしようと。妹がトーキョーに着いてもう三週間、これまではこの約束がしっかり守られていた。一日に一回は、元気だという電話が入っった。夜のあいだに伝言が入っていることも多かった。でも、こんなに何日も電話がなかったことはない。

何かあったと考えるべきだろうか。

彼女は、何年か前、モスクワの放送局でも報じたイギリス人女性の殺人事件のことを思い出した。あの被害者は、たしかトーキョーのロッポンギという繁華街で働いていて、被害に遭ったのではなかったろうか。トーキョーの変質者に無惨に殺され、切断された遺体で見つかった、というニュースを観たことがある。

もしや妹も？　まさか。

でも、このビジネスには、そのような危険はいつもつきまとう。だからこそ、組織の保護が必要になる。組織の存在意義は、自分たちにとってはそこにしかない。危険から女たちを守ること、女たちの身体、生命をどんなことがあっても守り抜くこと。それをやってくれると期待するからこそ、女たちも組織に拠《よ》るのだ。インディペンデントではなく、いわば歩合制の契約社員として、その組織のメンバーとなるのだ。たとえ稼ぎは多少悪くなったとしてもだ。

彼女は決心して、携帯電話を取り上げた。あいつに電話してみるしかない。

すぐに聞き慣れた声が返った。

「ひさしぶりだな、おれに会いたくなったか」

女は、応《こた》えた。

「そうね。またこの次に。きょうの電話は、妹のことなの」

「おれとは別れたよ。知らなかったのか？　あいつはいまトーキョーだ」

「知ってる。だけど、この三日ぐらい、電話がないの。あなた、何か聞いていないかしら。こんなことってなかったので、少し心配になってる」

「何も聞いてないが、あたってやるよ。トーキョーは安全な街だって聞いてる。心配はないと思うがね」

「だって、あっちでは、頼る相手もいないし」

「向こうの組織が、面倒みてくれてるはずだよ」

「なのに電話がないのよ。あなたなら、何か事情はわかるんじゃない？」

「トーキョーの事情なんて、知りようがない」

「誰か知っているひと、いるんじゃない？」

「聞いてやってもいいが、このことで、おれに何か見返りはあるのか？」

「何が欲しいの？　ちょっとまわりに聞くだけのことに」

「おれにしてみれば、余計なことを聞き回ることになるんだ。面白く思わないやつも出てくる」

「おカネはないわ。わかってるでしょ」

「売り物があるだろ」

「あたしでいいの？」

相手の男は、一瞬絶句したようだった。

少しの沈黙のあとに、男は言った。

「そうだったな。ただにしておいてやるよ」

「電話、待ってるわ」


その事務所に入ってきたのは、ふたりのアジア系の男たちだった。

ひとりは歳のころ四十ぐらいだ。長身で、脂気のない髪が額に少し垂れている。色白の優男《やさおとこ》だった。ダークスーツを着ている。

もうひとりは三十男で、何か格闘技をやっているような体格だった。顎《あご》の張った顔だちで、口元に薄く髭《ひげ》をはやしている。眉《まゆ》は薄く、顔には表情がなかった。厚手のジャケットに、足元は黒いスニーカーだ。

西股克夫は、ふたりを迎えて自分が戦慄《せんりつ》したのを感じた。こいつらは鉄砲玉なのではないか、とさえ思った。

もちろん、そうではない。相手組織の幹部と、その用心棒だ。無茶なことはしないはずの立場の男たちだ。少なくとも、優男のほうはそうだ。

彼らは、急遽《きゅうきょ》新潟から上京してきた男たちだった。一時間前に、彼らが来るという連絡をもらった。用件はひとつだ。西股克夫は、乃木坂のこのビルの事務所で、ふたりを迎えることにしたのだ。

　二日前、東京港で若い白人女性の死体が見つかった。全裸で海に浮いていたのだ。死体発見のニュースは、昨日の朝以降のテレビ・ニュースで全国に流れていた。発見時、死後数日たっていたようだという。顔や身体に殴打の痕《あと》があった。警察は、殺人と死体遺棄事件とみて、捜査を開始したと発表している。

　事務所の中には、いま手下たちが六人いる。応接セットを囲むように立っていた。さらにあとふたりか三人、駆けつけてくるはずだ。

　やってきた男たちのうち、優男は応接セットの椅子に浅く腰をおろし、脚を組んでいる。格闘技系の男は、その右側に立ったままだ。

　この部屋に入るとき、手下たちがふたりの身をあらためていた。武器は持ってきていない。丸腰だ。なのにふたりの放つ空気は、周囲を凍りつかせてもおかしくはないぐらいにまがまがしい。素手のままでも、自分たちを襲ってきそうに感じられた。

　西股は、ひとつ覚悟を決めて、優男の向かい側に腰をおろした。

　優男は、皮肉っぽい表情で西股を見つめてきた。

　西股は、いま一度戦慄を感じながらも言った。

「確認しちゃいないが、一昨日東京港で見つかったあの死体は、たぶんユリヤだろう。おれたちも心配して探していたんだ」

　言葉を切ると、優男が口を開いた。

「とんでもないことになったね。どうしてくれるんだ？」

訛《なま》りの強い日本語だ。この優男の母国は日本海の北側にあるが、新潟にはもう数年住んでいるという。とりあえず日常会話は日本語でこなせるようだ。

「申し訳ない。おれたちが引き受けていながら」

「トーキョーが安全だと思うから、女たちも志願してくるんだ。なのに、こんなことになると、今後、女たちを集めるのは難しくなる」

「すまないと思っている。どういうふうに詫びればいいか」

「どうしようと思っている？」

「詫びのカネを受け取ってもらうというのはどうだろう」

優男は鼻で笑った。

「小指よりは、いい。だけど、いくら？」

「五百万。日本円で」

優男はもう一度鼻で笑った。

「女ひとりが、五万ドル？　ロシアが貧乏だったころならともかく」

「先に八百万も払ってる」

「だから？　ズベを集めて、行儀を教えて、悪さをしないようにしつけもして、芸能ビザが取れるよう歌やダンスを仕込んでる。高くはないはずだ」

「だから五百万」

「冗談じゃない。おれたちは、信用をなくした。女を保護できなかったら、このビジネスはやってゆけなくなる」

「それほどのことか？」

「わからないのか？　ロシアの女が殺されて、殺した男がのうのうと生きていられては、マーケットが荒れる。毎日トラブルが起こるようになるんだ」

「どうしたらいいんだ？」

「殺した相手は、どうするつもりだ？」

「必ず見つけ出して、殺す」

「当ては？」

「ない。いや、ある。確実に見つけ出して、殺す」

「警察も捜査を始めた。先に見つけられるか」

「ああ。約束する」

「たとえ、それが身内でも？」

西股の心臓が収縮した。

どういう意味だ？　殺したのは、おれの組織の中にいると言っているのか？　殺害犯は客ではなく。あれは偶然の殺人だったのではなく。

西股は、動揺を気取られぬように短く言った。

「ああ」

手下たちの反応は見たくなかった。あえて意識を閉ざした。

優男がなおも訊《き》いてくる。

「どうしても殺せなかった場合は？」

「三ヵ月時間をくれ。必ずやる」

「三ヵ月？　寝ぼけてるのか？　女たちは、帰国を始めるぞ。逃げ出すぞ」

「ひと月」

「もう女たちは怖がってる。欠勤が増えてるだろう？」

「すぐやるって」

「いますぐできなければ、あんたの商売もおしまいだよ」

「必ずやるって」

「やれなかったら？」

「そのときは、あらためてカネの話にしないか」

「じつはね」優男は口調を変えた。「あんたがきちんと落とし前をつけられるとは思わない。どっちみち、カネの話をしてくるんだろうさ」

「いくらなら、落とし前がつくんだ？」

「あんたの目算を言いなさい」

「一千万円。これが限度だ」

「馬鹿にしているのか？　話は切り上げるか？」

手下たちが、かすかに身構えた。格闘技系の男の肉体が、殺気をはらんだ。

西股は言った。

「女ひとりに一千万出すんだ。十分だろう」

「女ひとりのことじゃない。西股さん。あんたの値段も入れなさい」

「どういう意味だ？」

手下たちは動かない。やりとりにあらためて聞き耳を立てたと見える。

優男は言った。

「ユリヤがいなくなった日のことを調べた。最後の客は、あんただろ？」

「呼んだ」手下たちの耳を意識しながら西股は言った。「だけど、来なかったんだ。店のマネージャーは、そう言っていたろう？」

応接セットの背後のドアが、音を立てずに開いた。入ってきたのは、あの日の始末をまかせた弟分の藤倉だ。黒いスーツのボタンをはずしている。

優男が言った。

「同じ店の、イリーナの話を聞いたよ。彼女はあの日の夜八時五分に、ユリヤに電話している。そのときユリヤは、ちょうどこのビルに入るところだった。あんたに呼ばれていると言っていたそうだ」

西股は、藤倉に目配せした。藤倉はそっと右手に移動した。格闘技系の男が気づいて、姿勢を微妙に変えた。

西股は言った。

「だけど、来なかった」

「玄関口からあんたの部屋までのあいだで、ユリヤは消えたのか？」

「知らん。だけど、来なかった」

「このビルは、二階のフロア全部、あんたの身内が使っているな。どう考えても、ユリヤをやったのはあんたの身内だよ。疑わしいのは、あんたを含めてあんたの身内なんだ」

手下のひとりが動いた。格闘技系の男がすかさず反応して、男の前に立ちふさがった。手下はそこで凍りついた。

優男が言った。

「身内でも始末をするとあんたはいま約束した。たぶんあんたは、誰が彼女を殺したのか、もう知っているのさ」

「知らん。身内じゃない」

「知らないのに、身内じゃないと言い切れるのか？」

「おれの身内で、商品に手を出すような阿呆《あほう》はいないよ」

「だといいね。こっちも戦争は嫌いだ」優男は腰を浮かしかけて言った。「一日だけ待ってもいい。たとえ身内でも、あんたの責任で始末すると約束してくれ」

「一日あとに、もう一度相談できないか」

「ニエットだ。あんたがやらなかったら、こっちでやるよ。おれたちが、殺した男を探して始末する。女たちを安心させる。マーケットを正常に戻す。その手間賃はあんたたちに請求する」

「手間賃って？」

「トーキョーから変態野郎をひとり始末してやるんだ。二十万USドル」

「ここは、おれたちのシマだ。まかせてくれ」

「いまから一日だけは待つって」

「勝手はやらせない」

「こっちの言い分は全部言ったよ」

優男が立ち上がった。

手下たちが即座に反応した。藤倉はスーツの下から拳銃《けんじゅう》を抜き出して、優男に向けた。格闘技系の男の前には、手下のうち三人が立った。ひとりは匕首《あいくち》を抜いている。格闘技系の男も、動きを止めた。

優男は、平静なままの調子で言った。

「ここで始めるほど馬鹿じゃないだろ。帰るだけだ」

西股は藤倉に指示した。

「下までお送りしろ」

藤倉はうなずいて、外国人たちに言った。

「出てくれ」

優男が、藤倉に向かって言った。

「西股さんに、忠告しなさい。このままじゃ、最悪の解決だよ」

藤倉が口元だけで笑って言った。

「承知してますよ」

優男はそこで初めて表情らしい表情を見せた。悲しげに首を振ったのだ。交渉がまとまらなかったことを嘆いたように見えた。これから始まることでも想像して、嫌悪感に襲われたのかもしれない。

彼は小さく吐息をついて言った。

「ダスビダーニャ、西股さん」

それがロシア語の別れの言葉だとすぐ気づいた。

ダスビダーニャ。

じゃあ、また、という程度の意味だろうか。それとも永訣《えいけつ》が意味されているのだろうか。

わからないままに西股は言った。

「お気をつけて、ビクトルさん」

ビクトルと呼ばれてその優男はうなずき、用心棒をうながした。藤倉が片手に拳銃を握ったまま、ドアを開けた。ビクトルとその用心棒は、室内の西股の手下たちの顔を見渡してから、藤倉について部屋を出ていった。

自動ドアが開いて、黒っぽいみなりの女が到着ロビーに出てきた。ロープのこちら側、迎えのひとの列の中にいた関口卓也《せきぐちたくや》は、すぐにそれが彼女だとわかった。モスクワからやってきたひとり旅の客。きょうから三日間、東京滞在をアテンドすることになっている相手だ。

タチアナ・クリヤカワ。

卓也は、キリル文字でその名前を記した紙を両手にかざした。その女はすぐにその紙を見て、卓也に近寄ってきた。

黒いハーフコートに、襟ぐりの広く開いた黒シャツ。黒いパンツ。黒ずくめのファッションだった。短い髪も、目の色も黒だ。完全なスラブ人というよりは、多少は中央アジアの血もまじっているのだろう。それとも、モンゴル人の血か。歳は二十代前半ぐらいと見えた。

女は卓也の前に立った。大きな口元から、並びのいい白い歯がのぞいた。

卓也は一応訊《き》いた。

「クリヤカワさんですね。チャイカ旅行社の関口です」

ロシア語である。前の勤め先で三年間モスクワに滞在したこともあるのだ。ロシア語を話すことができた。

相手は言った。

「関口さん、よろしく。クリヤカワです。ターニャと呼んでください」

驚いたことに、日本語だった。多少のぎこちなさはあるにしても。

「日本語、お上手ですね。どうぞ、こちらに」

関口はロープの端を示した。

ターニャと名乗った女は、小型のスーツケースを引いてロープの外側に出てきた。

真正面で向かい合って、卓也はあらためて自分の名刺を渡した。

ひとりで旅行代理業を営んでいる。ロシア圏からのお客のアテンド、ガイドが専門だ。団体客の場合が多いが、ときにはこのように個人旅行者やビジネスマンのアテンドを務める。

「よろしくお願いします」と女は、明るい笑顔で言った。こんどはロシア語だ。「三日間、関口さんだけが頼りです」

「おまかせください。セキグチという名前が呼びにくいようでしたら、卓也かターシャと呼んでください」

「タクヤ。呼びやすいわ」

「ホテルにご案内します。車を用意してあります。こちらへ」

卓也はターニャのスーツケースを持ち上げ、駐車場へ向かって歩いた。ターニャは、すぐ左隣を歩いてきた。ロシア人としては背はさほど高いほうではないとわかった。卓也よりも十数センチほど低いだろうか。百六十二、三といったあたりだろう。

歩きながら、卓也は訊いた。

「ターニャさん。おおよその予定がどんなものか、うかがってかまいませんか。お仕事とのことですが、モスクワの代理店からは、詳しいことは聞いていないんです」

ターニャは言った。

「ひとに会います。ふたり。場所を教えますので、案内してください」

「ええ。まずホテルでかまいませんね」

「ええ。ちょっとひと休みして、バスを使いたいので」

「日本は初めて？」

「そうです」

「日本語、ほんとうにお上手ですね。クリヤカワという苗字《みょうじ》も、日本にもありそうな名前なんですよ」

ターニャは歩きながら卓也に微笑を向けてきた。

「父は日本人なんです。クリヤカワというのは、父の苗字です」

卓也は納得し、大きくうなずいて、駐車場に通じる自動ドアを抜けた。

十一月もなかば、東京周辺の木々の葉も色づき始めた季節の、成田《なりた》空港第二ターミナルだった。アエロフロート・ロシア航空のモスクワからの便は、定刻より一時間以上遅れて着いた。いま午後零時二十五分だった。

関口卓也は、ターニャ・クリヤカワのスーツケースを片手に提げて、駐車場ビルの中を進んだ。

ターニャが、歩きながらショルダーバッグから携帯電話を取り出した。卓也はちらりとその電話に目をやった。ノキアの最新型と見えた。

歩きながら、ターニャは言っていた。

「いまトーキョーに着いたわ。ええ、出発が遅れたから。こちら、昼間よ。セキグチってひとが迎えに来てくれた。これから、彼の車でホテルに向かうわ。ええ」

相手は、ロシアにいるようだ。口調から、仕事の上司ではなく、同僚だろうと想像できた。

「ええ、大丈夫。飛行機の中では眠ってきたから。何か変わったことは？」

「あ、そうなの？　彼女も」

「ええ。わかった。連絡しておいて」

ターニャは携帯電話をたたむと、バッグの中に戻した。

ちょうど自分のセダンの前まで来たところだった。この事業の標準車、ドイツ製の乗用車だ。卓也はキーを取り出して、ロックを解除してから訊いた。

「スーツケースは、トランクルームでいいですね」

「持ち込んじゃいけない？」

「そんなことはありません」

卓也は後部席のドアを開けた。ターニャがすっと尻を滑らせて身体を入れた。卓也はシートの上に、彼女のスーツケースを載せた。

卓也は運転席に身体を入れると、振り返ってターニャに言った。

「ホテルまで、一時間くらいです。眠たければ、眠ってください」

「ええ、ありがとう」

卓也はセダンを発進させた。

新空港自動車道から東関東自動車道に入るまで、ターニャは黙って窓の外を眺めていた。もの珍しげというよりは、いくらか緊張の感じられる横顔だった。

やがて東関東自動車道に入って流れに乗った。ターニャが卓也に訊いてきた。

「卓也さん、ロシアにいたのは、いつごろなの？」

卓也は、ルームミラーごしにターニャを見て言った。

「二〇〇一年から四年まで。丸三年間です」

「留学ですか？」

「いえ。勤めていた旅行代理店の社員として」

「日本の会社なの？」

「そうです。ロシア旅行では実績のあるところ。ソ連時代から、モスクワに営業所を置いていましたよ」

「ロシア語は、そのときに覚えたんですか？」

「その前から、少しだけ話せたんです。大学も、ロシア語学科でしたし」

「ロシアが好きなんですね」

「身近にロシア人がいたんです」

ミラーの中で、ターニャの目に好奇心がともったのがわかった。

卓也は続けた。

「北海道って島を知っていますか」

「ええ、もちろん。日本のいちばん北の島ですね？」

「ぼくは、その島のいちばん北の町の生まれなんです。稚内《わっかない》というところですが」

「ああ。知っています。コルサコフから船が出ていますね」

「ええ。晴れた日には、サハリンが見えるという町です」

「わたしも、サハリンに住んでいたことがある」

「ほう」

卓也はミラーでターニャを見た。ターニャは、すっと視線をそらした。まずいことを言ってしまった、というような顔だった。自分のプライベートなことは、まだ話題にすべきではないと考え直したのかもしれない。あるいは、それはあまり語りたくない人生史であったか。外国人と話す場合、卓也もときどき口を滑らせる。苦い体験とか、涙の失敗を。日本人にはけっして話さないような、自分の人生の惨めな部分を。

　ターニャが話題を変えた。

「ホテルはどんなところ？　旅行代理店にまかせたので、よく知らないの」

　卓也は答えた。

「リクエストは、東京都心ではないところ、ということでした。それで、ディズニーランドの近くのホテルを取りました」

　卓也はホテルの名を言った。世界的な高級ホテル・チェーン。アメリカ的な大ホテルの代名詞にもなっている。

「あ、よさそうなところね」ターニャは言った。「ドイツでも泊まったことがある」

「ディズニーランドがお好きなら、すぐ隣です」

　ターニャは声を上げて笑った。

「残念だけど、仕事できているから」

　ルームミラーに、後方から追い上げてくる車が見えた。

　卓也は左を見た。いまセダンは、追い越し車線を走っている。うしろの車が迫ってきたら、走行車線に入らねばならないが、こちらはいま車が連なっていた。隙間がない。すぐには走行車線に入れない。

　卓也は加速し、ルームミラーとサイドミラー、それに走行車線側を何度も見て、タイミングをはかった。追い上げてきた車は、もう卓也のセダンのすぐうしろに来ている。

　ターニャが、卓也の視線の動きに気づいた。

「どうかした？」

言いながら、シートの上で腰を滑らせた。

「うしろの車に煽《あお》られているんです」

「うしろの？」

ターニャが姿勢を低くして、うしろを見たのがわかった。

走行車線の隙間まできた。卓也は左にウィンカーを出して、セダンを走行車線に入れた。追い上げてきた車は、白いメルセデスだった。追い越し車線上で加速し、たちまち卓也のセダンを追い越していった。

卓也はルームミラーを見た。ターニャが見えない。後部席で、思い切り浅く腰掛け、上体を外の視線から隠したようだ。

「どうしました？」と卓也は訊いた。「強盗が出るようなところじゃありませんよ」

「行ってしまった？」

「もうずいぶん先です」

ターニャは、ようやく上体を起こした。

「ちょっとナーバスになったんです。ロシアじゃ、高級な車がよく襲われたりしたので」

いつの話だろうと卓也は思った。九〇年代の前半、たしかにモスクワでも治安が極端に悪くなり、信じがたい荒っぽい事件が続いたこともあったらしい。ターニャにはその時代の記憶が生々しいのだろうか。ロシアの困窮と混乱の時期は、たしかに彼女の思春期に重なっているにしてもだ。

　卓也の疑念を感じ取ったのかもしれない。ターニャが明るい調子で言った。

「外国に来たので、つい悪いことを考えてしまったんでしょう。ごめんなさい」

「この国の自慢は」と卓也は言った。「とりあえず治安がよいことなんです。東京は真夜中でも、女性がひとりで歩いても何の心配もない」

　ターニャの反応が意外だった。鼻で笑ったのだ。

「そう？」

「ええ」

　卓也は、自分の言ったことに自信がもてなくなった。たしかに、保証できるほどに安全とは言い難くなっているのが、日本の治安だ。拳銃《けんじゅう》犯罪も多くなったし、先日もたしか、六本木《ろっぽんぎ》で働いていた外国人女性がひとり、死体で見つかったのではなかったろうか。そんなテレビ・ニュースを見たばかりだ。そう言えば、あの被害者はロシア人女性だった。あの事件は、ロシアでは大きく報道されたのだろうか。

「いや、もちろん、ひところよりは悪くなってきた部分もあります。でも、世界のほかの大都市よりはずっといいと思います」

「モスクワよりも？」

　かすかに突っかかってくる調子があった。卓也はいっそう不安になった。自分は何か、彼女を刺激するような言葉を吐いたろうか。おれの言葉が気に障《さわ》ったのだとしたら、どの言葉だろう。

「モスクワと同じ程度に」

ターニャが後部席で姿勢を変え、頭を下げてうしろを見ている。まだ後方にいる車、追い越しにかかってくる車を気にしている。

「心配しないでください」と卓也は言った。「運転のマナーも、こっちはそう悪いわけじゃありません。もらい事故なんてありませんよ」

卓也はルームミラーでターニャを見た。彼女はいましがたよりも、表情が硬くなっていた。何か心配ごとでもできたという様子だ。

彼女はほんとうに強盗を心配したのか？　それとも、何かべつのことか。

卓也は、モスクワの提携旅行代理店からきたeメールの中身を思い起こした。そのメールには、彼女についてこう書かれていたのだ。

「タチアナ・クリヤカワが、貿易関連のビジネスの交渉のため、東京に行きます。ついては彼女のアテンドをお願いします」

ついで日程、予定している飛行機便。

ホテルについては、卓也のほうで予約してほしいとの依頼だった。都心ではなく、成田空港との便がよいホテル。空港ホテルを希望するということではない、とのただし書きがついていた。

ターニャの連絡先として、モスクワ市内に事務所を持つデニキン兄弟商会という会社の電話番号とファクス番号、それにeメールアドレスが書かれていた。

このデニキン兄弟商会という会社がどんな事業をおこなっているのかは、社名を見るだけでは判断できなかった。会社案内のホームページ・アドレスも書かれていない。ごく小さな事業所なのかもしれない。あるいは、とくに広報や宣伝をする必要もない商品の貿易に関わっているかだ。彼女の雰囲気は、貿易業関係者というよりは、むしろファッション産業従事と見えるのだが。

卓也は言った。

「心配ごとがあるんでしたら、どうぞ遠慮なく言ってください」

「大丈夫」とターニャはルームミラーの中で微笑んだ。「荒っぽい運転のメルセデスを見ると、モスクワのいやなことを思い出すの」

「東京でも、荒っぽいメルセデスにはみな気をつけるんですよ。危ないビジネスのひとたちのことが多いから」

しばらくそのまま運転を続けていると、ターニャが携帯電話で誰かと話し始めた。

「ええ。そうなの。もちろん。ええ、ロシア語を話す。安心できるわ」

卓也のことを話題にしているようだ。

ターニャは、ふいに卓也に訊いてきた。

「卓也さん、ご家族は？」

「ひとり身ですよ」その答を求められたのかわからなかった。言い直した。「母と妹がいます」

「一緒に住んでいるの？」

「いいえ。ふたりとも北海道」

「稚内？」

「そうです。稚内に住んでいます」

ターニャは電話の相手に言った。

「そうなの。卓也さんは、北海道の稚内出身。家族がいるんですって。お母さんと妹さん。ワオ」

ターニャは、また卓也に話しかけてきた。

「偶然。わたしの友達は稚内を知ってるって。ロシア人の友達もいる。卓也さんのうちは、稚内のなんていうところ？」

「わかりますかね」

「言ってみて」

「稚内の潮見《しおみ》という町」

ターニャはまた電話の相手に言った。

「稚内の潮見という町だって」

また卓也に質問。

「知ってるって。通りと番地は？」

「潮見一丁目。郵便局の真うしろのうちなんですよ」

「潮見一丁目。郵便局の真うしろのうち」

「なんてかたですか」と卓也は訊いた。「稚内にいるロシア人の友達っていうのは」

「じゃあね」ターニャは電話を切って、卓也に答えた。「友達の友達。わたしは名前を知らない」

「子供時代、ぼくにロシア語を教えてくれたひとがいるんです。サーシャさん。日本人と結婚したロシアのひとで、市立図書館のロシア語講座でも先生をしていた」

「サーシャさん？」

「ええ。アレクサンドル・ナコルチェフスキーさん。うちの近所に住んでいて、うちの家族とは親しかったんですよ」

「稚内には、ロシア人は多いらしいわね」

「二、三百人は住んでいると思いますよ。サハリンが近いし、貿易や漁業関連の仕事をしているひとも多いから。ターニャさんのお友達のお友達も、きっとそちらの関係のお仕事なんでしょうね」

「そうだと思う」

「ターニャさんは、サハリンではどちらに住んでいたんです？　ユジノサハリンスク？」

「いいえ。もっと北のほうだった」

また、あまり話したくはないという声音《こわね》になってきた。

卓也は言った。

「ぼくの妹も、サーシャさんに習って少しロシア語を話すんです。夏休みの学生交換プログラムで、サハリンに行ったこともあるんですよ」

「おいくつなの？」

「二十七。看護婦なんです」

「いいお仕事」

会話が大儀《たいぎ》になっているようだ。卓也は言った。

「ほんとうに、安心して眠ってください。ホテルが近づいてきたら、声をかけます」

「ええ」

ターニャは静かになった。

セダンは、やがて四街道《よつかいどう》インターを通過した。卓也が確かめると、ターニャは目をつぶっている。姿勢は崩れていないが、たぶん眠っているのだろう。長旅であったせいか、目の周りにかすかに疲れが見えた。

湾岸道路に入り、湾岸市川《いちかわ》インターチェンジを越えた。

卓也はミラーを見て、低い声で呼びかけた。

「ターニャさん、もうじきですよ」

ミラーの中で、ターニャが目を開けた。卓也と視線が合って、ターニャははにかんだ。

寝顔を見つめられていたと知って、照れたようだ。無防備な自分をさらしてしまったと思ったのだろうか。その微苦笑は、ターニャをずっと若く見せた。

浦安《うらやす》出口で湾岸道路を降り、舞浜《まいはま》へと向かった。

卓也は言った。

「ホテルは、家族連れが多いかもしれません。内装なども明るくて、たぶん派手に見えるかと思います。落ち着けない、ということであれば、ホテルを変えることも可能です。都心でよければ、ホテルはまだたくさんあります」

「いえ、たぶん気にならない」とターニャは言った。

卓也はさらにセダンを進め、東京ディズニーリゾートの南側に回り込んで、ホテルの車寄せに入った。

車を停めると、すぐにベルボーイが近づいてきた。

卓也はターニャとスーツケースをベルボーイにまかせ、自分は書類ホルダーを持ってレセプションへと向かった。

「予約してあります」と卓也はフロントマンに言った。「タチアナ・クリヤカワさん。二泊」

「はい。お待ちしておりました」

ターニャが追いついた。

ターニャは、宿泊カードにサインしてから、卓也に言った。

「二時間待っていてください。シャワーを浴びて、それから軽く食事をします」

「次の用事は、どちらでしたか？」

「これから連絡を取ります。たぶん東京都内」

「ロビーでお待ちしていますよ」

「今夜はたぶん、夜中までアテンドしてもらうことになります」

「そのつもりですよ。観光も含めてですね」

「仕事の後始末も含めて」

ターニャは小さく会釈して、ベルボーイと共にエレベーター・ホールへと歩いて行った。


ターニャが再びロビーに姿を見せたのは、二時間と十分後だった。午後四時五分前になっていた。

黒いハーフコートに黒いシャツというところまでは一緒だったが、いまはスカートを身につけている。タイトな黒いミニ。コートの前ボタンを留めていないので、その白い素足にいやでも視線が向いた。

足元は、さほどヒールの高くない黒い靴だ。コートの下に、小さなショルダーバッグを斜めがけにしている。手には、厚みのあるヌメ革のシェルバッグ。

さっきまでの印象は、ファッション業界のバイヤーか広報担当、というものだった。

いまはミニスカートのせいで、かなりセクシーさが強調されている。これからパーティに出席するのだと見えなくもない。

「お待たせしました」と、ターニャは近づいてきて言った。「十分過ぎてしまいましたね」

「いや、かまわないんですが」

ターニャは化粧も直してきたようだ。先ほどよりも、きついメイクアップとなっている。いまは日本人との混血とは見えなかった。

「どうしました？」とターニャが訊《き》いた。

「いいえ」卓也はわずかに狼狽《ろうばい》して言った。「きょうはこれから、パーティですか？」

「そう」ターニャはうなずいた。「サプライズ・パーティ」

その部分は英語だった。

卓也は言った。

「すぐに出発しますか？　場所はどちらでしょう」

「東京駅」

「東京駅？　そこからどこかに？」

「いいえ。ひとに会うだけ」

「東京駅のどこです？」

「新幹線二十番ホーム」

「え？」聞き違いかと思った。「二十番ホーム？」

「ええ。そういう連絡があった」

「でも、新幹線に乗るわけではないんですよね」

「ちがいます」

「時間は？」

ターニャは腕時計に目をやって言った。

「いま、午後四時ですよね」

卓也も自分の腕時計に目を落とした。

「そうです」

「五時ちょうどに。間に合います？」

「十分です」

「行きましょう」

卓也は、わけがわからないままに頭をかいた。

「お仕事でひとに会うにしては、奇妙な場所ですね。相手のかたは日本人？」

ターニャの答が一瞬遅れた。

「ええ」

卓也は言った。

「ひとに会うなら、もっと行きやすいところを指定するとよいのに」

「行きにくい場所なんですか？」

「駅の中ですからね。混雑する中を通ってゆかなくちゃならない。じっくり仕事の話ができるようなところじゃないと思うし」

「事情がよくわかりませんでした。でも、とにかく案内してください」

「ええ。行きましょう」

卓也は、エントランスへ向かって歩きだした。

すれちがった中年男が、感嘆したような顔でターニャを見た。彼女のセクシーさが目を射たのだろう。

たぶん、と卓也は歩きながら思った。東京駅では、同じような目と、もっと多くすれちがうことになる。


余裕を持って東京駅に着くかと予想したが、駐車場にセダンを入れるので少し手間取った。八重洲《やえす》中央口に入ったときは、ちょうどよい時刻となっていた。卓也はふたりぶんの入場券を買って改札口を抜け、新幹線乗り場へと向かった。

やはりすれちがう男たちが、ターニャにほうという顔を向けてくる。コートの下のミニスカートと素足が、男たちの目に悩ましく飛び込むのだろう。ターニャは、そんな男たちの視線は完全に無視している。関心事はほかにある、という表情だった。試合を前にした女性アスリートたちも、たぶんいまのターニャのような顔になるはずである。

新幹線の改札口を通り、エスカレーターで二十番ホームへと出た。

ホームに出たところで、ターニャが立ち止まり、左右を見渡しながら携帯電話を取り出した。

彼女は、卓也から少し離れた。卓也は追わなかった。仕事の話の中には、聞かれたくない部分もあるのだろう。とくに秘密というわけではないにしても。

ターニャは、何度もホームの左右を見ながら、電話を続けている。会う相手との電話なのだとしたら、もうこのホームに来ているのかもしれない。卓也も、ひとを探している様子の人物を探した。

電話を切って、ターニャが近づいてきた。

「待合室にいると言われたんだけど」

卓也は、ホーム中程のガラス張りの待合ブースを指さした。十人ばかりの乗客が中にいる。

「きっと、あそこでしょう」

卓也がそのブースに向かおうとすると、ターニャは言った。

「ここにいてください」

ターニャは待合室へと向かっていった。

卓也は言われたとおりその場から動かずに、ターニャの姿を追った。

ブースの中で、ベンチから立ち上がった男がいた。黒っぽいコートを着た中年男だ。

手に薄手の鞄《かばん》を提げている。

ターニャがブースの出入り口の前まで進んだとき、その男はブースから出てきた。ターニャとその男は立ち止まって向かい合った。見ていると、ふたりともとくにあいさつのようなしぐさを見せなかった。男のほうは無表情にターニャを見つめて、一、二度うなずいただけだ。ターニャのほうは卓也から見て後ろ向きだ。表情はわからなかった。

男は身体の向きを変えた。ターニャも男から視線をそらし、男とは反対側を向いた。ふたりは並びながら、まったく逆方向を向いたのだ。

男の唇が動いている。ターニャを見ずに、彼女に話しかけているようだ。ターニャの横顔も少し動いた。ほんの一分ほど、ふたりはその体勢のまま、話していた。やがて男はターニャのそばを離れ、ブースへと戻っていった。ターニャは、プラットホームをこちらに歩いてきた。いつのまにか、手に鞄を提げていた。いましがたまで、男が持っていたものだ。

ターニャが目の前まで来たので、卓也は訊いた。

「もうおしまいですか？」

「ええ」ターニャは答えた。「車に戻りましょう」

卓也は合点がゆかずに訊《たず》ねた。

「いまのひとが、会う相手だったんですか？」

「ええ。忙しいひとなので、すぐ新潟に帰るんですって。お土産だけ受け取った」

ターニャが階段の方向へ歩きだしたので、卓也も彼女に並んだ。

ターニャが言った。

「トイレはどこかしら」

「通路にあったはずです」

ターニャはうなずいて、階段を下り始めた。


通路に姿を見せたターニャは、またどこか様子が変わっていた。つい先ほどまでは、彼女は試合を前にしたアスリートという印象だった。いまは、すでにコートに入ったプロテニス・プレイヤーという雰囲気になっている。卓也は、よくスポーツ・ニュースで見るロシアの女性テニス・プレイヤーを思い出した。顔だちこそ違うけれども、いまのターニャには、プレイの宣言を待つあの選手を連想させるものがある。美貌《びぼう》に緊張と闘志とが現れていた。顔から少し血の気が引いており、かすかに目がつり上がっている。集中力が高まっているとわかる。

大きな取り引きなのだろう、と卓也は想像した。少々荷が重いほどの期待が、彼女の今度の来日にはかけられているのだろう。

「次はどちらです?」

ターニャは、コートのポケットからメモを取り出して読んだ。

「乃木坂というところ。乃木坂陸橋のそばの、乃木坂カサブランカというビル」

「見せてください」

ターニャからそのメモを受け取った。手書きのキリル文字が記されている。ビルの名と所番地。シャープのマークのうしろには三桁《けた》の数字が書かれていた。二〇二。部屋番号だろうか。

卓也はターニャにメモを返して言った。

「大丈夫です。約束のお時間は？」

「幅はあるの。いつでもいいみたい」

卓也は改札口へ向かって歩きだした。


六本木交差点を右折したときは、午後の五時四十五分だった。六本木の人出はまださほど多くはない。この町がほんとうに賑《にぎ》わいだすのは、午後の八時を過ぎてからだ。しかし電飾看板の明かりで、あたりはもう十分にまばゆかった。

「このあたりが」と卓也はターニャに説明した。「東京でいちばん華やかな街なんです。外国人も多い。おしゃれなナイトクラブもたくさんあります」

「そうなのね」ターニャが言った。「白人の女のひとも多いのね」

卓也はルームミラーに目をやって驚いた。いつのまにか、ターニャはウィッグをつけていたのだ。プラチナ・ブロンドの、ストレートのウィッグ。ルージュも引き直したように見える。唇の赤い色が鮮やかだった。

ターニャは、卓也の視線を気にしていないようだ。目が合ったが、表情を変えるでもなかったし、とくにそのウィッグについて説明もしなかった。

ターニャは携帯電話を取り出した。

卓也は、そのやりとりに意識を向けた。

「ええ。ええ。予定どおりね。ええ。もう近くだと思う」

ターニャが卓也に訊いた。

「着くまで、あとどのくらい？」

「五分くらい」と卓也は答えた。「五分以内かな」

「五分以内」と、ターニャが相手に言った。「ええ。わかってる。あなたもね」

東京ミッドタウンのビル群を右手に見て、さらにセダンを進めた。ナビゲーターでは、二百メートルほど先、地下鉄乃木坂駅の出入り口の手前に、ビルに通じる細い通りがあるようだ。

その通りに折れて、徐行して五十メートルほど進んだ。ビルの表示が見えた。乃木坂カサブランカ。これだ。事務所と住宅が混在する雑居ビルらしい。ビルのエントランスには、黒いメルセデスが一台、違法駐車していた。

「そこです」と卓也は言った。

「左ね？」とターニャが確認した。

「ええ。ベンツが停まっているところです」

「車をすぐ動かせるようにしておいていただける？　ここでの用事はそんなに長くかからないと思う。どこかに移動することになるかもしれない」

「入り口前でお待ちしてますよ」

「鞄、置いておくわね」

卓也はメルセデスの脇にセダンを停め、運転席から降りた。メルセデスにはひとが乗っており、エンジンがかかっていた。

エントランスに、ひとり黒いスーツを着た男がいた。長髪の、ホストっぽい雰囲気のある男だ。卓也に不審気な目を向けて、一歩脇に動いた。エントランスに立ちふさがったようにも見えた。

卓也は相手に会釈し、セダンの前から回り込んで、後部席のドアを開けた。

白い素足が現れた。腿《もも》の高い位置までむき出しだ。ホストふうの男の目が光ったのがわかった。

ターニャがセダンの外に降り立った。プラチナ・ブロンドが、すっと十一月の夜風になびいた。ターニャの表情が変わっていた。艶然《えんぜん》とした笑みが、顔に現れている。ハーフコートは着ていない。

卓也は内心思った。

ファッション関係者というよりは、いまはまったく水商売に見える。彼女はそれを承知なのだろうか。ロシアの女性は、日本の感覚でいえばおおむねファッションは派手であるにしてもだ。

ターニャはビルを一瞥《いちべつ》してから、まっすぐエントランスに向かった。ホスト風の男が、ターニャに訊いた。

「どこに用事?」

ターニャが答えた。

「西股さん。面接する」たどたどしい日本語。「ナターシャから、話が行っているはずだけど」

「あんたは?」

「ターニャ。ルーマニアのターニャ」

卓也は聞き違えたかと思った。ルーマニア? ロシア国籍ではなかったのか?

ホスト風の男は携帯電話を取り出して耳に当てた。

「ターニャって女が来てます。面接だとか。ナターシャからの話って、入ってます?」

電話をしながらも、男はターニャから目を離さない。ターニャは挑発するかのような微笑で、男を見つめ返している。

「わかりました」と男は言った。「通します」

男はエントランスに道を開けた。ターニャは大股《おおまた》にビルの中に入っていった。

男はメルセデスに近寄り、運転席の窓ガラスを叩《たた》いて言った。

「出発は延びた。エンジンを切っておけ」

卓也は、セダンの向きを変えようと、運転席に戻ろうとした。

「おたく」と男が呼び止めた。

振り返ると、男が眉間《みけん》にしわを寄せて言った。

「どこかで会ってるか？」

そう問われて思い出した。モスクワ勤務だったころ、この男を一度アテンドしたことがある。何か貿易関係の仕事をしていると言っていたが、行く先と会う相手がいかがわしかった。モスクワ郊外の、軍の射撃訓練所にも行った。堅気《かたぎ》ではない、と卓也は判断したのだった。

藤倉、という名前ではなかったろうか。藤倉奈津夫。

卓也は言った。

「たぶん一度モスクワで」

藤倉は大きくうなずいた。

「あのときのガイドさんか。関口さんだったっけ？」

「そうです」

「きょうは彼女の専属運転手か？」

「アテンドですよ」卓也は自分のセダンを示して言った。「車をちょっと動かします」

ビルの脇のスペースにセダンの尻《しり》を入れて、向きを変えた。メルセデスの少し前方、エントランスよりも外苑《がいえん》東通り側だ。

ターニャのことが気になった。彼女はこの藤倉が関係する会社に、仕事の交渉にやってきた？　相手がどういう会社なのか、ターニャは承知なのだろうか。あのファッションをみると、すべて理解しているようにも見えるが。しかし到着ロビーから降りてきたときの彼女の印象は、いまとはまったくちがったのだ。藤倉のような男とは全然別の業界で働く女性のように見えたではないか。いまのファッションには、どこか無理がある。自然ではないものを感じる。

東京の事情がよくわからず、だまされている？

卓也はセダンを降りて、エントランスの前に立った。

藤倉が、興味深げに卓也に訊いてきた。

「日本に戻ってたのかい？」

「ええ」と、卓也は素っ気なく答えた。

「いまも同じ仕事かい？」

「独立したんですよ。東京でやってます」

「そのほうが稼げるのか？　あっちはいま、景気がいいらしいけど」

「いま羽振りのいいのは、日本人観光客よりもロシア人観光客ですから」

「そうだよな。いつのまにか、ずいぶん強気にもなってきてる。いまどき、かわいげのあるのは、ルーマニア人だけだ」

　そこまで言ってから、藤倉はふしぎそうに卓也を見つめてきた。

「いまの女、ルーマニア人だろ？　ロシア人じゃなく」

　そのときだ。ビルの中で乾いた破裂音があった。藤倉はぴくりと反応した。

　続いてもうふたつの破裂音。

　藤倉は驚愕《きょうがく》の顔を卓也に向けてきた。

「まさか、あいつ」

　次の瞬間、藤倉はエントランスに飛び込んでいった。

　メルセデスの運転席からも、若い男が飛び出してきた。茶色に染めた長めの髪、ゆったりとしたダブルのスーツ姿だ。その男もエントランスに駆け込んでいった。

　何が起こった？　いまのはもしかして、銃声？

　ビルのどこかの部屋が騒がしい。男たちが怒鳴り合っている。またひとつ、破裂音。

　卓也はセダンの運転席に乗り込み、身体をひねってビルのエントランスを見つめた。

　ビルの横手から、ひとつの影が飛び出してきた。ターニャだった。非常階段を使った？

　ターニャはセダンに駆け寄ると、後部席のドアを自分で開けて、ダイブするように車に乗ってきた。

「出して」ターニャが叫ぶように言った。切迫した声だった。「早く！」

卓也は即座に反応した。シフトレバーをドライブに入れて、アクセルを踏み込んだ。セダンは急発進した。

ルームミラーを見た。

藤倉と、若い男が、ビルから飛び出してきた。藤倉は手に何か持っているように見える。卓也のセダンを追いかけてきた。

卓也は正面に視線を戻して訊いた。

「何があったんです？　どうしたんです？」

ターニャは、苦しげな声で言った。

「説明する。まず逃げて」

外苑東通りの手前で急停車した。車は流れているが、わずかに隙間があった。卓也はもう一度アクセルペダルを強く踏み込んで、セダンを通りに出した。右手から来た車が急制動をかけた。

ミラーに藤倉の姿が映った。通りまできて、身体をよろめかせたところだった。卓也はセダンをなお加速した。たちまちのうちに、藤倉の姿は夜の陰の向こうに消えた。

卓也は訊いた。

「何があったんです？　トラブル？」

「ええ。怪我をした」

「怪我？　ひどく？」

「わからない。でも、痛いわ」

「病院に行きましょう」

「だめ」

「でも」

「だめだってば」

首筋に、固いものが突きつけられた感触があった。温かみのある金属。

横目で見ると、拳銃《けんじゅう》だった。

ターニャが言った。

「ふたり撃ってきた。あなたを三人目にさせないで」

ミラーを見た。ターニャはもうプラチナ・ブロンドのウィッグをつけていなかった。

黒いボブヘアが乱れている。

ターニャは卓也を凝視していた。意外なことに、その黒い瞳《ひとみ》にあるものは殺意ではなかった。懇願であり、必死の祈りと見えた。

「わかりました」卓也は言った。「撃たないでください」

ターニャは卓也を凝視したまま、すっと拳銃を引っ込めた。

とりあえず、逃げることだ。現場から離れることだった。

関口卓也は、夜の外苑東通りでセダンを加速した。

でも、と卓也は、ミラーに目をやりながら思った。どこに逃げる？　どこに行けばいい？

ターニャは後部席で、荒く息をしている。痛みをこらえているようだ。

彼女の怪我はどの程度のものなのだ？　病院に行くまでもない程度の傷？　軽傷だと、彼女自身は確信があるのか？

青山《あおやま》通りが近づいてきた。赤坂《あかさか》郵便局前のT字路で、右折か、左折か。もし彼女がホテルへ戻るつもりならば、右折しなければならない。病院に行く場合は、どちらがいい？

左折して、広尾《ひろお》の日赤病院か。右折して、赤坂見附《みつけ》の前田病院という手もある。それとも、信濃《しなの》町《まち》の慶応大学病院に行くか？

それにしても、発砲事件に巻き込むなんて。しかも相手は、間違いなく暴力団員だ。あの藤倉は、ロシアン・マフィアとつながりを持ち、モスクワで射撃訓練まで受けている。彼の組織がかなり荒っぽいものであるということだった。

ターニャは、その暴力団の関係者を撃った？　彼女はロシアン・マフィアの構成員なのか。ふたつの暴力団のあいだでトラブルが起こり、ターニャがその解決のために派遣されたのか。ヒットウーマンとして。

卓也は思い出した。最近の白人女性の死体が見つかった一件。テレビ・ニュースでは、警察は殺人と死体遺棄で捜査、と言っていたような気がする。被害者は六本木で働くロシア人ではなかったろうか。名前までは覚えていないが。その女性の死が、こんどのことに何か関係するのか？

交差点まですぐだ。

卓也は、ミラーごしにターニャに訊いた。

「ほんとうに病院に行くほうがよくないか」

もうお客向けの口調にはならなかった。多少ぞんざいで不機嫌そうな声音となった。

ターニャは答えなかった。

卓也はもう一度訊いた。

「病院に行かないか」

ターニャが答えた。

「だいじょうぶ」

答える前に深呼吸でもしたのか、意外にしっかりした声だった。

それでも卓也は言った。

「早く傷の手当てをしたほうがいい。出血してるんじゃないのか？」

「たいした傷じゃないわ」

「病院がいやなら、どこに行けばいい？」

「ホテルに戻って」

正面の信号が黄色に変わった。卓也はセダンを加速し、タイヤをきしませて交差点を右に折れた。

青山通りを赤坂見附方面に走りながら、卓也は言った。

「ホテルで、ぼくを解放してくれるのか?」

「あなたを雇っているのよ。この国を出るまで、責任を持って」

「トラブルはまっぴらだ」

「契約でしょう」

「犯罪の片棒担ぎなんかできない」

「アテンドをしてほしいだけ」

「犯罪のアテンドはいやだって」

「ぐずぐず言わないで」ターニャの声が低くなった。「巻き込まれたのも、あなたの運だわ。わたしはふたり撃つのも、三人撃つのも同じ。生命を大事にして。いまは、あなたは敵じゃないんだから」

「脅してるのかい?」

「説得してる。この国を出るところまで、手伝って。悪いようにはしない。割り増しも払うわ」

「犯罪に巻き込まれるのはいやなんだ」

「しかたないでしょ。関わってしまったんだから」

「納得できない」

「そういうものでしょ、生きるって。あなた、いままで、何もかも納得ずくで生きてきた？　いやなことは何ひとつしたことがない？」

「問題をすり替えるな」

ターニャはまたうめいた。

卓也は、案じて訊いた。

「ほんとうに病院に行かないか？」

「大丈夫」苦しげにターニャは言った。「ホテルまで、どのぐらいかかる？」

「一時間弱かな」いや、四十分で行けると思うが。

「一時間ね。途中にドラッグストアがある？　買い物をしたい」

「何を買う？」

「消毒薬とか」

「歩けるのかい」

「たぶんね。あなたに買ってきてもらうんでもいい」

卓也は、その買い物のときに、ターニャから離れられることに気づいた。買い物をしてきてやるとセダンを降りて、そのまま交番に駆け込めばいい。車に、発砲犯が乗っているると。

ターニャが、皮肉っぽい声で言った。

「置いてけぼりにしようと思ったでしょう。そうはさせない。保険はかけてある」

卓也は訊いた。

「どんな?」

「お母さまと、妹さんのこと」

「どうしたって言うんだ?」

「稚内には、わたしの友達がいる」

ターニャが、後部席でカサカサと音を立てた。バッグの中から何か取り出したようだ。すぐにターニャがロシア語で話し始めた。

「あたし。稚内の家族のこと、わかった? ええ」

卓也は意識をターニャの声に集中した。

ターニャは向こうの言うことを、おうむ返しに繰り返しているようだ。

「ええ。うちは白い壁の二階家で、門の脇に針葉樹が一本。隣の家では、耳の立った犬を飼っている。白い犬。妹さんは、赤いダイハツの軽自動車に乗っている。お母さまは、小さな温室で花を育てている」

ターニャが携帯電話を切ったようだ。パチリという音がした。

卓也は動揺をこらえて訊いた。

「何の電話?」

ターニャが答えた。

「あなたが教えてくれたご家族のこと。友達は、すぐにご家族のことを調べたみたい」

「どうしてそんなことを調べたんだ？」

「アテンドしてもらうひとの身元は、知っておかなければ」

「知ってどうする？」

「保険って言ったでしょう」ターニャは居直ったように言った。「あなたがわたしを売ったりしたら、お母さまや妹さんの身にも、悪いことが起こるわ。覚えておいて」

卓也はふいにひとつのことを思い出した。思わず、あ、と小さく悲鳴を上げていた。

「どうしたの？」とターニャが訊いた。

「いや、その」卓也の胸は激しく収縮している。「いや、なんでもない」

卓也が思い出したのは、いましがた出くわした、あの藤倉というヤクザのことだ。モスクワで卓也が藤倉をアテンドしたとき、彼は卓也のロシア語をほめ、どこで覚えたのかと訊いた。卓也は何の警戒もなしに、故郷の稚内でと答えた。妹もロシア語ができること、サハリンに行ったことがあると。市立病院の看護婦だということも言ったはずだ。

藤倉も、このおれの身元を知っている。ターニャの組織が知ってしまったように。

「どうしたの」とターニャがもう一度訊いた。

「たいしたことじゃない」卓也は自分に冷静になれと言い聞かせながら言った。「前にも、自分の家族のことをいろいろ喋《しゃべ》ったことがあった。それを思い出したんだ」

「誰に？」

「さっきのビルの前にいた、長髪の男」

「あの男？」ターニャの声が裏返った。「あの男を、前から知っていたの？」

「ああ」

「どういうわけ？」

「モスクワにいたとき、やつをアテンドした。日本からやってきた客のひとりだった」

「あなた、組織とは関係がないのね」

「ぼくはマフィアじゃない。旅行エージェントだ」

「身元調べをしておいてよかったわ」

「勘違いするな！」と、卓也は怒鳴った。「ぼくは、堅気だ。妹も、おふくろもだ。ぼくらを巻き込むな！　もめごとは、あんたらだけで片づけろ！」

通りの前方を、二車線とも乗用車がふさいでいた。その先の道路は空《す》いているが、中央車線の乗用車は、もう一台と並走したままだ。先へ抜けるでもなく、卓也に進路を譲るでもなかった。卓也は中央車線の乗用車に接近し、思い切りクラクションを鳴らした。

前方の乗用車は驚いたように退き、車線を空けた。卓也はセダンを急加速して、二台の乗用車を抜き去った。たちまち、その前方の自動車の列の後方に追いついた。卓也はトラックの後尾に追突する直前でセダンを減速した。

この間、後部席でターニャの身体が前後に揺られたのがわかった。

ターニャが、不安そうに言った。

卓也は、もう一度怒鳴った。

「殺し屋が、自分の生命が惜しいのか！」

ターニャは、一瞬の間のあとに、小さく答えた。

「ダー《ええ》。惜しいわ。とっても」

それは、なんとも心細げに聞こえる声だった。卓也は、ターニャがそのような声で返事をするとは想像していなかった。また威嚇《いかく》的に怒鳴り返してくると想像していたのだ。

「どうした？」と、思わず卓也は訊いた。「痛む？」

「ええ。ドラッグストアで停めて。お願い」

卓也は、大きなドラッグストアがどこにあったか思い出そうとした。四谷《よつや》のあたりに、あったような気がする。小さなドラッグストアであれば、住宅街の中に入ればよい。ただ、買い物のあとすぐ環状線に乗り、浦安を目指さなければならない。どこがよいか。晴海《はるみ》通りのマツモトキヨシか？　駄目だ。銀座は駐車が難しい。

新宿通りにあったか？

卓也は言った。

「応急措置はできるのかい？　それで治まる程度の傷か？」

ターニャは言った。

「できる。少年団で訓練を受けている」

「ピオニール？」

「そんな歳じゃないわ」

「素人の手当てで済む？」

「弾が食い込んだわけじゃない」

「出血は？」

「まだ止まっていない」

「やっぱり、病院じゃないのか？」

「それはだめ。わかって」

「生命が惜しいんなら」

「惜しくない」

「いま、惜しいと言ったばかりだ」

「ええ。惜しいわ。だけど、惜しむような生命でもないのよ」

前のトラックが急減速した。卓也も減速し、サイドミラーを見て、左の車線に移動した。

惜しいが、惜しむほどの生命じゃない？

何をわけのわからないことを。卓也は胸のうちで悪態をついた。詩人のつもりなのか？　いまはそんな悠長なことを言ってられる事態ではないはずだが。

前方に赤坂見附交差点が近づいてきた。

その薬局の前で、卓也はセダンを停めた。あまり大きな店ではない。ターニャが望む商品が全部揃うかどうか、わからなかった。しかし、まずここであるものだけ揃えるしかあるまい。

ターニャが、欲しい品を挙げた。

ガーゼを二、三パック、テープをひと巻、大判の救急絆創膏《ばんそうこう》があれば、それも。消毒薬をひと瓶、それに止血用の軟膏《なんこう》を多めに。ミネラル・ウォーターも何本か。

その品々を繰り返すと、ターニャがつけ加えた。

「ゴム手袋ってあるかしら」

「ゴム手袋？」

「ええ、薄手の、医者が使うようなもの」

「探してみる」

卓也はエンジンを切らずに、ハザードランプをつけて、セダンを降りた。

後部席を覗《のぞ》き込むと、ターニャは後部席で膝《ひざ》を丸めて抱き抱えていた。胎児の姿勢というやつだ。痛みをこらえているようにも見える。

卓也は、一瞬意地悪な気分になった。このまま警察に駆け込もうか。妹や母の一件はブラフだろう。ほんとうにそんなことをするはずがない。稚内でも日本の暴力団とロシアン・マフィアの抗争は何度か起こっていたし、殺された者の数もひとりふたりではなかった。しかし、彼らも堅気の市民に手を出したことはなかったはずだ。

その想いが、顔に出たのかもしれない。

ターニャは、請うような目で卓也を見つめてきた。まるで子供が命乞《いのちご》いをするかのような目であり、表情だった。ふたりを撃ってきたばかりだというのに、ターニャのその姿は、あまりにもか弱そうで、頼りなげだった。マフィアの女殺し屋というよりは、むしろマフィアに食い物にされた若い女という風情だった。

卓也は、思わずうなずいていた。巻き込まれたのも、たしかに運。日本語には、袖《そで》すりあうも他生の縁という言葉がある。いましばらく、彼女につきあってやってもいい。少なくともいま自分は、生きるか死ぬかの絶体絶命の場面にいるわけではなかった。自分がやることには、選択肢もあるのだ。

安心していい。ここに置いてけぼりにはしない。

棚のあいだを歩いて、ターニャが指示した品々を片っ端から籠《かご》に入れた。ゴム手袋などあるかと探すと、消毒薬の並んでいた棚の上に、たしかに置かれていた。卓也はその手袋も二双手にとって、籠に入れた。

さらに卓也は、エビアンの小瓶を四本、籠に加えた。多く買っても困ることはないのだ。

籠をレジ・カウンターに持っていったとき、新聞ラックの夕刊に目が行った。ロシア、という文字に大脳が反応したのだ。夕刊の記事の見出しだった。

「ユリヤさん殺害事件」とある。

先日の白人女性の遺体が見つかった事件の続報のようだ。卓也はその新聞を手に取って、カウンターのほかの商品の上に重ねた。

勘定を済ませて店を出ると、セダンの後部席にターニャの姿が見えなかった。

まさかと思いつつセダンに近寄ると、ターニャは後部のシートの上に身体を横たえていた。黒いハーフコートを身体にかけている。靴を脱いでいた。ウィンドウを小さくノックしてから、ドアを開けた。ターニャが目を開けた。

「買ってきた。手当て、手伝おうか」

「ノー・サンクス」ターニャは身体を起こした。「お水をもらえる？」

卓也はエビアンのキャップを回してから、そのペットボトルをターニャに渡した。ターニャが左手を伸ばして受け取った。右手はコートの下に隠れたままだ。拳銃が握られているのだろうと卓也は想像した。彼女はこの自分にすがりながらも、まだ心を許してはいないということだ。もっとも、自分が反対の立場でも同じことだろうが。

卓也はショッピング・バッグをシートの上に置くと、セダンを回り込んで運転席に身体を入れた。

首都高速道を走っているあいだ、ターニャはひとりで傷の手当てをしていた。キャミソールをたくしあげ、傷口を出して、消毒と止血をひとりでやったようだ。さらにガーゼを当て、傷口が開かぬようにテープをきつく貼ったらしい。アルコール性の匂いが、セダンの中に充満した。

手当てのあとにターニャは何かカプセルを飲んだ。それは何の薬かと卓也は訊いた。痛み止めと化膿《かのう》止め、とターニャは答えた。バッグの中に常備しているらしい。

そのあと無言のままの時間がすぎた。高速九号線の塩浜《しおはま》入り口をすぎたところで、卓也は腕時計を見た。午後六時三十五分だ。あの乃木坂のビルから逃げてきて、四十分が経過していた。

ナビゲーターのパワースイッチを入れて、画面をテレビに切り換えた。どのニュースでも、さきほど起こったことについて、まだ何も報道されていない。

辰巳《たつみ》ジャンクションを通過し、湾岸線に入った。右手前方に、ライトアップされた東京ディズニーランドが見えている。それを伝えると、ターニャが身体を起こした。ルームミラーに、彼女の顔が映った。少し疲れているように見える。目の下に、はっきりと隈《くま》ができていた。彼女は卓也と視線が合うと、いくらか無理の感じられる笑みを見せた。

「大丈夫？」と卓也は訊いた。「部屋まで歩けるかな」

「わからない。部屋まで連れていってもらえる？」

「いいよ。部屋まで送ったら、ぼくは解放してもらえるのだろうか」

「ガーゼを取り替えてもらえない？」

「いいよ。それでおやすみだ」

「明日、迎えにきてほしい」

「帰りの便は、明後日じゃないか」

「用件は済んだ。チケットはどうにでもなるわ。いちばん早い飛行機で、国に帰る」

「自首はしないのかい？」

「え？」ターニャが訊き返した。「自首？」

「明日になれば、きみは指名手配される。空港で、つかまるよ」

「自首するつもりで、日本に来たんじゃないわ。わたしは国に帰る」

「警察は、そうはさせてくれない」

「警察は、わたしがやったことだとは知らない。もしあの暴力団員が警察に協力したとしたって、金髪の白人女が手配されるだけでしょう」

「どうかな。警察だって、カツラのことは当然考える。空港では、年頃の白人女性全部に職務質問するかもしれない」

「警察は心配していない」

「何を心配する？」

「あいつらよ。あいつらが、わたしを追う」

卓也はまた、藤倉のことを思い出した。

もし、藤倉たちが卓也はターニャの共犯だと考えたら、どうなる？　いや、彼女の現場からの逃走を助けたのだ。事実として、すでに卓也は共犯だ。

となると藤倉たちは、卓也自身をも標的にしてくる、ということではないのか。まさか自分を殺そうとまではしてこないと思うが。

そもそも彼は、卓也の名を知っている。彼には、あの旅行代理店から独立したことも伝えた。しかし、前の職場を通じて卓也の事務所と連絡先を割り出すことは、容易だ。それにもうひとつ、ターニャの組織が、世間話から卓也の母と妹の暮らしぶりを突き止めたように、藤倉たちも同じことができるはずだ。

卓也は確かめた。

「あいつらは、そんなに執念深いかい？」

「マフィアは、みんなそんなものでしょう」

「どんなものだ？」

「すべてのことに、値段がついている。値引きすることはない」

「殺人には」

「等価交換」

「きみが撃ったことも？」

「ええ」

「もしかして、一週間ぐらい前に、ロシア人女性が死体で発見されたことがあった。あれって、こんどのことに何か関係している？」

　ターニャはあっさりと答えた。

「ええ」

「その報復なのか？」

「ええ。わたしが撃ったのは、彼女を殺した男よ」

　卓也は、次に続ける言葉を失った。これ以上余計なことを知ってしまったら、いよいよ自分は片棒担ぎということになってしまうのではないか。知らなかった、巻き込まれたでは済まなくなるのではないか。警察から見ても、藤倉の組織から見てもだ。

「わかった」卓也はやりとりを打ち切ろうと、強い調子で言った。「これ以上聞きたくない。関わりたくない」

　ミラーの中で、ターニャが横を向いた。彼女の視線の先にあるのは、東京ディズニーランドだ。舞浜が近づいている。彼女の泊まるホテルまで、あと少しだった。

　湾岸道を降りてホテルに向かうとき、ターニャが言った。

「ウェットティッシュないかしら？　手に血がついているの」

　いつもグラブボックスの中に用意してある。

　左手でティッシュを取り出して、放るようにターニャに渡した。

「スパスィーバ《ありがとう》」と彼女は礼を言った。

ホテルの駐車場に車を停めて、後部席のドアを開けた。

白い脚が最初に出てきた。ターニャは、また黒いハーフコートを引っかけている。降り立ったとき、少しだけふらついた。貧血を起こしているのだろうか。コートの下に、たすきがけのショルダーバッグ。右手はコートのポケットの中だ。

卓也はターニャを支えると、白いショッピング・バッグを持ち上げ、ターニャに肩を貸して慎重に歩きだした。

ターニャは、見た目よりもずっと細く軽い身体だった。

「ひとりでは歩けないね？」と卓也は訊いた。

「ちょっと厳しいかな」息が苦しげだった。

「キーは、フロント？」

「バッグの中。カードキーだったわ。五階」

「ロビーでは、酔っぱらったふりをしてもらうかな。できる？」

「たぶん」

通用口からロビーに入り、エレベーター・ホールへと向かった。ロビーには数組の家族連れがいて、卓也たちに顔を向けてきた。フロントの中にも、いぶかしげな視線がある。

ターニャがふらついた。卓也は踏ん張ってターニャを支えた。ここで倒れたら、ターニャの傷がばれてしまうかもしれない。誰かが血のついた衣類に目をとめ、異常を察することだろう。ホテルマンが飛んでくるかもしれない。その事態は避けねばならなかった。

エレベーター・ホールにも、三人の家族連れがいた。七、八歳の女の子が、ふしぎそうにターニャに視線を向けてきた。

「飲み過ぎました」と、ターニャは顔を少し上げて日本語で言った。「すいません」

「しっかり」と卓也はターニャに言った。「部屋まで行って、薬を飲みましょう」

エレベーターのドアが開いた。卓也は家族連れのあとに、ターニャと共に乗り込んだ。

五階でドアが開いた。卓也はターニャを支えたまま、エレベーターを降りた。家族連れを乗せたまま、エレベーターのドアが閉じられた。

ホールには椅子がある。曲げ木のクロス張りの椅子だ。卓也はターニャをその椅子に腰掛けさせた。

「キーを出して」と卓也はターニャに言った。

「あなたが出してくれる？」とターニャはバッグの外ポケットを軽く叩いた。

卓也はポケットの蓋《ふた》を開けて、カードキーを取り出した。部屋番号は記されていなかった。

ターニャに訊くと、五一二だという。壁の表示を見ると、このエレベーター・ホールからさほど歩かずにすむようだ。

もう一度ターニャを支えて、廊下へと歩きだした。廊下を十メートルも進んだところで、部屋のドアの前に出た。

卓也がカードキーを使ってドアを開けた。そのとき、力が一瞬抜けた。ターニャがポケットに入れていた手を抜いて、壁に手をついた。拳銃を握ったままだ。廊下の先でひとの声がした。目を向けると、若いカップルがふたり、こちらに向かってくるところだった。

卓也はターニャを押しつけるようにしてドアを開けた。

部屋の中に入って、カードキーを所定の挿入口に差し込んだ。ターニャはもう立っていることもできないようだった。

卓也はターニャのうしろに回り、はがいじめにするようにターニャの身体を抱えて、ベッドへと運んだ。ツインルームだ。

手前側のベッドの端に脚が触れた瞬間、ターニャは崩れるようにそのベッドの上に倒れこんだ。

卓也はターニャの両脚を持ち上げ、身体を完全にベッドの上に載せた。ターニャは、また小さくうめいた。顔は蒼白《そうはく》だった。歩いていたあいだに、出血がまたひどくなったのだろうか。

卓也は、ターニャが羽織っていたコートを引っぱって脱がせた。ターニャは黒いキャミソールとミニスカートだけの無防備な格好となった。キャミソールの裾がまくれて、左の脇腹のガーゼが見える。ガーゼには血が滲《にじ》んでいた。ガーゼの当てかたもテープの留めかたも、雑に見える。やはり自分では手当ては難しかったのだ。

ガーゼを直そうと、卓也はかがみこんで手を伸ばした。

ターニャが右手を動かし、拳銃を卓也に向けてきた。

卓也は手を止めて言った。

「取り替えてって言ったろう」

ターニャは言った。

「触らないで」

小さいが、切迫したような声だった。

「勘違いするな」と、卓也はいささか腹を立てて言った。「お触りしたいんじゃないぞ」

ターニャは、拳銃を引っ込めなかった。

「ゴム手袋を買ってきてもらったわね」

「ああ。衛生作業用のを買った」

「それをはめて。触るんなら、手袋を使って」

「潔癖症なのか？　男が嫌いなのか？」

「どうとでも考えて。とにかく、素手でわたしに触らないで」

卓也は白いバッグからゴム手袋を取り出し、そのきつい手袋になんとか手を入れた。

ターニャは、自分の腹の上に拳銃を置いている。目は開けているが、どこか放心したような顔にも見えた。

卓也は、ガーゼと消毒薬、テープに大判の絆創膏をテーブルの上に並べてから、ターニャに言った。

「拳銃は、しまってくれないか。襲わないし、逃げない。約束する」

ターニャの顔には表情は現れなかった。しかし右手が腹から動いて、拳銃は腿の脇に隠れた。

卓也はベッドの脇に回り、あらためてターニャの傷口を見ようとした。傷の位置は、やや背中寄りだとわかった。

「うつぶせになってくれるか」

卓也が言うと、ターニャは身体をよじり、ミニスカートを脱いで脚で押し退《の》けた。白い腿と黒いショーツがむき出しになった。さらにターニャは、背中を丸めながらキャミソールも脱いだ。黒いブラがあらわになった。

ターニャはゆっくりと身体をひねって、うつぶせになった。いま拳銃は、枕もとだった。ターニャの手は拳銃に触れてはいるが、握ってはいない。

半裸になったターニャの姿は痛々しかった。ガーゼは使用済みのティッシュペーパーのように丸まっている。背中側は、ろくに止血にもなっていなかった。血が背中から腰の脇に垂れてこびりついている。

卓也は言った。

「触るよ」

ダッと小さくうめき声が聞こえた。ダーと言ったつもりなのだろう。

卓也はゴム手袋をした手でガーゼをそっとはがした。

長さ七、八センチの裂傷ができていた。血はもう流れ出てはこない。大きな血管は切れていないようだ。

卓也は言った。

「よかった。そんなに深くないね」

「それはわかっていたの」

「どっちかに三センチずれていたら、内臓をやられたか、骨を削られたか」

「あの距離で、下手くそな男」

卓也は、旅行代理店の新入社員研修を思い出しながら、その傷の応急手当てを済ませた。前の勤め先では、一応応急措置法が研修のカリキュラムの中に含まれていた。万が一の事故の場合、添乗員は乗り物などに備えてある救急道具を使って、最低限の手当てをするのだ。

洗面所に入って、ハンドタオルを湯で濡《ぬ》らした。ベッドに戻ると、ターニャの背中から腰にかけての血を拭《ふ》き取った。

血止めの軟膏を塗ったとき、ターニャはまたうめいた。

かまわずに卓也はガーゼを当て、その上に大判の絆創膏を貼った。さらに傷口が開かぬよう、きつめにテープを貼った。

「処置終わり」と卓也は言った。

いまターニャは、下着だけの半裸を卓也の目にさらしている。卓也にもしその気があるなら、彼女を襲うことは簡単だった。たとえ彼女が拳銃を持っていたにしても、のしかかって無抵抗にすることは可能だろう。

やることとのバランスが取れていない、と卓也は思った。素手で触られることは拒否するくせに、下着姿でうつぶせになっているのだから。

ターニャはゆっくりと身体をひねり、仰向《あおむ》けになった。

「トイレに行かせて」

卓也はあわてて視線をそらし、クローゼットに向かいながら言った。

「その前に、寝間着を着なよ」

ターニャは、卓也が放ったガウンふうの寝間着を肩にかけると、ゆっくりとベッドの脇に立った。また拳銃を手にしている。

卓也は肩を貸して、トイレの前へとターニャを連れていった。

「逃げないでしょ?」とターニャが卓也に確認してきた。

「心配なら、一緒に入ろうか」

ターニャはかすかに微笑した。一応の応急処置が済んだので、気持ちに少し余裕ができたのかもしれない。

ターニャを便座に腰掛けさせてから、卓也はトイレを出た。

さきほど新聞を買ったことを思い出した。ドラッグストアの白いビニール袋からその夕刊を取り出し、デスクの前のスツールに腰を下ろして、目当ての記事を読んだ。ごく小さな記事だった。

「ユリヤさん殺害事件
先週末、遺体で発見されたロシア人ダンサー、ユリヤ・クリャーカワさんの捜査は依然難航している。捜査当局は、ユリヤさんの交遊関係を重点的に捜査しているが、行方不明当日の足どりがまだつかめていない。
ユリヤさんは、十月初旬に来日、六本木のショー・パブでダンサーとして働いていた。二週間ほど前から店には出勤せず、連絡が取れない状態だった」

クリャーカワ？

この表記と、ニュース・キャスターの読み方のせいで、いままで気がつかなかった。でもこの姓は、もしかするとクリヤカワのことか。だとしたら、ターニャと同じ姓ではないか。

洗面所で水の流れる音がした。卓也は振り返った。

ターニャが、寝間着の前を押さえて、洗面所から顔を出した。

卓也は立ち上がってターニャに肩を貸し、ベッドまで運んだ。

ターニャはトップシーツの下に身体を入れてから、ふしぎそうに卓也を見つめてきた。

「どうかした？」

卓也は新聞を示して訊いた。

「このあいだ殺されたロシア人女性は、クリャーカワって苗字だ。あんたのクリヤカワと同じスペルかい？」

ターニャはまっすぐに卓也を見つめてきた。気がついていなかったの、とでも問うているようだ。

答を待っていると、ターニャは言った。

「そうよ。殺されたのは、妹よ」

「妹？」

「そう。殺されたのは、わたしの妹」

卓也は狼狽した。ターニャは、さっきの一件は殺された女性への報復だと言っていた。その言葉を、自分は暴力団同士の抗争と理解した。しかし、身内による報復だったのか。暴力団が介在しているのはたしかにしても。

ターニャははるばるロシアから、自分の妹の復讐《ふくしゅう》のために、東京にやってきたのか。

卓也の胸ポケットで携帯電話が震えた。

取り出してモニターを見ると、未登録の番号だ。

誰だろう？

卓也は携帯電話を耳に当てた。

「はい」

低い声が聞こえてきた。

「関口か？」

「ええ」

「さっきも会った藤倉だ。覚えているな」

藤倉。あの黒服の男だ。卓也がモスクワでも案内した男。

この事態の可能性は考えたが、藤倉はもう卓也の携帯電話の番号を突き止めたのか。

藤倉が言った。

「女を出せ。出せば、見逃してやる」

卓也は声を出せないままに、ターニャを見つめた。ターニャが真顔になった。黒い瞳が大きく見開かれた。

そうだよ、という意味をこめて、卓也はうなずいた。あんたもぼくも、ずいぶん危険なことになっている。

藤倉が、電話の向こうで、怒りを押し殺したような声で言った。

「聞こえてるか、関口さん。いまどこにいる？　女を渡せ。渡せば、お前には手をかけない。聞こえてるな」

卓也は反応できないまま、携帯電話を耳に当てていた。この携帯電話の番号を知られたということは、まず確実に前の勤め先に当たったということだ。そして、同時に、事務所兼用の住宅の所在地まで知られたかもしれないということだった。

　藤倉が言った。

「そばに女がいるのか。いるんなら、そうだ、と言ってくれ」

　卓也は、ターニャから視線をそらして言った。

「そうだ」

「女から離れて、この電話にかけ直せ。いま、離れられるか」

「だめだ。ノーだ」

「あとで電話しろ。場所さえ教えたら、あとはこっちでやってやる。怪我してるんだろう？　いま病院か？」

「ノーだ」

「うまくなってきたぞ。渡す気はあるんだろうな」

「ノーだ」

「何？」

「ノーだ。電話は切るぞ」

「待て。女を出さなければ、貴様も死ぬぞ」

「関係ない」

「女を逃がしたんだぞ」

「行きがかりだ。こっちだって、いまピストルを突きつけられてるんだ」

「だから、あとで電話し直せ。女を渡せば、見逃してやる」

「巻き込むな。ぼくは関係ないんだ」

「もう、遅い」

「切るぞ。二度とかけるな」

「おい」

かまわずに通話ボタンをオフにした。

ターニャが訊いてきた。

「あいつらね。ちがう？」

「ずばりだ」と卓也は認めた。「さっきも話した藤倉って男だ」

「ああ、あのジゴロみたいな男ね。あいつが、どうしてあんたの携帯を知ってるの？

ドラッグストアで連絡した？」

いつのまにか、ターニャはまた拳銃を手にしている。銃口が卓也に向いていた。

卓也はあわてて言った。

「何もしてない。言ったろ。モスクワにいたとき、やつを、仕事で案内したことがある。

あいつは、ぼくがあんたとグルだと思ったのさ。それで、前の旅行代理店に問い合わせ
たんだ。たぶん」

ターニャは小さく舌打ちした。

「あいつ、何だって？」

「きみを出せって」

「ここのこと、知ってるの？」

「知らない」

「携帯電話から、ここがわかる？」

「無理だな。ぼくの携帯電話は、GPSはついていないし、警察に届けない限り、わからない。やつらは、警察に届けたりはしないだろう」

「あなたは、わたしを売らないわね？」

「売るつもりなら、ここまで連れてくるか？」

携帯電話が、てのひらの中で震えた。モニターを確かめると、また未登録番号。藤倉だろう。無視した。

卓也は、ターニャをにらみつけて言った。

「事情を話してくれ。そうやって、いちいちピストルを突きつけられるのはまっぴらだ。事情が事情なら、ぼくも旅行エージェントだ。こういう仕事のプロだ。こうなったら、あんたが国を出るところまでは、アテンドしてやる。ぼくが事情に納得して、あんたがぼくを信じるならばだ」

ターニャは少しだけ首を傾けた。

「納得してもらえなかったら？」

「あんたは、ぼくに拳銃を突きつけたまま、眠ることもできない」

「保険のこと、脅しだと思ってる？」

「もしそれをやったら、こんどはぼくが、あんたを追いかけるよ」

「わたしを殺すとでも言ってるの？　拳銃を持ったこともないでしょう？」

「ぼくが直接やらなくてもいい。モスクワで適当な相手を探して、きみに賞金をかけた、と言えばいいんじゃないか？」

ターニャは、かすかに動揺を見せた。卓也がそこまでの対応を考えていたとは、想像していなかったのだろう。

「できっこない」

「試す価値はあるさ。十万ドル出したってやるよ」

ターニャは視線をそらして言った。

「その必要はないわ。でも、事情を言えっていうなら」

卓也は椅子に腰をおろし、空いているベッドの上に足を載せた。

「とにかく、その拳銃を引っ込めてくれ」

ターニャはうなずいて、拳銃を自分の身体の脇に置いた。

「さっき話したけど、父は日本人なの。妹がいる。ユリヤ。東京で、殺されたわ」

卓也は、ターニャを怒らせるかと思いつつも、気になることを訊いた。

「妹さんは、六本木でダンサーだって？」

「想像がつくでしょうけど」ターニャは、一瞬口をきつく結んでから言った。「そうよ。身体を売っていた。そのためにトーキョーにきたのよ」

「どうして？」

「マネー。マネー。マネー」ターニャが激しい調子で言った。「ほかに理由が必要？」

卓也はターニャのその言葉の調子にたじろいだ。思わず身を硬くした。

「そうよ。ソ連が崩れて、父は仕事を失くした。どん底生活が始まったの」

ターニャは語りだした。

ターニャたちの父親は、ソ連の研究所に勤める科学者だったのだという。栗谷《くりや》川《かわ》健次《けんじ》。高分子化学が専攻だった。東京の工学系の大学の研究者だったが、コペンハーゲンで開かれた学会の場で、ソ連の科学者から移籍の打診を受けた。栗谷川は日本の大学での将来に見切りをつけ、ソ連に渡ったのだ。まだ冷戦の最中のことで、すんなりとソ連の研究所に移るわけにはゆかなかった。まず西ドイツに入り、三カ月のクッションを置いてから、ソ連に入国した。両親にも、友人知人にも内緒の転職だったのだという。栗谷川がソ連に入ったのは、一九八一年のことだった。

たとえ生活水準は落ちても、より高度の研究に従事したい。研究で認められたいという気持ちがあったはずだ、とターニャは言った。

モスクワの研究所で働くようになって、やがて栗谷川はロシア人女性と恋をした。オルガ、という小柄な女性だ。父のアパートの近所に住んでおり、栄養士として働いていた。栗谷川はオルガと結婚した。そのオルガが、ターニャの母親だ。

ターニャは言った。自分の母親は、高学歴ではなかったが、快活で温かい人柄の女性だ。栗谷川がオルガに惹《ひ》かれたのも、彼女のそんな人柄だったろう。

しかしターニャが生まれたころから、ソ連の経済事情は急速に悪くなっていった。研究所の職員の生活も窮乏した。そんな中で、もうひとり女の子、ユリヤが生まれた。

やがて九一年、ソ連が崩壊した。研究所は閉鎖されて、父親は仕事を失った。父親はこのとき、日本に帰ることを考えたらしい。しかし、母親のオルガは反対した。見知らぬ国で暮らすことはいやだと。じっさい、栗谷川が帰国すれば、なんらかの罪に問われて収監される心配もあった。冷戦のさなかに、最先端の高分子化学の知識を持ってソ連に渡ったのだ。スパイ扱いされる可能性は十分だった。となれば、帰国は現実的ではなかった。

九三年、両親は天然ガス景気で沸くサハリンに移ると決めた。高分子化学を専攻していたことで、研究所でのつてが使えるかもしれないと考えたのだ。最悪でも、サハリンで日本語通訳か翻訳者として仕事が見つかるのではないかと期待した。向かったのは、サハリン北部、天然ガス採掘基地のあるオハという町だった。

しかしオハでも、ろくな仕事は見つからなかった。ターニャとユリヤの姉妹は、貧困の中で成長した。ろくな衣類を身につけることもできないままにだ。

やがて父が、心労で死んだ。ターニャが十三歳、ユリヤが十一歳のときだった。母はふたりの娘を連れて、ユジノサハリンスクに移った。

「貧乏だった」と、ターニャは乾いた調子で言った。「そんなとき、街のチンピラたちがわたしたち姉妹に近づいてきた。遊びに誘ってくれたり、お小遣いをくれたり。そのうち、悪いことをそそのかすようになった。万引きとか、置き引きを。あっと言う間にわたしたち姉妹は少年院送りになった。十七歳で少年院を出たときは、わたしには生きる道はひとつしか残っていなかった。ユジノサハリンスクのマフィアの下で、身体を売るしかなかったのよ」

卓也は、どう反応すべきかわからず、ただ身を硬くして聞いていた。たぶんここでは、同情も憐憫《れんびん》も余計なお世話のはずだ。黙って聞いている以上に適切な態度があるとは思えなかった。

ターニャは続けた。

ユリヤには、同じ境遇に落ちてもらいたくなかった。ターニャは、なんとかユリヤをきちんと高校に行かせようと働いた。でも、ユリヤが少年院から出てくると、マフィアは放ってはおかなかった。甘言とわずかのカネのために、ユリヤも姉と同じ仕事をするようになった。

三年前、マフィアがターニャたち姉妹をモスクワに移した。モスクワの景気がよくなって、女が不足してきたのだ。ターニャたちは、逆らうこともできなかった。いや、正直なところを言えば、モスクワに戻ることをむしろ歓迎した。そこは自分たちの故郷の街なのだから。

「そしてわたしは」と、ターニャは無理の感じられる明るさでしめくくった。「こんな歳になったので、身体を売る仕事はリタイアしたの。妹は、もっとよく稼げるというトーキョーにきた。そしてこういうことになったわけ」

卓也は言った。

「こんな歳って、二十三じゃなかった？」

「ええ」

リタイアするような歳ではない、と言いかけて、言葉を呑《の》み込んだ。それを口にするのは無神経の極みだ。一刻も早くリタイアするのに越したことはないのだ。

「妹が殺されて」とターニャが言った。「手打ちの交渉も決裂した。組織はロシアのマフィアのルールを見せねばならなかった。わたしが、志願した。きっちり帳尻《ちょうじり》を合わせてくるって」

卓也は訊いた。

「きょう、東京駅で会った男は、マフィアなのか？」

「そう」

「ロシア人には見えなかった」

「コリアンよ」とターニャは言った。「コリアン・ロシアン。組織は、コリアン系なの」

卓也は納得した。ロシアには、コリアン系の住民は少なくない。さまざまな歴史的経緯から、中央アジアには数十万単位のコリアンがいる。サハリンにも数万。ソ連時代は少数民族として二級市民の扱いであったせいもあり、ソ連崩壊後、彼らは闇ビジネスに進出して、たちまち全国的なネットワークを築いた。ハバロフスクやウラジオストックでも、かなりの勢力となっているはずだ。グルジア人やチェチェン人マフィア並みの強固な団結力を誇っているらしい。いったん事があれば、徹底的な抗争に出るとも耳にしている。コリアン系マフィアは、ロシアの闇社会でも一目置かれている組織なのだ。その一部は、日本の暴力団ともつながっているはずだ。

ターニャは、卓也の反応をうかがっているようだ。これで納得した？　とでも訊いているように見える。

卓也は訊いた。

「妹さんには対面したのか？　日本人なら、まず遺体を引き取って、葬式を出してやることを考える」

「わたしは日本人じゃない。それに妹の遺体は、店の同僚が身元確認したあと、火葬されたそう」

そうだったのか。遺体は引き取り手が現れるまで、冷凍保存されるように思い込んでいた。

ターニャは続けた。

「妹の無念を、そのままにはしておかない。男を殺すことが、妹の葬式。だからわたしは、きょうトーキョーにきた」

「そして、無事に葬式をすませたということか」

「ええ。わたしが相手を確認し、男に二発撃ち込んだ。男は死んだ。とどめを刺したから、確実」

　卓也はふうとため息をついた。

　ターニャが訊いた。

「納得した？」

　卓也は直接には答えずに、逆に訊いた。

「おなかは空いていないか。コーヒーでも取ろうか」

「空いてはいない。でも、紅茶は欲しいわ」

「ルーム・サービスで頼もう」

「納得してくれたのね？」

「応援する気にはならない。だけど、この国を出るまでは、手伝う。信用するかい？」

「いいえ。でもいまは、信じたふりをしておくわ」

　卓也は微笑して、ドレッサーの上のホテル利用案内に手を伸ばした。メニューを見て、何か注文しなければならない。自分はアメリカン・クラブ・サンドイッチか何かを。ターニャには、温かいスープか。

藤倉奈津夫は、まったく反応の返らぬ携帯電話を見て、舌打ちした。

関口卓也は、最初の通話に出たとき以来、電話に出なくなってしまったのだ。女を渡せというメッセージは伝わったはずだが、生意気にも拒んできた。脅してやらねばと思っているのに、その後まったく電話に出ようとしない。なんとかこっちの持っている手について教えてやらねばならないのだが。

日赤広尾病院、救急病棟の廊下だった。

兄貴分の西股克夫は、小一時間前にこの病院に運ばれたのだ。藤倉が六本木の事務所で西股に駆け寄ったとき、西股の胸と額には穴が開いていた。ぐったりしていたし、素人目にもすでに西股が死につつあることがわかった。

もうひとり、若い用心棒の古屋は、身体を動かしていた。重傷ではあるが、一命は取り留めるかもしれない。古屋のほうも、救急車で西股に遅れること四分後に、この病院に運ばれていた。

廊下の奥、ナースステーションのある方角から、スーツ姿の男がふたり姿を見せた。

藤倉は携帯電話を畳むと、さりげなくズボンの右ポケットに入れた。いま携帯電話をかけていたとは、あの刑事たちに知られたくなかった。

「藤倉」と、刑事のうちのひとりが言った。「消えるなと言っておいたろうが」

警視庁組織犯罪対策部の、顔なじみの刑事だった。寒河江《さがえ》久史《ひさし》警部。こわもてなので、あしらいが面倒な刑事だ。

もうひとりは、彼の部下だ。矢島と言ったろうか。

病院が一一〇番通報したのだろう。病院は、銃創患者が運ばれてきた場合、警察へ通報する義務がある。あるいは早々と救急車の中で、救命士が東京消防庁に通報したのかもしれない。いずれにせよ、寒河江と矢島という組織犯罪対策部のなじみの刑事たちふたりが、西股が運び込まれてから十五分後にはこの病院に到着していた。

藤倉は、刑事たちに向かって歩きながら言った。

「すいません。ちょっとタバコ喫《す》いたくなって」

「西股は死んだぞ。いま、死亡確認だ」

予測はできていた。むしろ、確認は予想よりも遅かったと言える。

藤倉は廊下をそのまま進み、刑事たちの立っている角で左手に折れた。

集中治療室のドアの前で、担当の医師が組織の幹部たちに囲まれている。すでにこの場には、組織の主立った幹部たち四人が駆けつけてきていたのだ。彼らはいま担当医師から、西股の死亡確認を告げられたのだろう。

幹部のひとりが振り返った。組織の序列で言えば、西股の義理の兄貴分にあたる男だ。相当慌てて駆けつけたのか、スポーツ用ジャージの上下姿だった。太《ふと》り肉《じし》の巨漢だ。大滝組組長の大滝剛三《ごうぞう》だった。

大滝は藤倉と目が合うと、つかつかと歩み寄ってきた。目に怒りの炎が見えた。殴られる、と感じた。藤倉は動けなかった。避けるわけにはゆかない。

大滝は怒鳴りながら、藤倉の頬を平手で張ってきた。

「馬鹿野郎！　お前がついていながら」

ほかの幹部たちも振り返った。

「待て待て！」と、寒河江が割って入ってきた。「場所をわきまえろ。病院だぞ」

大滝は、藤倉をひとにらみすると、ほかの幹部たちのそばに戻っていった。

寒河江が藤倉に言った。

「さ、これで、殺しってことになった。聞かせてもらうぞ」

藤倉は訊《き》いた。

「何をです？」

「事情だ。洗いざらい話せ」

「さっき話した以上のことは、知りませんって」

「言い分は、ロビーで聞く。こい」

「何も知りませんよ。こっちは被害者なんですよ」

寒河江は廊下を先に立って歩きだした。

しかたがない。

藤倉は寒河江のあとに続いた。

さきほど、西股と用心棒の古屋が撃たれたとき、藤倉は運転手の三浦とともに、組の事務所のあるビルのエントランスにいた。あのときは、すぐにも西股が下りてきて、関係するいくつかの店を回ることになっていた。そこに、あの白人女がやってきた。西股に呼ばれている、というので確認したところ、西股は女を上げろと返事した。白人女には目のない男だったから、ほんとうは呼んではいなかったはずだ。西股は、その外国女がまさか送られた殺し屋とは考えもせず、セックスすることを優先した。

組は、そのビルの二階全部を使っていた。事務所があって、若い衆が寝泊まりする部屋もあった。もっとも奥にあるのは、西股の住居だ。用心棒の誰かがひとり、必ず部屋にいることになっていた。きょうの当番は古屋だった。

二階に上がってきたのがミニスカートの女だったので、古屋はとくに疑いもせず、ましてや身体検査もせずに、西股の部屋に入れたのだろう。

女は部屋に入ると、たぶん躊躇《ちゅうちょ》せずに西股を撃った。傷の様子を見ると、まず胸を撃ち、ついで額に一発撃ち込んでとどめを刺したのだ。プロの仕業だった。

古屋が拳銃《けんじゅう》を取り出して、反撃しようとした。女は古屋にも一発放った。古屋については、女は殺すつもりはなかったようだ。動けなくするだけで十分だったのだろう。

銃声を聞いて、事務所にいたふたりが廊下に飛び出した。あいにく事務所には拳銃は隠されていない。ふたりとも、匕首《あいくち》を抜いて、女を追ったのだった。女は非常口へと逃げて、裏手の階段を駆け下りた。

藤倉は、拳銃の発射音を聞いたときに、何が起こったのかすぐに理解した。女が、ロシアの組織から送られたヒットウーマンだったとも気づいた。西股に確認したとはいえ、自分が女の身体検査をやっていてもよかった。女が出稼ぎダンサーとしか見えなかったので、油断したのだ。

二階に駆け上がったとき、組員がふたり、非常階段を駆け下りてゆくところだった。藤倉はすぐに同じ階段を駆け下りて、ビルの前の通りへと出た。女の乗ってきた銀色のセダンが、ビルの前を急発進してゆくところだった。モスクワで使ったことのある旅行代理店の男が運転する車だ。藤倉は外苑東通りまでそのセダンを追ったが、止めることはできなかった。女は逃走した。

組の事務所にとって返すと、組員たちがパニックになっている。ひとりが、西股の身体を揺さぶっていた。

よせ、と藤倉は止めて、西股の容体を診た。死んでいる、と見えたが、頭を撃たれても一命を取り留める者がないわけではない。古屋のほうは助かりそうだった。

藤倉は組員たちに指示した。

「この部屋と事務所から、余計なものは運びだせ。隠せ」

組の若手幹部が訊いた。

「どうする？　どうしたらいい？」

狼狽《ろうばい》している。何かを冷静に考えることができる状態ではないと見えた。

「病院に運ぶ。相手をはっきり見たか？」

「女だった」と、その幹部は言った。「ロシア人じゃないか。ルーマニア人かな」

「忘れろ。見ていないことにしろ」

「どうしてだ？」

「組長が女に獲られたとなれば、西股組は笑い物になる。それに、おとしまえはおれたちでつけなきゃならない。警察に先に身柄取られたら、それもできなくなる。女だったと言うな。忘れろ」

「わかった。見ていない」

べつの組員が訊いた。

「相手は、これでおしまいにするか？　まだ襲ってくるんじゃないか？」

「いや」と藤倉は答えた。「向こうだって、全面戦争やる気はないさ。心配ない。パニくるな。チャカなんか持ち出さなくていい」

もうひとりの組員が言った。

「古屋は女を見ている。こいつの意識が戻ったら、女だったと言うんじゃないか」

「時間は稼げる」

藤倉は古屋の横に落ちている拳銃を取り上げた。中国製のトカレフだ。安いので組では何挺《ちょう》か買ったが、大きくて扱いにくい。用心棒に持たせるなら、べつのものにすべきだった。

それから、事務所の固定電話を使って一一九番通報したのだ。

「男性がふたり、大怪我をした。救急車を」と。

四分後に最初の救急車が到着した。西股がストレッチャーで運び出された。救命士に聞くと、日赤病院に運ぶという。

藤倉は西股のメルセデスで、救急車を追いかけたのだった。

集中治療室の外で待っているあいだに、きょうのできごとを整理してみた。

あの金髪で黒いミニスカートの女は、ロシアのあの組織が送ってきたヒットウーマンだ。まちがいない。西股が殺してしまったロシア人娼婦《しょうふ》の賠償をめぐって、交渉が決裂したせいだ。相手は、下手人を西股がただちに始末するなら、それでも了解すると言ってきたのだった。しかし、殺害犯は西股自身なのだ。これで決着をつけることは不可能だ。相手の口ぶりでは、殺害犯が西股であると目星をつけていたようにも思える。相手は自分たちが送り込んだロシア人ダンサーや娼婦たちから証言を集めていたはずだから。だから、西股が自分たちの責任で下手人に報復すると約束しても、相手はこの言葉を信じなかった。

また相手は、二千万というカネで手を打つとも言った。けっして安いカネではないが、それで手を打てるなら打つべきだったろう。しかし、西股はこれを拒んだ。

あの日、相手はけっきょく、自分たちで決着をつけると言い残して去ったのだった。自分たちでやる、ということの意味は、明白に思えた。

あれから十日、西股は新潟の輸出業者に頼み、相手かた事務所を監視していた。しかし、新潟ではとくに不審な動きはなかった。ひとが増えたようでもないし、泊まり込みの態勢もこれまでどおりだ。緊張は見られなかった。

西股組の自主的な制裁を待つ気になったのかもしれない、と西股と藤倉は考えた。名目上のロシア人娼婦殺害犯を立てて、これをあからさまに殺せば、それで納得するというサインかもしれなかった。日本国内で今後もビジネスを続けるつもりなら、相手にしても西股組を含む誠志連合と全面抗争に入るのは、得策ではないはずだった。

西股は、警戒の態勢を縮小しろと藤倉に指示してきた。自分の部屋にむさ苦しい男たちが三人も四人も常駐しているのは、耐えがたいと。藤倉はこれを了解した。少しだけ気が緩んでいたとも言える。

失敗だった。

藤倉は、女が乗ってきた車の運転手のことを思い出した。三年前、自分がモスクワに女の買いつけと拳銃射撃訓練に行ったとき、モスクワを案内してくれた男だ。車に乗せられた時間が長かったので、ガイド兼運転手のその男とは、けっこう長い時間話した。

関口。関口卓也という男だった。

やつが、相手組織のメンバーだということは考えられるだろうか。いまは独立して、ロシア人観光客専門の個人旅行代理業をやっていると言っていた。モスクワであっちの組織に取り込まれ、舎弟分になってしまったということは十分考えられる。女が西股を殺したあと、女を乗せて逃げたのだから、もし組織の構成員ではなかったとしても、共犯者だった。

独立前の旅行代理店で、連絡先を聞き出せないか？　独立したと言っても、いくらかは前の勤務先とのつながりは残っているはずだ。下請けをしていることも考えられる。

藤倉は、三年前のモスクワ旅行のときに使った旅行代理店にすぐ電話をかけた。東京の担当者の個人電話番号が、携帯電話に登録されていたのだ。

関口卓也と連絡を取りたいと藤倉は先方に言った。ロシアのお客さんを個人的に案内したくってと。

期待どおり、相手は独立した関口の携帯電話の番号を把握していた。藤倉は関口の携帯電話番号を自分の携帯電話に登録した。

そこに麻布警察署の地域課の警官がふたり、駆けつけた。ついで、警視庁の寒河江と矢島だ。寒河江から、事情を訊かれた。

藤倉は、事務所でほかの組員と口裏合わせしたとおりに答えた。

発砲したのが誰か、自分は目撃していない。そのときは、ビルの外にいたのだ。その時刻、出入りした者の記憶もない。

発砲犯に心当たりはない。自分たちはいま、どこの組織ともトラブルを起こしていない。西股が撃たれる理由は思い当たらない。

寒河江は激怒した。その言葉を信じろって言うのかと。

それが三十分前のことだ。藤倉がのらりくらりと答えていると、ほかの組員たちも病院に到着しだした。寒河江はその組員たちにも、尋問を始めた。

その隙に、藤倉は関口に電話したのだった。女を出せと。

寒河江のあとについて、一階のロビーに入った。ロビーには、まったくひとはなかった。窓口にもシャッターが下りており、照明は常夜灯がついているだけだ。

寒河江が、ロビー中央のベンチに腰をおろして、藤倉に顎でうながした。そこに腰かけろと。

藤倉は素直に寒河江の向かい側に腰をおろした。

寒河江が、藤倉をにらみつけてから訊いた。

「知ってることを言え。やったのは誰だ？」

藤倉は、無理な演技はしないようにと自分に言い聞かせつつ答えた。

「わかりません。見てないんですよ」

「お前は、玄関先にいたと言ってなかったか？」

「兄貴が下りてくるのを待ってましたからね」

「じゃあ、出入りした男は見ているだろう」

寒河江は、発砲したのが男だと思い込んでいる。その誤解はそのままにしておいてやらねばならない。

「あのタイミングで、出入りしていた男なんて、気がつきませんでしたね。おれも、べつに入り口を見張っていたわけじゃないんで、よそを向いているあいだに誰かが入ったのかもしれないんですが」

「出入りした者がいないとなると、その場にいた身内を調べることになる。そうしろって言ってるのか？」

「まさか。身内の誰が、兄貴と古屋を撃ちます？　何度も言ってますが、おれたちは被害者なんです」

「思いつく相手は？」

「あるわけないじゃないですか」

「どこと揉《も》めた？　何でトラブった？　相手はどこだ？」

「知りませんよ。まったく心当たりはありません」

「馬鹿野郎。ふたり撃たれてるんだ。何かの偶然とか、イッチまった男がやったことで通じるか？」

「ほんとに知りませんって。誰か逆恨みしているかもしれないけど、心当たりはないって」

「そんなら、どうして古屋がハジキ用意してたんだ？　襲撃警戒してたんだろうが」

「古屋が？　あのハジキは相手が残していったものじゃないのかな」

「馬鹿野郎。そんな与太《よた》、信じられるかってんだ。相手はどこだ？　誰だ？」

「ほんとに知りません」

「襲った男は見ていない？」

「見てません」

「お前、西股の懐刀だってのに、それですまされないだろ。さっきビンタ張られていたけど、あれですむのか。指一本でも足りないって言われないか」

「たしかに、おれが守らなきゃならなかったんですが。うちが狙われてるってことさえ、わからなかったんですから。寒河江さんのほうこそどこか心当たりないですかね。うちを狙ってるところ、どこなんでしょうね」

「知るか」

寒河江は、足を組み直すと、上体を藤倉のほうに倒してきた。

「このあいだ死体で見つかったロシア女がいたな。あの女がいたのは、西股の息がかかった店だろ。もしかして、あれか」

「はあ？」と、藤倉はとぼけた。「あの女と兄貴とが、どう関係するんです？」

「おれが訊いているんだ」

「おれだってわかりませんよ。息がかかった店ってどういうことです？」

「ちがうのか？」

「知りませんって」

横に立っていた若い捜査員、矢島が、携帯電話を耳に当てたまま言った。

「応援着きました」

「よし」と寒河江は立ち上がった。「現場に行くか。お前も来いや」

「兄貴を置いとくわけにはゆかないでしょうが」

「死んだ」

「古屋もいるんです」

「何か思い出したら、連絡しろよ」

寒河江は矢島を従えて、ロビーを出ていった。

藤倉も立ち上がって、周囲を見渡してから、携帯電話を取り出した。

相手が出た。

藤倉は言った。

「藤倉だ。こんどの件では世話になってる」

「どうも」相手は嗄《しゃが》れ声で言った。「連中、おとなしいものだよ。いや、きょうは事務所にひとが集まってるな」

「昨日よりも多く？」

「多いみたいだ」

「全部でどのくらい？」

「いつも新潟にいる数より多い。七、八人かな」
七、八人。ほかの都市からも集まっているのだろう。やつらの新潟の事務所は、四人か五人しかいないはずだ。このことに何か意味はあるだろうか。あのヒットウーマンは、新潟を経由してはいないはず。モスクワかウラジオストックから送られてきたヒットウーマンだろう。それでも一応は、報復を警戒したということか。

いま警察に売ってやろうか。集まっている男たちはみなマカロフかトカレフで武装しているはずだから、警察にとってはいい稼ぎになる。うれしい情報になるはずだ。

「どうしたんだ？」と、相手が言った。「東京で何かあった？」

「ああ。ちょっと」

「もったいつけないでくれ」

「心配していたことが起こった」

一瞬の間があった。

「襲われたのか？」

「ああ。うちの社長が、死んだ」

「一方的にか」

「そうなんだ。一瞬の隙を突かれた」

「やったのは、どうなってる？」

「逃げてる。取り逃がしたんだ」

「どうするんだ？」

「黙っているわけにはゆかない。きちんと始末をつける」

「おれは、身を隠すことになるのか？」

「いや、あんたは心配しなくていいと思う」

「監視は続けたほうがいいんだな」

「いちおうは気をつけたほうがいい」

「わかった」

携帯電話を切ったところで、ひとつ思い出したことがあった。

あの関口卓也という男のこと。モスクワで市内を案内されているとき、彼のプライベートな情報を耳にした。ロシア語をどこで勉強したのかと訊いたとき、あの男は答えた。稚内出身なので、身近にロシア人がいたのだと。家族のこともやつは話した。

たしか妹が、稚内市立病院の看護婦と言っていなかったろうか。この情報ひとつがあれば、あの関口の生家をあぶりだすことは可能だ。家族の所在がわかれば、これを関口に対する説得の材料にできる。早い話が、家族を殺すぞと脅すことができるわけだ。

あいにく稚内には、同盟関係にある組織はない。しかし札幌にはある。札幌のその組織に依頼して、関口の生家を調べてもらうことはできないだろうか。同盟組織の組長が撃たれて殺されたのだ。その程度のことは依頼できるだろう。

携帯電話が鳴った。

モニターを見ると、さきほど自分に平手をくれた大滝からだ。

携帯電話を耳に当てると、怒鳴り声が響いてきた。

「どこに消えたんだ？」

「刑事に引っ張られまして」と藤倉は言った。「事情聴取されてたんです」

「終わったんだろ。集まるぞ」大滝は、六本木のクラブの名前を出した。「至急だ」

「わかりました」


その店は、六本木交差点から少し狸穴《まみあな》寄りのビルの三階にあった。

藤倉が入ると、ホステスが奥へと案内してくれた。三人の男たちが、すでにカウチに深く腰かけていた。ひとりは大滝。兄弟組織の組長だ。もうひとりは、武田。やはり組長だ。もうひとりは、大滝組の企業舎弟オーナーの増川。三人とも、西股とはつきあいも長く、親しい男たちだった。若いころはみな、同じ組の下っ端だったのだ。

藤倉は三人の前へと歩くと、男たちが声をかけてくる前に土下座して頭を下げた。

「申し訳ありません。おれがいながら」

「もういい」と大滝が言った。「とにかく善後策だ」

藤倉は、頭を下げたまま立ち上がり、末席に腰をおろした。

大滝が、藤倉をにらみながら言った。

「どういうことになったのか、わかってるよな」

もちろんわかっている。組長を殺されて反撃できないような組織は、草刈り場になる。シマは荒らされ、子分たちは離れ、あるいは引き抜かれ、早い話がしのぎが難しくなる。

しかし、大滝たちには、ロシアン・マフィアと全面戦争になる覚悟はあるだろうか。どこまでやって、どこで手を打つか、その展望はあるのだろうか。

大滝個人は、空手の有段者ということもあって、武闘派だ。傷害の前科二犯。完全に切れたときは、たとえひとりでもロシアン・マフィアと戦うだろう。もちろん周囲は、組長にそんな真似はさせないだろうが。

藤倉が頭を下げたままでいると、武田が言った。

「おれたちには、事情を言えるだろう。何があったんだ？　何が起きてるんだ？」

武田は、私大の経営学部中退という変わり種だ。頭は悪くない。べつな言いかたをするなら、計算高い。どんなことがあろうと、冷静に損得をはかりにかけるだろう。ブラウンのサングラスに明るいグレーのスーツという格好は、ヤクザというよりは詐欺師だ。

増川が言った。

「いまおれたちには、トラブルを長引かせる余裕なんてないぞ。早めに解決しなきゃあな」

増川は、丸顔にいつも如才のなさそうな笑みを浮かべている男だ。商売人ではあるが、そのじつ、もっとも暴力を好むのはこの男だ、と藤倉はにらんでいる。たぶんベッドの上では、増川はSだろう。

大滝が言った。

「とにかく、事情を洗いざらい話せ」

「はい、じつは」

藤倉は三人の顔を順繰りに見ながら、事情を説明した。西股克夫の関係する六本木のショー・パブで、二週間ほど前にひとりのロシア人ダンサーが消えて、数日前、昭和島《しょうわじま》近くの岸壁の下で死体が発見されたこと。この女を送ってきたのはロシアン・マフィアであるが、この組織が女性の死についてのきちんとした解決を求めてきたこと。具体的には、西股組による殺害犯の始末か、カネによる解決か、ふたつにひとつということだった、と。

西股は自分たちの手で殺害犯を始末すると約束した。相手は、もし西股が自力で処理できなかった場合は、自分たちの手でやると言い残していった。

西股にしても、女を殺した者の見当がつかず、きょうまで未処理のままだった。

きょう西股を襲ったのは、まちがいなくそのロシアン・マフィアだ。ほかに思い当たるところもない。たぶん相手は西股組が約束を反故《ほご》にしたと思ったのだろう。それで彼らは、商品である女を台無しにされた報復として、受け入れ先の責任者である西股を襲って、帳尻《ちょうじり》を合わせようとしたのではないか……。

藤倉がそこまで話すと、大滝が苦々しげに言った。

「その死体で見つかったロシア女、西股が関係してるんじゃないのか。やつの白人好きは有名だぞ」

「まさか」と藤倉は言った。「兄貴だって、女殺すようなことまでやりませんよ」

「じゃあ、客のひとりだ。まったく心当たりはないのか？　疑えるんだったら、証拠はなくても始末しておけばよかったんじゃないか」

「そこまで無茶はやれませんよ。客が引くじゃないですか」

「探す努力はしてたのか？」

「してたと思いますよ」

「知らねえのか」

「店のほうでやってましたから」

武田が言った。

「カネで解決する場合、いくらだってことだったんだ？」

藤倉は武田に顔を向けた。

「一億」

嘘だ。その五分の一の額が提示されたのだった。しかしこの場でその数字を口に出せば、この三人は激昂《げっこう》するだろう。端金《はしたがね》を惜しんで、と。

増川が言った。

「吹っ掛けてきたな。狙いは最初からカネか」

大滝が、藤倉に訊いた。

「あっちには、これで終わらせるってつもりはあるのか？　それとも、とことんやる気なのか？」

「わかりません」藤倉は答えた。「ただ、最初の交渉のとき、帳尻は合わせるという意味のことは言ってました。向こうが、これで帳尻が合ったと考えてるんなら、終わりでしょう。兄貴の死んだのがニュースに流れたところで、手打ちの呼びかけがあるかもしれません」

「兄弟が殺されてるのに、手打ちも糞《くそ》もあるか。おれは、乗らねえぞ」

「待て待て」と、武田があいだに入った。「たしかに女ひとりと西股と、釣り合いが取れるものじゃない。連中、図に乗りすぎてる」

大滝が言った。

「古屋も撃たれたんだ」

武田はうなずいて言った。

「いま、手打ちはもってのほかだ。かといって、全面戦争やれるか？　あっちには、鉄砲玉の不自由はないはずだ。トカレフでもマカロフでも、飛び道具は無尽蔵だしな。戦争になったら、勝ち目はないぞ」

増川が言った。

「手打ちの線を、手さぐりで探してみるしかないか」

大滝が増川に顔を向けた。

「どういう意味だ？　西股と、女ひとりと、見合うのか」

「どうだったら手打ちできるか、考えておこうってことだ」

「いまから何を言ってるんだ。西股が殺された夜だってのに」

「とりあえず」と武田がサングラスの位置を直しながら言った。「今回の始末は、藤倉にまかせよう。藤倉なら、誰もが満足できる始末にしてくれるさ」

藤倉は、まるで善意に満ちているかのような武田の言葉を黙って受け止めた。西股殺害の責任はこの自分にあるから、お前がひとりで処理しろと言っているということだろう。自分は関わりたくないと。

「どうだ？」と武田が藤倉に訊いた。不服そうな内心が見えたのだろうか。

藤倉はわざとらしくうなずいて言った。

「たしかに、おれがケツを拭《ふ》くべきです。おれがまず、きちんとした始末を考えます」

武田は満足そうに微笑した。

「それでこそ、西股の右腕だよ。お前に任せるでいいな」

「はい」

大滝が言った。

「藤倉がケツ拭くにしても、おれたちが助けてやるべきだろう」

増川が言った。

「当事者を増やすことには反対だ。ここは藤倉を立てて、おれたちは陰でサポートするでいいんじゃないか。西股の弔い合戦におれたちが動けば、しのぎのほうはどうなる？放っておくわけにはゆかんのだぞ。警察だって、しばらくはおれたちを監視するんだ」

武田が言った。

「藤倉が身動きしやすいよう、雑事は引き受けてやろう。大滝さん、あんたが西股のしのぎを一時預かるのではどうだ？」

増川がぎろりと目をむいた。そいつは承服できない、とでも言ったように見えたが、異論ははさまなかった。

大滝が言った。

「いいだろう。おれが預かる。商売のほうは心配しなくていい。存分にやれ」

増川が言った。

「おれもできるだけのことはする。早いうちに始末つけろ」

武田が言った。

「火の粉を飛ばすな。だけど、きっぱりとやれ」

はいと頭を下げながら、藤倉は思った。要するに西股のこの義兄弟たちは、けっきょくおれひとりに危ないことを押しつけてきた。

武田が言った。

「西股の葬式を出さなきゃならない。死体が明日帰ってくるとして、明日が通夜、明後日が葬儀。葬儀委員長は、兄貴分の大滝でいいな」

大滝がうなずいた。

「おれだ」

「よし」と武田が言った。「西股が撃たれたってことで、もう六本木はピリピリきてるだろう。藤倉、目立ち過ぎないよう、気をつけろよ」

はい、と藤倉はもう一度頭を下げた。


関口卓也は、覗《のぞ》き穴から廊下を見た。廊下に立っているのは、まちがいなくこのホテルの制服を着たウエイターだ。

卓也はドアのストッパーをはずして、ドアを押し開けた。

「クリヤカワさまのお部屋ですね」若いウエイターが笑みを見せて言った。「ご注文をお持ちいたしました」

ウエイターは、ワゴンを押して部屋の中に入ってきた。

卓也はウエイターの先に立って、部屋の奥へと歩いた。ターニャはいま、毛布を首まで引き上げて目をつぶっている。眠ってはいないはずだ。毛布の下では、さきほどまでと同様、拳銃を握っていることだろう。

ウエイターは、窓際のテーブルの上に銀色のトレイを置くと、卓也に伝票を差し出してきた。卓也は手早くローマ字でクリヤカワと記した。

ウエイターが部屋を出て行き、卓也はまたドアにストッパーをかけた。

テーブルまで戻ると、ターニャがベッドから起き上がろうとしているところだった。

「無理しないで」と卓也は言った。「そこで食べるといい」

ターニャは卓也を見つめ、その黒い瞳《ひとみ》を卓也に向けて訊いた。

「ここでいいの？」

「動けないだろう。このテーブルをそっちに近づける」

「ベッドで食事なんて、ハリウッド・スターみたいだわ」

「ロシアではしなかった？」

「ママは許してくれなかった」

「大人になってからは？」

「ベッドはそういうことをする場所じゃなくなった」

卓也はテーブルをベッドに接するように動かして、トレイの上にターニャが注文した品を並べた。コンソメ・スープに、ポテト、野菜のサラダ。ヨーグルトにミネラル・ウォーター。

さらにカップに紅茶を注いだ。ロシア式ではなく、英国ふうの紅茶だ。ただし、ジャムをつけてもらっている。

トレイを毛布の上に置くと、ターニャは短く、スパスィーバ《ありがとう》と礼を言った。素直な口調だった。

「ニェーザシトー《どういたしまして》」と卓也は返した。

ターニャは微笑した。つり込まれてしまいそうなほどに無邪気で無防備な微笑だった。

彼女のこんな表情は、と卓也は思った。たぶんきょう初めて見た。

卓也は目をターニャに向けたまま、自分のクラブ・サンドイッチにかぶりついた。

こんな女が、娼婦で殺し屋だなんて、まったく信じられなかった。彼女の生い立ちも、彼女がきょうやったということも、まとめて全部否定してくれないものだろうか。自分はモスクワの中産階級に生まれて、十七歳のときからモデルをやっていた、とでも言ってくれたらよかったのに。たとえそれが嘘であっても、自分はそのストーリーのほうを歓迎する。彼女にはそんな自分史のほうが、似つかわしい。そしてひとは、自分によく似合ったストーリーがあれば、自分の人生をそちらに向けて修正してゆくこともできるのだ。

「どうしたの?」と、ターニャが紅茶のカップを口から離して訊いた。「わたしの顔、そんなにひどい?」

「いいや」と、卓也は照れ笑いした。そんなに遠慮のない目で見てしまっていたか。

「きょう起こったことが、まだ信じられなくて」

「わたしも」ターニャは言った。「いまここにいることも、嘘みたいに思える」

「鎮痛剤のせいかな」

「そうね。きっと。ねえ」

「なに?」

「ポテト、入りそうもない」

「無理して食べることはない。残せばいい」

「ヨーグルトなら、入りそう」

「どうぞ。ブルガリア・ヨーグルト」

卓也はヨーグルトの蓋《ふた》を開けて、ターニャの脇のトレイに載せた。

スパスィーバと、またターニャが言った。


クラブの外に出てエレベーターへと向かう途中で、藤倉奈津夫は携帯電話を取り出した。時刻はまだ九時前。失礼な時刻ではない。むしろ相手も一日でもっとも活動的な時刻だろう。札幌の薄野《すすきの》は、いまもっとも賑《にぎ》わう時刻のはずなのだ。

相手が出た。藤倉は短くあいさつしてから、すぐに用件に入った。

「河島《かわしま》さんのところ、稚内に舎弟なんていますかね」

藤倉が河島と呼びかけた相手は、すぐにヘビースモーカーとわかる声で言った。

「なんだ、藪《やぶ》から棒に」

「ちょっと、東京でいろいろ起きまして、その後始末で大忙しなんです」

「なんだ？　いろいろ？」

「兄貴が、撃たれました。さっき、死亡確認。まだニュースには流れていないと思いますが」

河島が電話を握ったまま驚いたのがわかった。

「なんだよ、抗争か」

「いえ、事故みたいなものです。ちょっと誤解があったみたいで」

「きちんと言えよ。事情次第では、うちも何か力になるから」

「詳しい事情は、葬式のあとにきちんとお話しします。いまひとつだけ、助けてください」

「稚内がどうしたって？」

「情報が欲しいんです。稚内の市立病院に勤めている関口って看護婦のこと」

「堅気《かたぎ》の女か」

「そうです。その女の住所、調べられないかと思って」

「稚内には舎弟はいない。だけど、うちの若いのをやることはできるぞ。住所、調べるだけでいいのか？」

「住所。個人情報があるだけあったらもっといいです」

「その女、いったい何なんだ？」

「こんどのことで、ちょっと関係がある女なんです」

「いつまでに？」

「明日夕方までに調べられるだけ」

「明日、行かせる。その若いのに、この番号、教えていいな」

「かまいません」

「稚内市立病院の関口ね」

「看護婦のようです」

河島は話題を変えた。

「東京じゃ、始まるのか？」

「戦争がって意味ですか？　いや、兄貴の弔いはきちんとやりますが、戦争なんてことにはなりません」

「何か力になれることがあったら、電話してくれ」

「ありがとうございます。もしそういう場合はよろしくお願いします」

「葬式は？」

「明日が通夜、明後日が葬儀です」

「行けないな。おれの名前で、三十万、出しておいてくれ」

その三十万が、調査料金ということになるのだろう。やむをえない出費だった。

「承知しました」

藤倉は携帯電話を畳んだ。次は、新橋《しんばし》の質屋にゆかねばならない。


ビルを出たところで藤倉は立ち止まった。ほんの十五分足らずのあいだに、六本木の町にはずいぶん警察車が目につくようになった。これはまちがいなく、西股克夫銃撃・

射殺事件のせいだろう。警視庁は、六本木一帯に非常線を張ったのだ。発砲犯の特定はできていないとはいえ、とにかく不審者は片っ端から洗えということだろう。警視庁も、検問と職務質問で発砲犯に当たるとは期待してはいまい。

二次抗争の発生を抑えるという意味のほうが大きいか。ならば効果的だ。今夜は六本木じゅうの商売人が、荒稼ぎは諦《あきら》める。ぼったくりもないし、ドラッグ・ディーラーたちも息をひそめる。六本木はいつになく安全で健全な街になる。

藤倉の前に、セダンが滑り込んできた。西股のメルセデスだ。運転しているのは、組の若い衆の三浦だ。きょう、あのビルの前で藤倉と一緒に西股を待っていた。

藤倉は助手席に乗り込んで、三浦に言った。

「新橋。ウィンズの裏」

「はい」車を発進させて、三浦は言った。「いきなり警官が増えましたよ」

「もう遅いって」と藤倉は言った。「あの糞アマは、とうに六本木から逃げたのにな」

藤倉は携帯電話を出して、登録している相手を呼び出した。

「藤倉だ。相談に乗ってくれ。これから行く」

メルセデスがその雑居ビルの前に到着したのは十分後だった。

一階にコンビニエンス・ストアと質屋がある。質屋には看板が出ていた。

「ブランド品、高価買い受け承ります」

要するにここは、場外馬券売り場でカネを使い果たした男女のために、多少のカネを用立てる質屋だ。利益率は悪くないだろう。

藤倉が用があるのは、この店の若主人のほうだった。彼はこのビルの二階で、父親とはべつのビジネスに従事している。

質屋の中に入ると、店の主人が無言で横手のスチールドアを指さした。藤倉は小さく頭だけ下げて、そのドアを開けた。

階段を上った先のドアを開けると、そこは畳三枚もないほどの広さの部屋だ。スチールの事務デスクの向こう側に、若主人がいた。中村道夫。タイ人向けの地下銀行を営む男だった。

中村は、若禿《わかは》げの頭をなでながら、愛想よく言った。

「もしかして、あの事件と関係ありますか？」

藤倉は驚いて訊き返した。

「何の件だ？」

「六本木で、どこかの組長が撃たれたって事件」

「もうニュースになってるのか？」

「テレビに出たかどうかはわかりませんが、耳には入りました。お身内ですか？」

「兄貴だよ」と、藤倉は答えた。

「それはご災難でした。きょうは、じゃあ、とんでもない夜になりますね」

中村は椅子から立ち上がって、後ろのポットからカップに茶を注ぎ出した。

この中村の地下銀行は、東京のタイ人社会では評判がよかった。外国人労働者向けの地下銀行は都内にいくつもあるが、利用者からもっとも信用されているのは、この中村かもしれない。少額でもタイの銀行に確実に送金してくれるし、なにより利用料が表の銀行の四分の一以下だ。交換レートも、表銀行よりもいい。高額の送金を繰り返すと、料金は割安になる。

最初、中村は、タイに渡航する際に知人のカネを預かってやっただけなのだという。それを聞きつけたべつのタイ人がまた頼んできて、それが何度か繰り返された。需要があると見た中村は、バンコクの友人に声をかけ、いまのシステムを作り上げたのだ。

いまはじっさいにカネがバンコクと東京とのあいだを行き来するわけではなかった。バンコクの銀行に中村は自分の口座を持ち、必要十分なだけの金額を用意している。東京のこの店に日本円で送金依頼がくると、中村はバンコクに連絡、相棒がバンコクの銀行から指定のべつの銀行口座にタイ・バーツで振り込むのだ。翌営業日には確実に振り込まれており、中村はいままで事故は一度もないと自慢している。

銀行法違反の違法行為にはちがいないが、人倫にもとる犯罪というわけでもない。荒稼ぎが可能な商売でもない。むしろ千円二千円という単位で口銭《こうせん》を稼ぐ仕事であり、ヤクザがもっとも苦手とするビジネスだった。だから彼は、とくに強力な商売敵もなく、妨害もなしに、この地道な商売を続けていられる。

それに、タイ人社会と深いつながりを持っているし、しかも本来の家業は古物商だ。藤倉には、この中村というのはありがたく使える男だった。

中村がお茶を出してきたので、藤倉は言った。

「いいハジキを至急用意してもらえないか」

中村は笑った。

「やっぱり。そうじゃないかとも思ったんですよ」

「手に入るか？」

「あたってみないとわかりませんが、たぶん相場はいきなり上がりましたよ」

「どうしてだ？」

「抗争なんでしょう？」

「たいしたことじゃない。ドンパチは始まらない」

「藤倉さんが必要になっているのに？」

「ドンパチのためじゃない」

中村は、鳩のように喉《のど》を鳴らして言った。

「いまハジキを手に入れるってのは、最悪のタイミングだ。だけど、絶対に必要ってことなんですね」

藤倉は声を荒らげた。

「余計なことだよ。用意できるかどうか、それだけ答えてくれ」

「希望だけ、知り合いに伝えてみますよ。どんなのがいいんです？」

「小さめでいいんだ。三八口径以下」

「セミオート？」

「できれば。その場合、マガジンのスペアも」

「かなり厳しい希望です」

「おれは、安くとは条件をつけてないぞ」

「承知してます。大きいのでいいんなら、トカレフがたぶんすぐにでも手に入る」

トカレフなら、組にもいくつかある。射撃訓練も受けたし、扱いの要領も知っているが、使いたくなかった。自分にとって、ついぞ馴染《なじ》むという感覚を持てない大型拳銃なのだ。

藤倉は言った。

「トカレフなら要らない。ほかには？」

「そうですね」中村は、藤倉の頭から上体に視線を滑らせて言った。「藤倉さんに似合うのは、やっぱりイタリア製なんじゃないかな」

「似合う似合わないの話じゃない」

「いいえ、そういう印象の一致って、大事だと思いますよ。藤倉さんにはスミス・アンド・ウエッソンの四五口径は似合わない。トカレフもね。似合わないってことは、藤倉さんにとって使いにくい拳銃だってことですよ。どんなものにも、相性がある。相性ってのは、じつは印象が合ってる、一致してるってことです」

必ずしも納得できる見方ではなかったが、藤倉は訊いた。

「イタリアの何がいいって？」

「ベレッタあたりに、似合うものがありそうな気がするな。二二口径では小さすぎます？」

二二口径。不意を襲って近場で使うことになる。使えないわけではないが。

答えをためらっていると、中村は言った。

「タンホグリオの二五口径も悪くないかな。それとも、少し大きいけどベルナリデリの三八口径か」

「手に入るのか」

「まず希望を伝えなきゃ。いつ必要です？」

「今夜じゅうに」

「おっと、選択肢は限られてきますよ」

「三八口径以下。それが最低条件だ」

「いきなり相場が上がったことは、ご承知おきください。一時間以内に連絡いたします」

ターニャは眠ってしまった。

卓也は、トレイをベッドからテーブルに移した。

自分はしばらく眠れそうもない。

空になったカップに紅茶を注ぎ足すと、椅子に浅く腰をおろし、リモコン・スイッチでテレビをつけた。

音量を下げて、ニュース番組を探した。ちょうどニュースの時間帯だった。五分ほど過ぎているが、これからあの事件について触れてくる可能性は多い。卓也はしばらくのあいだ、政界の騒ぎについてのニュースを画面だけ眺めた。

やがて、下端に新しいニュースのテロップが入った。

「六本木で暴力団員射殺さる。抗争か。警視庁は厳戒」

少しだけ音量を上げた。

女性アナウンサーが、表情のない顔で原稿を読み上げていた。

「……時ころ、六本木七丁目のビルで発砲があり、暴力団関係者が病院に運ばれました。撃たれたのは指定暴力団西股組の組員とみられ、きょう午後九時ころ死亡が確認されました。この事件で、西股組関係者がもうひとり大怪我をしています。警視庁は被害者の身元の確認を急ぐいっぽう、暴力団同士のトラブルとみて、厳戒態勢に入りました」

画面は日赤広尾病院の外観となった。

また新しいテロップ。

「被害者ふたりが運ばれた日赤医療センター」

画面には、警察車などは映っていない。

すぐにべつのニュースとなった。東名高速で起こった三重衝突事故だった。

卓也はまた音量を下げると、携帯電話を取り出して、航空時刻表のサイトに入った。

明日以降の、ロシア便の時刻を頭に入れるためだった。

ターニャが予約しているのは、明後日のアエロフロート・ロシア航空モスクワ直行便だ。昼十三時〇〇分発。この便は毎日出ているから、場合によっては、ターニャは明日、これに乗ることも可能だ。もちろんあとにずらすことも。

ほかに、ハバロフスク経由便、ウラジオストック経由便がある。地方空港から出ていた。状況次第では、と卓也は思った。成田発の便ではなく、地方空港、たとえば新潟や富山からの便を使うことになるかもしれない。それを頭に入れておこう。

ターニャに目をやった。

彼女はもう完全に熟睡だ。鎮痛剤を飲んでいる以上、どんなに緊張していたにせよ、もう我慢の限界のはずだ。

眠るがいいだろう。

卓也自身も眠りたかった。彼女が目覚めれば、また自分は拳銃を突きつけられることになる。銃口が自分に向いていることを意識しながらでは、眠れるものではなかった。眠るなら、いまだ。

卓也はテーブルの向かい側の椅子の位置をずらしてから、靴を脱いで両足をその椅子の上に置いた。

藤倉がセダンに戻ると、三浦が車載のナビ兼用テレビを指さして言った。

「ちょうどニュースをやっています」

藤倉はテレビに目を向けた。女性キャスターが原稿を読んでいた。

「撃たれたのは指定暴力団西股組の組員とみられ、きょう午後九時ころ死亡が確認されました。この事件で、西股組関係者がもうひとり大怪我をしています。警視庁は被害者の身元の確認を急ぐいっぽう、暴力団同士のトラブルとみて、厳戒態勢に入りました」

それから、日赤広尾病院の外観の映像。

ニュースの内容が切り替わったところで、三浦が言った。

「身元の確認って、寒河江がはっきり確認してるじゃないですかね。あれ以上、何を確認したいんでしょう」

藤倉は言った。

「西股は生きているか死んでいるかわからない、ってことを言ってるんだ」

「どうしてです？」

「連中を混乱させるためだ。西股が死んでいないとなれば、連中は確実にもう一回襲う。

寒河江はそれを期待してる。日赤広尾病院に、部下を何人も置いたはずだ」

「撃ったときに、ヒットマンも確認したでしょう」

「警察がいまみたいに発表すれば、その確信もぐらつくさ」

「じゃあ、日赤病院にもう一回やってきますね？」

「馬鹿ならばな」

「このあとはどこに？」

「芝《しば》。東京プリンスの駐車場に入れろ。連絡を待つ」

藤倉のセダンが、その東京プリンスホテルの駐車場に入った直後だ。藤倉の携帯電話が振動した。中村からだった。意外に早い返答だ。

「すぐに動けますか」と中村が訊いた。「バイヤーと連絡が取れたんですが」

「ブツが入るんだな？」

「百万用意してください」

「百万？　ぼったくりだぞ」

「抗争になればいきなり値が上がる品です。わたしはべつに仲介料をいただきませんから」

とりあえずその用意はあった。襲撃があったときから、以降は現金が必要になると、事務所の金庫からカネを引き出していた。

「どこに行けばいいんだ？」

「芝浦《しばうら》ジャンクション。日《ひ》の出橋《でばし》の南たもとにいらしてください。わたしも十五分後に行ってますから」

「そんなとこで何をやろうって言うんだ？」

「通販カタログをお見せしたいそうです」

「通販なんて暇はねえぞ」

「見るだけ見てください」

やっと気づいた。現物もあるということだろう。

藤倉は三浦に言った。

「芝浦ジャンクション。わかるか？」

わかります、と三浦は答えて、セダンをターンさせた。

藤倉奈津夫は、指定された橋のたもとでセダンから降り立った。

周辺には倉庫やオフィスビルが立ち並んでいる。黄色い灯のともる窓の多いビルは、集合住宅だろうか。このあたりは、産業エリアであると同時に、東京のウォーター・フロント住宅地だった。産業施設と住宅とが混在している。でもさすがにこの時刻だ。交通量は少ない。

ビルのあいだを、運河が走っている。頭上には首都高速道と案内軌条式鉄道だ。狭隘《きょうあい》な土地が、三次元で有効活用されていた。

運河の水が、岸壁を洗っているようだ。ひたひたと水音がする。

藤倉はパンツのポケットに両手を突っ込んだまま、周囲の様子をうかがった。それらしき車は停まっていない。ひとの姿もなかった。

着くのが早すぎたのか。それとも、向こうが用心しているのか。

藤倉は、もう一度ゆっくりと身体をひねりながら、周囲を見渡した。

すぐ近くで声がした。

「こっちです。藤倉さん」

声は、どこか低い位置から聞こえてきたのだ。藤倉は驚いて、声のしたほうに目を向けた。

道の端の向こうで、中村が顔を出している。中村は、路面よりも低い位置にいるのだ。岸壁の下に立っているのか？

藤倉は道の端まで歩いた。中村は、接岸している小船の上にいた。

中村が言った。

「乗ってください。カタログは、船の中で」

船は、東京湾でよく見かける釣り船のようだった。そういえばこのあたりの運河には、かなりの数の釣り船屋がある。そのうちの一艘《そう》なのだろう。

藤倉は中村に訊《き》いた。

「東京湾に出るのか？」

「いえ。でも出てもかまわないそうです」

「誰がそう言ってるんだ？」

「通販業者が」

中村はちらりと背後に視線を向けた。船に誰かべつの人物が乗っているようだ。

「とにかく、カタログを見せろ」

「中へ」

藤倉は、セダンを振り返った。運転席で、三浦がいくらか不安げな目を向けている。藤倉は、心配いらないの意味をこめてうなずいた。

小船の甲板に降りると、船はわずかに揺れた。船は長さ七、八メートルで、全体に背を低く造られている。東京湾に出るまで、いくつもの橋をくぐらねばならないせいだろう。船尾に操舵《そうだ》室があり、ガラス窓の内側に人影があった。

中村に案内されて、キャビンに入った。簀《す》の子《こ》を敷いた、細長い空間だった。ようやく立てるだけの高さしかなかった。作り付けのベンチが並んでいる。十人ぐらいの釣り客が乗れるようだ。

藤倉が手近のベンチに腰をおろすと、奥から男がひとり現れた。潮灼《しおや》けした中年男だった。黒っぽい作業服を着て、キャップをかぶっている。目が腫《は》れぼったく、口はへの字だ。どことなくアンコウを思い出す風貌《ふうぼう》だった。彼の仕事が表向き釣り船の船長なのだとしたら、その仕事によく似合っている風貌だ。

中村は、その男を紹介しなかった。藤倉も紹介されなかった。お互いの名を知ることも余計だということのようだ。藤倉にとっては、不都合はなかった。このようなビジネスでは、取り引き相手が誰かなど知らなくてもよい場合がある。その場で安全に現金決済が可能なら、むしろ相手の素性など知ることのほうが危険だった。いまがその場合だろう。相手にとっても、藤倉にとってもだ。

中村がうながすと、船長らしきその男は、背後からクーラーボックスを取り出してきた。男は蓋《ふた》を開けた。三分の一ほどの深さまで氷が入っている。

男はその氷の中に手を突っ込むと、底からビニール袋を取り出した。袋の中には、藤倉にも多少は見慣れた種類の道具がひとつ入っていた。

男は袋のジッパーを開けると、藤倉に差し出してきた。自分で手に取れということなのだろう。

藤倉は袋の中に手を入れた。金属の感触があった。冷えきっているものと覚悟していたのだが、さほど冷たくはなかった。ビニール袋自体も、濡《ぬ》れていない。

中村が、氷状のものをひとつ持ち上げて、感心したように言った。

「氷じゃないのか。プラスチックだ」

船長はにこりともしない。

藤倉は袋の中から拳銃《けんじゅう》を引き出した。トカレフよりはずっと軽く感じられる拳銃だった。もちろんマガジンは空なのだろうが。大きさも、トカレフよりふた回りは小さい。

色はシルバーだ。

グリップを握って、握り具合と形を確かめた。

トカレフと較べると、銃身から撃鉄部分にかけての形が小ぶりだ。銃身の長さが、三センチばかり短いように見える。

藤倉は、この拳銃を見るのは初めてだった。

ロシアで射撃訓練を受けたとき、トカレフ、マカロフのほかに、ノリンコという中国製の拳銃や、チェコのCZという拳銃も試し撃ちした。ほかに、ワルサーやシグ・ザウエルといったドイツ製の拳銃、ベルギーのブロウニングも試した。でもこの拳銃は、触った記憶がない。

中村が言った。

「ベレッタです。M84Fだとか」

船長が、そのとおりだというようにうなずいた。

藤倉は遊底をスライドさせた。当然ながら、薬室は空だった。

マガジンを抜いてみた。意外に厚みのあるマガジンだった。もちろん、実弾は装塡《そうてん》されていない。

中村が言った。

「マガジンに十三発入るそうです」

藤倉は確かめた。

「マガジンの予備は？」

「残念ながら、ないそうです。でも、トカレフやマカロフよりずっと多く詰められる。マガジンふたつ持つよりも、使い勝手はいいんじゃないですか」

十三発装塡できるのはいいが、と藤倉は思った。その場合、重くなって、トカレフと同じぐらいの重量になるのではないだろうか。トップヘビーのトカレフとちがい、グリップが重くなる分には、バランスはさほど悪くはならないだろうが。

藤倉は、中村に訊いた。

「弾をこめさせてもらえるか」

中村が船長に顔を向けると、船長はうなずいて、クーラーボックスを顎で指した。

中村がまた模造氷の中に手を入れて、ビニール袋を取り出した。中は、白地に赤とオレンジ色のラインの紙箱だ。タバコの箱をふたつ重ねたほどの大きさ。カートリッジ五十発入りだろう。藤倉はその紙箱を袋から取り出した。

藤倉は箱を膝《ひざ》のあいだに置くと、カートリッジを手早く十三発、マガジンに詰めた。いま一度重量バランスを確かめると、重くなってはいるが、トカレフよりはずっとバランスがいい。自分の体格向きの扱いやすい拳銃に感じられた。

銃口を船長にも中村にも向けぬよう注意しながら、藤倉は拳銃を左右に振ってみた。さらに上下にも。悪くない。

藤倉は、拳銃を握ったまま中村に訊いた。

「これは、一押しか。それとも、ほかに選択肢はあるのか？」

中村は答えた。

「ワン&オンリーだそうです。でも、お似合いですよ」

「もらおう」

それまで口をきかなかった船長が言った。

「試し撃ちが必要なら、東京湾に出てもいい」

藤倉は船長に訊いた。

「時間はどのくらいかかる？」

「安全な場所まで行って帰って、一時間半ってところだ」

「なら、いい」

中村が言った。

「決まり。八十万、この場でこちらの大将に渡してください」

百万ではないのか、とは訊かなかった。中村は、最初提示した額よりも低い数字を出すことで、藤倉に恩を売ってきたのだ。自分がまけさせてやったのだと。

藤倉は拳銃を脇のベンチの上に置くと、胸ポケットから現金の束を取り出した。銀行の封もそのままの束だ。封を切って一万円札を二十枚数えて抜き出し、残りを目の前の男に渡した。

男は渡された札の数を数えた。そのあいだ、ほとんど表情を変えることもなかった。

それをもう一回繰り返してから、男は中村に小さくうなずいた。

中村が、冗談めかした調子で訊いた。

「領収書はいりませんよね？」

「いらない」

藤倉は短く答えて、あらためて拳銃に手を伸ばした。

スーツの内ポケットに入れてみたが、さすがに裂けやしないか気になった。ホルスターが必要になるかもしれないが、それは密売屋を通さずとも手に入る。いまはこの拳銃とカートリッジだけ持ち帰ればよいだろう。

中村が言った。

「なんなら、グリップをカスタムメイドにする男を知っています。ご紹介しましょうか」

「いや、いい」

そこまでやっている時間はない。自分が使う拳銃に対して、そこまでのこだわりもない。

携帯電話が振動し始めた。

藤倉はベンチから立ち上がり、船室の端まで歩いてから電話を耳に当てた。

相手は大滝だった。大滝はいきなり言った。

「明日の通夜は中止だ。西股が死んだこともまだ内緒にしておけと。寒河江が言ってきた」

藤倉は訊いた。

「通夜の通知も駄目なんですか」

「誰がいつ死んだかってことは、警察が決めるそうだ。おれたちが勝手に、西股は死んだと触れ回るのはまかりならんそうだ」

「もう東京じゅうに流れてる話じゃないですか？」

「未確認情報ってことにしておけってよ。とにかく、寒河江が西股の死亡を公表しないうちは、葬儀の準備もできない。無期延期ってことになった」

「わかりました」

「もうひとつ。寒河江はお前を探していた。携帯の番号教えたぞ」

「了解です」

電話を切ってから、藤倉は思った。

想像したとおり、寒河江は本気で罠《わな》を仕掛けたようだ。ヒットマンがもう一度西股を襲うことに賭《か》けて。

あの女、それに引っかかるだろうか。

女はまちがいなく、相手が誰かを確認してから撃ったはず。写真で顔を頭に入れていた可能性もある。だいたいあの女は、西股の胸に一発撃ったあと、額にとどめのもう一発を撃ち込んでいる。それが西股だと絶対の確信を持っていたということだ。自分の腕にも自信はあるだろう。ならば、生死未確認の情報が流れたとしても、あれで生き残っているはずはないと考えるのではないか。

寒河江には残念だが、あの女はその罠には引っかからないだろう。

また、寒河江がおれを探していたというのは、どんな用件なのだろう。トラップに協力しろとでも言うのだろうか。

振り返ると、中村がカートリッジの箱を持って立っていた。

「お役に立てて、うれしいです」

藤倉は箱を受け取ってスーツのポケットに入れながら言った。

「世話になった。ほんとに、口銭《こうせん》いいのか？」

「べつのことで、埋め合わせしてもらいますよ。さ、降りましょう」

藤倉は中村の先に立ってキャビンから出た。

道路に上がって、乗ってきたセダンの前まで歩くと、中村は後ろから言った。

「では、わたしはこれで」

藤倉は手を振って、セダンの助手席のドアを開けた。

身体を入れてドアを閉じると、三浦が訊いた。

「うまくいったんですね」

「ああ」藤倉は答えてから、拳銃を取り出した。「隠せたよな」

三浦はグラブボックスを示して言った。

「下のラジオはダミーです。両側のつまみを持って引っ張れば、中は空です」

藤倉は、ラジオのパネルふうの蓋を引っ張った。パネルはすっと前にスライドしてきた。裏側はトレイ状になっている。その上に何かものを置いて、またパネルを戻してやるようになっていた。藤倉は拳銃の安全装置を確認してから、トレイの上に銃口を奥に向けて入れた。さらに、カートリッジの箱も。

パネルを戻したところで、携帯電話が鳴った。

腰のケースから取り出してモニターを見ると、非通知だ。でも、タイミングから言えば寒河江だろう。

オンボタンを押して名乗った。

「寒河江だ」と相手は言った。「いまどこだ？　病院か？」

「いえ。事務所の近くです」

「ちょっと聞きたいことがある。麻布《あざぶ》署までこないか」

ノーと言うことができないのは承知していた。刑事が「こないか」と言った場合、それは提案ではない。指示なのだ。やめておきますよ、という答えかたはありえなかった。

警視庁本庁ではなく麻布署ということは、今夜の事件の前線指揮所が麻布署に置かれているということなのだろう。捜査本部はまだ置かれていないはずだが、明日にも麻布署に置かれるという含みがあるのかもしれない。どっちみち寒河江たちは、これを国内暴力団同士の抗争と見ている。そう判断して警戒態勢に入っている以上、真犯人を特定できないのだ。いずれ捜査本部が必要になる。

藤倉は言った。

「麻布署に行けばいいんですね。十五分ぐらいあとに」

電話を切ってから、三浦に目を向けた。

「麻布署ですか？」と三浦が訊いた。

「いや、いまこの車で六本木に入るのはまずい。そこいらじゅう、検問だらけだ。また芝まで戻ってくれ。営業車に乗り換える。おれの電話を待て」

「はい」

セダンは日の出橋のたもとから発進した。


六本木通りに面した麻布署の前で、藤倉はタクシーを降りた。

いま通ってきた外苑東通りには、想像したとおり、一時間前よりもずっと多くの警官が出ていた。飯倉片町《いいぐらかたまち》の交差点では乗用車を対象に検問が行われていたし、信号のある交差点のほとんどで、職務質問が行われていた。暴力団ふうの風体のものや、大きな鞄《かばん》を持つか、リュックサックなどを身につけた通行人は、片っ端から呼び止められている。組のセダンで六本木に戻らなかったのは正解だった。

麻布署のエントランスへ進むと、警備の警官が藤倉に不審げな目を向けてきた。藤倉は腰の脇で両手を広げ、その警官に会釈した。見知った顔ではなかったが、とりあえず署の誰かに用事があってやってきたマル暴関係者だとは理解してもらえたようだ。

ロビー正面の受付で寒河江と約束だと告げると、すぐに寒河江が現れた。紙コップを手にしている。円形の緑色のマークの入った紙コップ。署の外のシアトル系喫茶店で買ったものなのだろう。

寒河江が、歩きながらその紙コップを口に近づけて、コーヒーをすすった。ずずっという音が聞こえた。

寒河江は、紙コップを離すと、藤倉に皮肉な目を向けながら言った。

「のどかなものだな。西股組の組長が殺されたってのに、六本木も赤坂も新宿も、ろくに緊張していない。お前らの組織も、何やってるんだ？　身内の組長がひとり撃たれたってのに、大滝なんぞ、呑気《のんき》に通夜の準備にかかろうとしていた」

藤倉が黙ったままでいると、寒河江はいくらか怒気をはらんだ声で言った。

「何を隠してる？　相手はどこなんだ？　東京の組織じゃないのか？　それとも、そもそも相手は組織じゃないのか？　黙ってないで、答えろよ、藤倉」

藤倉は、途方に暮れた様子を装って言った。

「おれたちだって、何が何だかわからないんですって。わかってりゃ、いまごろこうやって、親爺《おやじ》さんの前に出てきたりしません。やること、やってますよ」

「報復に出てるってか。そうだよな。そういう筋目通しておかなきゃ、看板出してられないものな」

「ちがいますよ。すぐにも手打ちにするってことです。このご時世だ。出入りなんてやってる暇はありませんから」

「そんなおとぼけ、信じると思ってるのか？　自分たちで葬式の支度始める前に、相手かたにも葬儀の段取りしてやるのが、お前らの稼業ってものだろうが」

「報復とか、稼業とか、そういうひと昔前のヤクザ見るようなことは言わないでください。おれたちは、近代ビジネスやってるんですから」

寒河江は鼻で笑った。

「闇金が、近代ビジネス？　組長が撃たれるぐらいに、危ないビジネスってことだろうが。さ、相手はどこだ？　言ってしまえよ。何でもめた？　トラブルのもとは何だ？」

「ほんとに知らないんです」

「相手はどこにいる？　どこからきたんだ？」

「撃った男に聞いてくださいよ」

「男？　男だとわかっているのか？」

藤倉はわずかに狼狽《ろうばい》した。自分はまずい言いかたをしてしまったろうか。男と決めつけてきたのは、寒河江だったのだが。

藤倉は言った。

「親爺さんが言ったんですよ。男を目撃していないかって」

「お前は、見ていないと答えたな。男を見ていないって。たしかだよな」

「嘘は言ってません」

「目撃情報が出てる。事件直後、ビルの前から猛スピードで消えていった車、女が飛び乗っていったそうだ。お前、女なら見ていたってのか？」

しらを切るしかない。藤倉は答えた。

「いいえ、男も女も」

「いいか、西股の胸と額から出てきた弾は、二五口径だったそうだ。お前らの若い衆にも二五口径を使う野郎はいるかもしれんが、襲ったのが女だとしたら、腑《ふ》に落ちるよな」

「何がです？」

「二五口径のハジキの意味だよ」

「知りませんって。二五口径？　そんなハジキがあるんですか？」

「すっとぼけるな。タイやロシアで、行くたびに撃ってるんだろう？　詳しいんじゃないのか？」

「まさか。その女、手配されたんですか？」

「女、ほんとうに見てないのか？」

「見てません。見てたら、おれだってそこで身体張ってたでしょう」

寒河江は憎々しげに藤倉を見つめてきた。まだ何か言いたげだ。

藤倉が視線を受け止めていると、寒河江は言った。

「西股は女に獲られたと、東京じゅうに流してやろうか。取引先は大笑いするだろうな。取り立ての迫力も、なくなるんじゃないのか」

「どんな女かわかってるんなら、情報くださいよ。うちのつてをたどって、探してみますから」

「お前らの始末を、助けてやれるかって」

「こちらからも、ほかのことでお手伝いできるかもしれません」

「知るか」

寒河江のその言葉で、藤倉は確信した。寒河江も、襲撃した女についての情報はろくに持っていない。西股克夫を撃ったのが女だと、判断できるだけの根拠も持ってはいないのだ。ことヒットマンへのアプローチという点では、自分は寒河江よりも、つまり警視庁よりも、二歩か三歩先んじている。

藤倉は訊いた。

「おれ、帰っていいですか」

寒河江は、直接には答えなかった。

「手前らで解決しようなんて考えるな。きょうから三日間、都内で変死の仏さんが出たら、お前らを引っ張るからな」

「無茶を言わないでください」

「冗談じゃないぞ。変死体ひとつにつき、お前ら三人引っ張ってやる」

「ひどすぎませんか」

「そう思うなら、隠すな。全部話せ」

「ほんとに何も知らないんですって」

「相手はどこだ？　都内にいないとしたら、どこにいるんだ？　ヒットマンはどこからきたんだ？」

最後の問いについてだけは、答を知っている。彼女は北から来たのだ。

しかし藤倉は言った。

「見当もつかないんです。申し訳ありません」

女が北に帰ってしまうまでに、始末をつけなければならない。二五口径の拳銃を使うヒットウーマンを。

藤倉は寒河江に頭を下げてから、麻布署のエントランスに向かった。寒河江は呼び止めてはこなかった。


関口卓也は、自分の頭が揺れたせいで目を覚ました。

部屋のカウチで、向かい側のカウチに足を載せたまま、眠っていたのだ。

時計を見ると、眠っていたのはほんの十五分ほどだったようだ。

ベッドのターニャに視線を向けた。彼女は熟睡している。傷のあるほうの脇腹を上にして、横向きに眠っているのだ。鎮痛剤も効いているようだ。寝息が聞こえてくるが、ひどく苦しげというほどでもなかった。この様子だと、そのまま朝まで眠っていることだろう。

いまなら、部屋を出てゆくことができる。あとはお客さまの自己責任でと、メモを残して。あるいは、旅行代理業者としてはもうやるべきことはやったはずだと、断りなしであることがメッセージであるように、立ち去ることも可能だ。

すぐに思い直した。国を出るところまではアテンドしてやると、自分は口にした。あの言葉は、拳銃を突きつけられてやむなく出したものではなかった。たしかに自分は脅迫されたとは思うが、その脅迫はどこか非現実的だった。家族の情報にせよ、拳銃にせよ、必ずしも自分に、理不尽な暴力の恐怖を感じさせなかった。商談の際の条件の提示という印象さえあった。あるいは、恐怖を感じなかったのは、自分の鈍感さのせいなのだろうか。

もちろん自分に、犯罪者である彼女への共感があったわけではない。しかし自分はあのとき、旅行代理業者として、契約履行義務の範囲について語ったのだ。個人の旅行代理業、個人ガイドとして、自分は指名を受けて契約した。なるほど契約には戦争免責条項はあるし、公序良俗に反する要求を拒む権利もあった。

自分は、公序良俗に反したことを要求されたろうか。彼女はひとを撃ってきたと言った。しかし彼女がこの自分に求めたことは、その現場から素早く去ることだけだ。自分は彼女がひとを撃った瞬間を見たわけではなかった。テレビ・ニュースとの関連、あの藤倉という男からの電話も含めて、なるほど彼女は言ったとおりのことをしたのかもしれない。そう推測することはできる。でもその程度のことだ。いかなる意味でも、自分は犯罪の現場にはいなかったし、それに加担を求められたわけでもない。

だからこそ自分は、当初の契約どおり彼女が国外に出るまでをアテンドすると約束したのだ。いま彼女が熟睡しているからといって、あの約束を反故《ほご》にすべき理由はなかった。そうすることが職業倫理にかなったこととも思えない。あとになってから、それは犯罪の幇助《ほうじょ》だったと告発されたとしても、自分の潔白は主張できるだろう。自分は何も知らなかった。そう主張して、偽りではないはずだ。

卓也は立ち上がって、テレビの下のミニバーの扉を開けた。数種類のアルコールとソフトドリンクが入っていた。卓也はビールの缶を取り出し、プルトップを開けてから、またテレビの電源を入れた。

缶ビールに口をつけながら、ニュース番組を探した。ちょうど東京ローカルのニュースが流れていた。

音量を抑えめにして、少しのあいだその番組を眺めた。やがて六本木で起こった発砲事件についての続報があった。

とくに新しい情報は追加されていなかった。暴力団関係者ふたりが撃たれて、日赤広尾病院に運ばれた。撃たれたひとりが死亡。警察は被害者の身元を確認中……。

事件の背景についても、とくに解説はなかった。卓也はもう一度時計を見た。午後十時をまわった時刻だ。つぎのニュースは、午後十一時台になるか。

卓也はビール缶を持ったまま、もう一度カウチに腰をおろした。

テーブルの上で、携帯電話が震えだした。

卓也は携帯電話を取り上げて、モニターを見た。相手先に「注意藤倉」の文字。さっき藤倉からの電話を切ったあと、うっかり出てしまうことがないよう、こう登録しておいたのだ。あの暴力団員の電話には出るつもりはない。卓也は携帯電話を畳んで、もう一度テーブルに戻した。

ターニャの寝息が、少しだけ大きくなった。

藤倉は、舌打ちして携帯電話を畳んだ。

最初を除いて、あの旅行代理業者・関口は、絶対に自分からの電話に出ようとしない。何度かけても、あのいまいましいメッセージが流れてくるだけだ。

「この電話は、電波の届かぬ場所にあるか、電源が入っていないため、かかりません……」

まさかあのあと関口がコンサート会場に行っているはずもないから、やつはこのおれからの電話をシカトしているということだった。

上等だ、と、撃たれた西股克夫なら口にするところだ。おれをシカトしてどうなるかわかっているんだろうな、とでも付け加えるかもしれない。

自分は西股よりは、はるかに回る頭を持っている。電話に出ない相手に向かって、意味のない悪態をついたりしない。関口と接触するための別の手を考えるまでだ。

セダンの運転席で、三浦が訊いた。

「どうします？　出しますか？」

セダンはいま東京プリンスホテルの駐車場だった。藤倉は麻布署からタクシーで、三浦の待つこのホテルの駐車場に戻ってきたばかりだった。

もう一本電話する、と答えてから、藤倉は、夜にもかけた番号にリダイヤルした。旅行代理店の営業マンだ。

藤倉は、三時間ほど前にも彼に電話をかけ、もと従業員の関口卓也の電話番号を訊き出したのだった。ロシアからのお客さんを案内してもらいたいのだが、関口の連絡先を教えてもらえないかと。担当の営業マン永井は、とくに疑うこともなく、関口卓也の携帯電話の番号を教えてくれたのだった。

「さっきはサンキュー」と、藤倉は若い担当者に言った。「おかげで助かった」

「どういたしまして」と、永井は愛想よく答えた。「関口さんはよく気がまわるひとだし、評判がいいんです。個人でやってるんじゃないと、あれほどきめ細かいサービスはできませんから」

「そうだな。あんたは、まだ事務所？」

「ええ。当番で、夜勤なんです。旅行先からお客さんが電話してくることが多いものですから」

「ひとつ調べてもらえないかな。いま関口さんがやってる仕事は、そちらさんからの下請けなんじゃないかと思って」

「どうしてです？」

「うちのお客さんが、じつはいま日本にきてるんじゃないかって思うんだ。日本に旅行中だっていう情報が入ったものだから。あんたのところが元請けなら、旅行の予定なんて教えてもらえないだろうか」

「関口はなんて言ってました？」

「じつを言うと、携帯はつながらなかったんだ。それであんたにまた電話したんだ」

「弱ったな」永井は唸《うな》るような声を出した。「お客さんについての情報は教えられないんですよ。事故とか災害とかでもない限り、ふつう問い合わせには答えません」

「よくわかる。だけど、それがうちのお得意さんだとしたら、なんとかうちも東京でぜひご接待したいのさ」

「会社の規則ですし」

ここで引き下がるわけにはゆかなかった。

「どうだろう」と藤倉は口調を変えた。大幅譲歩する、というように。「じゃあ、関口の事務所の電話番号と所在地、教えてくれ。事務所にかけてみるよ。都内なんだろう？」

永井は、ちょっと待ってください、と言ってから、関口の個人事務所の電話番号を教えてくれた。所在地は門前仲町《もんぜんなかちょう》のはずだが、正確には知らないという。

永井はつけ加えた。

「関口は、事務所のホームページを持ってますよ。日本語とロシア語の。そのホームページを見れば、所在地が正確にわかるはずです」

「すぐ見つかるか？」

「チャイカ旅行社、で検索すれば、簡単に出てくるはずです」

「チャイカ旅行社ね。携帯で見れるか」

「携帯では無理だと思います。パソコンを使ってください。いまの件、関口に直接問い合わせるのがいいと思います」

「わかった」

藤倉は携帯電話を切ってから、三浦に顔を向けた。

「この近所で、パソコンを使えるのはどこだ？」

三浦は言った。

「組内《うち》の男の、ってことですか？」

「どこかの店のでもいいんだ。おれの部屋に戻ってる暇はない」

自分の部屋には、当然ながらパソコンがある。しかし部屋は五反田《ごたんだ》なのだ。これから門前仲町に向かうとしたら、反対方向ということになる。

三浦が言った。

「浜松町《はままつちょう》のネットカフェは使えます」

悪くない。

「やってくれ」


そのネットカフェでは、会員登録はせずに済んだ。藤倉は、店員に案内されてブースに向かった。

ブースに入ってすぐPCを操作し、検索サイトでチャイカ旅行社を探した。

永井が言っていたとおり、すぐに見つかった。

トップページは、キリル文字と日本語でデザインされていた。キリル文字だけのページもあるようだったが、そのページのテキストは文字化けしていた。完全に表示させるためには、文字エンコーディングの再設定が必要だ。しかし、どっちみちロシア語が読めるわけではない。日本語ページが読めれば十分だ。

会社案内のところに、門前仲町の所番地と電話番号、メールアドレスが記されていた。

藤倉はそのページを印刷して、表で待っていたセダンに戻った。

「門前仲町」と三浦に指示してから、チャイカ旅行社の固定電話に携帯電話をかけた。

五度ほどのコールの後入ったメッセージは、電話会社のものだった。

携帯電話に転送されたのか。ボイスワープだろうか。となると、藤倉の携帯電話の番号は、関口の携帯電話のモニターに表示されたはずだ。また無視されたということなのだろう。

転送された、ということから、関口卓也の旅行代理店は個人事務所なのだろう。事務員はいない。かみさんとふたりでやっている事務所でもないということだ。

ホームページがあるということは、関口は仕事関連の情報も大部分PCでやりとりし、ファイルに入れていると考えられるということだ。

関口があの女の東京旅行アテンドを請け負っていたとしたら、女の日程はすべて関口のPCに入っているはずだ。どこのホテルに泊まり、帰路はどのエアラインの何便を使うのかもわかる。関口が脅しにも取り引きにも乗ってこない以上、彼のPCから女の居場所を探る以外に方法はなかった。

問題は、と藤倉は思った。そこが個人事務所ということだ。部屋はロックされているはず。中にいる誰かを説得して、部屋に入るという方法は取れない。錠前を壊すのは手間だ。

どうしたらよいものか。

でもとりあえず事務所に行ってみるしかないだろう。関口は、キーを玄関マットの下に置いている可能性もないではないのだ。

麻布署二階の刑事部屋に戻って、寒河江久史はきょうの事件を最初から思い起こした。

第一報は東京消防庁災害救急情報センターからのものだった。銃創のある怪我人をふたり搬送中とのことだった。通報では、ひとりはすでに心肺停止、もうひとりは重傷で意識はなかった。二台の救急車は、ともに日赤広尾病院に向かっていた。

ついで麻布署から本庁に連絡があった。怪我人は、指定暴力団の西股組関係者。付き添っていた西股組の組員の話で、心肺停止の男が西股克夫。もうひとりが西股の用心棒の古屋だとわかったという。この連絡を受けて、寒河江は日赤広尾病院に駆けつけたのだった。

着いたときすでに、西股組の兄弟組織の幹部たちも、病院に来ていた。西股組の組員たちに事情を訊くと、銃撃は六本木の西股組の事務所で起こったのだという。正確には、事務所のあるフロアの、西股克夫の居室だとのことだった。

組員たちは、ヒットマンたちが知らぬ間に西股の部屋に侵入、ふたりを撃ったと言っていた。もちろん寒河江は、そんな言葉を信じていない。あのビルの構造と、暴力団事務所の出入りの習慣から考えて、そんなことができるはずはないのだ。明らかに口裏合わせが行われている。

子分たちによる組長射殺かとも考えたが、組員たちの雰囲気を見るかぎり、その線はない。西股の兄弟分の暴力団員たちも、ほんとうに事情を知らないように見えた。

しかし、暴力団組長が銃撃されたのだ。暴力団同士の、あるいは暴力団員同士の抗争と見るのが自然だ。すぐに寒河江は課長に非常線を張るよう進言した。いま六本木周辺では、高級セダンは片っ端から停止させられ、暴力団風の者たちへの職務質問が行われている。

現場検証では、西股の部屋で空薬莢《からやっきょう》が三個見つかった。二五口径のものだ。現場周辺で聞き込みをしていた捜査員たちが、多少の目撃情報を得てきた。銃撃があった時刻、ビルの前から猛スピードで走り去ったセダンがあったという。銀色の、もしかしたらドイツ車かもしれないセダン。

ひとつ気になる情報があった。そのセダンには、女が飛び乗っていったというのだ。茶髪、あるいは金髪の若い女。大胆なミニスカートだったらしい。

二五口径と、髪を染めた女と、銀色のセダン。

いや、髪を染めた女、とは考えるべきではない。可能性として、ほんとうに茶髪もしくは金髪の女が目撃されたのかもしれない。もっと言うならば、女がウィッグをつけていた可能性だってあるのだ。さらに言えば、そのヒットマンが女装していた可能性だって、排除すべきではない。

茶髪もしくは金髪の、若い女……。

二週間ほど前に姿を消し、昭和島近くで白人女性の他殺体が浮いた事件をいやでも連想した。死体発見が報道されてから三日後、ロシア人女性が自分の友人ではないかと麻布署にやってきて、その遺体の身元を確認した。遺体は、ユリヤ・クリャーカワというロシア人女性だとわかった。

クリャーカワが六本木の外国人ショー・パブで働いていたこともわかった。ソフィア、とかいう店のダンサーだったという。麻布署は店でその事実を確認し、さらにユリヤ・クリャーカワのアパートを捜索している。しかし、殺害に結びつくような手がかりは得られなかった。被害者のパスポートも見つかっていない。

友人だという女も、店で一緒に働いていた女たちも、クリャーカワの死について心当たりはないと証言したという。

ふしぎなのは、同じ店で働いていた女のあらかたが、クリャーカワの遺体が揚がった日以降、かき消えるように東京から消えたということだ。聞き込み時、店に残っていたのは、コロンビア人とブラジル人ふたりだけだ。身元を確認したロシア人女性も、その後連絡がとれなくなっているという。

問題はそのショー・パブが、西股の息がかかっている店と推測できることだ。少なくとも店は西股組にみかじめ料を払っている。ドアに貼られた六本木衛生普及組合のステッカーが、それを示している。おしぼり代を支払うという名目で、この組合を通じて西股組にカネが流れているのだ。西股克夫が店の常連客だったことはわかっているし、店の黒服のひとりは、以前西股組の配下で合法ドラッグを売っていた男だ。

その店で働いていた女が死んだ。

そのことと、こんどの一件とは、関係がないだろうか。西股があの店の常連であったという一点だけでも、その関連について疑いうる。

二五口径。

茶髪もしくは金髪の女。

店からは、ロシア人女性たちが消えた。

寒河江は携帯電話を取り出して、登録してある番号を選んだ。あのロシア人女性殺害事件の捜査本部にいる同僚だ。これまでも少し情報を伝えてもらっている。

相手が出ると、寒河江はあいさつ抜きで言った。

「ユリヤ・クリャーカワ事件のことで聞きたい。いま、いいか？」

相手は言った。

「少しならかまわんよ。まず前段を話せ」

寒河江は最初から話した。きょう六本木で起こった暴力団組長射殺事件のこと。現場で、茶髪もしくは金髪の女が目撃されていること。被害者西股克夫と、クリャーカワがいた店とのあいだに、何かしらのつながりがあるのではないかと思えること。

そこまで言うと、相手は言った。

「死んだのは、西股克夫なのか？　テレビじゃ、名前は出ていなかった」

「押さえてる。西股がどうかしたか？」

「いま話す。まず、店の名前はソフィア・パレスだ。ルーマニア人がいるショー・パブってことになってる。だけどじっさいは、ロシア人が大半。少し南米人がいた。クリャーカワの死体が揚がったあと、ロシア女たちはみんな消えた。帰国しちまったらしい」

「消えたってのは、死体が揚がったのと、タイミングが完全に一致するのか？」

「する。店員や、コロンビア女たちも言ってた」

「だけど、ひとりだけは、クリャーカワの身元を確認しに出てきているな？」

「その女も、出てきた二日後には消えたよ」

「消えた理由は何なんだ？　容疑でもかけたのか？」

「いや。加害者は男だ。女じゃない。被害者の死因は外傷性ショック。傷から判断して、腕力のある男に殴られたんだ。女じゃない」

「じゃあ、女たちが消えた理由は？」

「想像するしかないが、身の危険を感じたんじゃないか？　次は自分かもしれないと」

「女たちは、客を取っていたのか？」

「ソフィア・パレスは、自由恋愛を奨励していた」

「加害者は、客の中にいるんだな？　常連客の中に」

「その線で捜査中だ。常連のひとりとして、西股克夫の名前が、一応上がってきている」

「事情聴取は？」

「まだだ。クリャーカワにご執心だった客を順番に洗っていたところだ」

「西股の可能性は？」

「客の中では、容疑は薄めだな」

「根拠は？」

「西股は、金髪《パツキン》好きだったって話だ。店では、いつも金髪を選んでいたらしい」

金髪好み？　きょう目撃されたのも、金髪とも見える髪の女だ。

寒河江は確かめた。

「金髪好みだと、どうして容疑は薄いんだ？」

「クリャーカワは、黒髪だ」

「そのパツキンって、単に白人っていう意味だったんじゃないか？」

「黒髪のコロンビア女が、そう言ってたんだ。西股は黒髪は好きじゃないって」

納得できない見方だが、寒河江は突っ込まなかった。

「身元確認した女は、金髪だったか？」

「ナターシャか。金髪だ。漂白したような髪」

「じゃあ、西股はその女の客でもあったんだな？」

「それを確かめる前に、ナターシャも消えたんだって」

「その後の居場所を把握してないのか？」

「してないね。店が用意していた部屋から消えてる」

「もうひとつ」

「これで最後にしてくれ。明日でもいいだろ」

「そのナターシャって女、別件で逮捕状出ないか？　窃盗か何かで」

「そっちの被疑者なら、そっちで手配しろよ」

「じゃあ、クリャーカワについての情報、もっともらえないか」

「明日にしようぜ」

「店はきょうはやってるのか？」

「このところ休業だよ。ダンサーがいなくなったんだ。できるわけがない。おやすみ」

電話は切れた。

寒河江は舌打ちした。

それにしても、あのロシア人女性の他殺体と、こんどの事件は、やはりどこかでつながっているという印象は強まった。キーワードが、いくつも重なっている。

西股組をめぐる暴力団抗争ではなく、その女の線で追うべきか？　殺されたクリャーカワの復讐に、度胸のある友人が立ち上がったとか。

いや、と寒河江は考え直した。前面に出ているのは女にしても、背後にあるのはやはり暴力団ではなかろうか？　ソフィア・パレスの女たちは、どこかの暴力団が仕込んできたものなのだろうか？　アジア系と南米系の人買い組織については多少の情報はあるが、ロシア人女性の受け入れ組織については、寒河江もほとんど情報を持っていない。というか、自分の知るかぎり、ロシアや東欧の女性たちは独立してビジネスをしているはずだ。それができるたくましい女たちが多いのだ。でもいま、そこに利権があると発見した暴力団が、ルートを整備したか？　拳銃の密輸ばかりではなく、彼らはロシア女の流通にも首を突っ込み始めたのか。

寒河江はもう一度携帯電話のオンボタンを押した。

部下の矢島が出た。彼はいまも、日赤広尾病院に張り込んだままだ。

「矢島」と、寒河江はまだ若い部下に言った。「そっちはどうなってる？」

矢島が答えた。

「古屋はまだ意識を回復してません。集中治療室です。おれはいま廊下にいます。外の玄関脇には渋谷《しぶや》署のパトカー一台」

「西股組の関係者はいないか？」

「ナースステーションのところにふたりいます。西股の死体はさっき霊安室のほうに移されたんですが、こっちには大滝組の広橋がいます」

「大滝組の？　どうしてだ？」

「さあ。さっきまた大滝が子分を連れてやってきて、西股組の若いのと一緒に出ていったんです。大滝の子分のほうが、残ってます。きちんと黒服着てますから、仮通夜のつもりなんでしょう」

大滝剛三は、西股克夫の兄貴分だ。さっきも病院に最初に駆けつけていたひとりだ。若いときは武闘派で鳴らして、いまの六本木の勢力図の基本を作った。そのせいもあって、シマ荒らしには敏感に反応する。これまで合計で七年刑務所に入っている男だった。二、三時間前、西股の葬儀の手配をし始めたので電話で一喝してやったのだが。彼も何か気になるところがあって、西股の子分のひとりを引っ張り出したのだろうか。

答えを見いだせないまま、寒河江は訊いた。

「看護婦たちには、指示はしてあるな？」

「はい。西股の安否を訊《たず》ねる電話があったら、集中治療室にいる、と言ってもらうことになっています。ロビーを不審な男が通ったら、すぐにこのフロアに連絡がきます」

「女にも注意しろ」

「女ですか？」

「そうだ。金髪だったら、有無を言わさず、押さえろ。たぶんハジキ持ってるからな。気をつけろ」

「絞られてきたんですね？」

「このあいだのロシア人女性の死体と、関連がありそうなんだ。そっちのトラブルかもしれないって気になってきた」

「金髪の女がきたら、囲みますよ」

寒河江は、携帯電話を切ってから、立ち上がった。クリャーカワ殺害事件の件で、誰か捜査本部のメンバーに、もう少し詳しい事情を教えてもらいたかった。署内に、ひとりぐらい捜査員がいてくれるとよいのだが。

スチールのドアの前で、三浦が顔を上げた。微笑している。開いたようだ。三浦は、極細のドライバーを左手に持ち替えて、右手でドアノブをまわした。ドアはすっと手前に開いた。

藤倉奈津夫は、隙間から中をうかがった。室内の明かりは消えている。テレビの音もしない。耳に意識を集中してみたが、ひとの気配を感じさせる音はなかった。

三浦がドアをさらに開けて、ひとが滑り込めるだけの隙間を作った。藤倉はさっと身体を玄関に入れた。

三浦が続いて入ってきて、音を立てぬようにドアを閉じた。

土足のままフロアに上がると、正面がリビングルームだ。小さなルームランプがついている。すぐに目が慣れて、部屋の様子がわかるようになった。窓のカーテンは開けられたままになっている。右手にデスクがあって、ノートパソコンが置かれていた。

リビングルームの左手は、寝室だった。開けられた襖《ふすま》の向こうにベッドが見える。住宅と事務所が一緒になった部屋だ。壁際のスチールの棚には、書類ホルダーがぎっしりと詰まっている。旅行案内書やパンフレット類も目についた。全体としては、慎ましい暮らしぶりの独身男の部屋だった。

藤倉は窓に近寄ってカーテンを閉めてから、パソコンの前の椅子に腰をおろした。パソコンのパワーランプは消えている。藤倉は、パワースイッチを探して、押した。

関口卓也があの女をアテンドするにあたって、旅行の日程表はまちがいなくネットを通じてやりとりされたはずである。いまどき電話やファクスであったはずはない。

そのファイルは、キリル文字だろうか。ロシア語の達者な関口のことだから、ロシア語の書類を行き来させていておかしくはないが、英語であったと考えるほうが自然だとも言える。つまり、その書類さえ開くことができるなら、自分はあの女の予定をすべて知ることができるのだ。到着の日時、乗った飛行機便、ホテル、帰路に使う便。すべてだ。それがわかれば、自分はあの女の居場所に迫るか、あるいは待ち伏せをすることができる。

起動画面が途中で停止した。ロックされている。使用者のパスワードを入力しないと、それ以上開くことができない設定だった。

三浦が小声で訊いてきた。

「何かわかりました?」

「いや。少し時間がかかる。お前はちょっと探しものをしてくれないか」

「なんです?」

「パスポート、保険証。そういったものだ。古い手帳、ハガキ、手紙の束なんかも」

藤倉は、パスワードを入れるスペースに、とりあえずセキグチとローマ字で入力してみた。パスワードがまちがっていますというメッセージ。

藤倉はつぶやいた。

「しょぼい商売のくせに、一丁前のことをやってる」

あの関口は、このノートパソコンを仕事で持ち歩くことも多いのだろう。万が一盗まれたときのことを考えて、これだけ用心しているのだ。とくに顧客の個人情報を流出させぬように、という意味が強いにちがいない。見上げた心構えだった。

藤倉は時計を見た。深夜一時になろうとしている。パスワードを当てるまで、何時間かかるのかもわからないのに、この部屋にいるのは非現実的だった。このノートパソコンを持ち帰ったほうがいい。

日本人が使うパスワードには、ある種の傾向がある。こちらはとりあえず関口卓也の名を知っているし、何か個人情報が記された書類が見つかれば、そこから類推してパスワードにたどりつくことは不可能ではない。もしそれが不可能だとしても、いまはほかにできることもない。やるだけだ。

マグライトを手にチェストの引き出しを探っていた三浦が言った。

「手帳がありました。こっちには保険証」

藤倉はその手帳と保険証を受け取った。手帳は、去年のスケジュール帳だった。裏表紙から二ページ目に、いくつか個人情報が記されていた。

「よし。手紙もあればまとめていただいてくれ」

藤倉は手帳を三浦に返すと、ノートパソコンの終了アイコンをクリックした。電源が落ちたところで、藤倉はノートパソコンからケーブルをはずした。このあとは、五反田の自分の部屋に帰る。明日は三浦にまた方々へ運転させることになるはずだ。三浦も、おれの部屋で眠らせてやらねばならない。

藤倉が門前仲町のその集合住宅の前でセダンに乗り込んだとき、携帯電話が鳴った。大滝からだった。

大滝は、怒気をはらんだ口調で言った。

「お前なあ、西股が新潟のロシアン・マフィアと揉《も》めたって話、聞いたぞ。どうして黙ってた？」

藤倉は、胸のうちで舌打ちした。そのことを、組の誰かがしゃべってしまったか。トラブルの原因があのロシア女殺しだとわかると、西股の兄弟分たちの同情も薄れるのに。その場合、西股の事業はほんとうに舎弟連中の草刈り場となる。ということは、おれが西股の商圏をそっくり引き継ぐという可能性も消えるのだ。

藤倉は、そらとぼけた。

「そっちの件が関係してるとは思わなかったものですから。話はついているんです」

「どんな？」

「女を殺した客には、落とし前をつけさせるって」

「女を殺した？　じゃあ、揉めたのは、やっぱりあのロシア女のせいか？」

そのことは知らなかったのか？　自分はつまらぬことを漏らしてしまった。

「いいか」大滝は言った。「ロシア女ひとりのことで西股を獲らせたんじゃ、示しがつかない。うちが出ていってでも、きちんと帳尻《ちょうじり》を合わせるからな」

「わたしがまかされたと思ってましたが」

「お前ひとりで、ロシア人たちと張り合えるのか」

「問題は、兄貴をやった野郎を、始末することですよね」

「相手がはっきりした。こうなったら、組織と組織との問題だろうが」

「わたしには手を引けと？」

「おれの指示を待て」

藤倉は素早く計算した。ここは西股克夫の身内として振る舞うべきか。組織全体の中の藤倉奈津夫でいるべきか。

結論はすぐに出た。

とりあえず答えかたとしては、こうだ。

「はい」

電話はそこで切れた。

三浦が何か言いたげに顔を向けてくる。藤倉は、五反田へ、と指示した。何をどうするにせよ、とにかくいまは自分の住居に帰るべきときだ。

ひとの動く気配で、関口卓也は目を覚ました。

部屋は暗い。遮光カーテンが引かれたままだ。しかし隙間から、外はもう明るいことがわかる。

卓也は自分が、ベッドの上で服を着たまま眠っていたことに気づいた。熟睡してよいかどうか迷いつつ、けっきょく深く眠ってしまったようだ。

薄目で右のベッドを見ると、ターニャがベッドから起き上がり、床に立ったところだった。黒いキャミソールとショーツ姿。顔はさほど苦しげとは見えない。痛みはだいぶ和らいでいるのだろう。拳銃《けんじゅう》は手にしていなかった。

声をかけずに、そのまま眠ったふりを続けた。ターニャはそろそろと洗面所の方向へ歩いていった。

水を流す音が聞こえてから、卓也は腕時計を見た。六時四十五分だ。いまのターニャの様子では、もう一度寝直すことはないだろう。

リモコン・スイッチでテレビの電源を入れた。昨日六本木で起こった事件の続報が聞きたかった。民放の朝の生番組が、ちょうどニュースを紹介するところだった。

ターニャが洗面所から現れた。

「おはよう」とターニャが言った。「だいぶよくなったわ」

卓也はターニャを見上げて言った。

「薬が効いたんだね」

「たぶんね。ニュースを観る？」

「これからだ」

　ターニャは自分のベッドの端に腰掛けると、テレビのほうに視線を向けた。

　卓也はいったん立ち上がって、遮光カーテンを開けた。晩秋の朝の光が、レースのカーテンごしに室内に満ちた。熱のない散光だ。ターニャは少しだけ目を細めた。その白い頬に、いくらかそばかすが浮いている。化粧が少し褪《あ》せたせいだろうか。

　卓也がカウチに腰をおろしたところで、そのニュースとなった。男性キャスターが原稿を読んでいる。

「昨日午後六時ごろ、六本木の集合住宅で、ふたりの暴力団関係者が拳銃で撃たれるという事件がありました。銃撃した犯人は、現場から逃走しました。被害者のうちのひとりは日赤医療センターに運ばれて死亡が確認されました。もうひとりも同じく日赤医療センターに運ばれましたが、生命は取りとめた模様です。警察では、暴力団同士の抗争と見て、撃たれた男たちの身元確認を急いでいます」

　キャスターは、つぎのニュースの原稿を読み始めた。また食品加工会社で原材料の偽装表示があったというものだった。

　ターニャがふしぎそうに言った。

「まだ身元がわかっていないって、どうしてなんだろう」

　卓也にもわからない。肩をすぼめると、ターニャは言った。

「あの事務所で撃たれたのに、わからないはずはない」

卓也は言った。

「どっちがどっちか、わからないってことかな」

「死んだほうと、死んでいないほうと？　顔がつぶれたわけでもないのに」

「それより」と、卓也は強引に話題を変えた。「その体調なら、飛行機に乗るのはどうだろう。予定を一日早めて」

「傷はもう大丈夫と思う。あとで、包帯を取り替えてくれる？」

「やってあげるよ。成田発のアエロフロートは十三時ちょうどにある。席はいまからでも取れると思う。二時間前にチェックインするとして、十時にはここを出よう。食事はどうする？」

「ビュッフェ式？」

「たぶん」

「ルームサービスが取れるなら、部屋で」

「電話してみよう」

卓也は電話機の置かれたデスクへと歩いた。

ターニャの携帯電話が鳴ったのは、それから四十分後だった。ちょうどふたりがルームサービスの朝食を食べ終えようとしているときだ。

ターニャが携帯電話を耳に当てて言った。

「ダー？」

ターニャがちらりと卓也に目を向けてきた。聞かれたくない電話か？　卓也が黙っているると、ターニャはゆっくりと立ち上がって、窓のそばに寄った。

ロシア語が、少し耳にはいってくる。

「ええ。そうらしい。ニュースはそう言っていた」

「まちがいない。確かめたわ」

「いいえ。確実」

少し間が開いた。ターニャの表情が曇った。相手が何かまくしたてているようだ。

「ダー」と、ターニャは話を打ち切るような調子で言った。「わかった。そうする」

ターニャが携帯電話を畳みながら、卓也の正面に戻ってきた。

卓也は訊《き》いた。

「どうかした？」

ターニャはうなずいた。

「飛行機に乗る前に、ひと仕事。日赤病院ってとこに行く」

卓也は驚いた。

「何をしに？」

「妹を殺した男を、確実に殺すために」

「だって、撃ったんじゃなかったか？」

「ニュースでは、その男が死んだとは言っていなかった。死んだのは、子分のほうかもしれない。それでは、不足なの。わたしにも、組織にも」

「だからきみが、もう一度殺しに行くって？」

「死んでいなければね」ターニャはテーブルのグラスを持ち上げ、ジュースを飲み干してから言った。「案内して。集中治療室ってとこまで」

「ちょっと待て。きみはいまから成田に行くんだ。もうチケットも予約したんだぞ」

ターニャは冷やかな目で卓也を見つめ返してきた。交渉の余地はない、と言っている。どんな妨害も許さないと決意しているかのような目。卓也はかすかに戦慄《せんりつ》を感じた。ここで説得でも試みようものなら、たぶん彼女はまた拳銃を持ち出すことだろう。

卓也は言った。

「日赤病院の中は知らない。入り口まで送る。そこでぼくを解放してくれ」

「あなたは、わたしが帰国するまでをアテンドすると約束したわ」

「これ以上、犯罪を犯さないならばだ」

「わたしはまだ何もしていない。ある男が死んだかどうか、確認するだけ」

「生きていれば、撃つんだろう？」

「そうなる確率は、一〇パーセント以下だわ。わたしは相手を間違えていない。額にも撃ち込んだ。死んだのは、標的のほう」

「その確信があるなら、成田に行こう。いまの電話の相手にも、間違いなかったと言えばすむ」

「でも、確かめなくちゃならない」

「そうすれば、一〇パーセントの確率で、ぼくはきみの殺人の共犯になってしまうんだぞ」

「一〇〇パーセントの確率で、被害者になるのがいい？」

「ぼくを撃つというのか？」

「あなたはいいひとだわ。でも、邪魔をするなら、しかたがない」

「邪魔などしない。日赤病院で解放してくれと言っているだけだ」

「妹さんのことを思い出させないで」

「卑劣だ」

「わたしは、妹を殺されたのよ。日本人の男に！」ターニャの声が裏返った。「わたしが切れていい？」

卓也は両手を広げて、ターニャを制した。

「よせ。落ち着け」

ターニャは卓也を見つめたまま、口を開けた。瞬間的に酸欠症にでもなったような表情だった。キャミソールの下で大きく胸が隆起している。

卓也は言った。

「九〇パーセントの確率のほうに賭《か》ける」

ターニャは、荒く息をつきながら言った。

「それが利口だわ」

そうだろうか。卓也には同意できなかった。自分はどうも、もっとも愚かな選択肢を選び続けているような気がしないでもない。


すっと画面が開いた。

とうとうパスワードが当たったのだ。

藤倉奈津夫は、自分の部屋の食事テーブルの前で小さく口にした。

「ビンゴ！」

ウィンドウズXPのデスクトップ画面が現れた。背景は家族のスナップ写真だった。四人家族。関口卓也のほかに、妹と両親だろう。それに白い犬。関口は二十代前半かと見える。ということは、五年以上前に撮ったもののようだ。

時計を見た。午前八時二十分になっていた。

ほぼ六時間、パスワード探しに没頭していたことになる。これまで五百以上のパスワードを試したはずだ。ようやくたどりついた言葉は、手紙の束の中で見つけた関口家の愛犬の名だった。

ゴンタ。

これだけでは、パスワードとしては平凡だ。これに数字との組み合わせではないかと推測できた。その数字として、関口の誕生日から自宅の所番地、電話番号などから拾い、つけ加えて試すこと数十。ふと思いついて、111とつけてみた。これが当たりだったのだ。犬の名前に1が三個。なんのことはない、犬がワンワンワンだ。

藤倉は、まずエクセルのショートカット・アイコンをクリックした。関口のようなビジネスの場合、日程表はエクセルを使うと想像できたからだ。それとも関口は、ロシアからeメール添付のファイルを、ダウンロードせずにそのまま使っているだろうか。

エクセルの履歴から、それらしきファイルを探した。

直近で使ったファイルには、日本語タイトルがついている。

「クリヤカワ日程」

開いてみると、タチアナ・クリヤカワという女性客が、日本に旅行する日程表となっていた。使用する航空会社、便、滞在予定ホテルが記されている。予定はかなりおおざっぱなものだ。観光客ではない。ビジネスの予定も記されてはいない。しかも、昨日の来日、明日の離日というスケジュールだ。

ふと、クリヤカワという名が気になった。この名、最近耳にしたことがある。どこで聞いたのだったか。

思い出した。西股克夫が殺したロシア娘は、ユリヤ・クリャーカワという名だった。ふだんはモデルっぽくユリヤとだけ名乗っていたが、正式の名字はクリャーカワではなかったか。死体の身元がわかったと報道されたときに知った。

ということは、これはあの女の身内か？　身内が昨日、成田に着いたのか？

あの金髪の女の顔だちを思い出した。そうか、こいつはユリヤの姉妹だ。たぶん姉。姉が妹の復讐《ふくしゅう》にやってきたのか？　昨日の銃撃は、あのロシア人組織によるものではなかったのか。

それとも。

その可能性がどれほどのものか、疑いながらも藤倉はひとつの仮説に思い至った。

ロシア人組織が、殺された女の姉をヒットウーマンとして送り込んできたのか？　このクリヤカワ姉妹は、妹は娼婦《しょうふ》、姉は殺し屋として、組織に関わっていたのか？

ともあれ、女のいるホテルへ急ごう。女の離日は明日の予定だ。まだホテルにいる。舞浜の、リゾート・ホテルだ。タチアナ・クリヤカワ。彼女の愛称は、たぶんターニャだろう。

日赤病院の正面に通じる坂道にセダンを進めながら、卓也は後部席のターニャに言った。

「ひとつだけアドバイスさせてくれ」

ミラーごしに、ターニャが卓也を見つめてきた。

「なあに?」

「妹さんを殺した男が生きているかどうか、それを確かめる必要はないと思う」

ターニャはわずかに目を吊《つ》り上げた。

「いまさら、それを言い出すの?」

「ちがう。きみは、集中治療室には行くな。子分たちが待ち構えているかもしれない。それより、霊安室に行ったほうがいい」

「レイアンシツ?」

「死体を置いておく部屋だ。昨晩死んだばかりだとしたら、たぶんまだ遺体は病院の中にある。司法解剖のために運び出されてはいないと思う」

「わたしは、生きている相手に止《とど》めを刺す」

「生きている可能性は一〇パーセントときみは言った。だったら、九〇パーセント確実なことを確認したほうがいい。霊安室で、死体がたしかにきみの標的だったことを確かめればいいんじゃないか。撃ち合いしなくてすむかもしれない」

ターニャは卓也を見つめてうなずいた。

「たしかにそうね」

「通用口のほうに車をつける。霊安室までは、ぼくは案内できない。ひとりで行ってくれ」

「霊安室って、すぐわかる?」

「車を停めたら、字を書いてあげる。館内案内で、その漢字の部屋を探すんだ。あるとしたら、一階か地下だと思う」

「きっと行けるでしょう」

「きみが行けば、地獄の釜《かま》の蓋《ふた》も開くさ」

「え？」

「なんでもない。通用口の外で待っている。五分以内に戻ってきてくれ」

ターニャは、ミラーの中でうなずいた。目にはまた、昨日同様の強い輝きが戻っている。アドレナリンの分泌でも盛んになったということなのだろう。客を健康なままの身体で帰国させてやれるということは、自分にとってもいいことだった。

卓也は視線を道の先に戻した。日赤広尾病院の表示が見えてきた。


ちょうど職員の出勤の時刻だった。前方に見える日赤広尾病院の通用口では、建物に入ってゆくひとの列ができている。

入り口のすぐ内側には警備員室があって、職員たちはみなＩＤカードを警備員に提示していた。通用口からターニャが中に入るのは難しく見えた。

「無理だな」と関口卓也は後部席のターニャに言った。「警備員に止められる」

ターニャもその様子を見つめていた。難しいのはわかっている顔だった。

しかしターニャは言った。

「降ろして。無理にでも入る。警備員は、ガンは持っていないでしょ?」

カチャリと音がした。ターニャが拳銃を操作したようだ。卓也のとぼしい知識でも、それがセミ・オートマチック拳銃の薬室に弾を送りこんだ音とわかった。

卓也は驚いて言った。

「撃ちまくって行くって言うのか?　帰ってこれないぞ」

「ほかに方法はない」

「待て」

卓也は後部席を振り返った。ターニャの目には冗談の色もない。彼女は本気でやるつもりだ。

ターニャが拳銃を持ち上げて、左手でドア内側のノブに手をかけた。

「待てって!」

救急車のサイレンの音が近づいてきた。日赤病院に向かっているようだ。

卓也はセダンを道路の脇に寄せた。すぐに救急車が一台、卓也のセダンを追い越し、構内に入っていった。救急搬入口に向かうのだろう。

卓也はセダンを発進させて、救急車を追った。

「どうしたの?」とターニャが言った。「降ろして」

「救急患者だ。搬入口から運び込まれる。きみは、自分は家族だって騒げ。入れてくれるだろう」

「ああ。わかった」

救急車が搬入口の前で急停車した。後部の観音開きの扉が開いて、救急隊員が飛び下りてきた。卓也もその脇に、故意に大きな制動音を上げてセダンを停めた。

救急車の中にいるもうひとりの隊員が、ストレッチャーを押し出した。外に降りた救急隊員が、そのストレッチャーの脚を伸ばした。

搬入口の中からも、白衣の男がふたり出てきた。病院の職員たちだろう。合わせて四人の男が、ストレッチャーを囲んで搬入口から中に運び入れようとしている。

「きて」と言いながら、卓也はセダンを飛び出した。

職員のひとりが、卓也に顔を向けた。

卓也はストレッチャーに向かいながら大声で言った。

「大丈夫ですか。大丈夫ですか」

職員は身体で卓也の接近をはばんだ。しかし、追い返すほどの強い意志は見られない。ストレッチャーに乗っているのは、三十代の男だった。

卓也はさらに叫んだ。

「兄さん！　兄さん！」

ターニャも車から飛び下りてきた。彼女も両手を胸の前で合わせ、大声で言った。

「ダーリン。ダーリン！」

救急隊員たちは、ストレッチャーを押して搬入口から建物の中に入った。ターニャがあとに続いたが、職員たちも制止はしなかった。

ターニャはそのまま、黒いハーフコートの裾《すそ》をひるがえして病院の奥へと消えていった。

卓也は足を止めた。あとは彼女にまかせておけばいい。中に入ってしまえば、彼女は霊安室に向かい、そこにあるものが昨日自分が撃った男の死体であることを確認する。そうである確率は九〇パーセント。自分がこの搬入口の外で待っていれば、ほどなく彼女は現れる。おそらくは勝ち誇ったような微笑で。あるいは、自分の射撃の腕にいっそう自信を深めたかのような笑みで。

卓也はセダンに戻って、セダンの向きを変えた。ポケットから口中清涼剤を取り出して口に放り込み、嚙《か》み始めたときだ。ミラーにターニャの姿が映った。救急搬入口から飛び出してくる。

もう？　まだ二分もたっていないが。

彼女は右手をハーフコートの下に入れている。何かを隠しているように見える。拳銃を取り出す必要があったのか？　もしや、また撃つことになった？

ターニャはセダンに駆け寄ってきて、助手席のドアを開けた。後部席ではない？　卓也は驚いた。

助手席に身を入れたターニャは、ドアを閉じながら言った。

「出して！」

セダンを急発進させた。十メートルほど急加速したとき、ミラーの中にちらりと男の姿が見えた。救急搬入口から飛び出してきたのだ。追いかけてくる。

卓也は溜《た》め息《いき》をついた。二度目だ。昨日と同じことがまた繰り返された。

ろくに減速せず、左右を確認することもなく、門から公道に飛び出した。まず右手、六本木通りに向かう。通りを渡っていた男女が、あわてて左右に散った。

「何があった？」と、卓也は加速しながら訊いた。「一〇パーセントのほうか？」

ターニャは、助手席で身体をひねり、後方に目を向けている。

「九〇。死んでいたわ。あの男は」ターニャが言った。「余計な男がいたの。ガンを取り出してきたので、撃った」

「おいおい」卓也は悲鳴を上げそうになった。「それは、きっと警察だぞ」

「ちがう。ヤクザ」

「どうしてわかる？」

「怒っていた。怒った顔。警察なら、あそこで怒ることはない。びっくりするだけ。あれは、待ち伏せしていたヤクザ」

卓也はミラーに目をやった。走って追いかけてくるひとの姿はない。猛烈に追ってくる車もなかった。このまま信号にぶつかることなく、数キロ逃げおおせることができたらよいのだが。

そう思ってから、卓也は首を振った。

なぜおれまで逃げねばならない？　おれは犯罪には加担していない。ターニャの共犯なんかじゃない。逃げる理由などないのだ。

しかし、逃げようと思った気持ちは正直なところだ。自分はいまやすっかりターニャの共犯者だ。共犯という言葉が強すぎるなら、同伴者だ。けっして拳銃で脅されている旅行会社社員ではない。アテンド契約に従っているだけの旅行業のプロというだけではなかった。

卓也はさらにセダンを加速させた。もうこんなことは終わりだ。いまから自分は成田空港に向かう。予約してあるアエロフロート十三時発のモスクワ便にターニャを乗せるのだ。チェックイン手続きを終えたところでさようならする。もしまた機会があれば、できればロシアのどこかで会おうと声をかけて。

もっともその前に、ターニャにあの拳銃を捨てさせなければならなかった。東関東自動車道のどこか適当なサービス・エリアで、ゴミ箱に放り込むのがよいだろう。

いや、考え直した。いまターニャはヤクザを撃ってきたと言った。ということは、警察も事件の発生を知った。外国人女性が撃ったこと、銀色のセダンで逃げたことを知っただろう。病院職員たちにナンバーを記憶された、とみておいたほうがよい。この車は手配されるのではないか？

手配されるまでに、どのくらいの時間がかかるだろう。少なくとも十分程度はかかるか。そのあいだに、自分ができることは何か。箱崎《はこざき》に行って、あそこでチェックインしてしまうか。それとも車を乗り換えるか。

とりあえず、いまは日赤病院からできるだけ離れよう。東に向かおう。あとのことは、状況次第だ。

六本木通りに出た。右折は難しい。方向はちがうが、とりあえず左折するしかなかった。

ターニャが自分の携帯電話を取り出し、話し始めた。

「ダー。ダー、ターニャ」

相手はロシア人のようだ。ターニャを日本に送り出した人物なのだろう。

「ダー。死んでいた。確認した」

「ダー。早める。きょう、出る」

ターニャが携帯電話を畳んで、ポシェットに収めた。

どうやら、彼女の東京での任務はこれで終わったということなのだろう。


寒河江は、矢島からの報告に激怒して怒鳴った。

「馬鹿野郎！　お前がついていながら」

「申し訳ありません」と、矢島は早口で言った。「来るなら集中治療室だと思ってました。まさか、霊安室に行くとは。広橋は、霊安室で西股の遺体のそばにいたんです」

たしかに、自分も罠《わな》は集中治療室にかけたつもりだった。西股の生死についての情報を押さえれば、ヒットマンはもう一度やつを襲うかもしれぬと期待したのだ。集中治療室に現れて、治療を受けている患者の顔を確かめるのではないかと。しかし霊安室の死体のほうを確かめるとは、予想外の行動だった。

寒河江は、なんとか自分をなだめて、矢島に確認した。

「襲ったのは、女だな?」

「外国人のようだった、とのことでした。でも、目撃者のひとりは、ヤンキーっぽいけど日本人だろうとも言ってます。黒髪で、化粧が厚かったそうです」

「黒髪のヤンキーなんているか」

寒河江は麻布警察署の駐車場へと出た。警察車が二台、寒河江の目の前であわただしく発進していった。ワゴン型の捜査車両が、寒河江の脇で停まった。助手席で麻布署の捜査員が、これに、と合図してくる。寒河江は携帯電話を耳に当てたまま、そのワゴン車の後部席に乗り込んだ。

矢島が情報をつけ加えた。

「女はダーリンと叫んでいたとも」

「外国人を装ったのかもしれん。それで広橋のほうは? 死んだんだな?」

「まだ、死亡確認とは言われていません。やつも集中治療室です」

「やつもハジキを持っていたって?」

「トカレフでした」

「身体検査してなかったのか？」

「しました。来たときは、何も持っていなかったんです。誰かが、検査のあとに渡したんだと思います」

「撃ったのか？」

「撃つ前に撃たれたみたいでした。トカレフを持って倒れていた。トカレフには、硝煙の匂いはありませんでした」

「広橋の傷は？」

「胸に二発です」

　昨日と同じ女が襲ったのだとしたら、西股を襲撃したときとはちがい、広橋にはさほど強い殺意は持っていなかったことになる。広橋が拳銃を抜いたので、先に二発撃ち込んだというだけだ。西股の場合のように、とどめを刺してはいない。つまり昨日から続くこの銃撃事件、ヒットマンの狙いは西股ひとりだ。それも、わざわざ霊安室まで生死を確かめにくるのだから、西股を殺害するという意志だけは強烈だということになる。

　個人的な怨恨《えんこん》？

　まさか。いままでに、この女は西股組、大滝組を相手にひとりを殺し、ふたりに重傷を負わせている。敵が増大することを気に留めていない。しかもこれだけの手際だ。背後には、彼女を支援する組織があるはずだ。つまり、女もまた組織を背負っている。

やはりあのロシア人女性の一件が関わっているのか？

矢島が、不安そうに言った。

「親爺《おやじ》さん？」

寒河江は我にかえって言った。

「車の目撃証言は？」

「銀色のセダンとしかわかりませんでした」

「ベンツか？」

もしそうなら、暴力団同士の抗争とほぼ断言してよかろうが。

「いえ。目撃者の証言もあいまいです。セダンであることについては、複数の証言があります。男が運転していたそうです」

「ナンバーは？」

「ひとりが、末尾を2、6もしくは、2、8と覚えていました」

末尾二桁《けた》がわかるなら、かなりのところまで絞りこめる。ただし、こんどの場合、この情報が使えるかどうか。

「くそっ」

ミラーの中で、運転している若い刑事が、ちらりと寒河江に目を向けてきた。

藤倉奈津夫は、そのホテルの建物をフロント・ウィンドウごしに見上げた。舞浜の、そのリゾート・ホテルの裏手側道路沿いだった。

関口のノートパソコンに入っていた旅程表によれば、ターニャ・クリヤカワは昨日きょうと、ここに二泊する予定になっているのだ。明日、成田からロシアに帰国である。二泊三日で仕事を終えて帰るつもりでいたのだから、たぶんあの新潟の連中が段取りを整えていたのだろう。二五口径の拳銃も、たぶん西股克夫の写真も。ガイドだけは、事情を知らない個人の旅行代理業者をつけたのだ。そのほうが何かと都合がいい。背後の組織との関係をくらますことができる。そのガイドに余計なことまで知られてしまった場合は、殺せばよいのだし。

運転席で三浦が訊いた。

「どうします？　部屋番号はわかっていないんでしょう？」

「待ってろ」と藤倉は言った。

宿泊しているホテルはわかったが、部屋はわからない。旅程表にはそこまで書かれていないのだ。かといって、ホテルに電話して宿泊客のこういう人物の部屋番号を、と訊いても、ホテルは答えてはくれないだろう。最近は宿泊客についての情報の管理が厳しくなっている。そのような人物が宿泊しているかいないかについても、答えられない、と返事されるのがふつうだ。

かといって、部屋につないでくれと頼むわけにはゆかない。わざわざ逃げてくれと言ってしまうようなものだ。

適当な部屋番号を言って、つないでくれと頼むのはどうだろう？　そのお客さまですと、部屋番号はいくついくつになります、と答えてはもらえないだろうか。それを聞いたところで、つなぐのはけっこうと切るか。いや、そのやりとりでは、やはり番号は明かしてもらえないだろう。

家族か身内を装い、部屋番号を聞き出すか？

それだと、どうして携帯電話で本人に確かめないのかと疑われる。

警察を名乗るか？

駄目だ。藤倉がやろうとしていることに、注目を集めてしまう。

ひとつ思いついて、藤倉は携帯電話を取り出した。プリントアウトしてきた旅程表から、そのホテルの代表電話の番号を押した。

交換手が出たところで、藤倉は言った。

「フロントを」

「どういったご用件でしょう？」若い女が愛想よく訊いた。

「こちら」藤倉は大手広告代理店を名乗った。「そちらにお泊まりのクリヤカワさまに、本日の式典の招待状をお送りする手配をしております。送付伝票に部屋番号を書かねばならないんですが」

「お待ちください」

二十秒ほどの間があって、こんどは若い男の声が出た。

「お待たせしました。クリヤカワさまへのご招待状ですか」

「ええ。主催の外務省サイドから、確実に本人の受け取りのサインをもらってほしいと言われているのですが」

「クリヤカワさまは、本日さきほどチェックアウトされました」

「チェックアウト？」藤倉は驚いた。「明日までの予定のはずですが」

「そうでしたが」

「何時ごろです？」

相手は、七時五十分、と答えた。ＰＣのモニターを見ながら話しているのだろう。

「そうですか。どうも」

チェックアウトした？　たしかに彼女は、すでに西股を殺した。日本での用はなくったのだ。予定を切り上げ、一日早い飛行機で帰国することは自然かもしれない。となれば、向かうのは成田空港だ。きょうの、ロシア行きの飛行機を調べなければならない。いや、向こうだってぐずぐずしているわけにはゆかないのだ。モスクワ便を待つことなく、できるだけ早い便で日本脱出をはかるかもしれない。

三浦が藤倉を見つめてきた。困ったことが起きたと察した顔だった。

藤倉は携帯電話を畳んで言った。

「成田に向かってくれ」

「空港ですか？」

そのとき、また携帯電話が鳴り出した。ポケットから取り出してモニターを確かめると、相手は大滝だった。

「聞いたか？」切迫した声だ。激しい憤怒もこもっている。

「どうしました？」

「日赤病院で、うちの広橋がやられた。女に撃たれたんだ」

「まさか。女は？」

「逃げた。いまから十分くらい前だそうだ」

「だって、病院には警察だって張り込んでいたでしょうに」

「警察は集中治療室のほうを張ってた」

「広橋は、どこにいたんです？」

「霊安室だ。広橋に仮通夜させていたんだ」

「そこに女が？」

「そうだ。広橋には、こっそりトカレフを渡しておいた。もし病院に現れたら、警察が確保する前にやれと指示しておいた。だけど女は霊安室に来た。広橋が撃つ前に、女に二発撃ち込まれた」

「死んだんですか」

「たぶんな。お前は何をやってる？」

「女の正体をつかんだんです。ロシアから来た女。舞浜のホテルに泊まっていた。ひと足ちがいで、チェックアウトしてました」

「何がひと足ちがいだ。女は、日赤病院にきたんだ」

「申し訳ありません」

「お前のせいで、三人撃たれてるんだぞ」

それはひどい言い分だ、とは思ったが、口には出さなかった。

大滝は言った。

「トラブった相手は、新潟のロシア人でまちがいないか？　空港そばで古物商やってる連中だな？」

「表向きはね」

「なんていう連中だ？」

「新潟では、ボストーク商会って看板出してますよ。ロシア人のあいだでは、ここのボスは、ソーバリとか、カリェーヤツって呼ばれてるそうです」

「どういう意味なんだ？」

「ソーバリってのは、黒貂《くろてん》だそうです。すばしこいということなんでしょう」

「もうひとつは？」

「カリェーヤツ。朝鮮人ってことです」

「朝鮮人？」

「連中、ロシアのマフィアですが、民族でいえば、朝鮮系なんです。ソ連崩壊後に勢力を伸ばして、いまはモスクワからサハリンまで、組織をつなげた。だから、一見日本人と変わらない顔だちですよ。白人っぽいゴツいのもいないことはないですが」

「韓国の組織とはつながってるのか？」

「さあ。あったとしても、ゆるやかなものでしょう」

「ボストーク商会。確実だな？」

「兄貴と揉《も》めたのは、そのボストーク商会です」

「なんで昨日のうちに教えなかったんだ」

「申し訳ありません。なんとか身内で解決するつもりだったので」藤倉は話題を強引に変えた。「社長は、どうするんです？」

「これで完全に組織同士の話になった。うちが出てゆくしかないだろう」

「昨夜は指示を待てと言われましたけど、じゃあ、わたしはもう」

「馬鹿野郎」大滝は怒鳴った。「お前が勝手に動いてるのは承知だ。女はお前が始末しろ。ただし、情報は隠すな。全部上げろ」

「はい」

電話は切れた。

三浦が、またどうしましたかという顔を向けてくる。

藤倉は言った。

「大滝のところの広橋が撃たれた。今朝、日赤病院で、またあの女が襲ったんだ」

三浦は目を丸くした。

「大胆ですね。警察も待ち構えていたでしょうに」

「女鉄砲玉だな。命知らずを送りこんできた」

「これから、やっぱり空港ですか？」

「行こう。女は朝のうちにひと仕事したんだ。たぶんきょうのうちに日本を出る。待ち伏せする」

三浦がセダンを発進させた。

藤倉はつけ加えた。

「戦争が始まりそうだ」

「例のロシアン・マフィアとですか？」

「大滝組まで加わった」

「ぶるぶる」と三浦は言った。「ヒットマンひとりのことなら、なんとかなるでしょうけど、戦争になったらおれたちどうしたらいいんです？」

「兄貴の落とし前つけたら、しばらく隠れているのがいいかもしれない」

「シマは草刈り場になりますよ」

「相手が日本人なら、あとからでもなんとか手は打てるさ」

藤倉はもう一度携帯電話を持ち上げた。

登録した関口の番号を選んで通話ボタンを押したが、やはり関口は電話に出てこなかった。

モニターを確かめると、電話してきたのは藤倉奈津夫だった。

もとより藤倉からの電話には出るつもりはない。卓也は携帯電話を畳むと、意識を運転に戻した。いま自分のセダンは、明治通りを南に向かって走っている。このあと、成田に向かうため首都高速に乗るか？

手配されていないか、まだ心配だった。手配されていた場合、首都高速に乗ることはリスクが大きいだろう。地上を走っている限りは、いよいよとなったら、車を乗り捨てて成田に向かうという手もとれるのだ。

どうすべきか。

藤倉は、と卓也は運転しながら思った。いま、あの病院にいたのだろうか。ターニャは霊安室にはヤクザがひとりいたと言っていたが、ほかにもいたとしてもおかしくはない。

藤倉は、いまごろ猛《たけ》り狂っているはずだ。昨日、同じ組織の男をふたり撃たれ、きょうも関係者をひとり撃たれた。撃ったのは昨日同様にロシア人の女であり、しかもどちらの現場にも車で送迎したのは、この自分なのだ。ターニャとこの自分を殺してやると誓ったところで、理不尽とは言えない。

昨日の藤倉の言葉が思い出された。彼は言ったのだ。

妹さんが、稚内の市立病院にいたよな。

同じことは、ターニャも口にした。いま、とりあえずターニャの脅しは無視してよかった。しかし藤倉のほうはどうだろう。

卓也は妹の携帯電話に電話をかけた。つながらなかった。電源が切られている。きょうは日勤なのだろう。病院内では、携帯電話の使用は禁止だ。医師のほか一部の者だけが、病院内使用で問題のないPHSを使っているが。

ついで母親の携帯電話に電話した。彼女も日中は働いている。勤務中の私用電話はいちおう禁止の職場だった。やはり呼び出し音が八回鳴るところまで待ったが、応答はなかった。

ターニャが、助手席から訊いてきた。

「どうしたの？」

「うん」卓也は答えた。「家族のことが心配になった。気をつけてくれと言おうと思って」

「妹さんと、お母さんのことね」

「あんたに引きずりこまれて、いい迷惑だ。妹もおふくろも、何の関係もないのに」

「ごめんなさい」と、予想外の素直な言葉がターニャの口から出た。「あなたが、あのジゴロ野郎と知り合いだったなんて、知らなかった」

謝罪されたなら、それ以上罵《ののし》るわけにもゆかない。卓也は訊いた。

「連中、本気で妹や母さんを狙うだろうか」

「いいえ。いまだけ。あなた以外に、相手が誰かわかっていないから、あのジゴロはそう脅した」

「どういう意味だ？」

「こういうことって、永遠に続くものじゃないわ。いつか和平交渉になる。もう休戦にしようという動きになる。それまで隠れていたら、あとは安全」

「ロシアではそうなのか？」

「ま、相手によるけど」ターニャは、テレビ・ニュースにもよく登場するふたつの民族の名を挙げた。「あのひとたちは、一族への攻撃には必ず復讐する。代々子どもたちにその掟《おきて》を教えてきた。彼らとトラブルを起こしたときは、相手が十分だと感じるまで、殺し合いは続く」

「きみらは、このトラブルをどう収めるつもりなんだ？」

「知らない。上で決めること。でも、ユリヤを殺した男は死んだ。これで手を打とうというサインが、きょうにも出されるはず」

「何人も撃たれて、相手が納得するか」

「抗争が続けば、稼ぎにならない。日本のヤクザだって、それは計算するはず。あの西股って男は、ヤクザとしてはお馬鹿すぎた。そんなお馬鹿のために、殺し合いなんて続けたくないでしょ」

「あいつらの精神構造はわからない。損得抜きでやるかもしれない」

「西股よりもお馬鹿がいるの？」

「あの連中に、知性は期待できるかな」

「とにかく、あなたの家族は、いつまでも狙われたりしない」

サイレンの音が聞こえてきた。前方だ。卓也は意識を行く手に向けた。反対車線の先に点滅する赤いランプが見える。警察車だ。日赤病院に向かっているのだろうか。こちらは、あわてた反応を見せずにこのまま走行していればよい。

五秒後、卓也のセダンは警察車とすれちがった。警察車は、そのまま速度を落とすこともなく、ミラーの中で小さくなっていった。


寒河江は、冷え冷えとしたその霊安室で、床の血痕《けっこん》を見つめた。チョークではなくテープで、ひとのかたちが作られている。大滝組の組員の広橋昌一が、このテープの形に倒れていたのだ。胸に二発、くらっていたという。すぐに広橋は集中治療室に運ばれたが、まず助かる見込みはないとのことだった。じきに医師によって、死亡が確認されるだろう。

薬莢《やっきょう》は二個見つかっている。見たところ、昨日使われたのと同じサイズの薬莢と見えた。目撃者の話でも、広橋を撃ったのは女だったとのことだ。救急搬入口から入ってこの霊安室に向かい、中にいた広橋を撃った。犯行はひとりだったが、表には乗用車が待っており、これを運転していたのは三十代の男とのことだ。昨日の西股克夫銃撃のときの様子とそっくりだ。まずまちがいなく、昨日の二人組の犯行なのだろう。

ただし、昨日目撃された女は、長い金髪もしくは茶髪だった。きょうの女は、短い黒髪。白人のようだったという証言もあれば、濃い化粧をした日本人との証言もあった。

西股が、先日のロシア人女性の死と関連があるようだとわかった。となれば、ヒットウーマンは外国人だとみなしてよいだろう。死んだロシア人娼婦の仲間か、人身売買組織が送り込んだ女だ。前者であれば、もともと東京都内にいて、いまも隠れ家にひそんでいるとも考えられる。後者であれば、つい最近東京に来て、近々日本から出ることだろう。たとえばきょうのうちに。

寒河江は床から視線を上げて振り返った。

若い捜査員が霊安室に入ってきた。何か言いたげだ。

何か、と顔を向けると、彼は言った。

「また車の目撃情報が出ました。銀色のＢＭＷです。型式、年式とナンバーは確認できません」

逃走車がなんであったか、またひとつ範囲は絞られた。しかしこれだけの情報では、手配することは無理だ。タクシー会社にも連絡はできない。情報が混乱し、かえって振り回されるおそれがある。

寒河江は自分の携帯電話を取り出して、課長に電話をかけた。

簡単に事情を説明してから、寒河江は言った。

「千葉県警に要請をお願いしたいんです。成田空港とその周辺での検問強化。対象は、白人女性で、年齢は二十代から三十代前半。拳銃所持の疑いありです」

課長は言った。

「いまどき、空港までハジキ持ってやってくる馬鹿はいないんじゃないか。世界のどこでも」

寒河江は言った。

「いま、ほかに手配できる要件はないんです。見つかったら儲《もう》けものだし、挙動不審なら職務質問で押さえてもらって、とりあえずパスポートだけでもチェックできる」

「外国人だと、人権問題になるのがいやだな」

「ひとり殺されて、ふたり重傷です。容疑者は手を振って北の空に消えていった、って、書かれたくないですがね」

「要請はする」と課長は言った。「あまり期待するな」

「ええ」とだけ応《こた》えて、寒河江は携帯電話を切った。

明治通りをさらに南下して、天現寺橋《てんげんじばし》交差点を渡った。

この先、どのように道を取るか。

卓也は運転しながら、門前仲町に営業所のあるタクシー会社に電話をかけた。ここには英語を話す運転手が何人かいるので、よくお客を紹介している。配車センターのひととは親しかった。

「おはよう」と、軽い調子の声が返った。もう七十近い男である。二年前に運転手の仕事をリタイアした。「どうした？」

卓也は、ふたことみことの軽口のあとに訊いた。

「成田方面、道路状況は？」

「スムーズ。流れてる」

「そうですか。そういえば、さっき明治通りを、けたたましくパトカーが走ってたな。何か大事件でもありました？」

「とくに何も連絡はきていない。A号もB号も連絡なし」

警視庁は、車がらみの犯罪が起こった場合、ただちにこの車種、色、ナンバーを管内のタクシー会社に連絡する。犯罪者もしくは犯罪容疑者が運転している車については、A連絡。事件に何かしらの関係がある、という程度の車については、B連絡という呼称がある。タクシー会社はそれぞれの無線で運転手に手配情報を流す。運転手が手配車両を目撃した場合、ただちに会社経由で警視庁へと逆に情報が上がって行く。

車両の手配はされていない……。ということは、車種もナンバーも正確には目撃されなかったか。あるいは単なる時間差か。

判断しかねていると、相手が言った。

「おっと、いま新しい情報。成田で、検問が始まった。空港出口の先だ」

「出口で？」

「うちの運転手から、無線連絡。成田空港に行くんなら、早めのほうがいい」

「どうも」

携帯電話を切ると、ターニャがかすかに不安げに訊いてきた。

「どうしたの？」

卓也は、唇を噛んでから言った。

「成田空港に、手配されたようだ」

「わたしが？」

「ぼくの車が、かもしれないけど」

「行けない？」

少し考えてから、卓也はターニャに言った。

「べつの出口を考えよう」

ターニャが、説明してと言うように首をかしげた。

関口卓也は、右手でステアリングを持ったまま、携帯電話を取り出した。迷ったけれども、けっきょく天現寺から首都高速に乗ったのだ。レインボーブリッジを渡り、湾岸道路から東関東自動車道に乗るつもりだった。いまセダンはすでに、浜崎《はまざき》橋《ばし》ジャンクションを抜けている。

電話した先は、もとの勤め先に勤めている男だ。その旅行代理店は卓也にとって、取引先のひとつになる。永井という営業マンが、このところもっぱら相手方担当者だった。

「おはよう」と電話に出た永井が言った。「繁盛してるようだな」

「そうでもないよ」と、卓也はかわした。

用件を言おうとすると、永井はさえぎるように言った。

「昨夜、あんたに二回電話があったぞ」

誰からか想像はつく。卓也は、一応確認した。

「どこからでした？」

「あんたの客に用事があるっていうひとだった」

「名前は？」

「ええと。西股産業とか言っていたな」

助手席で、ターニャがちらりと卓也に視線を向けてきた。話の中身を気にしている。あとで教える、という意味で卓也はうなずき、さらに永井に訊いた。

「用件は？」

「あんたと連絡が取りたいって。夕方にあったときは、あんたの携帯を教えた。だけどつながらなかったって、夜遅くにまたかかってきた。あんたのロシアからの客、うち扱いなら予定を教えてもらえないかって」

　ターニャの件は、永井の代理店経由の仕事ではなかった。訊《たず》ねたところで、永井は知らない。

　永井は言った。

「お前の事務所のホームページがあるって教えたよ。そこに連絡先が書いてあるはずだって。電話あったか？」

「いや」

「そうか。じゃあ、連絡は取れていないんだな」

「そうなんだ。ま、客の情報はそう簡単には教えられないけど」

「そうだよな。それがわかってないひとが多すぎる。で、用件は？」

「成田空港の様子なんだ」さきほど確かめたことの裏を取りたかった。「きょう、検問が厳しくなってるって？」

　これまでもこういう情報は融通し合ってきた。予想外の事態が起こったからといって、自分たちは客を飛行機に遅れさせるわけにはゆかないのだ。

　待ってくれ、と永井が言って、十秒後に返事があった。

「ああ。高速出口と、成田空港駅で、いつもより念入りだ。とくに外国人女性が、手荷物検査までやられてる」

「どういう女性？」

「さ、そこまでは聞いていない。うちは、きょうの客には、予定よりも三十分早く空港に送ることにした」

いましがたのタクシー会社の情報と同じだった。それがターニャの手配を意味するものかどうかはわからないが、簡単にアエロフロート機に乗れるとは考えないほうがよいようだ。

「ありがとう」

携帯電話を切ると、ターニャが訊いた。

「どうしたの？」

「成田空港で検問が厳しくなってる」と卓也は答えた。「空港ビルに入る前にも、手荷物検査がある」

「ガンは、ぎりぎりまで持っているつもり」

「そうだろうね」

卓也は、いまの永井の言葉を反芻《はんすう》した。西股産業からの電話、ということは、あの藤倉という男がかけたということだ。二度目の電話に対しては、永井は卓也の個人事務所チャイカ旅行社のホームページを教えたという。そこに連絡先が書いてあるはずだと。

ホームページには当然ながら、事務所所在地も明記してある。

卓也は慄然《りつぜん》とした。あの藤倉という男は、夜中に事務所を兼ねた自宅を襲ったということはないだろうか。この自分がいると見込んで。ターニャの居場所と予定を聞き出すために。

ノートパソコン。

事務所には、モバイルのパソコンが置いてある。数日間事務所を出るときには、必ず持ち歩いているものだ。今回は東京都内だけの案内だし、毎晩自宅に戻るつもりでいた。だからあのモバイルは事務所に置いたままだったのだ。客の個人情報を漏らしてはならないから、電源は切ってあるし、開くにはパスワードも必要だが。

いや、昨日の朝、自分はほんとうに電源を落としたろうか。起動してウィンドウズを開いたまま、飛び出して来なかったろうか。自分の習慣からいって電源は落としたはずだが、百パーセントの確信はない。もし開いたままだとしたら。

ターニャの予定がすっかり藤倉にわかってしまう……。

ターニャが言った。

「また心配ごとね」

「ああ。あの藤倉が」

「あのジゴロが」

「もしかしたら、きみの予定をすっかり知ってしまったかもしれない」

「予定って？」

「飛行機の便、ホテル。パスポート番号にパスポートの期限も」

「どっちみち、一日予定を早めた。きょうわたしがアエロフロートに乗ることまで、わかるの？」

「いや。だけど、ホテルを知られたということは、たぶんチェックアウトしたのも知られたってことだ。一日早くロシアに帰るんだと予測できる」

「成田に追いかけてくる？」

「待ち構えるだろうな」

「空港で、わたしを撃つかしら。大勢のひとや警官がいるのに」

「黙ってきみを逃がすような男じゃないと思う。拳銃を使うかどうかは別として」

あの男には、と卓也は一瞬思った。無骨な拳銃よりも、どことなくナイフが似合いそうだ。それもサバイバル・ナイフなんかじゃない。細身の刃の、柄には装飾がついているようなナイフ。もし彼がやむなく拳銃を使うとしても、その拳銃は黒い大型拳銃ではないような気がした。具体的にどんな拳銃があるのかは知らないが、少なくともそれは、トカレフやコルトではない。

車はちょうどレインボーブリッジにかかった。こうなると、湾岸道路に乗らないうちに、降りてしまったほうがいい。落ち着いて電話する必要も出てきた。

ターニャは何も言わない。卓也の緊張がわかるのだろう。

レインボーブリッジを渡ったところで、台場《だいば》出口に降りた。臨港道路の路側帯なら、駐車できる。卓也はセダンを停め、ハザードランプをつけた。

携帯電話をかけると、親しい老人の声が出た。

「どうしたね」

集合住宅の管理人、高見だ。

「高見さん、申し訳ないんですが、ちょっとわたしの部屋の戸締りを見てきてもらえますか。わたし、昨日、鍵《かぎ》をかけないまま出かけてしまったような気がするんです。きょうも一日、帰れないものですから」

「待ってくれ。かけ直す」

六十秒たたないうちに、高見から電話があった。

「開いてるよ。かけ忘れなんて、よくやるのかい？」

「いいえ、ばたばたしてたものですから」

パソコンの電源落とし忘れはあっても、ドアの施錠を忘れることはない。誰かが開けたのだ。

高見が訊いた。

「鍵かけとこうか？」

「その前に、ちょっと中をのぞいてもらえますか。泥棒に入られてなければいいんですが」

「あっ」という声が聞こえてきた。

卓也が次の言葉を待っていると、高見が言った。

「これ、たぶん泥棒だぞ。あんたの部屋って、いつもこんなに散らかってるのかい?」

「ええ。昨日は散らかしました。入って真正面に、机が見えると思うんですが」

「引き出しが全部開けられてるよ」

「ノートパソコンはどうなってます?」

「ノートパソコン? ないぞ」

ない? 持ってゆかれたのか。藤倉は、じっくりファイルを探すために、パソコンを盗んでいったか。

高見が言った。

「被害届け出したほうがいいよ。警察呼んでおこうか」

「あ、帰ってからにします。戻らないと、何が被害にあったかもわからないから。そのままにしておいてください」

「ほかのテナントさんには声をかけるよ。泥棒の被害がないか確かめてくれってな」

それくらいはやむをえまい。

「お手数かけました」

「物騒だな。あんたが鍵かけ忘れたひと晩の隙に、泥棒が入るんだから」

「わたしが不注意でした」

「いつ帰るんだい？」

「きょうの夜に」

「マスターキーで閉めておくよ。あんた、鍵を落としていないだろうね」

「大丈夫です」

携帯電話を切ったところで、ターニャが訊いてきた。

「どうなったの？」

卓也は答えた。

「藤倉は、ぼくのパソコンを盗んだ。パスワードがあるけれども、中身を見られたと思ったほうがいいいな」

「わたしの予定全部がってことね。どうするの？」

「成田空港は無理になったな。警察も検問してる。藤倉も、組員をたくさん待ち伏せさせる」

「どうしたらいい？」

「待って」

成田が駄目なら、次の手はなんだろう？　チケットを無駄にしようがなんだろうが、ターニャは自分が生き延びるためにはカネを使わねばならない。カネさえ使うのなら、まだ日本脱出のための手はあるはずだった。それに、ターニャは貧乏旅行者ではない。後ろに、ロシアン・マフィアがついている。かかった経費については、あとで吹っ掛けて請求したっていいのだ。

　卓也は助手席のターニャに顔を向けて訊いた。

「昨日、東京駅で、新潟からきた誰かと会ったね？」

　ターニャは、なぜ訊くのという顔でうなずいた。

「新潟には、きみの仲間がいる。そうだね？」

　ターニャは、一瞬ためらいを見せてから、またうなずいた。

「その仲間に、助けてもらうことはできないか？」

「どういうこと？」

「新潟空港から、ロシアに飛行機が飛んでいる。ハバロフスクと、ウラジオストックに、週四便だ。明日も一便ある」

「新潟空港から、ロシアに帰るってことね？」

「とにかくロシア国内に戻れば、あとはモスクワまで、ひとっ飛びだ」

「新潟まで送ってくれるの？」

「東京駅まで送る。きみを、新潟行きの列車に乗せる。新潟駅に、きみの仲間に迎えにきてもらえばいい。安全なホテルにチェックイン、明日、その仲間に空港まで送ってもらうんだ。新潟には、藤倉はいない」

「ヤクザはどこにでもいるんじゃない？」

「それでも藤倉はいない」

「東京から新潟までのあいだはどうなる？　わたしはひとりきり？」

「列車が出発してしまえば、そのあいだは安全だ。誰も追ってこない」

「昨日は、わたしが日本を出るまで送ると言ったわ」

「きみがもうひとり撃つとは思っていなかった」

「飽きたわ」とターニャはいらだたしげに言った。「同じことを何回も言うのね」

「事態がどんどん悪くなっているからだ」

「わたしにも、同じことを何度も言わせるの？」

「飽きた。東京駅でいいね」

「待ってよ」

ターニャは自分の携帯電話を取り出した。また組織に指示を仰ぐのだろう。

そのとき、卓也の携帯電話がピープ音を出した。モニターを確かめると、留守電が入っている。また藤倉か？

卓也は留守メッセージの再生スイッチを押した。

流れてきた声は、やはり藤倉のものだった。

藤倉は言っている。

「もう一回だけ言う。取り引きだ。女を渡せ。タチアナ・クリヤカワを渡すんだ。どっちみちもう明日のアエロフロートには乗れない」

タチアナ・クリヤカワ……。

藤倉は彼女の名前を突き止めたようだ。ターニャの旅程もだ。ということはやはり、モバイルPCの中身を読まれたのだ。

藤倉は続けている。

「逃げ切れないぞ。引き渡せ。いまなら、お前のことは目をつぶってやる。マジで言ってるぞ。稚内市立病院の妹は可愛くないか？　ゴンタって犬は、元気か？　電話をよこせ」

卓也は驚いた。藤倉はターニャの個人情報だけではなく、卓也の家族のこと、愛犬のことまで知っている。eメールも読まれたか。あるいは、部屋じゅうを探して、卓也自身に関する個人情報まですっかり把握してしまったのか。

いや、モスクワを案内したときに、自分はたしかに少しプライバシーに関わることを話してしまった。いずれにせよ、ターニャが無事に日本から脱出したとしても、自分がこの先、藤倉たち暴力団員からつけ狙われることは確実だ。

ターニャが助手席で自分の通話を終えた。

卓也が携帯電話を畳むと、ターニャが言った。

「新潟の組織は動けないって。事務所を見張られている。動けば、わたしを相手の連中にさらしてしまうことになる」

「藤倉の組は、新潟にも子分を置いているのか？」

「兄弟組織なんでしょう」

「それできみのご兄弟たちは、きみを見捨てるって？」

「いま接触はできないってだけ。迎えにきてはもらえない」

「きみなら、新潟駅からひとりで行ける」

「あなたはどうするの？」

「隠れているさ。そうしろと言わなかったか？　休戦交渉では、ぼくの安全を条件にしてくれるんだろう？」

「これ以上、ひとりも死なないようにする」

「あの藤倉って男は、そういう取り決めなど気に留めないって気がする。ぼくは藤倉の敵だけれど、きみの兄弟たちの仲間じゃない」

　ターニャがまっすぐに卓也の目を見つめて言った。

「もし休戦が決まったあとに、あなたやあなたの家族が襲われたら、わたしがもう一度日本にくるわ。確実に藤倉を殺してやる」

　自分を信じろ、という目の色だった。彼女がそう言った以上、卓也の生命は保証してくれるのだろう。それを疑わねばならぬ理由も、彼女は見せていない。自分を脅したときと同様の迫力で、組織に条件を呑《の》ませるだろう。

　一瞬揺らいだ気持ちも、もとに戻った。自分の家族のことまで藤倉に把握されてしまった以上、あとはその休戦交渉に期待する以外に、手はないのだ。

　卓也は言った。

「きみの言葉を信じるよ」

ターニャはかすかに微笑した。

「新潟まで、送ってくれる?」

「車で行こう」

列車よりは時間がかかるが、何かあったとき、動きが制約されないのは自動車だ。どっちみち、新潟にはきょうじゅうにつけばよいのだ。車がいい。

ただし、この車の車種、ナンバーが警察に通報され手配された可能性はどうだろう。頭の分類番号から四桁の数字まで完全に目撃されていた場合、持ち主を特定するのは容易なはずだ。手配も明快なものになる。どこかで検問に引っかかった場合、その時点でゲームセットだ。ターニャは逮捕され、国内で無期懲役か死刑の判決を受けることになるだろう。この自分にどんな容疑がかけられるかは別としてもだ。

レンタカーに乗り換えよう。このセダンはどこか適当な駐車場に入れて、あと三日間ばかり、べつの車で動くことにする。いずれ警察がこのセダンのナンバーから自分にたどりつくにしても、そのときは自分の仕事も、そしてたぶんターニャたちの抗争も終わっている。自分は拳銃を突きつけられてしかたなく片棒を担がされた被害者であると供述すればよい。

卓也は言った。

「車を乗り換える。そのあとハイウェイを使って、新潟まで走る。六時間ぐらいで行ける」

卓也は時計を見た。午前九時十五分だ。途中昼食を食べたり、休憩したりしても、午後の四時には新潟市内に到着できるだろう。藤倉はたぶん、自分たちが出国のための出口を新潟空港に変えたとは、予測できまい。今夜は新潟市内のホテルで、またターニャの傷口の手当てをしてやることができる。

卓也は携帯電話をジャケットの胸ポケットに収めて、ギアを入れた。

誘導灯を持った制服警官が、藤倉たちのセダンの前に立って停止を命じた。

検問を受ける車の列ができている。制服警官のひと組が、ドライバーや同乗者のパスポートを改めたり、トランクルームを開けたりしていた。いや、すべての車に対してそれを行っているわけではなかった。よく見ると、白人女性の乗っている車が検問の対象だ。スーツケースやショルダーバッグを開けさせられている白人女性もいた。

藤倉は、セダンの車内で検問の様子を凝視しつつ考えた。警視庁は、昨日きょうの発砲犯をあのロシア女だと断定したのだろうか。だから千葉県警に白人女性検問の協力を求めたということか。それともこの検問は、西股克夫や大滝組の広橋たちが撃たれた一件とは無関係か。千葉県警の抱える別の事件での検問なのだろうか。

グラブボックスの隠しに収めたベレッタが気になった。千葉県警が、この自分たちの風体《ふうてい》を見て、車内の徹底捜索までやるとは思わない。自分の外見はいわゆるこわもての暴力団員の格好ではないし、それは運転手の三浦も同じだ。

制服警官がふたり、藤倉のセダンに近づいていた。

運転席のウィンドウがノックされた。三浦はウィンドウを下ろした。

警官は横柄な調子で言った。

「免許証かパスポート」

三浦が運転免許証を警官に見せた。警官は免許証の写真と三浦を見比べてから車内をのぞきこんだ。

「出発かい？」

三浦が答えた。

「迎えです」

「どこの便？」

藤倉は助手席から答えた。

「ノースウエスト。ロサンジェルス便」

警官は、後部席も見てからセダンから離れた。もうひとりが、誘導灯で行けと合図してくる。三浦はふたたびセダンを発進させながら、ウィンドウを上げた。

駐車場へ向かって走行する途中、三浦が言った。

「あの検問じゃ、女が抜けて来るのは無理じゃありませんか。チェックイン・カウンターで待っていても、女はその前にパクられてしまうでしょう」

藤倉は、千葉県警の能力をそれほどには買っていなかった。しかし、たしかに出発ロビーで女を待つのは無意味という気がしてきた。あの関口という旅行代理業者も、もしこの検問のことを耳にしたならば、きょうの成田には現れないのではないか。最初の予定どおり、明日の便を使うことにするかもしれない。明日も同じ態勢で検問が続くとは考えにくいのだし。

藤倉は三浦に言った。

「戻ってくれ。空港を出る」

三浦が藤倉に顔を向けた。

「どっちに？」

考えはまだまとまっていない。ターニャ・クリヤカワと関口の次の行動の予測ができなかった。

「とりあえず、浦安のほうに戻ってくれ」

三浦はセダンを加速した。

ターニャのスーツケースをトランクルームに収めると、卓也は運転席に戻った。

芝公園に近いレンタカー営業所だった。いま卓也は、この営業所でレンタカーを借りる手続きを済ませ、車を受け取ったのだった。車は国産二五〇〇ccの白いセダンだ。あまり人目を引かない車のはずである。自分のセダンは、近くのホテルの駐車場に置いた。

ターニャはこの車でも、助手席に座っている。シートベルトをすでに締めていた。

卓也は自分もシートベルトをしてから、ターニャに言った。

「休憩したくなったら、遠慮なく言って。高速道に乗ってしまうと、そんなに休憩所は多くない。ひとつ逃すと、次まで遠い」

ターニャが言った。

「いま、鎮痛剤を飲んだ。眠ってしまうかもしれない」

「そのほうがいいかな。背もたれを倒して、楽にしているといい」

卓也は時計を見た。

午前九時四十五分になろうとしていた。

藤倉の携帯電話が鳴った。

大滝からだった。

「きょうから三、四日、事務所は用心しろ。呑気《のんき》に出歩くなよ」

藤倉は訊いた。

「どうしたんです？」

「始まるんだ。西股と広橋が殺されて、もうひとり重態。帳尻《ちょうじり》を合わせるからな」

「ボストーク商会と、本気で？」

「ああ。いま若い衆を三人送った。お前はお前で、その女鉄砲玉を確実に始末しろ」

「送ったって、新潟にということですか？」

「事務所は、新潟なんだろうが」

「わかりました」

携帯電話を畳むと、三浦が運転席から顔を向けてきた。

藤倉は言った。

「ちょっと遠出するぞ。関越《かんえつ》に乗ってくれ」

「関越ですか。行く先は？」

「新潟だ」

「何かあるんですか？」

「いま気がついた。新潟空港からも、ロシア行きの飛行機は出ている。あの女は、予定を変えたはずだ。ボストーク商会を頼って新潟に行き、新潟空港からロシアに帰る」

「確信ありげですね」

「うちの組織も警察も動き出したんだ。旅行代理業者ひとりの助けじゃ、日本を出られない」

「新潟に着いて、空振りだったら痛い」

藤倉もいま、それは考えた。しかし大滝組が組織としてボストーク商会に報復しようとしているとき、自分も新潟に駆けつけたとアピールしておくことは悪くないはずだ。西股組の利権は、自分が引き継がねばならない。自分はすでに十分な失策を犯しているのだから、かなりのことを見せなければ、利権は手に入らない。戦争が起こったとき、その場で身体を張っていたと見せることは意味がある。たとえあのヒットウーマンのほうは逃してしまったとしても。

藤倉は、三浦に訊いた。

「誰か、売人で廃人になってるようなのいないか」

「シャブの売人で廃人ってことですか？　何人もいるでしょう」

「おれと似たような背格好のやつだ」

「もっと痩《や》せてますが、西浦かな。ほとんど廃人です。あいつは、あと半年も持ちませんよ」

藤倉は携帯電話で組のひとりを呼び出した。

相手が出ると、藤倉は言った。

「売人の西浦を、いまからどこかに監禁しておけ。三日間ぐらい」

相手は訊いた。

「ぼこるんですか？」

「いや。記憶を消してやるだけでいい」

携帯電話を切ると、三浦がまた藤倉に目を向けてきた。

藤倉は視線を東関東自動車道の前方に据えたまま言った。

「おれの身代わりだ。いまから、やつのアリバイを消しておく」

三浦はうなずいて、視線を前方に戻した。


稚内市立病院は、丘を背後にして建つ白いビルだった。JRのたぶん日本最北の駅、稚内駅に近い場所にある。ビルを背に立てば、真正面は稚内港だ。岸壁まで、ほんの五百メートルほどだろう。

福本晴哉《はるや》はタクシーの運転手に待っていてくれと告げると、駐車場に降り立った。

昨夜突然組長に指示されて、きょうのこの稚内行きとなったのだ。ある看護婦の住所を確かめ、私生活のあれやこれやについて、できるだけ情報を集めてこいという指示だった。その看護婦は二十七歳だという。

福本は気になって組長に訊いた。

売り飛ばすんですか？

余計なことだ、と組長は声を荒らげた。とにかく一日一便の丘珠《おかだま》空港発の飛行機で稚内に行き、その都度連絡を入れろとのことだった。福本は黙ってきょう早起きし、朝九時五十五分発のプロペラ機に乗り込んだのだった。

闇金融の仕事のほうでときどき北海道の郡部に取り立てに出向くことはあるが、たいがいは車を使う。誰が見てもこれはその筋の男たちの乗り物だろうと見てくれるあのドイツ車に乗る。しかし、きょうは飛行機を使えとのことだった。用件を一刻でも早く済ませろという意味があるようだ。

組長が、自分ひとりでやれと指示したことも意外だった。取り立てや脅しで札幌を出るときも、たいがいは兄貴分についてゆく。運転手も兼ねての出張《でば》りがほとんどだった。組長から、出張り仕事にひとりで行ってこいと言われたのは、たぶん初めてだ。

福本はこの指示がうれしかった。もしかしたら、組長は自分を一丁前のヤクザと認めてくれたということなのかもしれない。兄貴分から離れてひとり立ちできる男だと、評価されているのかもしれなかった。最後に刑務所を出てから二年、自分はもう三十八歳になるのだ。この歳でまだ運転手やら脅し役ばかりをやっていたくはなかった。そろそろひとり立ちしたかった。風俗店の一軒ぐらいは持ちたかった。もしひとり立ちしろというのが組長の期待なら、これに応えたかった。

それにしても、二十七歳の看護婦の情報って、いったい何だ？　その女を借金のかたにソープランドに飛ばすのではないとしたら、どういう意味があるのだろう。組長の面子《メンツ》でもつぶしたか。組長を虚仮《こけ》にしてくれた誰かの家族か？　いずれにせよ、それは大事に扱っていいという女じゃないはずだ。情報を集めろってこと自体、あとでじんわりとやることをやる、という含みがあるのだろう。

空港で、電話帳には当たっていた。これも組長の指示だ。五十音電話帳の関口の名が出ているページを破っておけと。稚内はごく小さな街だったので、一ページ破るだけで済んだ。関口という名字は、ほんの十軒ほどしか載っていなかったのだ。

福本は、タクシーから五メートルほど離れた。さすがに北海道の北の端の街だ。海風が冷たい。黒いスーツだけでは涼し過ぎた。

携帯電話を取り出し、空港で登録しておいた番号を選択した。目の前の稚内市立病院の代表電話だ。

かけると、女性交換手が出た。

福本は、いまタクシーの中で練習しておいたセリフを口にした。

「佐川です。お届けものがあるんですが、市立病院の関口さんになってるんですよ。これって入院患者さんのことでしょうか？」

相手の女性は、怪訝《けげん》そうに言った。

「関口さん？　フルネームは？」

「ええと、ボールペンがかすれて読めないけど、女性かな」

「関口啓子《けいこ》ですかね。だったらうちの看護師です」

「あ、そうです。関口啓子さん。荷物、病院に届けたらいいですか？」

「手は離せませんけど、受付で預かります」

「段ボールの大きいのが三個口なんですよ。冷凍もの」

交換手は困ったように言った。

「あら、それじゃあ預かるってのもなんだわ」

「なんでしたら、関口さんが指定する場所にお届けしておきますが」

「いま勤務中なんです。電話には出られない」

「内科でしたっけ」

「整形です。どうしよう。お急ぎなんですよね」

「ええ。なんならご自宅に届けましょうか」

「そうしてもらったほうがいいですね」

「住所、教えてください」

「待ってください」少しの間があって、交換手は言った。「潮見一丁目の……」

「どうも」

電話を切ってから、裂いてきた電話帳と照らし合わせた。同じ住所にある関口。見つかった。女性名で登録されていた。関口和枝《かずえ》。これだろう。関口啓子という看護婦の母親なのだろうか。

福本は、札幌の組長に電話をかけた。

「いま市立病院です」と福本は報告した。「もう関口啓子って看護婦の住所わかりましたよ。整形外科にいるそうです」

組長が指示した。

「整形外科の受付に行け。関口啓子って看護婦を呼び出し、じろっと顔を見て、すぐ出てこい」

「何か言わなくていいんですか？」

「いい。黙って見るだけでいい。住所もわかったと言ったな」

「ええ」

「看護婦に会ったら、そっちに向かえ。少ししたら、また電話する」

「はい」

　福本はタクシーを振り返り、指で病院の建物を示した。ちょっと行ってくるから、という意味だった。

　福本の横を、ふたりの白人男女が通っていった。三十代の大柄なカップルだった。ロシア人のようだ。この街には、堅気《かたぎ》のロシア人も多いが、マフィアも進出していることを思い出した。何度もロシア人組織同士、あるいは日本の暴力団と抗争事件を起こしている。この数年でも、死者の数は五、六人になっているのではなかったろうか。たしかフランス人の殺し屋まで登場した事件もあったはずだ。

　福本は、ふたりのロシア人のあとを追うように、病院のエントランスへ向かった。

　関口啓子。どんな女なのか、少し楽しみだった。

新潟

外環自動車道経由で関越自動車道に入った。関越に乗ってしまえば、あとはとくにストレスもなく移動できる。新潟まではおよそ四百キロメートル。だいたい五時間の行程のはずだった。

卓也は横目でターニャを見た。

ターニャは助手席の背もたれを倒して眠っている。卓也のほうに顔を向けていた。寝息はほとんど立てていない。鎮痛剤が効いているようだ。

ターニャは腿《もも》の上にショルダーバッグを置いていた。右手の指は、そのバッグの口にかかっている。何かあったらいつでも拳銃を抜き出すという格好だった。

関越道の上空には、薄い雲がかかっている。東京では意識していなかったけれど、見るからに秋が深いと感じさせる空の色であり、光の角度と強さだった。たぶん新潟では、その印象はいっそう強くなるのだろう。関越トンネルを抜けた先では、紅葉も盛りかもしれない。新潟のさらに北方の国では、晩秋も終わってそろそろ冬になるころだろうか。

卓也はギアをオートドライブに入れて、右足をアクセル・ペダルから離した。

関越自動車道の前方に、またひとつ標識が見えてきた。

関口卓也は意識をその標識に向けた。たぶんそろそろ赤城《あかぎ》高原サービス・エリアの標識が出てくるはずなのだ。

標識が近づいて、文字が読めるようになった。赤城高原サービス・エリアの標識だった。あと二キロ。

卓也は助手席のターニャに訊いた。

「そろそろ休憩しようか。お腹も空《す》いてないかい」

ターニャが、カーラジオに視線を向けて言った。

「待って。これ、ニュースじゃない?」

そのとおりだった。音楽番組が終わり、アナウンサーがニュース原稿を読み上げている。

卓也は左手を伸ばして、音量を大きくした。

政局のニュースが終わったところだった。

癖のない声の男性アナウンサーが言っている。

「次のニュースです。きょう午前八時三十分ころ、東京広尾の日赤医療センターで、銃撃事件が発生、病院にいた三十代の男性が、拳銃のようなもので撃たれて死亡しました。被害者は、暴力団関係者と見られています。撃ったのは、乗用車で医療センターに乗り付けた二人組のうちのひとりで、女性のようだったとのことです。警視庁は、昨日六本木で起こった暴力団組長銃撃事件と関連があるとみて、この二人組を緊急手配しています。次のニュースです」

この事件に関して、卓也が聞く最初のニュースだ。事件発生現場から放送局のスタジオまで、このくらいの時間はかかるものなのだろう。途中に警視庁の発表待ちの時間もあったのかもしれない。

いずれにせよ、ターニャは卓也に教えてくれたとおりのことをやってきた。それを警視庁が裏付けてくれたわけだ。

ターニャは、卓也に顔を向けてきた。

「死んだのね」

「そう言ってた」

「手配って、新潟空港はどうなるの?」

「たぶん、何もない。警視庁は、やったのがきみだと特定できないうちは、新潟県警までは動かせない」

「ケンケイ?」

「新潟の地方警察」卓也は話題を変えた。「休憩、どうする?」

「まだ、いい」とターニャは答えて携帯電話を取り出した。

つながると、ターニャはロシア語で話し始めた。

「ニュース、もう聞いたでしょう?」

「ええ。ラジオでやっていた」

「死んだ、と言っていた。これで、わたしの仕事は終わったんでしょう？」

「まだ？　どうして？」

「わかった。わたし？　いま、新潟に向かっている」

「休戦協定のことで、わたしにも頼みがある」

「そう。日本人に助けてもらった。このひとにも絶対に手を出さないってことを、条件にしてほしいの」

「どうせ休戦になるんなら、何にも問題ないじゃない」

「ええ。連絡を待つ」

ターニャが携帯電話を畳んだので、卓也は訊いた。

「どうなるって？」

「まだ西股が死んだかどうかわからないって言ってる。ニュースは、広橋って男が死んだ、って言っているだけだって」

「きみは死体を確認したんだろう？」

「ええ。額に穴の開いた男。西股ってやつよ」

「じゃあ、警察もそろそろ発表するよ。もう秘密にしておく理由もなくなったんだし」

「それさえ確認できれば、休戦交渉になるだろうって」

「すぐにもまとまりそうか？」

「あの連中も、力の差はわかったでしょう。交渉はまとまるわ」

「ぼくの件」

「マフィアって、貸し借りがすべて。あなたには借りができた。絶対に見捨てることはない」

「絶対に?」

「あなた、くどいわ」

「ぼくの命の問題だから」

「二度と言わないで」ターニャは、のぞきこむように卓也の目を見つめてきた。「信じて」

卓也はうなずいた。繰り返し繰り返し不安は湧いてくるけれども、うなずいて信じるしかないのだ。

赤城高原サービス・エリアの入り口を通りすぎた。つぎのサービス・エリアは、関越トンネルを出た先の塩沢石打《しおざわいしうち》になるだろうか。

卓也はターニャに言った。

「このあと休憩できる場所は、三十分ぐらい先だ。傷は大丈夫?」

ターニャが答えた。

「なんでもない。痛み止めが効いている」

「つぎで休憩するよ。ぼくにも必要だ」

「いいわ。三十分後ね」

「休憩するとき、パスポートを貸して。新潟空港からの飛行機を予約する」

「空港には、ロシアの航空会社のオフィスがあるのね？」

「ああ。ダラビア航空とウラジオストック航空。ハバロフスクとウラジオストックに便がある。夏はイルクーツク行きもあるけれど、いまはない」

「自分で電話してもいいけど」

「とにかく休憩しなきゃあ。運転していては、携帯電話も使えないから」

ターニャは、もうひとつ思いついたという口調で言った。

「わたしが、さっきの仲間に電話するんでもいいんだわ」

「お仲間は、動けないんじゃなかったか？」

「見張られているってことだった。わたしの出迎えはできないってこと。電話で予約するぐらいはやれるでしょう」

「どちらでもいい。どっちに行くの？」

「どっちって？」

「ハバロフスクか、ウラジオストックか」

「どちらでもいい。早いほうの飛行機に乗るわ」

「明日、午後三時五十分に、ウラジオストック行きがある」

「それがいちばん早い？」

「つぎは明後日の夕方。ハバロフスク行き」

「明日の飛行機に乗る。ロシアにさえ戻れたら、あとはどうにでもなるんだから」

「やっぱり、いきなり空港じゃなくて、お仲間の事務所に行くべきかな」

「どうして？」

「きみがぼくの生命の保証をさせるのを確認したい」

「どうしても信じてはくれないのね」

「安心したいんだ」

「休憩所で電話するわ。事務所に行ったほうがいいのか、どこかで会うか、決める」

そうしてもらおう。


藤倉奈津夫の乗るセダンは、高崎《たかさき》ジャンクションを通過した。

新潟までは、あと四時間弱だろうか。三時間で着けるか。

藤倉は、携帯電話を畳んだ。

いま、昨日も電話をかけた旅行代理店に問い合わせていたのだ。新潟空港発のロシア行き飛行機の便についてだ。

返事では、きょうはないが、明日の午後三時五十分にウラジオストック行きがあるという。明後日はハバロフスク行きが午後五時四十分に。

ウラジオストックもハバロフスクも、どちらもコリアン系ロシアン・マフィアの強い都市だ。ボストーク商会の親組織は、ウラジオストックに事務所を置いて密貿易を手がけている。当然ハバロフスクにも、根を張っているだろう。あのターニャというヒットウーマンが逃げるにはどちらも格好の街だ。彼女はまず間違いなくこの二便のうちのどちらかに乗る。自分なら、早いほうだ。つまり明日の午後三時五十分の飛行機に乗る。

ターニャとあの関口という男がいま新潟に向かっているとしたら、今夜は新潟の安全な場所で過ごすことにするだろう。つまり、ボストーク商会のアジトか、ボストーク商会が手配したホテルで。組織的な抗争が始まってしまったということを考えるなら、ボストーク商会のアジトという可能性が大だった。

となれば、明日空港で待ち伏せるよりも、きょうのうちにボストーク商会のアジトを突き止めて女を探したほうがいいか。きょう見つからなかった場合は、明日空港という手だ。

藤倉は携帯電話を持ち直した。さっきから一本かけたいところがあるのだが、ずっと不通なのだ。先方からもコールバックがない。

同じ相手にかけると、今度はつながった。

「どうした?」と大滝が出た。「いま、寒河江から事情訊かれてたんだ」

藤倉は訊いた。

「あの親爺、どのくらいつかんでるんです?」

「何にもだ。おれだって、昨日までは知らなかったんだ。寒河江が裏の事情を知ってるわけもない」

「かまをかけてきませんでしたか？」

「いくつか、組の名前を挙げてきた。見当違いなものばっかりだ。それより何だ？」

「新潟に向かった三人と、連絡取れますか」

「どうしてだ？」

「おれも、いま新潟に向かってるんです」

「お前には、女をまかせたと言ったろうが」

「女は、新潟に向かいましたよ。ボストーク商会と連絡を取り、たぶん新潟空港から逃げるはずです」

「はず？」

「いや、まず間違いなく」

「確信があるのか」

「ええ。根拠は詳しくは言えませんが」

「だからどうだって言うんだ？」

「三人とうまく連携しないと、女を逃がすことになってしまいます」

「どうしてだ？」

「事務所を襲うんでしょう？　そこに女がいるかもしれない。女がやってくるかもしれない。計画的にやったほうがいい」

間があった。大滝が少し思案したようだ。

言葉を待っていると、大滝が言った。

「お前の知らない連中だ」と大滝が言った。「お前のその携帯に電話させる」

「まだ新潟には着いていませんね？」

「まだだ」

「三人、やれる男たちですか？」

「度胸はあるし、今後のことも言い含めてある」

「若い連中ですか？」

「ああ。ひとりは、十八だ」

「電話待ちます」

携帯電話を畳むと、三浦が訊いた。

「大滝組の連中と、共同でやるんですか」

藤倉は答えた。

「馬鹿がへたに事務所を襲えば、女に逆襲される。逃げられる。だったら、おれが加わったほうがいい」

「実行だけ、連中にまかせるというのは？」

「もちろんだ」

二分ほど走ったところで、藤倉の携帯電話が鳴った。モニターを見ると、登録相手からの電話ではなかった。大滝組の若い衆だろう。

耳に当てると、相手が言った。

「大滝社長から電話もらいました。話は聞きました」

三十歳前後の男だろうか。声だけは、かなりのこわもてだ。

藤倉は言った。

「藤倉だ。あんたの名前は？」

「岩瀬」

「岩瀬さん、あんたたちと合流して、新潟に行こうと思ってる。西股組長を殺した相手も、新潟に向かってるんだ」

「聞きました。一緒にやってくれるとか」

「効率がいい」

「藤倉さんは、いまどこです？」

「関越を走ってる。高崎ジャンクションを過ぎたところ。あんたたちは？」

「もうじき関越トンネル」

「つぎのサービス・エリアは？」

「塩沢石打かな」

「そこで合流しないか」

「待ってます」

「じゃあ」

電話を切ろうとすると、岩瀬が訊いた。

「藤倉さんは、何か金物を持ってます？」

「素手じゃない」

「よかった。じゃあ、塩沢石打サービス・エリアで」

三浦が藤倉を横目で見た。

藤倉は携帯電話を畳みながら言った。

「塩沢石打サービス・エリアで合流だ」

三浦は、わかりました、とうなずいた。


卓也の運転するセダンは、トンネルに入った。その長大な管の内部は、オレンジ色のナトリウム灯で照らされている。走行する自動車のテールランプが、彼方《かなた》まで列を作っていた。すべての光、すべてのラインが、遠くの一点に集束している。

一分以上走ったところで、ターニャが不思議そうに言った。

「ずいぶん長いトンネルなのね」

卓也はうなずいて言った。

「十一キロある。日本でいちばん長いトンネルなんだ」

「そんなに？　そうとう険しい山を越えているの？」

「日本列島の背骨の部分を通過しているんだ。山をくぐって、太平洋側から日本海側へ抜ける」

「このトンネルを抜けると、日本海？」

「いや、海まではまだ三時間ぐらいかかる」

　卓也は時計を見た。午後一時になろうとしていた。

　ターニャが言った。

「こんなに長いと、ほんとうに出口があるのか、不安にならない？」

「いいや」

「そう？　ほんとうの光がない。外もない。もう後ろも見えないし、先も見えてこないわ。現実の世界だって思えない」

「ほっぺたをつねってみるといい」

　返事がなかった。卓也はターニャに顔を向けて様子をうかがった。ターニャはシートに浅く腰かけて、前を見ていた。目はどこにも焦点が合っていないように見えた。卓也は声をかけずに、視線を戻した。

　ナトリウム灯の明かりの消失点は、無限に遠ざかっている。これだけ走り続けてもなお、終わりが見えなかった。ターニャの感想ももっともだった。

　麻布署の会議室で、副署長がメモを読み上げ始めた。

「昨日、六本木七丁目、乃木坂カサブランカで発生した銃撃事件で、死亡した被害者の身元が確認された。被害者は、指定暴力団大滝組系、西股組組長の西股克夫。四十四歳。被害者は銃弾を二発受けていたが、直接の死因は銃撃による脳幹損傷」

　寒河江は、報道陣のうしろに立って、副署長のこの発表を見ていた。西股克夫の死亡は、昨日のうちに確認されていたが、マスメディアに対して正式発表ということである。すでに西股の生死をあいまいにして、ヒットマンを罠にかけるという計画は失敗に終わったのだ。隠しておく必要はなくなった。

　副署長は続けた。

「さらにきょう、被害者・西股克夫が治療を受けていた日赤医療センターで、もうひとつ銃撃事件が発生した。現場はセンター本館地階で、被害者は指定暴力団大滝組組員の広橋昌一。三十五歳。胸と腹部に一発ずつ銃弾。死因は外傷性ショック死」

　すぐに報道陣のひとりから質問があった。

「昨日の発砲犯と同一人物でしょうか」

　副署長はうなずいた。

「その可能性は高いと判断しています」

「今朝の銃撃犯については、女性だという目撃証人が出ているそうですが」

「その可能性も否定しません」

べつの記者が訊いた。

「医療センターでは、西股克夫が治療を受けていたのですね？」

「そうです」

「その場に広橋昌一がいたということでしょうか？」

「病院地下にいました」

「警察は、この事態を想定してはいなかったのですか？　抗争は続くと見て、西股克夫に監視をつけるとか」

「病院を警戒していました」

またちがうレポーターが訊いた。

「抗争の相手はどこです？　すでに絞り込まれているのでしょうか？」

「捜査中です」

「まだ続きそうですか？」

「そうはさせません」

「西股組は関西の組織とトラブルを起こしていたと聞きますが」

寒河江は、記者に視線を向けた。ほんとうにそんな噂があるのか？　たぶんかまをかけただけだろうが。

副署長は答えた。

「確認していません。以上です」

　何人かの記者がなお質問しようとしたが、副署長と刑事課長たちは立ち上がって、そのまま会議室を出て行った。寒河江も、知り合いの記者などに捕まらないようにと、素早く廊下に出た。

　西股克夫の死亡を公表したことで、たぶん事態は動くだろう。今朝の事件でははっきりしたが、襲った側の目的はたったひとつ、西股克夫の殺害だった。西股だけは、たとえ罠に飛び込むことになったとしても、絶対に殺さねばならなかったのだ。いまの発表で、襲った連中も目的達成を確認することになる。襲撃側には、もうこれ以上被害者を増やすつもりはないはずだ。

　そして目的が達成された以上、抗争終結の条件は整ったということでもあった。日本の暴力団の行動様式では、ここで手打ちが提案される。

　問題は、今朝殺されたのが大滝組の組員であることだ。大滝組は、系列組織の中でももっとも武闘派的性格の強い組なのだ。

　今朝、寒河江は日赤医療センターで大滝から事情聴取した。兄弟分に続いて子分まで殺されたということで、やつは完全に沸騰していた。目が血走っていた。テンションが上がっていた。相手は知らないと言い張っていたが、見当はつけているはずだ。あの大滝という男は、力の差を見せつけられたからといって、すぐには手打ちの誘いには乗らない。一矢でも二矢でも報いようとするだろう。少しでも被害のバランスを均等なものにしようとあがくだろう。いや、二倍返しとするかもしれない。いまの時点では、兄弟組織も大滝を説得できるかどうか。

寒河江は大滝を解放するとき、部下に大滝の監視を命じておいた。やつが動けば、その先に昨日ときょうのヒットマンを送った組織がある。

寒河江は腕時計を見た。正午を少し回っている。千葉県警はそろそろ、成田空港で不審な外国人女性を拘束してはいないだろうか。あるいは、成田で何か起こっていないだろうか。

気にはなったが、相手が千葉県警であれば、警視庁の警察官である寒河江には、何をする術《すべ》もなかった。


セダンは関越トンネルを抜けた。視界いっぱいに、自然光が広がった。

助手席でターニャがふっと息をもらしたのがわかった。十一キロの長さのトンネルを走っているあいだ、彼女はほんとうに息苦しさを感じていたのだろう。

あいにくと、トンネルの北側の空は曇っていた。雨雲ではないにせよ、太陽のあり場所も示すことができない鈍色《にびいろ》の空だった。

空の下のその谷は、もうかなり紅葉が進んでいた。トンネルの南側と較べて、季節は二週間ばかり先行しているようだ。

ターニャが言った。

「お天気が全然ちがうのね」

心なしか、声の調子が暗くなっていた。

卓也は答えた。

「この山脈で、気候がまったく分かれるんだ。こっち側は、冬は雪が多い」

「雨になりそう？」

「どうかな。少なくともきょうは大丈夫じゃないかな。飛行機は、雨でも飛ぶし」

やがてセダンは、越後湯沢《えちごゆざわ》に入った。

ターニャが視線を左右にめぐらして言った。

「ホテルが多いの？」

「ああ。このあたり、スキー場が多いんだ。高いビルは、ホテルやコンドミニアムだ」

「お金持ちの来るところなのね」

「どうかな。日本はすっかり景気が悪くなった。このあたりのホテルもコンドミニアムも、ひとが来ているかどうか」

塩沢石打のサービス・エリアに入って、卓也はセダンを建物近くに停めた。

卓也は、このサービス・エリアに入るのは初めてだった。意外に小さな施設だ。赤城高原サービス・エリアに較べるなら、駐車場も小さいし、施設の建物も半分以下の大きさだろうか。建物の前にやたらにコシヒカリの幟《のぼり》がはためいていた。

ここのレストランでは、さほどメニューのバリエーションはないだろう。ターニャが食べられそうなものはあるだろうか。

ターニャは、車の外に降り立ってから、背を伸ばした。

卓也は言った。

「和食ばかりかもしれない。失敗だったかな」

ターニャが言った。

「パンとスープとヨーグルトがあればいいわ」

「パンだけはあると思うけれど」

あとのふたつは難しそうだ。

建物に向かうと、ターニャは言った。

「洗面所に行ってくる」

卓也は言った。

「こっちのレストランにいる。コーヒー飲む?」

「ええ」

「注文しておく」

ターニャが女性用トイレに入ったのを確かめてから、卓也はレストランに入った。レストランとはいうが、いくらか明るい大衆食堂という造作だった。しかも、セルフ・サービス。十人ぐらいの客が入っていた。

自動販売機でコーヒーをふたつ買い、空いているテーブルのひとつに置いた。椅子に腰掛けるとき、いちばん奥のテーブルにいる客が目に入った。男三人だ。妙に緊張した雰囲気のある男たち。長距離トラックのドライバーたちかと思ったが、スーツ姿がふたりと、ブルゾン姿がひとりだ。トラック・ドライバーではない。スーツ姿のふたりは二十代前半と三十歳前後という年齢だが、ブルゾンの男は十代だろう。

その若い男が、ちらりと卓也に視線を向けた。卓也はその視線をかわし、男たちに背を向ける格好で椅子に腰掛けた。

卓也が紙コップのコーヒーを半分ほど飲んだところに、ターニャが戻ってきた。卓也の位置からは、彼女が洗面所の前からレストランに入ってくるまでを、ずっと見ていることができた。

ターニャはレストランに入ってくる直前、卓也の背後のほうに視線を向けた。一瞬、わずかにだけれども、ターニャの目に緊張が走った。あの男たちと視線が合ったのだろうか。

ターニャが卓也の向かい側の椅子に腰掛けた。

「うしろの男たち」とターニャが言った。「あれもマフィアでしょう」

「しっ」と卓也は言った。「そうかもしれないけど、ぼくらには関係がない」

「わたしを見ていた。いまも見ている」

「きみが、白人だからだ」

「ハーフ」

「ハーフだからだ」

「嫌な目つき」

「何を食べる？　ハンバーグ・ランチがある」

「いらない。ヨーグルトは？」

「ない」

「サラダも無理ね？」

「ランチのつけあわせだけ」

「それでいいわ。新潟には、もっとレストランはあるでしょう？」

「ああ。食券を買ってくる」

「ショッケン？」

「ソビエト・ロシア・スタイル」

ターニャは微笑した。

「わたしは、飛行機を予約するわ」

料理を待つあいだに、ターニャは新潟空港内のロシアの航空会社に電話し、明日のウラジオストック行きを予約した。卓也が電話番号を調べ、ターニャが直接自分の携帯電話から事務所にかけたのだ。言葉は当然ロシア語だ。

ターニャはパスポートを取り出して番号を伝え、予約を済ませた。

「オーケイ」とターニャは言った。「明日の飛行機で、ロシアに帰れるわ」

ターニャがそう言ったとき、卓也たちのテーブルの脇を、男がひとり通っていった。あの三人組のうちの若い男だった。トイレに向かうようだ。

「どうしたの？」とターニャが訊いた。「何か心配ごと？」

「いや、なんでもない」

たとえこのレストランにいる三人組が暴力団員だとしても、ターニャの昨日きょうの行為とはまったく無関係だ。どんな可能性を吟味しても、ターニャが襲った東京の暴力団が、いまここにいる理由は思いつかなかった。だから何も心配することはない。ふつうにしていればいい。因縁《いんねん》をつけられることもなければ、襲われる心配もないのだ。暴力団は日本中にいる。六本木にもいれば新潟にも、長崎にも青森にもいるだろう。だったら塩沢石打サービス・エリアにいることだって、特段おかしなことではないのだ。

そう自分に言い聞かせながら、そのように考えようとすること自体が、自分の不安を語っていると気づいた。おれはナーバスになりすぎているのだよな？

ターニャが、携帯電話を持ち直して言った。

「新潟の仲間と連絡を取るわ。きょうこれからのこと、こっちの条件のこと」

卓也は言った。

「ロシア語だけで」

カウンターの中から番号を呼ばれた。卓也は立ち上がった。

卓也はまずターニャのトレイをテーブルへと運んだ。

ターニャは電話していた。

「ええ。あと三時間ぐらいで、新潟に着く」

「明日の飛行機を取ったわ。午後三時五十分。ウラジオストック行き」

「わたしを助けてくれた日本人のこと、約束してもらいたいの」

「そっちに行って話すのはどう？」

「もう一度言って。東区《ひがしく》の、コウドシンマチ？」

「明日まで泊めて」

「わかった。あとでまたかける」

卓也が自分のトレイをテーブルに置いて椅子に腰掛けたとき、いましがた通っていった若い男が、またテーブルの脇を通りすぎた。

ターニャが携帯電話を切って、卓也に目を向けてきた。

どうした？　と卓也は首をかしげた。

ターニャは言った。

「事務所は、見張られている。わたしが行けば、すぐに東京に連絡が行く。西股組のヒットマンがすぐに新潟にやってくることになるぞって」

それを伝えられることは、まずい。ターニャが新潟に入ったと知られた場合、ならば新潟から出国だと容易に想像がつく。あの藤倉というヤクザは、すぐにも新潟までやってくるのではないだろうか。上越新幹線を使うなら、東京から新潟まで二時間。今夜のうちに、藤倉は新潟にくる。明日の新潟空港からの出国は難しくなる。

ふと気になって、卓也は確かめた。

「休戦交渉については、まだ呼びかけもないね？」

「ないはず。西股が死んだことを、組織は確認していない」

「ということは、西股組とはまだ抗争中だ」

「そう。だから、新潟の事務所は、襲撃を警戒している。襲われたら、応戦できるように」

卓也は、あらためて自分の背後にいる三人組のことを考えた。きょう、いま現在、このタイミングで東京の暴力団が新潟に向かうという理由。そのひとつに、たしかに昨日ときょうの、ターニャの銃撃があってもおかしくはない。こんな偶然があるはずはない、と言えるだろうか。旅行代理店に勤めた経験から言って、偶然はかなりの確率で起こる。とくに移動や旅行に関しては。自分の直接の体験でも、モスクワで古い友人とばったり会った、という客が六、七人はいた。それだって、夏という季節、モスクワの観光地、似たような年代と似たような関心ごと、ということから考えたら、むしろ会って当然とも言えることだった。

東京と新潟の暴力団同士が抗争を始めた。ふたつの都市をつなぐ交通路は、事実上ふたつ。上越新幹線と、関越自動車道。いまこのタイミングなら、とあるサービス・エリアで、関係者が接近遭遇する可能性は……。

　背筋を氷のようなものが滑り落ちていった。

　卓也は小声でターニャに訊いた。

「うしろの三人組、様子は？」

　ターニャはちらりと卓也の背後に視線を向けて言った。

「若い男は、さっきからちらちら見てる」

「お腹、とても空いてる？」

「がまんできるわ」

「出発しよう」

「あいつら、気になる？」

「なってきた」

「わたしも」

　そう言いながら、ターニャは膝《ひざ》の上からポーチを引き寄せ、携帯電話を入れた。右手はそのまま、ポーチの中に入ったままだ。

　卓也は言った。

「出よう」

「いいわ」

ターニャが立ち上がった。

卓也も立ち上がった。トレイは戻さなければならないのだろうが、いまそんな暇はない。放っておくしかなかった。

卓也は走り出したくなるような衝動をこらえて、借りてきたセダンに向かった。三歩前をターニャが歩いて行く。肩のラインが、十秒前とは変わっていた。まったく弛《し》緩《かん》がない。いま彼女はまた、撃つ女、になっている。いつでも躊躇《ちゅうちょ》なく撃つ女、だ。

耳を背後に集中させた。追ってくる足音は聞こえないか。呼び止める声はかからないか。

なかった。卓也はセダンの運転席側に回って、ドアを開けながらレストランに目を向けた。男たちの姿は見えない。まだ中でテーブルに着いたままなのだろう。

では、待ち伏せというわけでもなかったか。それともありがたいことに、ほんとうに百パーセント無関係の連中だったか？

ターニャが助手席に身体を入れ、ドアを閉じた。

まだ男たちは姿を見せない。卓也は苦笑した。考えすぎた。ナーバスになりすぎた。

焦りを抑えて、卓也はセダンを発進させた。

塩沢石打サービス・エリアから新潟までは、およそ百五十キロ。二時間弱だ。

駐車場を出て、関越自動車道の本線に入った。しばらくのあいだミラーを注視していたが、猛追してくるような車はなかった。卓也はターニャに聞かれぬように安堵《あんど》の吐息をついた。

藤倉奈津夫たちの乗るセダンが塩沢石打サービス・エリアに入ったのは、午後一時三十分を回った時刻だった。

運転手の三浦は、徐行させてセダンを駐車場の奥へと進めた。

藤倉はフロントウィンドウごしに、待っているはずの岩瀬たちの姿を探した。

連中の顔は知らないが、同業者だ。風体でなんとか判別できるだろう。もちろん最近は藤倉自身のように、ホストと見紛う外見の同業者連中も増えてきている。しかしその連中にしたって、堅気の雰囲気がない点では共通しているのだ。

建物の前にひとり、ブルゾン姿で立っている若い男がいた。両手をゆったりしたパンツのポケットに入れて、寒そうに肩をすくめている。色白で、短く刈った髪。あれだろう。

藤倉はセダンをその若い男の前に停めさせた。若い男は、あっという顔を見せて背を伸ばした。

子供だ。

藤倉は舌打ちした。

大滝はこんな子供に、西股と広橋の報復をやらせようというのか。このガキはおそらく、カツアゲか合法ドラッグを売ること程度しかふだんやらされていまい。切った張ったの修羅場は未体験ではないのか？　拳銃を使えるのだろうか？　運転免許は持っているだろうが、連れてきてもあまり役には立たないのではないか。ほかのふたりは、多少は使い物になるにしても。

それとも、今回の法的決着用に、少年法で守られた鉄砲玉を用意したということなのだろうか。殺人実行犯として差し出すために。

藤倉はセダンの助手席から若い男の前に降り立った。

若い男が頭を下げて言った。

「藤倉の兄貴ですか」

「そうだ」と藤倉は言った。「岩瀬さんたちと合流することになっている」

「待っていました。中にいます。細野と言います」名乗りも、どことなくたどたどしい。緊張しているのかもしれない。「すぐ出ますか」

「あいさつと、打ち合わせがある」

「レストランの奥です」

運転手の三浦が、駐車スペースにセダンを停めて戻ってきた。

細野が、藤倉たちの先に立って歩きだした。

藤倉は歩きながら、空を見上げた。新潟の空には、雲が広がっている。垂れ込めているると言えるほど低くはないが、それでも関越トンネルの南側の空と較べるなら、気分を晴れやかにはしてくれない空だ。もしかすると、雨の予兆の曇り空なのかもしれない。

もっとも、こんなことを感じるというのは、自分が少しナーバスになっているせいかもしれなかった。自分は新潟に近づいている。べつの言いかたをすれば、標的に迫りつつあるのだ。標的が新潟に向かっているという証拠を手にしたわけではないが、自分の推測には自信がある。たぶん九〇パーセントの確率で、この読みは当たる。

レストランに入ると、もっとも奥のテーブルにいたふたりの男が立ち上がった。黒っぽいスーツ姿。ひとりは三十歳前後で、髪は整髪剤をたっぷりとつけたオールバック。もうひとりは二十代前半だろうか。茶色く染めた髪を立てている。

立ったままで、簡単に名乗りあった。

年長のほうが、さっき電話で話した岩瀬という男だった。痩せており、肌にまったく艶《つや》がない。肝臓が悪いか、あるいは覚醒《かくせい》剤の常用者なのだろう。なるほど、こいつなら死に場所を与えてやれば喜んでそこに突っ込んでゆく。

若いほうは、赤嶺《あかみね》と名乗った。体格のいい男で、陽に灼《や》けた顔。健康そうだった。表情も、どこか愉快そうだ。これから起こることを期待して、うれしさを隠しきれないという顔だ。

銃器オタクなのだろうか、と藤倉は思った。このところ、自分たちの業界にはこの手の青年が目につくようになった気がする。カネや女よりも、激しい緊張の場面に立ち会いたくて、この稼業に就いたという連中だ。組長の大滝が、その手の子分を好んでいるせいかもしれない。

椅子に腰かけたところで、岩瀬が言った。

「組長からは、藤倉さんと協同してやれと指示されました。ただひとりふたり獲《と》るだけじゃないんですね？」

少し声が大きかった。いまもクスリを打ってるのか？　シャブを興奮剤代わりに？

藤倉は、声を落とすよう手で制してから言った。

「うちの組長や広橋を撃った女も、新潟に向かっている。ボストーク商会に逃げ込む腹だ」

岩瀬と赤嶺が目を丸くした。

「女？」と岩瀬が訊いた。「ヒットマンって、女だったんですか？」

「ヒットウーマン。ヒットレディ。ヒットババアだ」

「聞いてなかった。見たんですか？」

「ああ。昨日、乃木坂の事務所を襲ったとき、おれは外にいたんだ。追っかけたが、逃げられた」

赤嶺が言った。

「西股社長、女に獲られたんですか」

岩瀬が赤嶺を怒鳴った。

「余計だ」

藤倉は言った。

「素人じゃない。ボストーク商会がロシアから送り込んできたプロだ。一日のあいだにふたり殺して、ひとりが重傷。度胸もある」

「ロシア人?」と赤嶺。

「ああ」

「そいつが、ボストーク商会に向かってるんですね」

「確実だ。この女の旅行日程を押さえた。明日成田からロシアに出る予定だったけど、もうそれは無理になった。新潟から出る」

岩瀬が訊いた。

「藤倉さんのターゲットは、その女なんですね?」

「そうだ」藤倉は逆に訊いた。「あんたたちは、何をどうやることになってる?」

「ボストーク商会の事務所が、新潟空港のそばにあるそうです。中古車を輸出している。その事務所を襲って、ひとりでもふたりでも獲れって」

「知り合いが、すぐそばで似たような仕事をしてる。事務所には、いま六、七人いるそうだ。昨日から増えている。襲撃を警戒してるんだ。全員トカレフを持ってることは確実だ」

岩瀬が赤嶺を見た。赤嶺は、うれしそうにうなずいた。

岩瀬がまた藤倉に顔を向けて言った。

「車を横付けして、事務所に乗り込んでやろうかと思ってましたが」

「返り討ちに遭う。無茶だ」

「かといって」岩瀬は困惑した顔になった。「事務所の壁にふたつみっつぶち込むだけで帰るわけにもゆきません」

「どうせなら、ボスを獲れ。ボスのことは聞いているか?」

ふたりは首を振った。意外だった。大滝は、あのボストーク商会のソーバリというボスのことは、岩瀬たちには言っていないようだ。ほんとうに、誰でもいいからひとりふたり獲ってこいという指示なのだろう。いかにも雑駁《ざっぱく》なあの男らしい志向だ。しかし、兄弟組織全体のことを考えれば、ここはチンピラひとりふたりでは収まらない。あの組織の日本支部総元締めソーバリに狙いを定めて、獲りにゆくべきなのだ。それでこそ、つぎの段階の手打ちにも、早めに持ち込める。

藤倉は言った。

「日本のボスが、ソーバリと呼ばれてる男だ。極東のコリアン・ロシアン・マフィアの幹部だ。これひとり獲れたら十分。逆に、こいつを獲れなければ、抗争はまだまだ続く。連中のワンサイド・ゲームでな」

赤嶺が言った。

「籠城《ろうじょう》してる全員をやれば、そいつも死ぬ」

岩瀬が首を振った。

「三対七だぞ。こっちが機関銃でも持って飛び込まなきゃ、無理だ」

「かといって、そのソーバリだかひとりを呼び出すこともできないだろう?」

藤倉は言った。

「ボストーク商会の事務所ってのが、どんな建物なのか、どういう場所にあるのか、まだ知らないんだろう？　闇雲に突っ込むわけにはいかないんだ。焦らずに、計画を立てよう。おれはもっと情報を集める」

岩瀬が言った。

「ここからは、二台一緒に新潟に向かうんでいいですね？」

「ああ。新潟亀田《かめだ》インターが目標。そこで降りよう」

岩瀬が腰を浮かしかけたとき、細野が言った。

「新潟には、ロシア人女って多いんでしょうかね。ロシアン・パブも、たくさんあるんだろうな」

岩瀬が、また叱るような目を細野に向けた。

藤倉は訊いた。

「どうしてだ？」

細野は頭をかきながら言った。

「さっきもここに、白人女がいたんです。黒い超ミニで。お水系、風俗系のガイジンに見えた。新潟から東京に稼ぎに出ていた女なのかと思って」

藤倉は、自分の心臓が激しく収縮したのを感じた。黒いミニの女？

「どんなやつだった？」と藤倉は早口で訊いた。「髪は？　背格好は？」

藤倉の反応が意外すぎたようだ。細野は目を丸くして答えた。

「髪は黒いボブでした。黒い超ミニで、上に、ちょうどミニが出るぐらいの丈の黒いコート。黒ずくめです」

「白人はたしかか？」

「あんまり外人っぽすぎない顔でした」

岩瀬がなじるように細野に言った。

「女ばっかり見てたのか」

藤倉はさらに訊いた。

「ひとりだったか？」

「いや」と、こんどは赤嶺が答えた。「日本人の男が一緒。堅気っぽい男でした」

岩瀬が藤倉に訊いた。

「もしかして、昨日きょうと派手にぶっ放したのは、その女か？」

藤倉は、首を傾けて言った。

「可能性はある。黒いコートに黒いミニとなると」

自分が見たとき、女は金髪のロングヘアだった。しかし、目撃者が多いと予想できるところを襲うのだ。向こうだって、めくらましの準備はしている。あの金髪はカツラだったと考えていい。

岩瀬が言った。

「ここを出て行ってから、まだ三十分ぐらいだ」

「ここで降りた？」

細野が答えた。

「いえ。降りたかどうかは見ていません」

「車を見たか？」

細野の答は、国産の白いセダンというものだった。昨日、あの関口が運転していたのは、ドイツ車だ。車はちがう。しかし、関口だって馬鹿ではない。犯罪に使った車にいつまでも乗り続けてはいないだろう。手配されている可能性もあるのだ。当然乗り換える。車種がちがうことは、その女がターニャ・クリヤカワではなかったという証明にはならない。

それまで黙っていた三浦が言った。

「兄貴の読みが、ズバリでしたね」

藤倉は腕時計を見た。三十分前に塩沢石打サービス・エリア通過か。三十分の差があれば、関越自動車道上で女に追いつくのは不可能だ。

岩瀬がふしぎそうに言った。

「おれも見たけど、細野が言うように、白人パブのホステスって雰囲気だった。殺しのプロとは思えなかったぞ」

藤倉は言った。

「だから、うちの組長も気を許したんだ」

細野が言った。

「身体もそんなにでかくない。細身だったし。信じられないすね」

藤倉は細野に顔を向けて言った。

「それでふたりを撃ち殺し、ひとりが重傷なんだ。ひとりはトカレフを持っていた相手だ。並の度胸じゃないぞ。甘く見るな」

細野は、すいませんとでも言うように首をすくめた。

岩瀬がもう一度言った。

「要するに、ボストーク商会には、女ランボーみたいな鉄砲玉が加わったってことだ。こりゃ、いきなり飛び込んでゆくわけにはゆかんわ」

「急ごう」と藤倉は、岩瀬たちを促した。

三十分の時間差。縮められるものではないにせよ、これ以上引き離されないほうがいい。

一分後、藤倉たちの乗る二台のセダンは、塩沢石打サービス・エリアを出て、関越自動車道の下り車線に入った。


福本晴哉は、レンタカーの車内でもう一度時計を見た。午後一時四十分になっていた。あと五十分。一時間弱だ。稚内市立病院の早出の勤務の終わる時刻が、二時三十分だった。関口啓子のきょうの勤務が終わる時刻。彼女が病院を出て、ひとりになる時刻。

それまであと五十分。

お昼前に、福本は札幌の組長の指示で、整形外科の受付で関口啓子を呼び出そうとした。じろりと睨んで、不安と恐怖を感じさせてやれ、というのが組長の指示だった。

ところが、受付では関口啓子を呼び出してくれ、という要求が空振りとなった。年配の看護婦に、要求を聞き流されたのだ。いま勤務中なので、自分が用件を聞いておく、あなたは誰、と？

その対応も、しかたがなかった。世の中には、看護婦との仲について勘違いするお馬鹿な男が多いのだ。いったん病院で多少の接触ができると、その看護婦が自分に好意を持ってくれていると思い込んでしまう。そういう男にどう対処するか、たぶんこの病院でもマニュアルができているのだろう。勘違い男は、相手にしないこと。窓口でかわすこと。絶対に個人的に会わせないこと。

押し問答をしても、結果はわかりきっていた。やむなく福本は、関口啓子を呼び出すことはあきらめた。代わりに考えたのは、組長の指示とはちがう方法で脅してやることだった。得体の知れない不安を与え、恐怖を感じさせてやることだった。福本は待たせていたタクシーに戻ると、レンタカーの営業所に行って、この小型車を借り出したのだ。

それにしても、と福本は思った。看護婦たちは、そそる。自分は勘違いするガキたちとは違うが、しかし看護婦にはそそられるのだ。あの白い制服。白いキャップ。スカートを穿《は》いている看護婦ならば、あの白いストッキング。あの姿にはそそられる。自分はこれまで刃物傷や打撲傷を受けて入院したことが三度あるが、入院のたびに看護婦たちに欲情するようになった。処置室や病室で働く看護婦を見るだけで、むらむらとなった。ときに目眩《めまい》を感じるほどに、それは福本の奥深い性のツボを刺激した。いまはいつか自分の女に看護婦の制服を着せて、飽きるまで変態プレイを楽しみたいとも思っている。それはたぶん、自分がこれまで経験した性行為の中でも、一番か二番にくるぐらいに刺激的なものになるだろう。

関口啓子。二十七歳の看護婦。

そいつをべつの方法で脅してやる。

組長の指示からはずれたことをするわけではない。ただ、指示された方法は使えなかったのだ。自分の顔を見せて、女を不安にさせてやることはできなかった。

組長は、看護婦に会ったら、つぎに女の家に向かえと言っていた。家に向かってそのあと何をするのか、まだわからない。病院での脅しが空振りだった以上、最初からやりなおしということになるのかもしれない。それとも、その部分は省略して、次の段階に進むのか。

ただ、子供の使いじゃないのだ。かわされました、つぎはどうしたらいいですかと、組長に訊くことはためらわれる。ここは臨機応変に、自分が現場の判断で、組長の意図に応えねばならない。

福本は、さっき電話帳から破り取った黄色い紙を取り出した。関口という女の住所に、印をつけてある。電話で病院の交換手が言っていた住所だ。

組長が最初に指示していたとおり、そこに行くか。

関口啓子が早出ということは、いましがた整形外科でのやりとりでわかっていた。ほかの患者たちの話も耳にしたが、この稚内市立病院の場合、早出の看護婦は七時から二時半までの勤務なのだという。二時半すぎに、関口啓子はあの白衣から私服に着替えて、病院を出る。

つけるか。待ち構えるか。

福本は、すぐに結論を出した。住所は知っているのだ。待ち構えたほうがいい。もし彼女が寄り道するにしても、それをずっとつけているよりは、彼女の自宅で待ったほうが手間が省ける。

病院のエントランスに、車椅子を押して看護婦がひとり出てきた。車椅子には、年寄りが乗っている。その患者の家族らしい男が、車椅子に近づいた。看護婦と男は、お互いに笑みを見せて何か話している。

福本は、軽い羨望《せんぼう》を感じた。入院したとき、看護婦はみな優しかったけれども、福本をどこかで怖がるか、敬遠しているのは承知していた。彼女たちにとって、暴力団員など、まともに相手にすべき男ではない。患者として、仕事上、必要十分な愛想だけ見せたらよいのだ。彼女たちが見せた優しさには、これっぽちの好意もまじってはいない。なぜなら、福本が暴力団員だから。肌には彫り物がある男だから。福本には学歴もなく、生まれも育ちも卑《いや》しいから。彼女たちとは無縁の世界に生きている男だから。それでも、と言うべきか、それだからこそ、と言うべきか、福本は看護婦たちへの想いを募らせてきた。いつかほんものの看護婦を自由にしてやりたいと、慰みものにしてやりたいと、ひそかに願い続けてきた。それはいまや福本にとって、ほとんど人生の目標だった。いつか達成すべき課題だった。

福本は、レンタカーのカー・ナビゲーションに関口啓子の住所を入力した。ギアをドライブに入れてから、福本は思った。誰かが言っていた。世の中には偶然なんてないんだ。偶然に見えることが起こったとしたら、それは必然だったのだ。なるべくしてなったのだ。

組長が関口啓子という看護婦を少し脅してこいと指示したのは、偶然なんかじゃない。おれの夢をいまかなえろというお天道さまの声だ。いまがそのときだっていう、合図なのだ。

福本はレンタカーを稚内市立病院の駐車場から発進させた。

曇天の六日町《むいかまち》盆地を、セダンは北に向かって走っていた。

関越自動車道はやがてこの六日町盆地を抜け、魚沼《うおぬま》丘陵を南北に分ける堀之内《ほりのうち》の谷間に折れる。直角に西に曲がることになるのだ。

谷間を十五キロばかり西に走ってから、また北に向きを変えると、そこから八十キロほどで、新潟市に着く。あと一時間半ほどの行程ということになる。

ターニャが助手席で、携帯電話を取り出した。関口卓也はターニャを横目で見た。

ターニャは、仲間、とでも言ったように口を動かした。

彼女は電話の相手と話し始めた。

「見たの？　なんて？」

「そう？　やっぱり西股も死んでいたでしょう」

「ええ。わかるわ」

「その仲裁者にも、条件をつけたいの。何度も言ってるようにね」

「ええ。いま、新潟に向かってる」

ターニャが卓也に顔を向けてきた。表情から、彼女が着くまでの時間を知りたがっているのだとわかった。

卓也は言った。

「あと一時間三十分ぐらい」

ターニャはうなずいて、それをロシア語で繰り返した。

「ええ。事務所に行くわ」

「そうなの？」

「ええ。ええ。わかった。近づいたらまた電話する」

携帯電話を切ったので、卓也は訊いた。

「なんだって？」

ターニャが答えた。

「新潟でも、西股が死んだことを確認した。少し前のテレビ・ニュースに流れたんですって」

「仲裁が入るって？」

「そうらしい。いまなら、休戦できる」

「仲裁は、誰がやるんだ？」

「さあ。ロシアなら、グルジア人かチェチェン人の組織のボスに頼むかな。連中は、自分たちの面子《メンツ》がつぶされたとき、黙っていないから。彼らの前での約束は、お互いの組織にとって絶対のものになる」

「日本には、チェチェン人の組織はないと思うぞ」

「それに代わるような組織がないの？」

「さあ」

「なければ、これまでヤクザは、どんなふうに終わりにしてきたの？　お互いがつぶれるまで続けたわけじゃないでしょう」

卓也は考えた。そちらの業界のしきたりについて、ろくに知識はないが、どこからも一目置かれているような侠客《きょうかく》に仲裁を頼むのかもしれない。伝統的な博徒一家とか。

それとも、と卓也は思った。退職した、もとの国家公安委員長あたりにカネを積んで依頼するのだろうか。

卓也は自分の想像に、思わず微笑した。いい手かもしれない。

「どうしたの？」

「仲裁者には誰がなるのか、想像したんだ」

「誰？」

「警察関係者とか」

「いいわね。ソーバリはそれも考えているでしょう」

「ソーバリ？」

「新潟のボスのあだ名。日本語では、イタチだった？」

「テンかな。そういう名前なのか」

「とても切れる男だって聞いてる。ソーバリってあだ名なんだから、そんなに強そうには見えないんでしょうけど」

「ソーバリに伝えてやってくれないかな。もう一回電話して」

「何を言うの？」

「東京の暴力団が、彼の事務所を襲うかもしれないって。いまこの瞬間、連中は向かっているかもしれない」

「そのことはわかってる。だから、警戒してる」

卓也は訊いた。

「その事務所は、どんなところにあると言った？」

「空港の近く。東区って言ってたっけ？」

それはさっきターニャから聞いてナビにも入力した。新潟市東区の河渡《コウド》新町《シンマチ》。ナビの地図で見るかぎり、農地の中に住宅が混在するエリアのように見える。あまり人口密集地とは思えなかった。

「そこは、どんな建物？　オフィス・ビルなのかな？」

「そこまでは聞かなかった。でも、中古自動車とかの輸出が仕事のはず。そういう建物なんじゃない？」

「さっきまで、なんとなく事務所は繁華街にあるのかと思っていた」

「どうして？」

「女性を斡旋《あっせん》してるんなら」

「仕事の中心は、女じゃないのよ。自動車」

「車の輸出だけ？」

「何を言いたいの？」

卓也はつぶやくように言った。

「イリーガルな品物」

「知らない。わたしは、新潟の事情はよく知らないの」

たぶん自分も知らないほうがよいことなのだろう。

卓也はポケットからまた口中清涼剤を取り出して、ふた粒、口の中に放り込んだ。その事務所まで、あと一時間半プラス少々。

その組織が、表向きは中古自動車輸出業者としてビジネスをしていると聞いて、少し心配になってきた。その事務所は、襲撃しにくい、あるいは撃退しやすい構造なのだろうか。明日の午後まで、自分たちはそこに隠れていられるのだろうか。

さっき塩沢石打サービス・エリアで見た三人組のことを思い出した。あの手の連中が拳銃を撃ちながら突入してきたとき、ターニャの仲間たちは難なくこれを撃退できるのだろうか。撃退には彼らもまた武装していることが前提になるが、警察の監視もあるだろう貿易業者が、はたして武装しているものなのだろうか。

そして肝心な点。無関係な自分は、撃たれずにすむのだろうか。


曇天の六日町盆地を、二台のセダンはぴったりと前後に並んで疾走していた。先を走るのは、岩瀬たちが乗る黒セダンだ。スモークガラスのドイツ車。いまやこの業界の標準車種だ。藤倉たちが乗るのは、同じブランドだが、一クラス上のセダンだった。

藤倉は、十五分前にもかけた相手に、もう一度電話した。さっきはつながらなかったのだ。相手は電源を切っていたのだろう。

「ニュース見た」と相手はいきなり言った。「たいへんなことになってるな」

新潟の亀山だ。西股組は、新潟の亀山とは友好関係にあった。友好関係にあると言っても、同じ連合組織の傘下という意味ではない。藤倉と亀山との個人的なつきあいだ。そもそも厳密には、亀山は暴力団員とは言えないのだ。かなり危ない事業をやってはいるが、たぶん新潟県警は彼を暴力団員としては認定していないはずである。いちおう中古自動車の輸出を表向きの仕事としている。しかし裏の稼業は、故買屋《こばい》だ。ロシアに輸出している中古車も、大半が盗難車。愛知や神奈川方面から仕入れているらしい。商売は順調のようだから、新潟税関の職員をうまく抱き込んでいるのだろう。

亀山の事務所も、新潟空港近く、国道113号線沿いにある。そのあたりは、日本人ばかりではなく、ロシア人やパキスタン人の古物商や中古車販売業者が看板を連ねていた。ボストーク商会の事務所も、同じ国道沿いにある。

先週、ソーバリとの会談が決裂したときから、西股克夫はボストーク商会の様子を亀山に見張ってもらっていた。亀山の事務所は、ボストーク商会にはほんの三十メートルという位置にあった。国道113号をはさんで、斜め向かいだ。ボストーク商会の出入りの様子は、その事務所からよく見えるのだという。そもそもその近所のよしみで、西股組をボストーク商会につなげてくれたのだ。

藤倉は亀山に訊いた。

「どういうニュースだ？」

広橋が死んだと報じられたところまでは知っているが。

亀山は答えた。

「あんたのところの西股と、広橋とかいう男が撃ち殺されたってことさ。ほかにもうひとりいるんだって?」

警視庁は、やっと西股の死も報道したということだ。

「そうだ。丸一日のあいだに、三人撃たれた」

「ボストーク商会は、何人送ったんだ? あんたたちだって、黙って待ってたわけじゃないだろうに」

「警戒はしてたが」

「あっちには、軍隊にいたって男たちが多いからな」

男だと思っていてくれてかまわない。藤倉は言った。

「いま、おれは新潟に向かってる」

「ほう」意外だったようだ。「ということは?」

みなまで言う必要はないだろう。相手も関連業界の男だ。

「そう。しきたりどおりにだ」

「おっと、じゃあここも」

「知らないほうがいいだろうな」

「始まる前には教えてくれ。おれはこの事務所を出て、無関係ってアリバイ作るから」

「いまあっちには何人いる？」

「たぶん六人か七人。昨日の夕方から、車が何台も入った。ふだんは新潟の中心部に住んでる男連中は、みな集まっていると思う」

「警察は動いているか」

「いや。きょうは、パトカー一台通ってないな」

「何か動きがあったら教えてくれ」

「たとえば？」

「出入り。どんな車が入っていって、どんな連中が出たか」

「言っておくけど、一瞬も目を離してないわけじゃないぞ。こっちはこっちの商売しながら、見てるんだ。見逃しもあるかもしれない」

「わかってる。そこは、塀に囲まれてるのか？」

「いや。駐車スペースがあって、その奥に整備のできる建物、その脇に二階建ての事務所」

「停まっている自動車は全部見えるんだな」

「ああ。いまの様子は、駐車してる車で、建物が守られるような格好だ。ユンボで突っ込むのも難しい」

「わかった」

電話を切ろうとすると、亀山は言った。

「三人も撃たれてわかってると思うが、連中はあっさりと撃つぞ。日本人がびんたするみたいに、気軽にぶっ放す。敷地に入ればその瞬間に撃たれることを覚悟したほうがいい」

「昨日から、それはわかってるつもりだ」

藤倉は電話を切った。

三浦が訊いた。

「やれそうですか？」

藤倉は携帯電話をジャケットのポケットに収めながら首を振った。

「正攻法じゃ、難《はんすう》しそうだな」

亀山の言葉を反芻した。

男たちが六、七人。昨日の夕方から車が何台も入った。新潟の中心部に住んでいる連中も集まっている……。

ボストーク商会、というか、新潟市内に根を張るコリアン・ロシアン・マフィアたちが、西股組からの反撃を警戒して籠城に入ったということだ。籠城は、手打ちがまとまるまで続くことだろう。あいにく西股組を含め、自分たちの兄弟組織はいまのところ、手打ちなどまったく考えていない。すべては死んだ者の数に釣り合いが取れてからの話だ。もっとも藤倉自身は、西股の死で手打ち交渉に入ってもよいと思っている。最初の女の死を勘定に入れなければならないし、カネで解決できるはずのところを、西股はへたを打ったのだ。釣り合いを取る、という発想自体が空しい。

しかし、警察が西股の死を隠したことで、兄弟組織の大滝組にまで死人が出てしまった。こうなった以上、大滝の気のすむまでは、やるしかない。藤倉自身についても、西股の利権を引き継ぐためには、あのヒットウーマンを獲ることが絶対の条件だった。

待てよ、と藤倉は思った。男が六、七人？　ボストーク商会の連中は、ゲイ野郎ばかりなのか？　それとも品行方正な堅物揃いか？

まさか。血の気の多いヤクザな男たちのそばに、女がいないはずはない。連中にも女はいる。女房じゃないかもしれないが、多少なりとも情を通わせた女がいるはずだ。

亀山は、そっちの情報を持ってはいないだろうか。

新潟の中心部に住んでいた連中も集まっている……。

この言葉って、亀山は相手かた何人かのヤサを知っているということではないのか？

三浦がまた訊いた。

「どうしました？」

「なんだ？」

「いま、にやりとしませんでしたか？」

「そうか？　いまひとつ思いついた」

「なんです？」

「作戦」と、藤倉は言った。「罠《わな》」

三浦も、微笑した。

関口卓也は、北陸自動車道新潟西インターチェンジの標識を確認してから、助手席に目をやった。

ターニャはもう眠ってはいない。目を開け、視線を自動車道の先へと向けていた。鎮痛剤が切れたのかもしれないが、顔は痛みをこらえているという様子でもなかった。視線に気づいたか、ターニャが卓也に顔を向けてきた。

「どうしたの?」

卓也は答えた。

「痛みはどうかなと思ったんだ」

「そんなにひどくないわ。薬が効いたんでしょう」

「きみのボスに頼んで、きちんと医者に手当てしてもらったらどうだろう?」

「大丈夫。血も止まったし」

「それでも」

「わかってる」ターニャの声に、わずかに苛立《いらだ》ちがこもった。「わたしの身体のことは、これ以上心配しないで」

卓也は、口をつぐんだ。どういうわけか、彼女は身体の問題になると、妙にナーバスになるような気がする。さほど親しくない異性には女の身体のことなど語るべきではない、ということなのかもしれない。

卓也が会話の接《つ》ぎ穂《ほ》を探していると、ターニャが言った。

「ごめんなさい。あなたに面倒かけているのに」

素直な声だった。いまの自分の言葉を恥じている。

卓也は言った。

「ぼくも、しつこかった」

「新潟まで、あとどのくらい？」

「もう新潟市の西端あたりだ。目指すインターまでは、あと十分くらい」

「ボスと話をつけるのに、事務所に行かないほうがいいかもしれない。そんな気になってきた」

「どうして？」

「日本のヤクザたちが、襲撃してくるかもしれないでしょう」

「撃退できるだけの組織なんだろう？」

「弾を撃ち込まれただけで、警察も駆けつけない？　そうなると、そこにいるわたしも調べられる」

卓也は納得した。新潟に入って、交渉のためにまっすぐ事務所に向かうつもりでいたが、ターニャの言うとおりかもしれない。日本のヤクザはターニャの襲撃でふたりが死亡、ひとりが大怪我をしたのだ。最初にロシア人女性を殺したという非はあるものの、日本の暴力団の行動様式ではかならず報復があるのではないか。それがきょうにもあるかどうかはわからないが、事務所を訪ねることは危険だった。

　卓也は言った。

「ボスとの話し合いは、事務所以外でできないかな。ボスが出てきてくれるといいけれど」

　そのとき、ターニャの携帯電話が鳴り出した。モニターを見たターニャは、卓也に口の動きだけで言った。ボスから。

　ターニャは携帯電話を耳に当てて話し出した。

「ええ。いまもう新潟市内に入ったあたり。インターチェンジまであと十分くらいだそう」

「ええ。いいけど」

「領事館のあるビル？　日航ホテル？」

「ええ。わかる」

「いいわ。そこでじっくり話せるのね？」

「ええ」

　ターニャが電話を切ったところで、卓也は彼女に視線を向けた。

「ソーバリよ。事務所には来るなって。新潟の別の場所で」

「日航ホテルと言ったかい？」

「ええ。そのビルには、ロシア領事館もあるんだって」

「ロシア人のテリトリーってことかな」

「そこの地下の駐車場ではどうかって」

「時刻は？」

「着くころに、また電話をしろって」

卓也は考えた。ロシア人マフィアが、そこは安全だと考えている。ということは、そこは彼らの縄張りではないにせよ、中立地帯であるのはたしかなのだろう。となれば、そのビル内のホテルに今夜泊まってもよいか。

卓也は新潟にはさほどの土地勘はなかったが、日航ホテルのあるビルは信濃川《しなのがわ》の河口近く、川をはさんで繁華街の反対側にあったはずだ。かつては川の中州《なかす》だったような土地で、道路がよく整備されていた。そのホテル自体は、この数年、ロシア人観光客がよく泊まるようになっているとか。エネルギー景気のおかげで、金持ちのロシア人観光客が急増しているせいだ。つい何年か前までは、新潟空港に降りるロシア人と言えば、かつかつの旅費で電気製品などの買い出しにくる旅行者がほとんどだったものだが。

卓也は言った。

「きみさえよければ、今夜はその組織の事務所ではなく、そこのホテルに泊まるというのはどうだろう？　たぶん、事務所より安全じゃないかな」

「そうね。ソーバリとも相談してみる」

卓也はナビに目をやって、日航ホテルの位置を確かめた。降りるべきインターチェンジに変更はないようだ。新潟亀田インターでよいのだ。

降りてからの道が空いているとよいが、と卓也は願いつつ、少しだけセダンを加速した。


福本晴哉は、その街路を徐行して進んだ。

すでにナビは、車が目的地に到着したことを示している。

札幌とはちがって、妙に空き地の目立つ住宅地だった。家と家とのあいだの空間が広すぎる。かといってどの家も、手入れのいい庭を設けているというわけでもなかった。ただ、空きスペースが広いのだ。庭の隅に物置や小さなビニール・ハウスのある家も多かった。

その通り自体には、途中に美容院があったし、コンビニも大衆食堂もあった。交通量はそこそこある道だった。

左手に、白いサイディング・ボードを張った二階屋があった。玄関に表札がかかっている。関口と書かれていた。

ここだ。

表札には、男名前がふたつ、女名前がふたつ記されている。しかし、全員が住んでいるとは限らない。女所帯と見られることを警戒して、最近は不在の男性家族の名もそのまま表札に記したままにしている家庭は多いのだ。組長の話では、関口啓子という看護婦は母親とふたり暮らしらしいとのことだった。父親はすでに亡く、兄も稚内にはいないらしい。

　福本は素早くその住宅の外観をチェックした。建物の脇に駐車スペースはあるが、車はない。建物の手前、道路側にはブロック塀がある。駐車スペースの奥に、ステンレス製のボウル状の器が見えた。犬を飼っているのか？

　福本は車を停止させ、サイドのウィンドウを下ろしてエンジンをふかしてみた。犬の吠《ほ》え声は聞こえない。室内にいるのか、それとも警戒心の薄い犬なのか。

駐車スペースの向こう側は、庭となっている。物干し竿《ざお》があったが、洗濯物は干されていなかった。洗濯日和とは言えない天気のせいかもしれないが、たぶん室内には誰もいないのだろう。関口啓子の母親も。

　福本はふたたび車を前進させながら、その住宅地の様子を観察した。十一月の、風のある午後だ。走ってゆく車はあるが、通行人はない。道路に向いて開いている窓もなかった。

　前方からひとり、自転車に乗った老人がやってきた。歩道ではなく、車道を走っていた。その老人が視線を運転席に向けるかどうか、福本は見守った。老人は福本の車を気にも留めていないようだった。まったく関心を見せないまま通りすぎていった。

　そういう住宅地だということだ。外の人間の通行もそこそこあって、住人もそれがよそ者かどうかを気にしない。自分が車を停めて関口家の前に降り立っても、たぶんひとの目を引かない住宅地なのだ。福本は車をさらに進め、次の角を左折した。広い通りに出て、そこをまた左折。さらに二回左折させると、いましがたと同じ通りに出た。

そこに児童公園がある。関口啓子の家まで十五メートルという位置だ。福本は車を道路側端に寄せて停めると、シートの背もたれを倒した。一見したところ、外からは福本の身体が見えぬようにしたのだ。すぐ脇を通る通行人が運転席に目をやれば、そこにひとがいるのはわかるが、それでもたぶん営業マンが仮眠中だと思ってもらえるだろう。

時計を見た。午後の二時を五分ほどまわっていた。

また看護婦の姿が頭に浮かんだ。関口啓子は、あのナース服を病院に置きっぱなしなのだろうか。それともクリーニングに出すために自宅まで持ち帰っているか。大きな病院なら、シーツや寝間着と一緒に業者に一括してクリーニングさせるのがふつうかとも思う。でも、一着ぐらいはスペアが自宅にないだろうか。もし関口啓子があのナース服を着てくれるのなら、自分は組長の指示を超えて、多少は女に優しくもしてやれるという気もするのだが。

ともあれ、彼女がこの自宅に帰ってくるまで、あと三十分少々だろう。

卓也の運転するセダンは、新潟市のそのエリアに入った。

新潟亀田インターで降りて、国道7号線に入り、JR新潟駅の東側でJRの鉄路の下をくぐったのだ。あたりは軽産業エリアと見える殺風景な一角だった。東京の新木場《しんきば》あたりの埋立地の印象に似ている。

卓也はこの町についての記憶をすべて呼び起こしてみた。JR新潟駅のあたりはいま、かなりの歓楽街となっていて、風俗営業の店なども集中しているはずだ。しかし江戸時代から栄えたのは、信濃川の右岸地区ではなく、川を渡った側の土地である。もともとは砂州であった土地であると聞いたことがある。昭和三十年代に新潟を大地震が襲ったときは、土地が液状化してビルが何棟も倒壊したとか。信濃川にかかっていた橋も、いくつも落ちたらしい。あの高層ビルは、耐震性に問題はないのだろうか。

卓也はいま思い出した地震のことは、ターニャには話さなかった。素人が心配してもしかたがない。それに彼女には、地震よりも追手《おって》のことのほうが、差し迫ったリアルな恐怖のはずだ。

正面に、ぽつりとひとつだけ高層のビルが見えてきた。すっきりとした直方体の、ガラス面の多いビルだった。三十階ほどの高さだろうか。

「あれ？」と、ターニャが訊《き》いた。

「ああ。あのビルの地下駐車場でいいんだね」

「ええ」

ターニャは携帯電話を取り出し、相手に言った。

「着くわ。あと二、三分」

「え?」

「ええ。わかった」

携帯電話を切ったところで、ターニャは言った。

「見通しのいい道路で、車を停めろって」

「見通しのいい道路?」

ターニャは左側のサイドミラーに目を向けた。

「尾行を心配しているの」

「後ろには、ずっと気をつけてきた。つけてきた車はないよ」

「言うとおりにして」

卓也は、少し走らせてからセダンを左に寄せて停めた。道はその先で国道113号にぶつかるようだ。いまホテルは、左前方側に見えている。このあと突き当たりを左折し、運河を巻いてからそのビルの前へと出ることになる。

後方で停まった車はなかった。追い越してから前方に停まった車もない。

ターニャが後方を確認してから言った。

「大丈夫ね。行きましょう」

卓也はセダンを再び発進させた。

時計を見ると、午後二時十五分になろうというところだった。亀田インターを降りてから、少しばかり時間がかかったことになる。

三分後、卓也は目指すビルの駐車場入り口に着いた。

卓也はセダンをゆっくりと進めて駐車券を取り、ゲートを通過した。ターニャは助手席でポーチを膝の上に置き、右手をそのポーチの中に入れていた。

卓也は案内の矢印に従って地下駐車場の奥へとセダンを進めた。駐車場は空《す》いている。三分の一ほどしか埋まっていなかった。

ターニャの携帯電話が鳴った。

ターニャは左手で携帯電話を開いて言った。

「はい？」

ターニャの視線がまっすぐ前方を向いた。

「もう？」

「ええ。大丈夫だった」

「わかった。奥までまっすぐね」

卓也は察した。そのボスは、時間をみはからって自分の事務所を出ていたのだ。すでにこの駐車場に着いているのだろう。卓也たちのセダンが入ってきたのを見て、すぐに指示してきたのだ。

突き当たりまで進むと、最も奥の左手に二台分空いているスペースがあった。その手前側に、国産の四輪駆動車。銀色の最新型だ。男がふたり乗っているのがわかった。

卓也はリバースで空きスペースにセダンを入れた。四輪駆動車の左隣ということになる。エンジンを停止させると、四輪駆動車からふたりの男が降りてきた。

ひとりは黒っぽいスーツを着た四十男だ。スラブ人の顔だちではない。東アジア人の風貌《ふうぼう》だ。長身で、細い身体つき、眉《まゆ》が薄く、目は三白眼《さんぱくがん》だった。視線が合って、卓也はわずかにたじろいだ。これがソーバリと呼ばれているという幹部なのだろう。

もうひとりは、卓也も昨日東京駅で見た男だった。上越新幹線のホームにいた。五十がらみで、茶色っぽい厚手のジャケットを着ている。左右に目をやった様子から見ると、用心棒なのかもしれない。

ソーバリらしき男は、セダンの右側前方に、用心棒と見える男はセダンの左後部ドアの側に立った。

ターニャが言った。

「あなたも降りて」

「彼がソーバリ？」

「たぶん」

「知らないのか」

「電話だけ」

ターニャがポーチから右手を出して、ドアハンドルに手をかけた。

卓也もドアを開けて、慎重に駐車場に降り立った。すぐに用心棒が寄ってきた。その様子から、卓也は両脇を軽く持ち上げた。用心棒はやはり、卓也が武器を持っていることを警戒していた。脇から腰、腰の後ろ、それに足首に素早く触れた。

武器の点検を終えると、用心棒はソーバリらしき男に顔を向けてうなずいた。ソーバリがうなずき返した。用心棒は、四輪駆動車の運転席にまた乗り込んだ。

自動車と自動車とのあいだの狭い空間で、卓也はソーバリと向かい合った。ソーバリは、どこか意外そうに見ている。ターニャを助けた男の外見について、何か先入観でも持っていたのかもしれない。

ターニャが助手席側からまわってきて、ソーバリの横に立った。

ソーバリはターニャに微笑すると、右手を差し出した。

「ビクトルだ。よくやってくれた」

ソーバリの本名は、ビクトルというのだろう。

ターニャが、昂然《こうぜん》と胸を張るように言った。

「タチアナ・クリヤカワよ。十分だった？」

「十分だ」

「紹介するわ。こっちのひとが、関口卓也さん。わたしの仕事の手助けをしてくれた。堅気《かたぎ》なのに」

ソーバリがまた卓也に顔を向けた。

「ビクトルです」日本語だった。「お世話になった」

卓也は言った。

「関口です。べつにお世話するつもりはなかった。旅行のアテンドしか、契約していない」

「迷惑をかけたか？」

「とても」

「自発的じゃなかったのか」

「引きずりこまれたんだ」

ターニャが言った。

「誰かのサポートが必要だった。わたしが頼んだ」

卓也は言った。

「拒むことはできなかった」

ターニャが、早口で言った。

「このままでは、このひとは殺されるわ。解決のときは、このひとの安全を保証して欲しいの。あいつらが、このひとに手を出せないように」

声が、地下駐車場の天井の低い空間に響いた。ターニャは、少しだけ声を落とした。

「それを解決の条件にして」

「組織にはもう絶対に手を出させない。それが条件になる」

「このひとをメンバーにするって言うの？」

卓也は口をはさんだ。

「まっぴらだ。ぼくはただの旅行エージェントだ。マフィアに入るつもりはない。これからも、ふつうの市民として生きる」

ソーバリが言った。

「わかってる。これ以上死人は出さない。あんたを含めて」

ターニャが訊いた。

「約束してくれるのね。このひとには手を出させないと」

「それを保証させる」

「いつから交渉なの？」

「明日にも始まる。いま、仲介を頼んでいる」

「誰？」

「知らなくていい」

「このひとのこと、まかせて大丈夫なひと？」

「くどいぞ」

「このひとがいなければ、あの西股って男は殺せなかった。わかってるでしょうね」

ソーバリは苛立たしげな声を上げた。

「ターニャ、おれが口にしたら、それは約束だ」

ターニャはソーバリの声に気圧《けお》されたふうも見せなかった。

「あなたの言葉は信じる。仲介人が約束してくれるかどうかよ」

「おれがその条件を出すんだ。そう決まる。決まらないなら、手打ちにはならない」

「わかった。でも」

「なんだ?」

「ひとつだけ覚えておいて。わたしは、真面目よ」

ソーバリはターニャを見つめてから、また微笑した。

「ターニャ、お前が真面目なのは、耳にしている。誰かが約束を破ったら、お前がどうなるかも聞いてるよ」

「怒ったとき、わたしが魔女になるという噂なら、ほんとうよ」

「まったく、モスクワはすごい女を送ってきたよ」

「誉め言葉なら、スパスィーバよ」

駐車場の入り口から、自動車のエンジン音が近づいてきた。ソーバリは隙間の奥に入ってきて、通路側に身体を向けた。右手が、腰の後ろにまわった。

自動車は通路を奥まで進んではこなかった。途中の空きスペースに入るようだ。追手ではない。襲撃者ではなかった。

ターニャがソーバリに言った。

「きょうはここに泊まろうと思う。部屋は取れそうかしら」

「取る。いい部屋を取ってやるよ。おれからの礼だ」ソーバリが卓也に身体を向けて、手を差し出してきた。「スパスィーバ、ありがとうだ。あとのことは心配しないでくれ」

卓也も手を差し出していた。お礼の意味で握手したいということなのだろう。手を握ったところで、ターニャが言った。

「ちょっと待って。このひとは、まだ帰らないわ。明日、わたしを空港まで送ってくれることになってる」

ソーバリは手を離して言った。

「空港まで、十五分だ。タクシーに乗れば、眠っていても着く」

卓也もやっと気づいた。いまの握手は、これで失礼する、という意味か。

しかし、いま自分には帰る場所がない。東京の事務所兼自宅の部屋は、あの藤倉という男に場所を突き止められた。すでに侵入されて、モバイルPCまで盗まれているのだ。休戦交渉がまとまらないうちは、自分もまた身を隠していなければならないが、自分には隠れ場所の当てもない。どこに行けというのか。

ターニャが強い調子でソーバリに言った。

「明日、わたしが空港の出国ゲートを通るところまで、このひとについてきてもらう。そのあとは、手打ちになるまで匿《かく》まってちょうだい」

「匿まう？」

「わたしたちには、その義務があるわ。このひとがいなければ、仕事は終わらなかった」

ソーバリはおおげさにうなずいた。

「わかった。お前が出国したあとも、手打ちになるまでは責任持って匿まう」

「きょうは、スイートルームを取って。ひと部屋はこのひとが使う」

「一緒の部屋ってことか？」

「ええ。このひとが、警察に駆け込んだりしないように監視する」

ターニャは、この自分が逃げるとは思っていないはずだ。卓也の身の安全のために、ターニャが駆け引きしてくれている。まかせておいていい。

ソーバリは言った。

「わかった。スイートルームを取る。バラの花束付きにしてやるさ」

「もうひとつ」

「まだあるのか？」

「じつはわたしは、撃たれて怪我をしている。闇医者を知ってる？」

「怪我を？」ソーバリは驚きを見せた。「どの程度だ？」

「脇腹を少しえぐられた。ひどくはない。でも、傷口を縫ったほうがいいかもしれない」

「日本の闇医者は知らないな。病院に行くか？」

「撃たれた傷の場合は、警察に通報されるんじゃない？」

「待て」ソーバリは、四輪駆動車の運転席に目を向けた。「やつの女房は、若いとき看護婦だった」

「ロシア人？」

「日本人だ。あの女房に何か相談できるかもしれない」

ソーバリは、助手席のウィンドウをノックした。すぐにガラスが下げられた。

ターニャが卓也に言った。

「日本には、看護婦が多いみたいね」

卓也の妹も看護婦だったと思い出したようだ。

卓也は言った。

「ロシアには、女スナイパーも多いんじゃないか」

「女車掌も多いわ」

ソーバリがウィンドウから運転席の用心棒に言った。

「ユーリー、ターニャは怪我をしている。どこか手当てできるところはないか？　闇医者がいるといちばんだけれど」

ユーリーと呼ばれた用心棒は、運転席からターニャに顔を向けた。

「ひどいのか？」

「軽い。だけど傷口が開いてる」

ユーリーはいったん視線を車の天井に向けてから言った。

「エミと相談してみよう。彼女にすぐ診させたほうがいいかな。傷次第で、何か考えてみる」

ソーバリがまたターニャに身体を向けた。

「とにかくチェックインしよう。一緒に来い」

「どこへ」

「ホテルのフロントだ」

卓也はターニャの小さなスーツケースを取り出すために、後部ドアに手をかけた。


藤倉奈津夫の乗る車は、岩瀬たちが運転する車に続いて、新潟亀田インターチェンジを降りた。

ナビは、目的地であるボストーク商会の事務所まで、あと二十分ほどだと告げている。無理すれば、多少短縮できるかもしれない。しかし、ここから先は一般道だ。ここまでは飛ばしに飛ばしてきたが、もう無理をしないほうがいい。へたに検問や測定に引っかかれば、拳銃《けんじゅう》が発見されかねない。藤倉の人生は、そこでいったん強制終了となる。再開するには、数年の無意味な時間と、ゼロからの積み上げが必要となるのだ。

そのことは、たぶん岩瀬たちもわかっている。

インターチェンジを降りると、前方の交差点の信号は赤だった。

藤倉の携帯電話が鳴った。岩瀬からだった。

岩瀬は言った。

「ここからは、ちょっと慎重に走りますから」

「そうしよう。絶対に警察には停められたくない」

「連中の事務所に着いたら、どうします？」

「様子を見ながら一度通りすぎる。だけど、様子を見た、と悟られても駄目だ。気をつけてくれ」

「それから？」

「離れてから、もう一度作戦会議をやろう」

「舎弟分の事務所だかも近いんでしょう？」

「迷惑はかけられない。そこには寄らない」

「連中の事務所、要塞《ようさい》みたいになってないといいですがね」

「なっているさ。確実だ。カラシニコフがあったっておかしくないんだ」

前方の信号が青になった。岩瀬たちのセダンは動き出した。運転手の三浦も、セダンを前進させた。

藤倉は言った。

「とにかく、やる気満々の連中だ。大胆にやるけど、馬鹿はしない。それでいいな」

「もちろんです」

藤倉は携帯電話をオフにして畳んだ。自分のてのひらが汗ばんできていると気づいた。自分はもしかすると、けっこうナーバスになってきたのか。臆病《おくびよう》風が吹いてきたわけではない、と自分では思うが。

時計を見た。午後の二時三十五分になっていた。

そのスイートルームからは、信濃川ごしに新潟市の左岸側、繁華街のある地区を見下ろすことができた。その向こう側に海岸線があって、さらにその先は日本海である。天気のせいで、日本海は灰色だった。

ターニャが、左手の寝室から出てきた。そちらの部屋は、ツインルームとなっている。居間をはさんで反対側の部屋には、ベッドはひとつだけだ。ただしキングサイズのベッドであるが。洗面所は、それぞれの部屋に付属していた。

ターニャは、窓のそばにいた卓也とソーバリに言った。

「シングルの部屋を使わせてもらうわ」

卓也には異存はなかった。

ソーバリが、窓際に立ったままターニャに言った。

「誰とも会うなよ。ホテルを出るな。客は無視しろ。食事はルームサービスで食え。明日は、送ってやれない」

ターニャが言った。

「わかってる。わたしが出国したあと、このひとはどこに隠れるの？」

「このホテルでいいだろう。ただし、部屋は変わってもらう」

十分だ。ひとりでスイートに泊まりたいなどと贅沢《ぜいたく》は言わない。ただ安全であればいい。ユーリーが、ドアのそばから居間の中央に歩いてきた。いま彼は、携帯電話を使っていたのだ。

ユーリーが言った。

「簡単に縫うぐらいなら、女房がやるそうだ。あとでここにくる」

ソーバリがターニャに言った。

「ユーリーはおれをいったん事務所まで送る。そのあと、女房と一緒にここにくる。それでいいいな」

ターニャが、ユーリーに訊いた。

「医療用の針や糸はあるの？」

「手に入る。あとで女房と話をしてもらう。あんたの電話番号は？」

ターニャが自分の携帯電話の番号を言い、ユーリーがそれを自分の携帯電話に入力した。

ソーバリが卓也に言った。

「覚悟しておいてくれ。おれたちが守ってやれるのは、相手がヤクザの場合だけだ。警察が出てきたら、何もできない」

そのときは、と卓也は言いかけた。あんたたちの組織について知ったことをすべて供述するまでだ。それでもよいか。

口に出す前に、その言葉を呑《の》み込んだ。挑発はまずい。自分を危険人物と思わせてはならない。生かしておくより殺したほうが自分たちにとって利益だと思わせてはならないのだ。ターニャが国外に出たあとは、約束の履行を保証してくれる後《うし》ろ楯《だて》は、卓也にはなくなるのだから。

卓也は言った。

「そのときは、自分は脅されただけだと言う。それで通す」

ターニャが言った。

「警察の取調べを受けることになったら、わたしをうんと悪く言っていい。ガンを突きつけられて、言うことを聞くしかなかったんだと」

事実上、そのとおりじゃないかと言い返そうとした。あんたはおれの妹のことまで調べ上げて、脅しの材料に使ったんだ。

卓也は、この想いも抑え込んだ。新潟まできたのだ。あとは空港に送るだけ。それでこの契約が終わるなら、ターニャをここで非難することはない。黙っているほうが得だ。

ソーバリがユーリーを促した。

「戻るぞ」

ソーバリとユーリーは、その高層ホテルのスイートルームを出て行った。

福本晴哉の借りたレンタカーの脇を、赤い軽自動車が通過していった。運転しているのは、若い女だ。

軽自動車はすぐに道路脇に寄って減速した。関口啓子の住宅の前で停まる様子だ。

福本は身を起こし、助手席からアポロキャップを取り上げてかぶった。助手席にはもうひとつ、土産物屋で買った利尻《りしり》昆布の箱詰めがある。この箱にも手を伸ばした。

軽自動車は徐行のまま関口啓子の家の駐車スペースを通り過ぎた。そこで停まって、リバースでその駐車スペースに入れるようだ。

福本は、昆布の箱を持って車を降りた。軽自動車はけっこう滑らかに駐車スペースに入って停まった。エンジンが停止して、軽自動車からは若い女が降りてきた。白っぽいハーフコートにジーンズ姿。髪は短めだ。関口啓子だろう。清楚《せいそ》そうな顔立ちと見えた。ちらりと福本のほうに目をやったように見えたが、気にした様子はなかった。

福本は箱を胸の前に抱いたまま歩道を進んだ。

若い女は、その家の玄関の前に立った。キーを鍵《かぎ》穴に差し込むのが見えた。福本は少し足を速めた。

若い女がドアを手前に開いた。

福本は追いついて、声をかけた。

「関口さんですか」

「はい」と女が振り返った。

好みだ。

福本は狂喜する想いだった。この顔だちはおれの好みだ。細面で、切れ長の品のよい目。すれていない。売女《ばいた》ではない。

「荷物があるんです」

そう言いながら、福本は関口啓子に近づいた。関口啓子は、ドアを開けたまま、その場で身体を完全に福本に向けた。福本はすっと前に出て関口啓子に身体を当てた。関口啓子はよろけて、玄関の内側に押し込まれた。あ、と短く悲鳴を上げたが、ほとんど同時に福本はドアを後ろ手に閉じていた。

素早く箱を放り、関口啓子の右腕を背中にねじ上げて、彼女の口をふさいだ。関口啓子の目がいっぱいに開かれた。恐怖で、身体が強張《こわば》っている。

福本は関口啓子をさらに玄関の奥へと押し込んだ。上がり框《かまち》に彼女の足がぶつかったが、かまわずに突いた。関口啓子は廊下に尻餅《しりもち》をついた。福本はその身体の上にのしかかった。

「おとなしくしろ」と福本は、仕事用のダミ声で言った。「抵抗しなけりゃ、命は助かる」

関口啓子は、目をみひらいたままだ。うなずきもしなかった。福本はねじ上げた関口啓子の右腕に力を入れた。福本のてのひらの下で、関口啓子がまた悲鳴を上げた。音にはならない、呼気だけの悲鳴だった。

藤倉奈津夫は、ナビを確認しながら、運転手の三浦に言った。

「そろそろだ」

「はい」と、三浦が前方に目を向けたままうなずいた。

国道113号である。片側一車線ずつの、国道と呼ぶにはいささか貧相で狭い道路だった。東京の感覚では、二十三区外の都道クラスだ。昔の街道筋が、そのまま国道になったのかもしれない。

いまマクドナルドの前を通過したのだ。すぐ先に信号のある交差点がある。その交差点から新潟空港までのあいだに、いくつもの故買屋《こばい》や中古自動車の輸出業者が、店舗や事務所を構えているという。その大半が外国人経営と聞いた。ロシア人、パキスタン人が多いとのことだ。亀山などは、新潟の業界ではむしろ少数派なのかもしれない。少なくとも、113号沿いではそうだろう。しかし、そんなにライバルが多いところで、それぞれ商売が成立しているのだろうか。

藤倉たちのセダンのすぐ前を、岩瀬たちのセダンが走っている。

藤倉は携帯電話を取り出して、岩瀬に電話した。

「いよいよだ。この交差点を越えて五百メートルかそこらで、ボストーク商会がある」

岩瀬が言った。

「徐行するか」

「いや、ふつうに通りすぎよう。ウィンドウも下ろさないで。やつらに、そらきたと警戒態勢に入らせることはない」

「じゃあ、そのまま突っ切る」

前方の信号は青だった。岩瀬のセダンの前にも、三台の乗用車や軽トラックが連なっていた。

二百メートルほど走ると、道が右手にゆるくカーブしていた。その先にまた信号が見える。ボストーク商会はその少し先のはずである。

すでにここまで、キリル文字の看板の出た中古自動車屋が一軒あった。ついでその並びに、どこの文字かわからない奇怪な模様じみた看板の中古自動車屋が現れた。その駐車場にいたふたりの男の顔立ちから考えれば、あれはパキスタン人なのだろう。ロシア人の中古自動車屋には、まだ新しいトヨタの四輪駆動車が目立った。パキスタン人の店の駐車場に並んでいるのは、セダンかバンタイプの車が多かった。

信号のある三叉路《さんさろ》を越えると、左手に亀山興産と書かれた看板が見えた。あれが昨日から電話している亀山の事務所なのだろう。

その事務所の前には、東京郊外のコンビニほどの駐車スペースがあった。並んでいるのは、重機ばかりだ。ユンボやパワーショベルが五台ばかり。

藤倉は納得した。自分はさっきまで、この狭い地域に同業者ばかりが集まって商売になるのかと要らぬことを心配した。しかしこうやって見れば、それぞれ取り扱い商品を絞っているのだとわかる。専門店化している。亀山は、利幅の大きな中古重機専門というわけだ。しかし、確言したっていいが、亀山の扱っている重機の大半は盗品のはずである。

藤倉はすぐに視線を右手に向けた。

さほど大きくはない看板に、キリル文字が記されている。その下に日本文字。ボストーク商会。

これだ。

亀山が言っていたとおり、そこは塀には囲まれていなかった。しかし、歩道とのあいだに段差がある。その事務所の駐車スペースには、段差のない一ヵ所からしか入れない。出入り口の真正面に、スチール製のガレージのような建物。その右に、二階建ての木造の建物がある。ふつうの民家ほどのサイズだ。建物と道路とのあいだに、ひどいぼろ車が十台ばかり置かれていた。査定金額五万円以下の、日本では廃車扱いの中古車を扱っているのだろう。そのぼろ車とはべつに、五台ほどの新しい乗用車も停まっている。これは組織の面々が使っているものか。

確認できたのはそこまでだ。あっと言うまに、藤倉のセダンはそのボストーク商会の前を通りすぎた。

いつのまにか都市部のはずれに来たようだ。113号沿いには空き地が目立ってきた。あるいは、狭い農地。その空き地や農地の隙間隙間に、民家があったり、故買屋の事務所があるのだ。

　岩瀬から携帯電話が入った。

「要塞には見えなかったな。出入り口にも、門扉《もんぴ》もなかった」

　藤倉は言った。

「いま戦争中だって看板を出すヤクザはいないさ」

「見張りがいるとか、出入り口にチェーンを渡されるとか、そういうことを想像してた」

「中では、男たちがお待ちかねだ。マカロフとトカレフを持って」

「五、六人だろうか」

「市内に住んでる連中も、事務所に入ったらしい。もっと多いかも」

「東京で三人撃った女もいるんだろう？」

「わからないが、一応いると思ったほうがいいだろうな」

「じゃあ、待ってるのは男たちだけじゃない。修羅場経験のあるプロも、てぐすね引いて待ってるってことだ」

「男たちも、たいがい軍隊経験者だ」

「きついな」岩瀬が弱音を吐いた。「あそこで何日も籠城《ろうじょう》されると、手も足も出せないな」

「連中だって、毎日食う。ピザの宅配だけで済むはずはない。いつか隙ができる」

「組長からは、長引かせるなって指示なんだ」

「わかってる。何か考えるさ。とにかくそのまま走ってくれ。次は新潟空港だ」

「駐車場か？」

「いや、ターミナル・ビルの前でいい」

「わかった」

藤倉は携帯電話を畳んだ。

たしかに、あの事務所の様子を見ると、手も足も出しようがない。銃弾を撃ち込むだけならともかく、狙った男を確実に獲《と》りにゆくとなると、ポツリと独立した建物は強い。接近そのものが難しいのだ。だいいち自分たちは警視庁のSATやSITとはちがう。立て籠《こも》った相手を襲ったりする訓練は受けていない。銃の扱いそのものにも慣れていなかった。いまこの条件では、やつらが圧倒的にいい位置にいる。

もっとも、と藤倉は思った。ターニャ・クリヤカワを獲らねばならないおれにとっても、こんどの一件は難しいものだが。

福本晴哉は、関口啓子にのしかかったままで言った。

「おとなしくしろ。怪我したくないだろ」

関口啓子は、福本に口をふさがれ、右腕を背中にねじ上げられたままの格好で、何度もうなずいた。目は命乞《ご》いをしている。なんでも言うことを聞くから、命だけは助けてと、その目が乞うていた。

福本は、自分のテンションがひどく高くなっていることを感じた。女をこのように痛めつけたのも、久しぶりだ。二ヵ月ほど前、借りたカネも返さずに札幌から逃げようとした風俗店勤めの女をいたぶって以来だ。あのときも自分は痛めつけているあいだにどんどん興奮していった。途中で兄貴分から止められたほどだった。射精寸前で、女から引き剝《は》がされたのだった。

あのときの分まで含めて、と福本は思った。この関口啓子には愉《たの》しませてもらう。どこかで犬が吠えていた。切迫した響きの吠え声だ。そういえば、このうちには犬がいるのではなかったろうか。吠え声は遠くではない。庭で吠えているのか？

関口啓子の身体から、力が抜けた。緊張はしているが、少なくとも抵抗は止めている。それが利口だ。おれたちはべつに、暴行犯と被害者という関係になることはないのだ。生身の男と女として、ちょっとだけ合体してまた別れるってことで、いいんじゃないのか？

福本は言った。

「よし、そうだ。立て」

福本が左のてのひらを関口啓子の口から離した。

「ゆっくりと立て」

関口啓子が、乾いた声で訊いた。

「どうするんです？」

「いいから」

「お願い。何もしないでください」

「しねえよ。立て」

福本が関口啓子の右手をねじ上げたまま身体の上から横にずれると、関口啓子は慎重に身体を起こしてきた。福本は関口啓子の身体を自分のほうにぐいと引き寄せた。関口啓子の身体が硬直した。全身の筋肉で福本を拒んでいる。

関口啓子が顔だけひねって、また訊いた。

「どうするんです？」

身体は細かに震えていた。悪寒でもしているかのようだ。犬の吠え声がいくらかおとなしいものになった。間隔も開き始めている。

福本は言った。

「ナース服はどこだ？」

「ナース服？」

「仕事で着てるんだろ。どこにある？」

「病院に」

福本は関口啓子の右腕を強くねじ上げた。

関口啓子はまた短く悲鳴を上げた。

犬が再び激しく吠えた。庭にいるようだ。しかも庭を動きまわっている？　つながれていないのか？

その吠え声が気になった。近所に聞こえていないだろうか。

福本は口を関口啓子の耳に近づけ、わざと熱い呼気を吹きかけながら言った。

「ナース服。ここにないはずはないぞ」

「どうするんです？」

「あるのか？」

「あります。あげますから」

「どこだ？」

「取ってきます」

「一緒に行くさ」

「たぶん居間に」

「どこだ？」

「ここです」

上がり框の真正面に、ガラスの引き戸がある。関口啓子が顔で示したのはその引き戸だった。犬の吠え声は、その奥のほうから聞こえてくる。

福本は関口啓子の身体をその引き戸の方向に押した。関口啓子は震えながら前に出て、その引き戸を開けた。

　応接セットの置かれたリビング・ルームだった。ひとは誰もいない。

　リビング・ルームに入って、福本はもう一度訊いた。

「どこだ？」

「そっちです」と、関口啓子は小声で言った。応接セットの脇の小さなテーブルの上に、クリーニング屋から戻ってきたばかりと見える衣類のビニール袋が重なっている。

「それの中に」

　福本は関口啓子の身体を押した。

「どれだ？」

　関口啓子は、左手を伸ばし、ビニールの山の中から袋をふたつ取り出した。白い衣類が収まっている。

「これです」

「着替えろ」

　関口啓子の身体が凍りついた。

　黙ったまま動かないので、福本は言った。

「聞こえたか。着替えろ」

　関口啓子は、蚊の泣くような声になった。

「ここで、ですか」

「そうだよ。ここでそのナース服に着替えろって」

「できません」

「やれって」

福本は関口啓子の右腕をまた強くねじ上げた。

関口啓子は悲鳴を上げた。

外でまた犬が激しく吠えた。

福本は関口啓子の口を後ろからてのひらでふさいで言った。

「わからないのか？　痛い目にあいたいのか？　素直にやれって」

関口啓子は何度も首を縦に振った。福本は口からてのひらを離した。

「犬を静かにさせろ」

「はい」

「静かにさせろって」

関口啓子は顔を少し上げ、リビング・ルームの大きなガラス戸に向かって大声で言った。

「ゴンタ。お姉ちゃんよ。帰ってきたのよ」

犬の吠え声がやんだ。

「よし、そういうふうにやるんだ。着替えろ」

「できません」

「着替えろ」

「勘弁してください」

同じやりとりがもう数度繰り返された。福本は業《ごう》を煮やして、関口啓子をソファの上に突き飛ばした。立ち上がる間も与えず、こぶしをその後頭部に叩きこんだ。関口啓子はうっと呻《うめ》いて身体を縮めた。

もう一度右腕をねじ上げてから、福本は言った。

「わかるだろ。やれったらやれ」

関口啓子は、泣くような声で言った。

「はい。はい。わかりました」

福本は関口啓子から離れた。関口啓子はゆっくりと背を起こし、恐怖の目で福本を見つめたまま立ち上がった。

福本は、ビニール袋を関口啓子に押しつけた。

「早くしろ」

関口啓子は目をそらし、唇を噛《か》んだ。ひとつあきらめをつけたようだ。ビニール袋を裂いて、中から洗濯物を取り出した。白いナース服。ワンピース型だとよかったのだが、袋がふたつということは、上着とパンツなのか？

関口啓子はそのナース服をテーブルの上に置くと、ジャケットのボタンをはずしてゆっくりと脱ぎ、ソファの上に落とした。

ジャケットの下に着ているのは、ブルーのニットのカーディガンだった。さらにその下には白いTシャツを着ているようだ。

関口啓子は福本に背を向けて、カーディガンも脱いだ。白いTシャツの下で、背中が強張っているのがわかる。関口啓子は腕に重しでもつけたかのようなのろい動きで、Tシャツの裾《すそ》をつかんだ。

その恥じらいぶりも、見ものだった。福本は、手近にあった椅子を引き寄せて腰掛けた。本物の看護婦の着替えを見るのだ。ほんとうならここでビールの一杯でも欲しいところだった。このうちの冷蔵庫には、缶ビールなど入っていないだろうか。

関口啓子がためらいながら、とうとうTシャツを脱いだ。関口啓子の細い背中があらわになった。ブラは期待したとおりの白だ。

関口啓子はいったんブラのホックに両手を伸ばしたが、ふいに手を止めて、顔を真横に向けた。視線の先は、リビング・ルームのガラス戸だ。庭を向いている。レースのカーテンが引かれているが、庭の奥、ブロック塀の向こうの民家の窓が見えた。

「あの」と、関口啓子が胸を隠して振り返ってきた。

「どうした。続けなよ」

「カーテン閉めていいですか」

福本はガラス戸に目を向けて言った。

「レースがかかってるんだ。中は見えないって」

「見えます」

「見えないって」

そうは言ったが、たしかにレースごしに犯罪の現場を目撃される心配もあった。

「閉めます」

関口啓子はブラ姿のまま、少し背を屈《かが》め、両脇を締めるような姿勢でガラス戸の端に近寄った。内側の遮光カーテンを閉めてしまうつもりのようだ。福本は警戒しなかった。関口啓子が恥辱に耐えてブラ姿で歩くところを、もっとじっくり見ていたかった。

彼女の胸は、さほど大きいものとは見えなかった。清楚な顔立ちにはよく合っている。そもそも福本はさほど大きな胸が好みというわけではないのだ。札幌・薄野のソープランドでも、指名するのはいつも細身の、胸の小さめの女ばかりだ。

関口啓子は外を気にしながら、右手から遮光カーテンを真ん中まで閉めた。室内が少しだけ暗くなった。

ついで関口啓子は、やはり身を屈めるような姿勢でガラス戸の左側に寄った。見られることを極度に警戒しているようなその様子が、福本をいっそう刺激した。福本は椅子の上で脚を組み換えた。

関口啓子は、左手の遮光カーテンに手をかけ、すっと右手方向に引いた。カーテンがレールを滑る音に、べつの音が交じった。何かもっと重いものが動いた音だ。遮光カーテンが完全に閉じられた、と見えたときだ。関口啓子の右手が何かを操作した。軽い金属音がした。

二重窓の、その外側のガラス戸のロックをはずしたと気づいた。いま彼女は、二重窓の内側のガラス戸を開けたのだ。遮光カーテンの動きに合わせて。

福本は椅子から立ち上がって、関口啓子に飛びついた。関口啓子は、外のガラス戸を開けかけていた。

福本は関口啓子の首に左手をかけ、右手で髪をつかんで手前に引いた。

関口啓子が叫んだ。

「ゴンタ！」

ガラス戸のすぐそばで、犬が吠えた。

抵抗する関口啓子をもう一度リビング・ルームに引きずり込み、床の上に転がした。顔に拳《こぶし》をくれようとしたが、関口啓子は顔をかばった。福本は関口啓子に馬乗りになった。

遮光カーテンの裾から、犬が飛び込んできた。唸《うな》り声を上げ、牙《きば》をむいている。白い中型の犬だ。

福本は顔をかばって左手を上げた。犬は福本の左腕に嚙みついてきた。ぶすりと、鋭いものが肉に刺さった感触があった。

福本は犬を振り払おうとした。犬は嚙みついたままだ。福本は痛みに耐えて犬の首輪に右腕を伸ばし、隙間に指を入れてねじった。犬の顎《あご》はいっそう強く福本の左腕を嚙んできた。

関口啓子が、福本の身体の下から這《は》い出そうとした。福本は首輪をねじったまま、右肘《ひじ》を関口啓子の後頭部に強く叩《たた》き込んだ。ごつりと鈍い音がした。関口啓子の鼻か口が床にぶつかったのだ。福本は関口啓子の背にまたがり、両腿《もも》で関口啓子の顔を押さえた。

犬はなおも牙に力を入れてくる。福本は痛みをこらえつつ、さらに首輪をねじった。両腿に力を加えて踏ん張るかたちとなった。犬と力較べとなった。犬の牙は、福本の左腕に食い込んだまま離れない。福本は首輪で犬を絞殺しようとしている。

十秒か、あるいは十五秒の後、やっと犬の首で何かがつぶれたような感覚があった。ゴボリという音がしたかもしれない。犬の顎の力が少し抜けた。

さらに首輪をねじると、ほどなく犬の力が完全に抜けた。福本は犬を突き放した。犬は床の上でぐたりと伸びた。

福本は、自分が腿で関口啓子の首を完全に絞めていたことに気づいた。関口啓子もまた犬同様にぐったりしている。

福本は関口啓子の髪をつかんで持ち上げ、声をかけた。

「馬鹿野郎。逃げようなんて。お前のせいだぞ」

関口啓子は反応を示さない。

福本は左手を関口啓子の顎にかけて、顔を完全に横向きにしてみた。関口啓子は白目をむいている。口から舌がのぞいていた。

「おいおい」

福本はあわてて髪から手を離し、関口啓子の身体から降りた。

関口啓子の身体が、すっと弛緩《しかん》していったのがわかった。ズボンの脇から、何か液体が広がり出ている。

「おい」

福本はもう一度、関口啓子に声をかけた。

「もう、なんもしないって。安心していいって」

関口啓子は白目をむいたまま動かない。

やばい。

福本は立ち上がった。左腕の痛みが意識された。見ると、ジャケットの肘の下が裂けて、血が滲《にじ》んでいる。ナースに止血して欲しいが、と福本は思った。お前はもう、無理なんだろうな。

福本はガラス戸の前まで歩いた。遮光カーテンを少しよけて確かめると、外側のガラス戸が三分の一ほど開いていた。あやうく逃げられるところだった。福本はガラス戸を閉じ直すと、内側からロックをかけ、遮光カーテンを完全に引いた。

もう一度関口啓子の身体の脇に膝をついて、関口啓子の顔を確かめた。表情はいましがたのままだ。福本は関口啓子の顔を平手で二度叩いてみた。反応はなかった。

ここまでやる気はなかった。組長に指示されたとおり、脅すだけのつもりだった。病院では会えなかったから、直接自宅で顔を見せて。

組長には、相手が恐怖を感じるだけでいいとは言われていた。だけど、多少なりとも暴力をプラスしてやったほうが、恐怖は本物になるはずだ。そう判断した自分はまちがいだったか？

こんなことになるはずではなかったのだ。すべては、逃げようとした関口啓子自身の責任だ。ちがうだろうか？　組長は、自分のこの言い分を認めてくれるだろうか。

藤倉奈津夫は、岩瀬と一緒にターミナル・ビルの中を歩いた。

さほど大きなターミナル・ビルではなかった。国際空港とはいえ、滑走路は一本だけという規模の空港なのだ。ビルも、大型の体育館をふたつ合わせたほどの大きさだろうか。ビルのちょうど中央に、エスカレーターが二基並んでいる。二階が搭乗ロビーとなっていた。

一階右手に、ロシアの航空会社のチェックイン・カウンターがある。カウンターのうしろの壁に、ロシア便の時刻表が掲げられていた。

藤倉はその時刻表を確かめた。いまこの季節、ウラジオストック便とハバロフスク便の二路線に定期便が飛んでいた。ただし毎日ではない。明日の午後三時五十分に、ウラジオストック行きの便が飛ぶ。明後日は、ハバロフスク便。午後五時四十分発だ。

ターニャが乗るとしたら、このウラジオストック便だ。彼女はもう仕事は済ませたのだ。日本に長居する理由はない。ぐずぐずすることは危険なのだし、明日この便で出国することはまず確実だった。

　藤倉はあたりを見渡しながら考えた。

　おれはどこで待ち伏せ、どこでやるか。

　捨て身になるなら、つまり顔を見られて、すぐに警察に捕まることを覚悟するなら、答は簡単だ。ロシア線のカウンターの真向かい、つまりビルの道路側の壁側で待っていればよい。ターニャがやってきて、カウンターに近づき、チェックインする。そのとき彼女はもう拳銃を始末しているはずだ。丸腰である。藤倉は拳銃を取り出し、ターニャに近づいて、背中から数発撃ち込めばよい。ターニャが振り返ったところで、何もできない。できるのはせいぜい悲鳴を上げることだけだ。確実に自分は彼女を殺すことができる。

　しかし、空港常駐の警官がすぐに飛んでくる。撃ち合いになるかもしれない。腰抜けのお巡《まわ》りが撃てなかったとしても、顔は覚えられ、逃走に使う車のナンバーは手配される。幹線道のどこかの検問で引っかかって、自分は逮捕。おそらく懲役十五年の判決が出る。

　もちろんうまく東京まで逃げ帰ることができれば、身代わりは用意してある。使った拳銃をそいつに持たせて、自殺させればよい。警視庁の組織犯罪対策部は、真犯人逮捕よりは事件の一件落着のほうを歓迎する。その身代わりが真犯人かどうか疑いは抱いても、それで抗争が終結するなら、そこで捜査は止まるはずだ。

問題は、と藤倉は小さく溜《た》め息《いき》をつきながら思った。この空港でロシア女を撃って、無事に東京まで戻れる可能性はほとんどないということだ。日本のありとあらゆる公的施設の中で、空港以上に派手な犯罪のしにくいところはない。新潟県警も、この空港の方々に、地域課、交通課ばかりではなく、警備課の警官までも配置しているはずなのだ。

藤倉は決めた。空港でやるというのは、最後の手だ。なんとかきょうのうちに、警察には知られぬかたちでやるしかない。

藤倉は携帯電話を取り出して、亀山を呼び出した。

亀山はすぐに出た。

「いまどこだ？」

藤倉は答えた。

「あんたのところの前を通って、いま新潟空港」

「じゃあ、事務所の様子はわかったな」

「ひとの姿は見えなかった」

「さっき、ボスと用心棒が出て行ったけどな」

「出て行った？」

「ああ、ボスのランクルで。手下は集合してるのに、本人はあまり緊張してないのかも」

「どこに行ったかわかるか？」

「知るか。きょうはロシア便は飛んでないしな。空港から逃げた、ってことじゃない」

どういうことだろう。藤倉はその情報の意味を考えた。襲撃が警戒されているこの瞬間に、ボスと用心棒が事務所を出た。逃げたのではないとしたなら、あとどんな理由が考えられる？　まさかあのマクドナルドに、籠城人数分のハンバーガーを買いに行ったはずはない。何か重大事か？

もしかして、女はまだ事務所に入っていなかった？　連絡があって、女を迎えに行ったということだろうか。それとも、何か交渉ごとでも始まったか。どうであれ、襲撃はしやすくなったわけだが。

藤倉は訊いた。

「おれたち、あんたのところで、待機させてもらうというのはどうだ？」

「勘弁してくれ」亀山はいくらかいらだったような声になった。「いま巻き込まれるのは困る。こっちは、ふたり死ぬなんて話になるとは、夢にも思ってなかったんだし」

「きょうだけだ」

「うちも、うちのしのぎがある。これだけ協力してるのも、好意なんだぞ」

「わかった」溜め息をついて藤倉は言った。「ひとつだけ情報をくれ」

「情報だけなら」

「市内に住んでる手下たちって、ふだんはばらばらなのか？　どこかに固まって住んでるんじゃないのか？」

「よくは知らんが、新潟駅近くでルーマニア・パブもやってる。あの近所に、多いんじゃないのか。それだけ？」

「ああ。どうも」

藤倉は携帯電話を切ってから、岩瀬をうながした。

「戻るぞ」

岩瀬が訊いた。

「どこに？」

「もう一回、ボストーク商会の前を通る。あと、市内に行こう」

「何をする？」

「もう少しこの街の様子を知りたい。こんどはおれたちの車が先に走る」

「いいすよ」

岩瀬が藤倉の先に立って、空港ターミナル・ビルの一階ロビーを歩き出した。ビルの前には、駐停車禁止の表示を無視して、藤倉たちの二台の車が停まっている。三浦たちが、適当に警備員に対応しているはずだ。

車に乗り込んでから、三浦に指示した。

「いまの道を戻ってくれ」

「はい」

三浦は滑らかにそのセダンを発進させた。

二台連なったセダンは、空港敷地からもう一度113号に入った。

ボストーク商会の事務所が見えてきたときだ。藤倉は、その駐車場から一台の大型の四輪駆動車が出てきたのに気づいた。ロシアでは大人気だというトヨタの車。ランドクルーザー。

亀山の言葉を思い出した。

ボスが、用心棒とランクルで出ていった……。

いましがた通ったときは、駐車スペースにあの四輪駆動車はなかった。自分たちが空港にいるあいだに戻ってきたのか？　いまその車がまた出て行くということは、乗っているのはボスのソーバリか？

藤倉は後ろについてくる岩瀬に連絡した。

「いま、ボストーク商会から、ランクルが出た。ボスが乗っているのかもしれない。尾《つ》ける」

岩瀬がはずんだ声で言った。

「途中で、ぶちこんでやらないか」

「ボスかどうかわからない。三下《さんした》を撃ってもしょうがない」

「藤倉さんは、顔を知ってるんだっけ？」

「知ってる」東京での交渉のとき、顔を見ている。「確かめる」

三浦が、あまり目立たぬように加速して、その四輪駆動車に追いついた。距離は十メートルにまで縮まった。

乗っているのはひとりだ。

亀山の話では、さっきはボスは用心棒と一緒に出たということだった。こんどはボスひとりという可能性はあるだろうか。襲撃を警戒しなければならないこの日に。

藤倉はまた亀山に電話した。

「いま、あんたのところの前を通った」

「見たよ」と亀山は言った。「手下が出ていったな」

「やっぱり手下か。ボスじゃないな？」

「ちがう」

「あいつの名前は？」

「知らない。だけど、新潟駅前で一度見たことがあるな。あっちにヤサがあるんだろう」

携帯電話を切ると、三浦が横目で藤倉を見た。

「このまま追ってくれ」と藤倉は言った。「何をするつもりか知らないが、大事な用件のはずだ」

「わかりますか？」

「さっきはボスが出て行ってるんだ。このタイミングで、ボスが籠城している事務所から出た。何か大事なことがあったんだ。いま、手下がまた出た。一回ボスを事務所に送り届けてから、また出たってことだろう。何か意味があるさ」

「たとえば？」

「あの女殺し屋と会うかだ。手下ひとりが出るってことは、もう交渉ごとじゃないな。連絡かな」

「電話を使わないで？」

「届けものかもしれない」

「尾行、気づかれなければいいですが」

「こっちは二台ある。向こうさんが停まった場合、おれはそのまま行き過ぎる。そこからは、岩瀬たちが後ろを走る」

藤倉のセダンは、前の四輪駆動車との車間を維持したまま、さらに113号を走った。藤倉のセダンの後ろには、岩瀬たちの乗るセダンだった。

その四輪駆動車は、わりあい荒っぽい運転で新潟市の中心部に向かった。やがて四輪駆動車は港湾地区と思えるエリアで113号から離れた。左折したのだ。さっき藤倉たちが北陸自動車道を降りてから通った道に入ったのだ。一キロほど南に走ってから、四輪駆動車は右折した。ナビで確かめると、JR新潟駅に近いエリアに入ったようだ。道路沿いには集合住宅らしきビルが多く見えるが、建物の密集地というわけでもない。

やがて四輪駆動車は、ひとつの集合住宅の前の駐車場に入った。

岩瀬が電話で訊いてきた。

「どうする？」

「行き過ぎる。あんたはすぐに向きを変えて、駐車場を見張れる場所で停めてくれないか。こっちは少し離れて見守る」

振り返って確かめると、四輪駆動車から降りたのは、藤倉の知らない中年男と見えた。ボスではないし、東京にやってきた若い用心棒ともちがった。

その建物の前を通過すると、藤倉は左手の路地に入るよう三浦に指示した。岩瀬のセダンは、すでに右折したようだ。右手の路地で向きを変えるつもりなのだろう。三浦も、すぐにその路地の途中で向きを変え、交差点手前までセダンを進めた。

右手百メートルほどのところに、岩瀬たちのセダンが停まっているのが見えた。駐車場を監視できる位置のはずだ。

それから一分もたたないうちに、岩瀬から藤倉に連絡があった。

「男が出てきた。女と一緒だ。女も車に乗った」

「女は、ロシア人か？」

「ちがう。いや。日本人みたいに見える」

ターニャ・クリヤカワではないのか？

藤倉は確かめた。

「髪は黒か？　金髪か？」

「茶髪だよ。おミズだな。三十ぐらい。親しそうだ。男とできてるな」

「出てきたのは、女ひとりか。日本人の男はいない？」

「女だけだ。いま車は駐車場を出た。また戻るように走り出したぞ」

「尾けてくれ」と藤倉は指示した。「こっちも追いかける」

携帯電話をしているあいだに、三浦はすでにセダンを発進させ、その交差点を右折していた。

どうやら罠の材料が揃いそうだ。


関口卓也は、目を覚ました。

窓際のカウチで、つい眠ってしまっていたのだ。

正面に、ターニャが立っていた。耳に携帯電話を当てている。

「わかった」とターニャが言った。「待っているわ」

携帯電話をたたむと、彼女は卓也が目を覚ましたことに気づいた。軽く微笑して、卓也のほうに歩いてきた。

「ユーリーの奥さんが、これからきてくれるわ」

卓也は確かめた。

「いまはもう看護婦じゃないんだろう。手当てなんてできるのかい」

「多少の処置の経験があるそう。小さな傷を縫うぐらいの道具も持っているんだって」

「元看護婦ってのは、そういうものをうちにも用意しておくのか」

質問ではなかった。ただ、胸に浮かんだことを口にしただけだ。自分の妹だって、たとえば職場で軽い応急処置のための道具や薬品が容易に手に入るのなら、家庭にもひとセット置いておきたいと考えるかもしれない。ドラッグ・ストアで買える品には制限があるが、病院勤めとなれば、とくに法を犯すことなく、入手できるのかもしれなかった。問題はそのユーリーの奥さんの腕がどれほどのものかだ。

ターニャも、卓也の問いには直接答えずに言った。

「そのひと、エミさんっていうひとは、新潟でクラブをやってるんだって」

「ナイトクラブということ？」

「さあ。あまり大きいお店じゃないみたいな口ぶりだった」

「看護婦から、クラブ・ママっていうのは、大胆な転職だ」

「そう？　男を癒すことが好きなら、似たようなものだわ」

「ぼくの妹は」言いかけて、そこから先はエミという元看護婦を侮辱しかねないと気づいた。ターニャもそれを喜ぶまい。卓也は、想いとはまったく逆のことを口にした。

「いいクラブ・ママになれるかもしれない」

「眠りたかったら、眠っていて」

「ユーリーとエミさんがくるのを待つよ」

ターニャはうなずいて、自分のベッドルームに入っていった。

藤倉奈津夫は、その四輪駆動車を百メートル離れた距離から追っていた。自分の一台前には、岩瀬たちのセダンがある。最初、その四輪駆動車は、新潟の港のほうに向かっているように見えた。しかしまた国道113号に出るとこれを左折、新潟の市街地方向へと向きを変えた。ナビで確かめると、行く先が決まらなかったかのような奇妙な経路だった。

113号から分かれ、中州らしき土地に入ったところで、どうやらコンベンション・センターと呼ばれている施設に向かっているようだとわかった。中州はその先で終わっている。もうほかにどこにも行きようがないのだ。

目の前に、高層ビルが見えてきた。壁面に日航ホテルのロゴタイプ。四輪駆動車が向かっているのは、あそこか？

となると。

藤倉は、ビルに目を据えたまま思った。もしかして、ターニャたちはあのホテルに投宿したのか？　前方を走る岩瀬から携帯電話が入った。

「どうした」と、目を前方に向けたまま電話に出た。四輪駆動車が徐行して、左ウィンカーランプをつけている。どうやらその高層ビルの駐車場に入るようだ。

「曲がります。駐車場に入ります。そこでやりますか？」

「駄目だ」と藤倉は言った。

四輪駆動車に乗っているのは、ボストーク商会の手下と、誰かわからぬ日本人女がひとり。危険を冒してまでやらねばならぬ相手ではない。岩瀬たちは、組織の関係者をひとり撃てばそこそこ目標達成かもしれないが、自分はあのターニャを撃たねばならないのだ。それに、ホテルの駐車場や出入り口は監視カメラだらけだ。滅多《めった》なことはできない。

藤倉は岩瀬に言った。

「そのまま通過してくれ。駐車場に入ったところが確認できればいい」

「了解」

四輪駆動車は、高層ビルの駐車場入り口方向に曲がった。地下が駐車場になっているようだ。その入り口が見えた。

高層ビルの前を通過するとき、そこが一部はオフィスビルとなっているとわかった。ロシア領事館も入っているようだ。

ボストーク商会のあの手下は、ホテルではなくロシア領事館に用があるのか？　だとしたら、どんな用件なのだろう？　ビザの発給？　いま連れていたあの日本人女を出国させるために？

ビルの前を行き過ぎてから、藤倉は岩瀬に言った。

「おれは、駐車場に入って、連中が出てくるのを待つ」

「おれたちは？」

「このビルのそばで、待機していてくれ。反対車線で、少し離れて。四輪駆動車が出るとき、電話する。もう一回やつらを追う」

「何か慎重ですね」

「雑魚《ざこ》は、獲物じゃない。餌にしかならない」

「は？」

「言うとおりにしてくれ。大滝組長には、いい仕事してきたと言われたいだろ」

「わかりましたよ」

電話を切ってから、藤倉は運転している三浦に言った。

「あと二分待って、あの駐車場に入ってくれ」

「わかりました」

三浦はルームミラーで背後を確認してから、その高層ビルの前でセダンをUターンさせた。


ターニャが携帯電話を耳に当てながら、また寝室から出てきた。

「ええ。ドアのチャイムを鳴らして」

電話を切ってから、ターニャが卓也に言った。

「着いたわ。いま駐車場ですって」

このビルの駐車場からは、直接ホテルの客室階には上がれなかった。いったんロビー・フロアまで上がってから、エレベーターを乗り換えるという造りだ。その意味では、セキュリティは堅かった。それでもターニャはドアに寄って、ショルダー・バッグの中に右手を入れた。用心のため、拳銃を握ったということなのだろう。ターニャは、のぞき穴に目を近づけた。

二分後だ。ドアのチャイムが鳴った。ターニャはロックを外して、ドアを開けた。

さきほどのユーリーという中年男が入ってきた。うしろに、三十歳かそれより少し上かと見える女性がいる。日本人だろう。茶髪で、細面の美人だ。ショッキング・ピンクのジャケットに、黒いスパッツ姿だった。大きな旅行用のショルダー・バッグを肩にかけていた。

ユーリーたちが室内に入ってから、ターニャがドアにロックをかけた。

ユーリーがターニャに向かい合って、ロシア語で言った。

「エミだ。おれの女房《ジェナー》。看護婦だった」

ターニャが、エミに名乗った。

「ターニャ。モスクワからきたの。よろしく」

これは日本語だ。

「エミよ」と、彼女も日本語で言った。「意外に元気そうじゃない。怪我はどこ?」

ターニャが左手で自分の左脇腹を示した。

「弾は入っていない。ちょっとかすった。傷口が開いてる」

「その程度でよかった。大手術ならどうしようかと思ってた」

エミが右手を出した。握手しようということだろう。

ターニャは、自分のショルダー・バッグから手を出さなかった。エミはかすかに困惑を見せて右手を引っ込めた。

ユーリーが、卓也を指さしてエミに言った。

「こっちは、ターニャを助けた日本人だ。ええと」

卓也の名前を覚えていなかったようだ。

卓也は言った。

「タクヤ」

エミが言った。

「覚えやすい。ターニャにタクヤね」

ユーリーが、ふたつのベッドルームのドアを交互に見てから言った。

「手当ては、どこで？」

ターニャが自分のベッドルームを指さした。

エミが言った。

「男は入ってこないで。こっちで待ってて」

「わかったよ」

ふたりがターニャの寝室に入ってゆき、ドアが閉じられた。

ユーリーが卓也に顔を向けた。

「ビールでも飲むか」

「ぼくはいい」と卓也は首を振った。「あんたは、運転があるんじゃないのか？」

「だからウオトカはやめておく」

ユーリーは勝手に冷蔵庫に近寄って缶ビールを一本取り出し、プルトップを抜いた。

ひと口飲んでから、ユーリーは満足そうに言った。

「おれは、エリツィンって男が大好きだったよ。理由がわかるかい」

「彼も酒好きだったから？」

「ソ連を終わらせて、国民にうまい酒を飲ませてくれるようになったからさ。ソ連時代は、ひどいビールしか飲めなかった」

その手の話は、卓也もよく聞く。冷戦終了前、東ドイツやポーランド、それにソ連は、ビールがまずいことで有名だったとか。東欧圏の酒好きは、もっぱらチェコのビールを飲んでいたらしい。ふつう市場経済の国では、消費者のいない商品はやがて製造停止となるが、ソ連は面子《メンツ》にかけても国営工場で国産ビールを生産し続けた。誰も飲まないビールなのに、出荷量は消費量としてカウントされ、工場は毎年同じだけの量のビールを造り続けた。もっとも、これは旅行代理店の先輩や、少し親しくなったロシア人から聞かされた話だ。真偽のほどは知らない。

ユーリーは、窓際に歩いて、カウチのひとつに腰をかけた。卓也はミネラル・ウォーターのペットボトルを冷蔵庫から取り出し、ユーリーの向かい側に腰をおろした。

　ユーリーは、顎の張った、四角い岩を連想させる顔だちをしていた。蒙古《もうこ》ひだが厚く、目は少し眠たげにも見える。眼光はあのソーバリほどには凄《すご》みはないが、それでもやはり切った張ったの世界に生きている男、と思わせるだけの鋭さはあった。その表情や雰囲気から、この男はたぶん自分の我慢の限界がきたとき、全身から湯気を噴き立てて怒ることだろうと想像できた。

　そのユーリーが訊いた。

「彼女が仕事をしているとき、あんたは見ていたのか？」

　卓也は、苦笑して首を振った。

「ぼくは運転しただけだ」

「ひと晩で三人。凄腕だよな」

「きのうふたり。今朝ひとりだ」

「怪我をしたのは、いつなんだ？」

「きのうだ。相手かたにも、拳銃を用意していたのがいたんだ」

「彼女は、軍隊には入っていないはずだけどな。いつそういう腕を身につけたんだろう」

「さあ。あんたは軍隊は？」

「徴兵されて三年」

「サハリンの出身？　沿海州かな？」

「ウズベキスタンだ」とユーリーは言った。「もともとおれの一族は、ウラジオストックにいたんだ。コリアン系のロシア人だよ。スターリンが、おれたちを中央アジアに強制移住させた。だからあっちには、キムとかユとかいう苗字《みょうじ》が多いんだ。完全にロシア風の苗字になってる同胞もいる」

「いまは、コリアン系の住人が大きなネットワークを作っているね」

ユーリーは、不快なことでも思い出したかのように鼻で笑った。

「おれたちは、二級市民だったからな。ソ連がなくなってから、復権運動を始めたのさ。多少は非合法に。いまじゃ、モスクワからウズベキスタン、ウラジオストック、サハリンまで、組織はつながっている。あんた、ロシアは知っているのか？」

「ロシア専門の旅行代理店にいたんだ。モスクワにも住んでいたことがある」

「それでロシア語が話せるのか」

「北海道の稚内という町の出身なんだ。そこで少し覚えた」

「稚内にも、おれたちのネットワークがあるよ。サハリンの組織が、稚内にも事務所を置いている」

卓也は思い出した。ターニャの電話一本で、数時間後には卓也の家族のことが知られたのだ。その情報をもとに、ターニャは協力を要求してきたのだった。彼らのネットワークは、かなり編み目が細かく、しかも広くて、強靱《きょうじん》なものなのだろう。

ユーリーが訊いた。

「ターニャは、どうして日本語があんなに流暢《りゅうちょう》なんだろう」

「知らないのか。彼女の父親は日本人だよ」

ユーリーは、やっと合点《がてん》がいったという顔になった。

「クリヤカワ、って苗字は、日本人のものか？」

「そういう苗字があるよ。珍しいことは珍しいけど」

ユーリーはうなずきながら、またビールを喉《のど》に流しこんだ。

卓也は訊いた。

「あんたたちと、日本の暴力団は、こんなことをいつもやってるのか？」

「まさか」ユーリーは笑った。「おれたちだって、戦争なんてやりたくない。ビジネスがいちばんさ。何か事故が起こっても、カネで解決できるならそうする。こんどの場合は、カネでも解決できなかった」

「ターニャの妹が殺されたと聞いた」

「女は、何より大事にしなきゃならない商品だからな。おれたちが女から上がりを取れるのは、いざというとき守ってやるという契約があるからだ」

「契約なのか？」

「契約書は交わさなくても、そういうことだよ。変態、ケチ野郎。異常者。女たちはそういう男を相手にしなきゃならないリスクを背負ってる。女たちは組織に上がりを納めることで、そのリスクを減らしてるんだ。その期待には絶対に応《こた》えなきゃならない」

「絶対に？」

「そうだよ。それができなければ、女は別の組織にすがる。組織にとっても、死活問題なんだ。こんどの場合だって、ボスは最初カネで解決することを提案したんだ。組織の立て替え分と、女の身内への見舞金で手を打とうとした。なのに西股って野郎は、カネを惜しんだ。となれば、組織はきちんとけじめをつけなきゃならない。女たちも安心し、客にも教訓になるようなけじめをな。関係者誰もがよくわかるかたちで」

「だけど、日本の暴力団だって、組長を殺されて黙っていないだろう」

「さっきボスが言っていたろう。もうこっちとしては、手打ちでいいんだ。仲介者に頼んでる。道理はこっちにあるんだ」

「手打ちまでに、まだまだ荒っぽいことは続くんじゃないのかな」

「襲撃があったら、返り討ちだよ」

卓也は、藤倉奈津夫の顔を思い起こした。彼はモスクワで射撃訓練も受けている。なにより、執念深くて、頭も切れる。

「あっちも、素人を送り込んではこないぞ」

「心配するなって」

ユーリーはビール缶をテーブルの上に置いて立ち上がった。

「あんたの部屋のトイレ借りるぞ」

卓也は時計を見た。

手当てには、どのくらいの時間がかかるのだろう。素人の自分がやるのとはちがう。元看護婦なら手際はよいだろうが、手伝いなどはいらないのだろうか。

やがてユーリーが、卓也のベッドルームから出てきた。

「手当て、てこずっているかな」

ユーリーが冷蔵庫からまた一本缶ビールを取り出し、卓也の向かい側に腰をおろして飲み始めた。

それから十分もたったころだ。ターニャのベッドルームのドアが開いて、エミが出てきた。ショルダー・バッグを手に提げている。卓也は、かすかに消毒薬の匂いを嗅《か》いだような気がした。

エミの表情は、なぜかさっきよりも険しい。怒っているようにも見える。

傷は想像していた以上に重かったのか？

「どうだった？」とユーリーが立ち上がった。

エミは、ドアを閉じてから言った。

「傷口を縫った。いま鎮痛剤を飲んだから、しばらく休ませておいて」

「傷はひどかったのか？」

「軽いことは軽い。だけど、ロシアに帰ったら、すぐにでも病院に行ったほうがいい」

「きょうはこのあとは？」

「なし。明日の朝、もう一回様子を診にくる」

「よし、じゃあ送ってゆく」

卓也もカウチから立って、ふたりのそばに近づいた。自分はユーリー夫妻に礼を言うべきなのか。それともこれは彼らの義務であって、局外者の自分が礼を言うべき筋合いのものではないか。

あちらの問題、と思うことにして、卓也はターニャのベッドルームのドアノブに手を伸ばした。ひとこと、自分からも傷のことを訊きたかった。

そのときだ。

「だめ!」と、エミが厳しい調子で言った。

卓也は思わず手を引っ込めた。まるで自分が、爆弾の信管にでも触れようとしたかのような口調に聞こえた。

エミの顔を見ると、彼女は目を吊《つ》り上げている。

「あの子におかしな真似するんじゃないよ」

卓也は、思いもかけない言葉に憤激した。

「ぼくが彼女に何をするって?　そういうつもりで、新潟まで走ってきたと思ってるのか」

ユーリーがエミをなだめた。

「こいつは、しかたなくターニャを手助けしただけだ。そんなつもりはないさ」

エミは表情をゆるめない。

「だとしても、釘《くぎ》を刺しておく。何もするんじゃないよ」

卓也は言った。

「ぼくが信用ならないって言うんなら、引き取れ。それともぼくが出ようか。ぼくはもう帰してもらったほうがありがたいんだ」

ユーリーが、卓也に顔を向けて言った。

「そういう意味じゃない。ターニャのことは頼んだ。明日、空港まで送ってやってくれ。ロシア行きの飛行機に乗るまで、面倒みてやってくれ」

卓也はエミをなじる調子で言った。

「それでいいのか？　そうして欲しいのか？」

エミは卓也の剣幕にいくらか驚いたようだ。いくらか表情をやわらげた。

「そうして。面倒みてやって」

「ここまできたんだ。明日、空港までは送る。それは彼女とも約束してる。おかしな真似はしない」

「わかってる」エミは謝罪するかのように何度もうなずいて言った。「怪我人だから、いたわってやってってことだった」

ユーリーがエミの背中をぽんと押した。

「行くぞ」

ユーリーは、エミを先に歩かせて部屋を出ていった。

ドアを内側からロックして、卓也はターニャの部屋の前に立った。

耳を澄ましたが、何も音は聞こえない。眠ってしまったか。それともただ黙ってベッドに横たわっているだけか。いずれにせよ、彼女が自分からこちらに出てくるまでは、放っておいてやろう。自分自身も、ちょっと眠りたいところなのだ。カウチでもう少しうとうとしよう。

時計を見た。午後の四時になろうとしていた。

窓の外では、陽がかなり傾いている。日本海の水平線に達するまで、あと四、五十分というところか。

駐車場の奥に停まったその四輪駆動車に、ふたりの男女が乗りこんだ。大柄な中年男と、三十代の女だ。藤倉奈津夫は、三浦に目で合図した。あれだ。

四輪駆動車のライトがついて、エンジンの始動音が聞こえてきた。藤倉は、同じ列の向かい側に停めたセダンの中で、腰をずらして身を縮めた。三浦も運転席で同じように背を低くして、外から見えぬ姿勢を取った。

藤倉は、携帯電話で岩瀬を呼び出して言った。

「さっきの男と女が、四輪駆動車に戻ってきた。いま出て行くところだ。おれたちは、少し時間差を置いて出る。あんたたちは、四輪駆動車が出てきたら、追ってくれ」

岩瀬が応えた。

「わかった。四輪駆動車に乗ったのは、男と女、ひとりずつなんだな？」

「さっきあんたらが確認したふたりだろう」

藤倉自身は、その四輪駆動車に乗る男女を間近では見ていなかった。新潟駅に近い集合住宅のそばで、四輪駆動車を見張ったのは岩瀬たちなのだ。そのときのふたりであることはまちがいないと思うが。

四輪駆動車は、駐車場のその通路を出口に向かって動き出した。

藤倉は電話で言った。

「行ったぞ」

その四輪駆動車が、完全にスロープの向こうに消えてから、三浦がセダンを発進させた。

藤倉はこの状況をどう解釈すべきなのか、まだわからなかった。

亀山の話では、さっきボストーク商会のあのボス、ソーバリが手下と一緒に一度外出したという。藤倉たちが113号を走って、連中の事務所を観察する直前のことらしい。藤倉たちが空港に着いたころ、事務所にはソーバリと手下が戻ってきた。そのあと手下は、ひとりで事務所を出た。藤倉たちはちょうどそのとき事務所の前に達していて、手下の運転する四輪駆動車を追うことになった。

手下は新潟駅に近い集合住宅に出向いて女を乗せ、コンベンション・センターのある地区の高層ビルの地下駐車場に入った。このビルには日航ホテルがあるが、ロシア領事館も入っている。ふたりが行った先はわからない。ホテルと領事館、どちらの可能性もある。

　そして二十分ほどたったいま、手下と女はまた地下の駐車場に戻って、四輪駆動車で出ていった。

　ボストーク商会をめぐって、何か動きがある。最初にボスが外出しているということは、それなりに大事な人物と会うためだったのではないだろうか。襲撃を警戒している最中の外出だ。ボスでなければすまない用事があったのだ。

　ソーバリのその用事として、どんなことが考えられるだろう。さらに格が上の誰かと会ったか？　仲裁者もしくは支援組織のトップと会ったか。あるいは。

　いい仕事をこなして新潟まで逃れてきた、あのターニャという女をねぎらったか。

　さらにもうひとつの疑問。手下とその女がこのビルを訪ねた理由は何か？　ここにいる誰かに連絡するだけなら、電話でいい。届け物だとしても、男ひとりでくればよいことだ。手下はわざわざ女を拾ってからここにきた。女が必要な用件があったのだ。ただしその用件自体は、二十分ほどで終わるものだった。それはいったい何か？

　ビザを申請しにきたにしては、かかった時間が短いようにも思う。ホテルに泊まるだれかに、セックスの相手をデリバリーしたのでもないだろう。

　セダンは通路を抜けて、出口に向かうスロープを上り出した。

　藤倉は思いついた。女に、女の世話をさせたのか？　あのターニャは、おそらく昨日の夕方の襲撃の際に怪我をしていた。銃傷を負っているはずなのだ。日本では、銃傷では病院には行けない。警察に通報される。

あの日本人女は、闇医者だった？　いま四輪駆動車に乗りこむときの雰囲気では、とても医者には見えなかったが。

藤倉たちの乗るセダンが料金所を抜けるとき、岩瀬から連絡があった。

「またさっきの道を戻ってますよ。つけてます」

藤倉は言った。

「こっちも駐車場を出た。こまめに連絡をくれ」

「了解」

運転する三浦は、そのビルの前で正面の通りを荒っぽく右折した。

藤倉はビルを振り返ったところで思いついた。

やはりあのロシア女と関口が、このホテルに泊まっているな。

三浦が運転しながら訊いた。

「どうしました？」

藤倉は視線を前方に戻して言った。

「さっきのふたり、拉致《らち》る必要が出てきた」

「いまの男女？　男は、そうとうに手強《てごわ》そうでしたよ」

「こっちは五人いる」

「拉致ってどうするんです？」

「取り引き材料にする」

岩瀬から電話が入った。

「さっききた道を走ってます。どうやら、女を拾ったマンションに戻るみたいだ」

藤倉は言った。

「停まったところで、ふたりを拉致れるか？」

「あのふたりを？　獲るんじゃなく？」

「拉致る。訊きたいことがある。人質として使える」

岩瀬は、乗り気ではないという声で言った。

「おれたちは、三下《さんした》でもひとり獲れば、仕事は終わるんですがね」

「いい条件で手打ちにしたいだろ？　だったら、三下なんかで妥協しないほうがいいんじゃないか？」

少しの沈黙のあとに、岩瀬が言った。

「何か考えがあるんでしょうね」

「ああ。おれにもあんたたちにも、得になる手を考えてる」

「だけど、拉致か」

「拉致っておけば、あとはどうにでもできるぞ。煮るでも焼くでも」

「そうですけど」

「女が降りたときしか、チャンスはない」

「わかりました」

「こっちも追いかけてる。現場で」

電話を切ると、三浦が訊いた。

「急ぐんですね？」

「あの四駆を停める」

藤倉たちの車がその集合住宅の前に到着したとき、すでに岩瀬たち三人が、その男女を囲んでいるところだった。女はセダンの後部ドアに身体を向けており、男のほうはボンネットに両手をついていた。あの赤嶺という若い男が、中年男に拳銃を突きつけている。騒ぎにはなっていない。相手方も堅気《かたぎ》じゃないということだ。騒ぎがためにならないことを承知している。

藤倉は素早く周囲を見渡した。目撃している者はいない。少なくとも立ち止まって、その現場を注視している者はなかった。

三浦が四輪駆動車のすぐ脇でセダンを急停車させた。藤倉はすでにグラブボックスの隠しから拳銃を取り出していた。

セダンから飛び下りるように、その駐車スペースに立った。

岩瀬も拳銃を取り出していた。藤倉が近づくと、次はどうする？　という顔を向けてきた。

藤倉は言った。

「男はあんたたちの車に。女はこっちで預かる。急げ」

岩瀬と細野が、彼らのセダンに中年男を押し込んだ。藤倉は女の腕をねじあげて自分たちのセダンへと歩かせ、後部席に押し込んだ。

女が地面に落としたショルダー・バッグも後部席に放り込んだ。

岩瀬たちもみな車に乗った。藤倉は、女の脇腹に拳銃を突きつけたまま、三浦に言った。

「出せ」

セダンは車道に急発進した。

藤倉は、トランクルームから移しておいた性具を取り出した。特殊な好みの持ち主のための拘束具だ。革と鎖でできた手錠様のもの。藤倉は女の左手首にその手錠の片方をかけた。女は抵抗を見せた。藤倉は拳銃のグリップで女の頬をなぐった。女は短く悲鳴を上げて抵抗をやめた。藤倉は女の左手も背に回して手錠をかけた。

女が藤倉を憎々しげに睨《にら》んできた。

「ただじゃすまないわよ」

藤倉は女に言った。

「どういうことか知ってるんだろ」

「知らないわよ」

「東京のニュースを聞いていないか。ふたり殺されて、ひとり重態。こっちは戦争やってるんだ」

女は口をつぐんだ。藤倉の口調には冗談のかけらもない、とわかったようだ。顔が青ざめている。

ちらりとリアウィンドウごしに背後を見た。岩瀬たちのセダンもついてくる。あちらでも、中年男に対する説得が続いているはずだ。おとなしくしていろ。じたばたすると死ぬことになるぞと。戦争が始まった以上、こっちは死人を出すことに躊躇《ちゅうちょ》はないのだぞと。当然その説得には、拳銃が使用されている。

藤倉は女に訊いた。

「いまのビルで何をやっていた？」

「いまのビル？」

「高層ビルに行っていたろう」

女は答えない。どう対応すべきか迷っているようにも見えた。

藤倉はふと、車内にかすかに消毒薬が匂っていることに気づいた。藤倉は女のショルダー・バッグを開けてみた。消毒薬の匂いはその中からだ。中に半透明のプラスチックの箱があって、中にガーゼやらピンセット、医療用のテープなどが入っている。おおげさなものではない。応急処置用だろうか。

藤倉は納得した。この女は、あのターニャの手当てに出向いたのだ。多少は救急法の心得があるのだろう。

藤倉は訊いた。

「女の傷は、どの程度だ？」

「誰の？」

藤倉は拳銃を握った手を持ち上げた。

女はあわてて言った。

「四針縫った」

「男も一緒だな」

「いた」

「ホテルの何号室だ？」

「覚えてない」

「知らないわけないだろう」

「ほんとに覚えてない。ずっと上の階のスイート」

「ホテルにひとを訪ねるのに、番号知らないってか」

「あたしはユーリーについて行っただけだって」

あの中年男の名が、ユーリーというのだろう。その呼び方から、女はユーリーと深い仲だとわかる。ただのお知り合いじゃない。

「お前の名前は？」

「自己紹介しろって？」

「豚って呼んでもいい」

「エミ」

そこに岩瀬から電話が入った。

「こっちの男、チャカは持ってなかった。おとなしくしてますよ。どこに連れて行きます？」

藤倉は言った。

「広い駐車場のあるところに行く。ついてきてくれ」

「いろいろ訊きたいことがあるんで、少し手荒にやるけど、かまいませんね」

「そっちの男の名前はユーリーだ。エミって名前を出せ。そのユーリーが言い渋るようなら、この女の指を一本ずつ折る」

「それでも、答えなければ？」

「女の悲鳴を聞かせてやるさ」

エミの顔が、いましがたよりもいっそう青くなったのがわかった。

セダンは、通りを二回右折、また113号に入った。左手に、さきほど行った高層ビルが見える。

三浦が運転席から言ってきた。

「ナビを見ると、街のはずれに、新潟西港ってところがあります。そっちに向かいます」

「ああ」

どこの都市でも、港にはだだっ広い駐車場があって、たいがいの場合そこは空いている。ましてや十一月というこの季節だ。海のそばにはひとは集まらない。

藤倉は、拳銃をベルトの下に差し込んだ。

いい取り引き材料が手に入った。次の手をどう打つかだ。うまく行けば、あちらの組織を壊滅できる。仲裁が入る前にだ。

形勢は逆転したな、と藤倉は意識した。自分の頬がわずかにゆるんだのがわかった。藤倉の横顔をうかがっていたエミが、すっと視線をそらした。


福本晴哉は、思わず携帯電話を耳から離して目をつぶった。

組長の河島が、想像以上の激しさで怒鳴ったのだ。

「くそ馬鹿野郎！　脅せと言っただけだぞ。殺せなんて、ひとことも言ってないだろうが！」

「すんません、すんません」福本は左手に携帯電話を持ち直して言った。「死んでるかどうかは、まだわかりません。素人目なんで、もしかしたらまだ」

「そっちにいろ」と組長は福本の言葉を遮って言った。「様子見だ。指示を待て。隠れ場所を当たってみる。もう勝手な真似をするな」

「はい、わかりました」

電話は組長のほうから切れた。


藤倉奈津夫は、セダンの後部席からその埋め立て地を見渡した。

殺風景で、だだっ広い土地だった。舗装道路がその埋め立て地を貫いているが、車の通行はまったくない。建物さえなかった。ただ道の左右に、石炭とか、車のスクラップがいくつかの山を作っている。

前方十メートルの位置に停まっているセダンから、岩瀬が電話してきた。

「どうです？　ここなら人目はない。獲るには、絶好でしょう」

「待て」と藤倉は言って電話を切った。

ナビで確かめると、ここは北に向かって尖《とが》ってゆく大きな三角形の土地だった。その外側は日本海である。道は三百メートルほど先で行き止まりだ。いちおうこの三角形の土地の入り口にゲートらしきものがあることはあるが、門扉《もんぴ》は開いている。もし夜になって閉じられることになったとしても、門扉を開けること自体はさほど難しくあるまい。

人目がない、という点は理想的だ、と藤倉は思った。ただし、それは逆に藤倉たちの車が目立つということでもある。男女ふたりを拉致して、べつべつに二台の車に押し込んでいるのだ。外からは何が起こっているのかわからないにせよ、用もないのにここにいる二台の車には、はっきりと不審な空気が感じられるはずだ。もし地元の人間に通報されたりしたらアウトだ。警察が飛んできて不審尋問され、拉致と拳銃が見つかってしまう。ここに人目のないことは、むしろ取り引きには不利かもしれなかった。

運転手の三浦が訊いた。

「奥まで進みましょうか？」

藤倉は制した。

「いい」

これからの取り引きがどんなものになるか、頭の中でその様子をシミュレートしてみた。

とりあえず、まだソーバリはユーリーとエミの拉致に気づいていない。取り引きの相手は、あのターニャ・クリヤカワという女をアテンドしている関口卓也だった。彼に、女とふたりとの交換を持ちかける。簡単に関口が取り引きに応じてくるとは思わないが、説得の根拠は、まず本人の生命の保証だ。つぎに予想される死者の数。あの関口は堅気《かたぎ》だ。自分の責任で死者が増えてゆくことには耐えられないだろう。ターニャ・クリヤカワに対しても義理はないはずだから、お前とあとふたりを助けてやると言えば、女を差し出すことにさほどの葛藤《かっとう》はないのではないか。

関口が取り引きに応じたとしても、ターニャが素直に差し出されてくるはずはない。関口には彼女を騙《だま》して連れ出してもらわねばならない。

関口とはふたりだけの話として取り引きを持ちかけるが、やつは女に、取り引きがあったことを告白してしまうかもしれない。あるいは女が関口の態度に不審を抱いて、取り引きがあったことを吐かせてしまうか。

罠《わな》は、その可能性も含めて仕掛けなければならない。たとえばターニャが取り引きを察しても、自分に勝ち目がある、と誤解するよう仕向けることだ。

やつらは、こっちが総計五人いることは知らない。こっちがせいぜいふたりと思い込ませてやれば、あの鉄砲玉女は喜んでやってくるのではないだろうか。

その場合は、ユーリーとその女房を解放して、ターニャを受け取る。ついで自分は彼女を撃つ。岩瀬たちはユーリーを撃つ。あの女房は放っておいていい。

これで相手かたの死者はふたりとなる。こちらは死者ふたりプラス重態ひとりだが、手打ちができないほどアンバランスというわけでもなかった。こちらの死者の中に組長が含まれていることは、少なくとも自分は問題にしていない。あの武闘派の大滝組長は、それで手打ちとなれば面白くないかもしれないが。

ソーバリというボスが取り引きの当事者として登場してくる可能性もあった。ターニャがユーリーとエミの拉致をソーバリに伝え、取り引きが持ちかけられたことを話してしまうという成り行きだ。そのときソーバリは、自分の子分については組織の全力を挙げてでも守ろうとするだろう。あと五、六人いると推定できる子分たちも、この埋め立て地にやってくる。こちらは五人。撃ち合いとなれば、軍隊経験者もいるにちがいない向こうの組織のほうがやや有利だ。

よしんばふたりか三人獲れたとしても、こっちの犠牲も大きい。死者の数は均衡しない。少なくとも東京の被害者の分は、こちらの借金のままだ。

ソーバリは、ターニャだけなら売ってくるということはないだろうか。ターニャひとり差し出して手打ちとなるなら、それを選ばないだろうか。

だめだ、と藤倉は自分の思いつきを否定した。差し出されるものが女ひとりでは、こっち側の一方的な持ち出しとなる。和解には至らない。岩瀬たちだって、最低でもソーバリの組織の「男」をひとり獲らない限りは満足しないだろう。藤倉はソーバリに、女ひとり出せば抗争は終わる、とは約束できないのだ。

ともあれソーバリが取り引きの場に出てくることを前提に、態勢を整えるべきだ。この埋め立て地の奥にソーバリたちを誘い込み、物陰から相手の車に銃弾を撃ち込むか。

しかし、取り引き場所がここと聞いた時点で、あの女もソーバリも、待ち伏せを想定するだろう。こちらの裏をかこうとするにちがいない。たとえば車を使うのではなく、海側から船で現れるとか、時刻よりも早く着いて、むしろ藤倉たちを待ち伏せするとか。

その場合、ここは使えるか。成り行き次第では、自分たちがこの埋め立て地に閉じ込められることになる。

運転席で三浦が訊いた。

「ここは、まずい？」

藤倉は言った。

「撃ち合いにはいいが、そのあとが問題だ。へたをすると、逃げられなくなる」

藤倉は携帯電話を取り出した。とにかく、まず関口に拉致の事実を告げて、取り引きに応じる気があるかどうかを確かめねばならない。場所は、あとからいくらでも変更可能なのだ。

藤倉は関口卓也の携帯電話にかけた。最初の一度しか通じていないから、彼はずっと藤倉の電話を無視している。

コールしてみたが、やはり相手は出なかった。電源が切れているか、電波の届かないところにいる、という例のメッセージが戻っただけだ。

藤倉は携帯電話からネットに入り、あのホテル・チェーンのホームページを探した。すぐに見つかった。藤倉は新潟のそのホテルの代表電話番号にかけた。

はい、と若い女の声。

藤倉は言った。

「お客さんの部屋につないで欲しいのですが」

あの舞浜のホテルに電話したときとはちがい、いまは部屋番号を知りたいわけではなかった。つながるはずだ。

藤倉は続けて言った。

「クリヤカワ、という名前です。もしかすると、関口という名前でチェックインしているかもしれません。スイートの部屋だと思います」

「お待ちください」

ツーという発信音があった。

藤倉は相手が受話器を取るのを待った。


関口卓也は、電話の音にびくりとして目を覚ました。

部屋のチェストの上で、館内電話が鳴っている。誰だ？　携帯電話を使わないということは、ホテルのフロントからか？

二回目のコール音が終わらぬうちに、卓也は受話器を取った。電話に小さく、ツン、というノイズが入った。

「関口さんだな」と、低い声。すぐに藤倉奈津夫だとわかった。

卓也は戦慄《せんりつ》した。藤倉は、自分たちがこのホテルに投宿したことを知っている？　誰かが教えた？　いや、そもそも藤倉はいまどこにいる？　東京ではないのか？

最後の疑問に答えるかのように、藤倉が言った。

「切るな。おれも新潟なんだ。近くにいる」

卓也は、驚いておうむ返しに繰り返した。

「新潟に？」

「いま、彼女はそばにいるか？」

卓也は視線をターニャのベッドルームのドアに向けた。彼女は鎮痛剤を服用して眠っているはずだが。

いましがたのノイズを思い出した。旅行代理店で勤務していたとき、同じ回線の電話を同僚同士で聴かねばならないときがあった。そういう場合、誰かがべつの受話器を取り上げたとき、あのようなノイズが入ったものだが。

卓也は慎重に答えた。

「いや、隣の部屋だ。眠っていると思う」

「スイートだったな。ドア一枚向こうか」

そこまで知られている。情報源はどこだ？

ソーバリ？　それとも先ほどのユーリーたちか。ターニャは組織に売られてしまったということだろうか。

「壁一枚隣だ」

「携帯は着信拒否なのか？」

「あんたとは、とくに話題もない」

「部屋を出て、携帯で話さないか」

「用件があるなら、この電話で言ってくれ」

「込み入った話だぞ」

「こっちは、シンプルに生きてる」

藤倉はわざとらしく溜め息をついてから言った。

「よく聞いてくれ。またイエスかノーで答えてくれたらいい」

「イエス」

「こっちには、ユーリーって男とエミという女がいる。人質にとった。あのロシア女と交換しないか?」

「どういう意味だ?」

「拉致した。あのふたり、生かすも殺すも、こっち次第だってことだよ。だけど、あんたがあのターニャって女をこっちに引き渡してくれたら、ふたりは解放してやる」

「勘違いするな」卓也は、ターニャと藤倉と、双方の耳を意識しつつ言った。「ぼくはあんたたちとも、ロシア人たちとも何の関係もないって。脅されて、運転手を務めているだけだ。取り引きできる立場にない」

「女の身柄を守ってる。女を引き渡せる立場だよ」

「ちがう」

「女を引き渡せ。引き渡さなければ、こちらのふたりは死ぬことになる」

「ぼくには無関係だ」

「お前がこの交換を断れば、ひとがふたり死ぬんだ。お前の責任で、ひとがふたり死ぬんだぞ。それでもいいのか?」

無茶な、と卓也は思った。身内ではない。友人でもない。ただ、行きがかり上、一時間ほど前に知り合ったばかりの男女の生死に、自分がどう責任を持ちようがある？

それでもユーリーの顔が思い出された。ジャガイモに目鼻をつけたような、鼻の赤い男。小さな目で、ひとはよさそうだった。もうひとりは日本人女性のエミ。看護婦出身だというクラブ・ママ。ターニャの傷の手当てをしてくれた女性。

彼らふたりは、自分にとってほんとうに無関係な人間たちか。誰にどんな理由で殺されようと、何の痛みも感じることなく聞き流すことのできる存在か。

そうだ、と思おうとした。あのふたりもけっきょくは、コリアン・ロシアン・マフィアの一味。その関係者だ。自分には無縁の男女だ。彼らがかかわっているトラブルについても、自分は無関係だ。自分は取り引きの当事者になれるはずもない。

「どうした？」と藤倉が、冷笑するように言った。「あんたの気持ちひとつで、ふたりの人間が死ぬんだ。寝覚めが悪いぞ。自分の判断ひとつで助けることもできた生命を、あんたは見殺しにするんだ」

「だから、ぼくの客のほうを売れと？」

「客なのか？　脅されて引き込まれただけじゃないのか？　人殺しを引き渡すほうが、あんたの気分もラクだろう」

「彼女を殺すつもりなんだろう？」

「どうなるかは、あんたは知らないほうがいい。それに、あの女は日本人を三人撃った。ふたりを殺してるんだぞ」

「複雑な事情があるんじゃないのか？」

「それこそ、あんたには関係のない話だ」

卓也は言った。

「ノーだ」

藤倉は、かすかに落胆したような声となった。

「わかってないな。おれがいま、警察に電話を一本かければ、そこに警察が踏み込む。逮捕されて女は裁判。ふたり殺していれば、確実に死刑だ。あんたが何をしようと、女は死ぬ」

「ノーだ」

「もう一回だけ、返事の機会をやるよ。あんたがあくまでノーなら、三人の死人が出る。ユーリーとエミ。そして死刑になるターニャ。だけどあんたの答がイエスなら、少なくともふたりは助かる。どっちを選ぶ？　あんたの答に三人の生命がかかってる。三人殺すか。ふたりは助けるか？」

卓也は、こんどはノーと言えなかった。これは狡猾《こうかつ》な提案だった。堅気の卓也の弱みをついてくる。自分はたしかにこんな場合、ひとの生死について優先順位をつけ、その結果に責任を取れるほどタフではなかった。とことんクールにもなれない。

ノー、ともう一度言うべきか。

ユーリーとエミのふたりの顔がまた思い浮かんだ。ふたりはロシアン・マフィアのメンバーかもしれないが、卓也にとって何か害ある人間であったろうか？　ふたりは卓也から何かを奪ったか？　卓也を傷つけたか？　立ちふさがったか？

いま自分は、ノーと言ってしまってよいか。それはつまり、ふたりを殺してくれてかまわない、という意味になるのだが。

答をためらっていると、すっと目の前に黒い影が現れた。

卓也は息を呑んだ。ターニャだ。寝室から出てきていた。黒いキャミソール姿だ。右手には、拳銃が握られている。

ターニャは卓也を見つめ、口の動きで言った。

イエス。

イエスと答えろと言っているのか？

まばたきしてそう問うと、彼女はうなずいた。

「イエス」と卓也は言った。

藤倉が、電話の向こうで笑った。

「あんたはいいやつだ。信じていたよ。おれたちふたり、東京からはるばる交渉にきた甲斐《かい》があった」

「どうしたらいいんだ？」

「女は寝ているんだったよな」

「ああ」

「いったん部屋を出て、五分以内におれの携帯に電話しろ。そのときに、詳しいことを指示する。あとで適当なことを言って、外に連れ出せ」

「無理だ」

「警察が踏み込むことになっても？」

「わかった」

「五分以内だ。ソーバリには絶対に連絡するな。あいつが出てきたら、ユーリーもエミも死ぬぞ」

電話は切れた。

ターニャが、卓也の向かい側の椅子に腰を下ろした。拳銃は卓也に向けられている。

「電話を聞いていた。どうする？　わたしを売る？」

卓也は言った。

「イエスと言えということじゃなかったか？」

「黙って売られるつもりはない。時間稼ぎ」

「拳銃を引っ込めてくれ。明日の出国まではアテンドすると何度も言ってきた。きみを売るつもりはない」

「あいつらがここまで来てるなんて」

「ソーバリの事務所がここにあるんだ。きみがやつのところに逃げ込むと想像するのは、自然だったかもしれない」

「早すぎる」

卓也は、ターニャの顔と銃口とを交互に見つめて言った。

「まさかぼくが情報を流していたと思っていないだろうな」

「いないと信じたいわ」

卓也は思わず苛立った声を出した。

「信じろ。無事にロシアに帰りたいなら」

卓也の口調に、ターニャはいくらかたじろいだようだ。すっと視線をそらし、拳銃をおろしてから言った。

「あのジゴロ野郎、ほんとに卑劣だわ」

「このホテルが、どうしてばれたんだろう」

「ソーバリの事務所が見張られていたのかもしれない。ユーリーがあとをつけられ、ここに案内してしまったのか」

「ユーリーとエミは、ほんとに人質かな」

「まちがいないと思う。名前が出た以上、さらわれたのよ」

ターニャは、自分の携帯電話を開いた。

エミかユーリーにかけるのか、と卓也は想像した。ふたりが無事かどうか確かめるのかと。

ターニャは、すぐに携帯電話を畳んだ。

「駄目だわ。あいつは携帯電話を取り上げているはず。ふたりに電話をしたら、わたしが眠っていなかったと、ばれてしまうね」

「どうする？　きみはイエスと言わせた。向こうは、ぼくが取り引きに乗ったと思っている」

「イエスと言わせたのは、油断させるためよ。エミさんとユーリーを助け出す」

「どうやって？」

「わたしを引き渡して。その場で、解決する」

「相手は、何人もいるぞ」

「あのジゴロ、おれたちふたり、って言っていなかった？」

そうだ。たしかに藤倉はそう言った。こちらが質問したわけでもないのに、わざわざ。まるでうっかり口が滑ったというような調子で。

卓也は言った。

「日本語のやりとりでは、あいつのあの言葉はちょっと不自然だった。わざとふたりと強調したようだった」

ターニャはうなずいた。

「そうね。エミさんひとりならともかく、ふたりではユーリーまでさらうのは難しい」

「少なくとも四、五人の男手が必要だ」

「ならば、こっちもソーバリがいる。ユーリーは彼の手下よ。絶対に助け出す」

「やつには連絡するなと指示された。したらふたりを殺すと」

「こっちが連絡したかどうか、向こうにはわからない」

「事務所が見張られていたとしたら、ソーバリが動けば相手にわかる」

ターニャは肩をすぼめた。

「ソーバリが動けないいなら、わたしひとりでもやる。エミさんたちを助け出す」

「できるわけがない」

「わたしは昨日から、東京で何をやってきた？」

こんどは卓也が肩をすぼめた。たしかにきみは、突拍子もないことをやってきた。その度胸には驚嘆するが。

「とにかく」と、ターニャが立ち上がって言った。「ここは知られた。警察も心配しなきゃならない。出ましょう」

「やつらが、外で待っているとは考えられないか。いまの電話は、ぼくらをこのホテルからおびき出すためだと」

「そうだとしても、居続けるわけにはゆかない。すぐ支度するわ」

「どこに行く気だ」

「ひとまずソーバリの事務所に」

ターニャは自分の寝室に戻っていった。卓也もすぐ立ち上がった。自分には、旅行荷物はない。仕事道具を収めたショルダー・バッグがひとつあるだけだった。いつでもここを出ることは可能だが。

　卓也は腕時計を見た。いまの電話を切ってからまだ二分。あと三分のあいだに、何か有効な対策は思いつくだろうか。それともここは、場数を踏んでいるにちがいないターニャと、あちらの業界の住人たちであるソーバリの判断にまかせたほうがよいか。

　ターニャが身支度を整えてリビング・ルームに出てきた。黒いハーフコートを羽織り、その内側にポシェットをかけている。鎮痛剤は、もうまったく効いてはいないようだ。生命の危機にあたって、アドレナリンの分泌のほうが盛んだということかもしれない。

　ターニャが言った。

「あのジゴロに電話して。取り引きの場所と時刻を決めて。時刻はできるだけ遅く。場所も相手の言うなりにならずに、どこか人の目の多いところを」

「押し切られたら？」

「向こうが時刻と場所は譲れないとなれば、そこには罠が仕掛けられていることになる。出方を考えられる」

　卓也は納得して、携帯電話を取り出した。

　藤倉は、この電話を待ちかねていたようだ。最初のコール音が終わらぬうちに、藤倉の声が出た。

「どこだ？」

「部屋の外だ」と卓也は答えた。

ターニャが見つめてくる。卓也は、やつが出た、という意味でうなずいた。

藤倉が訊いた。

「女は鎮痛剤を使っていると言ったな。熟睡か？」

「たぶん。しばらく眠ってる雰囲気だ」

「叩き起こせ。そのホテルから、外に連れ出すんだ」

「どんな理由にする？」

「警察に知られたようだ、でいいんじゃないか」

「で、どこに行くんだ？」

「新潟西港というエリアがある。ホテルから近い。臨海町《りんかいちょう》というところに、山の下みなとタワーという建物がある。そこの前を道なりに進むと、はずれに埋め立て地がある。そこだ」

「はずれの埋め立て地？」

ターニャが首を振った。

卓也は言った。

「場所がわからない。もっとわかりやすい場所がいい。新潟国際旅客ターミナルの前ではどうだ。万景峰号《マンギョンボン》が入る埠頭《ふとう》だ」

旅行エージェントという仕事柄、この程度の知識はあるし、あそこなら土地勘もある。ロシア船が着くのもこの埠頭なのだ。

「駄目だ」と藤倉は言った。「条件をつけるのは、こっちだ。あんたじゃない。言うとおりにしろ」

「西港の埋め立て地と言ったか」

「そうだ。午後六時」

「埋め立て地と聞くだけで、あやしいと感じないか。彼女だって、不審に思う」

「警察から逃げる、で押し切れ」

「絶対に通じない。あやしんだら、彼女はきっと、ぼくを殺して逃走するぞ」

卓也はそう言いながら、ターニャを見つめた。自分の本心ではないよ、という意味をこめてだ。ターニャは微笑した。そのとおりね、と言ったように見える。本気か？　卓也は少しだけ背中にひんやりするものを感じた。

藤倉が訊いた。

「その程度の仲か？」

「客とガイドって関係でしかない。行きがかりで運転してるだけだ」

「その割には、全面協力に見える」

「ぼくの会社の原則だ。いつも誠意でアテンドします、って」

「精一杯の誠意で連れ出せ」

「彼女にあやしまれたら、この取り引きはその時点で終わりじゃないか。さらったふたりも無価値になる」

藤倉は、その可能性に思い至ったようだ。彼は口調を変えて言った。

「あんた、眠っている彼女を、縛り上げられないか？」

「ぼくは素人だって」

「じゃあ、ソーバリの事務所に行くなら、どうだ？　ボストーク商会の」

「ソーバリの事務所で取り引きという意味か？」

ターニャがソーバリという言葉に反応した。目がみひらかれた。卓也はうなずいた。相手がそう言ってきたのだ。

ソーバリの事務所ならば、ターニャを連れてゆく場所としては適当だ。ターニャも安心する。しかし、そこでどうやって取り引きするのだろう？　そこからまた移動か？　その移動の際には、自分はもうこの抗争から解放されるのか？

藤倉が言った。

「とにかくそのホテルを出ろということだ。取り引きの場所は、あとでもう一度指示する」

「ソーバリの事務所に行けば、もうぼくとの相対取り引きというわけにはゆかなくなる。連れて行ったところで、ぼくは無関係になるが、いいな」

「あんたが女をアテンドしている限りは、一蓮托生《いちれんたくしょう》だよ。覚えておけ」

「こうなったら、ぼくは彼女に、あんたが取り引きを持ちかけてきたと明かすぞ。でなければ、ホテルから連れ出せない」

「もう話してしまったんだろう。わかってるよ」

「どうしてだ？」

「返事がいちいち、指示を待ってたからだよ。あの女は、そばにいるな？」

「電話の中身はこれから話す」

「いるな？」

「ノー」

「嘘をつかれるのは嫌いなたちなんだ。あんたに取り引きを持ちかけたのは、おれのミスだったな。さ、さっさとソーバリの事務所に行け。三十分以内に、おれは警察に電話するぞ」

電話は切れた。

卓也は、ターニャに目を向けた。

ターニャは言った。

「ずいぶんこっちに有利な取り引きになってきたような気がする」

卓也は携帯電話をポケットに収めて、ターニャに言った。

「裏があるんじゃないか。ホテルの外で待ち構えているということはないかな」

ターニャは言った。

「日本のヤクザに、人前で撃ち合いをやれるような度胸はないでしょう。もしやる気があるなら、ぐずぐずせずにこの部屋を襲っていたはず。だから、埋め立て地に呼び出そうとしたんだろうし」

「行こう。ソーバリには、車から説明すればいい」

ターニャが自分の小さなスーツケースを持ち上げようとした。一瞬、顔が痛そうに歪《ゆが》んだ。卓也はあわてて駆け寄って、そのスーツケースのハンドルに手をかけた。


藤倉は、舌打ちした。

素人、となめてしまったところはあるが、やつもけっこう図太いではないか。しかも女と相談しつつ、条件に難癖をつけてきやがった。

最初電話を取ったときの声の調子からは、まちがいなく自分はやつひとりを相手にしていたと思う。やつのそばには、女はいなかった。なのに、最初の電話の終わりころには、彼の声の調子が変わっていたような気がした。反応が一瞬遅れつつ、しかし明快にもなった。最初の電話の途中から、あの女が聞いていたのは確実だ。

いずれにせよ、関口と自分とのあいだの取り引きは不成立で終わった。ソーバリを巻き込んでの交渉となってしまった。

女とユーリーという男と、ふたり獲るつもりでいたが、ソーバリとその組織全部が相手となると、ユーリーをいただくのは難しくなるかもしれない。よくてターニャだけが手に入る。しかし、それでは大滝が納得しない。手打ちの条件が整わない。もうひとり、なんとか獲らねばならない。それも、こっちの被害はなしにだ。

岩瀬から電話があった。

「どうなりました？　ここで待機ですか」

「いや」と藤倉は答えた。「移動する」

「どこです」

「先導する。ついてきてくれ。ソーバリの事務所のそばだ」

運転席から三浦が顔を向けてきた。

藤倉は携帯電話を切ってから、三浦に言った。

「亀山の会社に行く」

三浦は、賛同できないという調子で言った。

「やつは舎弟じゃありませんよ。あそこは、表の事業やってる会社です」

「亀山は、うちの組長とは舎弟分のようなものだ。先週からずっと協力してくれた。もう少しだけ、世話になるってだけだ」

「いやがりますよ。入れてくれないかもしれない」

藤倉は顎で発進を指示してから言った。

「じゃあ、舎弟分じゃなくなるだけのことだ」

卓也のセダンがボストーク商会の敷地に入ったのは、ホテルを出てから二十分後である。

駐車場の様子を見て待ち伏せがないかを確かめ、さらに駐車場を出たところでも、慎重に左右を確認した。藤倉はいなかった。藤倉の助っ人《すけと》たちも。それでも卓也は慎重にセダンを走らせ、国道113号を東に進んで、このボストーク商会の敷地に入ったのだった。

途中で、ターニャがソーバリに電話を入れて事情を説明した。ソーバリは衝撃を受けていたという。ユーリーと、その日本人妻の拉致。ソーバリは、相手がそこまでやってくるとは想像していなかったようだった。電話を終えてからのターニャの言葉では、これ以上の大ごとになる前に、仲裁が入ることを期待していたようだったという。なのにこうなってしまったということは、仲裁は時期尚早ということなのかもしれない。誰が仲裁に入るにせよ、日本の暴力団の側はまだまだ和解する気持ちにはなっていないのだ。ふたりを殺されて熱いままだ。その前にひとり、ロシア人女性が殺されていることは、彼らの眼中にない。もしかすると、そのことについて藤倉の組織に責任があるとは考えていないのかもしれない。

事務所のドアの前に立つと、ドアは内側から開いた。長身の三十代の男がふたり、ドアの内側に立っていた。ひとりはジャケットの内側に右手を入れている。拳銃を握っているということなのだろう。

ソーバリも、デスクの向こう側に立っていた。顔に緊張がある。さっきホテルの駐車場で見たときよりも、顔が白くなっているように見えた。

卓也は事務所の中央へと進んで、中を見渡した。畳二十枚分ほどの広さのその事務所には、スチール・デスクが四つ置かれている。それに応接セット。打ち合わせ用らしき丸テーブル。スチール・ロッカーと、独身用冷蔵庫ほどのサイズの金庫。壁には、モスクワのセント・ワシーリイ寺院を撮った大型のポスター。それにキリル文字の入ったカレンダー。

表の国道を向いた窓はすべてブラインドが下ろされ、さらにその上に建設工事用の鉄板が立てかけられていた。銃弾対策なのかもしれない。

中にいるのは、ソーバリやドアのそばに立つ三十代の男のほかに、二十代と見える青年がふたり。合計五人だった。

ターニャがソーバリに言った。

「電話でも話したけど、ユーリーとエミは、つけられていたみたい。でなければ、拉致されない。どうしてあのホテルがわかったのだろう」

ソーバリは難しい顔で振り返り、窓の方向を示して言った。

「国道113号の向かい側に、日本人がやってる亀山興産って会社がある。ロシアに主に重機を輸出してる会社だ。あの会社は、日本のマフィアとつながっている。あそこがここの情報を流していたんだろう」

卓也はターニャと顔を見交わした。

ターニャが、くやしげに眉《まゆ》をひそめ、上唇を噛《か》んだ。

ソーバリの事務所に行け、という藤倉の指示に、彼女は同意した。潜伏を知られていながら、あのままあのホテルにいるわけにはゆかなかった。また、相手方の数が、藤倉が言っていたようなふたりきりのはずがないという判断も、妥当なものだった。あの時点で、この事務所に潜伏場所を移る、というのは悪くない判断だった。

しかし、こともあろうに、そのロシアン・マフィアの事務所のすぐ向かい側に、敵対する日本の暴力団とつながった企業の事業所があるとは。

「どうして最初に教えてくれなかったの？　敵の事務所が向かいだなんて」

ターニャが抗議するように、ソーバリに言った。

ソーバリは肩をすくめた。

「一応用心はしていた。だからお前を、ここには来させずに、わざわざ四つ星ホテルを取ってやったんだ」

「亀山って男も、西股組の組員なのね？」

「いいや。非合法すれすれの仕事をしてるが、亀山自身はヤクザじゃない」

「だって、西股組とは、深いつながりがあるんでしょう？」

「ビジネスでつながっているだけだ。西股組からの女をあっせんしてくれないかという話も、亀山を通じてきた話なんだ。こんなことになるまで、おれたちともべつに関係は悪くなかった。トラブルになったんで、西股組も亀山をそういうふうに利用してきたんだろう」

「あんたは、見張られていたことに気がつかなかった？」

「抗争が始まってからは、こっちだって向こうを監視していた。きょうは、亀山はおかしなタイミングでは外出していない。ユーリーをつけたのなら、わかったはずだ。それらしい連中の出入りもなかった」

ターニャが窓を指さしながら言った。

「その亀山って男を、さらってこない？　逆にこっちから、取り引きを持ちかける」

「応じないだろう」とソーバリは言った。「亀山は、西股組にとっては、利用できる故《こ》買屋《ばい》ってだけだ。兄弟の契りも結んでいないはず。勝手にしろと返事してくるだろうよ。日本のヤクザの兄弟の契りの意味はわかるよな？」

「何か、エミさんとユーリーを助け出す手を思いついてよ」

「向こうの動き次第だ。もう一度、埋め立て地での取り引きを持ちかけてくれれば、出向いていって撃つだけの話だ」

「向こうもそれを警戒している」

「相手の数は、ほんとうに四、五人だと思うか？」

「ユーリーひとり押さえるためにも、最低ふたりの男が必要でしょ。なのにエミさんもなのよ」

「拳銃《けんじゅう》をエミに向けられたら、ユーリーは無条件降伏するよ」

窓の隙間から向かい側を見ていた男が言った。

「二台、車が入っていった」

ターニャとソーバリもすぐに窓に寄った。ターニャが鉄パネルの隙間から手を入れブラインドをわずかに持ち上げて、外をのぞいた。ソーバリのほうは、若い手下と代わった。

卓也は、応接セットに勝手に腰を下ろした。ここまでくれば、あとはあんたたち組織同士の問題だ。もう個人の旅行代理業者が出る幕ではない。大きな事件が起こる前に、辞去させてもらおう。まずは一杯、紅茶かお茶だった。応接セットのテーブルの上には、ポットが置かれていた。卓也は事務所の者には了解を取ることなくポットを手前に引き寄せ、中身を確かめた。紅茶だった。

ターニャが窓に額を押しつけたまま言った。

「裏手に回ってゆくとこしか見えなかった。乗ってる男、見えた?」

「おれも見えなかった」

「ふつうのお客だろうか」

「そうかもしれない。二台ともメルセデスっぽく見えたけど、あそこはそういう客が多い」

ふたりは、外を覗《のぞ》いたまま、沈黙した。

藤倉奈津夫が通用口からその事務所に入ってゆくと、亀山康治《こうじ》がぽかりと口を開けた。

藤倉は言った。

「そうびっくりするな。わけがあってきたんだ」

亀山とは、電話だけではなく、直接会っている仲だった。一年前、ロシア女を入れたいという西股克夫の意向を受けて、藤倉自身がこの新潟にきて亀山と話をまとめた。亀山が、同じ新潟の業界人同士として、ロシアン・マフィアと接触可能であることを聞いていたのだ。亀山はすぐに、近所の同業者であるボストーク商会を教えてくれた。

亀山が、困惑した表情で言った。

「ここは堅気の事務所だ。勘弁してくれよだ」

亀山は、年齢の割には豊かな髪に、たっぷりと整髪料をつけている。派手なガンクラブ・チェックのジャケット姿だ。故買屋と名乗られれば、誰もが納得できそうな外見の男だった。

藤倉は亀山に言った。

「片棒担いでしまったんだ。あきらめて、助けてくれ」

「片棒なんて、担いだつもりはないよ。ちょっと商売のお手伝いしただけだ」

「こっちだって、商売を支援してきてやったろう。埼玉と千葉の業者を紹介したのは誰だ？」

「較べるのは無茶だ。ここで何をしようって言うんだ？」

「何も。ただ、取り引きの窓口にさせて欲しいってことだ」

「何の取り引きだ？　チャカやらシャブやらって、困るぞ」

藤倉は亀山の言葉には応《こた》えず、その通用口の前に立ったまま言った。

「窓のカーテンは全部閉めてくれ」

「まさか、ここでドンパチやる気じゃないだろうな。知ってるだろうが、ボストーク商会は通りの向かいだ。左手の広めの駐車場がある建物。何かやるんなら、直接そっちに行ってくれ」

「カーテンを閉めてくれ、と言ったのは聞こえたか？」

自分の口調に、いらだちが混じったのを意識した。亀山も気づいたようだ。それ以上藤倉に逆らわなかった。

亀山はその狭い事務所の中を回って、手早くカーテンを閉じていった。

カーテンがすっかり閉じられたところで、藤倉は後ろにいた三浦と一緒に、事務所の中へと足を踏み入れた。岩瀬たち三人は、もう一台の車で人質たちを押さえている。

藤倉は、表の通りに面したガラス窓に寄ると、カーテンを少しだけ開けて、隙間に顔を近づけた。

「この十分ぐらいのあいだに、車は入っていかなかったか。男女ふたりが降りたはずだ」

亀山は言った。

「ずっと監視してたわけじゃない。知らない」

時間経過からいって、関口たちはもうその事務所に駆け込んでいておかしくはなかった。警察に通報すると注意してやったのだ。ふつうの判断力があれば、即座にあのホテルを引き払う。たぶんもう着いていることだろう。もしかしたら、彼らの到着はつい三十秒前のことかもしれないが。

「ほとんど光が洩《も》れてないな」と藤倉が言った。「深夜でもないってのに、いつもこうなのか」

亀山が答えた。

「昨日、西股組長殺しの連絡があったころから、あのとおりだ。中がまったく見えなくなってしまった」

「五、六人籠《こも》ってるってことだったな」

「正確な人数はわからない。おおよそ、そのくらいいってことだよ」

「中は要塞《ようさい》になってるんだろうな」

「窓の内側には、たぶん工事用鉄パネルを置いてる。運びこむのを見た」

「事務所の固定電話、番号知ってるか？」

「ソーバリの携帯じゃなく？」

「あいつの携帯は、一週間前からつながらないんだ。固定電話」

「そこに」

亀山が、自分のデスクの脇のホワイトボードを指さした。いくつもの取り引き先や施設、機関の電話番号が記してある。

　藤倉は、もう一度窓の外を見てから言った。

「目の前の道路、けっこう車が多いな」

「そりゃあ、いちおう国道だからな。ひと目も多い」亀山が泣くような声を出した。

「頼むから、ここでやらないでくれ。おれは堅気のビジネスで食ってるんだ」

「盗難重機を売るのは、堅気のビジネスとは言わないだろ」

「商品の出所までは、おれも詮索《せんさく》しないからな。警察に目をつけられてもいないんだし、このビジネスをつぶさないでくれ」

「やろうとしてるのは取り引きだって」

「なあ、あんたらは東京からきて、やることだけやって帰ってゆけばいい。おれはここでロシア人とも、パキスタン人とも、これからもうまくやってゆかなきゃならないんだよ」

「あとで、何もかもおれたちが悪いんだと弁解すればいいんだ。悪者にされても、おれは気にしない」

　藤倉は窓から離れて事務所を見渡し、言った。

「ここは、従業員はいないんだよな」

「事務員はもう帰った」

「トイレを貸してくれ」

亀山は、エントランス脇のドアを示した。

藤倉は、後ろに立つ三浦に顔を向けて言った。

「岩瀬を呼んでくれ。作戦会議だ」

亀山が、いよいよ泣きだしそうな顔となった。

「まだほかにいるのか？」

「うちの連中、総動員だよ」

「よしてくれって」

心配するな、と藤倉は微笑を亀山に見せて、トイレのドアへと向かった。


ソーバリが言った。

「カーテンが閉まった。この時間じゃ、珍しいな」

卓也は時計を見た。午後の五時少し前だ。もう外は完全に夜となっている。しかし、ビジネスを切り上げる時刻でもない。

ターニャが、窓の外に目を向けたまま言った。

「いまの車、やっぱりあいつらかな」

「まだわからん。警戒しておこう」

「やつら、ここを襲うつもりかしら」

「連中だって、生命は惜しいだろう。新潟では少なくとも、ロシア人は四の五の言わずにすぐに撃つって評判なんだ。わざわざここを襲ってはこない」

「ここを襲う代わりに、ユーリーとエミさんをさらった。殺すつもりでしょう。早く助けなければ」

「様子を見る。お前にここに行けと言ったってことは、ここにあらためて取り引きを持ちかけてくるんだろう。その電話の中身次第で、やることを決める」

「助け出すんでしょうね」

「平和的にな」

「それができれば、苦労はしない。こっちから打って出てもいい」

「馬鹿を言え」と、ソーバリがターニャに顔を向けて言った。「おれたちが何かやれば、全員刑務所だぞ。日本でのビジネスは終わる。組織がわざわざモスクワからお前を送ってきた理由を考えろ。おれたちを無関係にしておくためだ」

ターニャは、顎《あご》をぐいと上げて言った。

「ユーリーはあんたの手下じゃないの」

「だから、取り返すさ。絶対にだ。手下を好きなようにはさせない」

そのとき卓也は、ソーバリの部下たちが、ちらりとソーバリに目をやったのを見た。たぶんいまソーバリは、それを子分たちに聞かせるためにも、言ったのだろう。

ターニャはなおも言った。

「エミさんもよ」

「どうしてエミにこだわる？　そんなに親しいわけじゃないだろ」

「傷の手当てをしてくれた」

「おれだって、頼まれたらバンドエイドぐらい貼ってやるさ」

「どうやって助けるの？」

「とにかく様子見だ」とソーバリは言った。「いずれ連絡が入る。落ち着け」

ターニャは鼻から荒く息を吐いて、卓也のほうに顔を向けてきた。

「そのお茶、熱い？」

卓也が、目の前のポットを見てうなずくと、ターニャはテーブルのほうへと歩いてきた。

岩瀬が、カーテンの隙間からボストーク商会の事務所を確かめてから、応接セットの椅子に腰を下ろした。

「どうする？」と岩瀬が訊《き》いた。「要塞になってるってんなら、こっちも動きにくい」

藤倉は、岩瀬のほうに上体を傾け、まっすぐに岩瀬の目を見つめて訊いた。

「ざっくばらんに訊くぞ。何人獲《と》りたい？」

「え？」

「本音だ。おれはロシア女ひとりが目標だ。お前たちは、何人獲りたいか。何人獲れば、東京に戻れると思う?」

　岩瀬は、用心深い調子で答えた。

「向こうのボスか、それがだめなら手下のふたり三人獲ってこいってのが、組長の指示だ」

「獲れると思うか?　三人で向かいの事務所を襲って、確実にソーバリを獲れると思うか。こっちの犠牲なしにだ」

「それは、けっこう難しいと思うけど」

「自爆攻撃やるつもりなら、ソーバリを獲れるかもしれない。そのつもりはあるのか?」

「自爆?」

「手前《てめえ》も死ぬつもりがあるかってことだ。自分が蜂の巣になる気なら、あっちの事務所に突っ込んで、ソーバリをやれるだろう」

　岩瀬は、少し口ごもった。

「組長の、指示は、そういうことじゃなかった。結果的にこっちも犠牲を払うにしても」

「ソーバリ以外なら、いまこっちにはふたりいる」

　岩瀬は驚いた顔を見せて、視線を通用口のほうに向けた。通用口の表にはいま岩瀬たちの乗ってきたセダンがあって、そのトランクにはユーリー。後部席の足元には、その日本人女房が転がっている。

「ひとりは女だ」と岩瀬が言った。「堅気の女はまずいだろう」

「うちの組長を殺したのは女だ。おれは、女を獲ることになってるんだ」

「あの日本人女は、ヒットマンじゃない」

「どうかな。チャカを持っていたら、きょうは撃ってきたかもしれない。男と区別する必要はあるか？」

岩瀬が眉間《みけん》に皺《しわ》を寄せ、藤倉の言葉がよく理解できないというように言った。

「あのふたりで我慢しろと？」

「だから、本音を訊いてる。どうしても、ソーバリを狙うか？　時間をかければともかく、きょう明日では不可能だぞ。隙ができるのを待つか？」

岩瀬は、首を振りながら言った。

「だから、あの港で取り引きすべきだったんだ。ソーバリや手下たちが何人もきただろうに」

「ああいう場所なら、あちらが好き放題できたんだ。カラシニコフぶっ放すんでも、遠慮はいらない場所だったんだぞ」

「ここなら、こっちもやりにくい」

「もうこっちには、ふたり手に入っているんだ」

「ひとりは女だ。うちの組長は、女をひとりとは数えない。男ひとりだけでも、足りないと言うだろうよ」

「大滝組長は、女殺し屋さえ獲ったなら、あとは男女ふたりで満足すると思うぞ」

「うちらが何人死んだか、考えろよ」

「ふたり。もうひとりは死んじゃいない」

「殺されたひとりは組長だぞ」

「向こうは、死んだ売女《ばいた》ひとりを、被害だとカウントしてるんだ」

岩瀬は、自分には判断できないとでも言うように頭をかいてから言った。

「あのふたりをやるんなら、取り引きにならないんじゃないか」

藤倉は言った。

「最初に出す条件だ。ふたりの生命は保証すると言う。じっさいには、引き渡さない」

岩瀬は疑わしげに首をかしげた。

「その旅行代理業の男ならともかく、ロシアン・マフィアに取り引きを持ちかけても、向こうがロシア女を引き渡すか？」

「計算はするさ。直接の手下が大事か、モスクワから送り込まれたビッチを選ぶか。もし乗らなければ、手下とその女房が死ぬんだ。子分の手前もある。取り引きになる」

「もうひとつ、わからん。身柄交換ってことをやるんだろう？　ふたりをいつ獲れるんだ？　後ろから撃つのか？　この人通りの多い国道で」

「べつに考えがある。おれにまかせないか。とりあえず女を受け取る話をまとめる。あんたらには、あっちの手下を撃つ機会をやる」

「まずいことにはならないな？」

岩瀬はこんどは両手で頭を抱えた。

これ以上、この男に論理を語っても無意味だ。悪をやってゆけるだけの頭がない。こいつはいずれ、大滝組長に使い捨ての仕事をやらされて懲役十五年だ。

藤倉は立ち上がった。

亀山が、事務所の奥の自分のデスクから、不安そうな顔を向けてきた。藤倉が何か決意したと悟ったようだ。

藤倉は携帯電話を取りだして、壁のホワイトボードに書かれているボストーク商会の電話番号を押した。

四度目のコール音が鳴り終わったところで、相手が電話を取った。

藤倉は名乗った。

「西股の代理だ。藤倉。ソーバリさんを」

「おれだ」と相手が言った。警戒気味の声。

「取り引きしたい。そばに誰かいるか」

「ああ」

「クリヤカワという女もいるか？」

「ああ」

「こっちには、ユーリーという男とその女房がいる。そのことは知っているか？」

「ああ」

「条件を詰めたい。少しあとで、電話をもらえるか」

「ああ」

「おれの携帯電話の番号、登録してあるか？　いつのまにかあんたには通じなくなってるが」

「ああ」

「ひとに聞かれないところから、電話をくれ。五分以内で大丈夫だな」

「ああ」

「じゃあ」

藤倉は電話を切った。

岩瀬が、何をするつもりか、とでも訊いているような目で見つめてきた。藤倉は、首を振った。まだ知らなくていい。説明できるほど、事態が進んでいるわけでもない。


ソーバリが、受話器をゆっくりと電話機に戻した。表情は硬い。親しい友人からのご機嫌伺いの電話などではなかったようだ。

藤倉だろうかと卓也は考えた。

ああ、と繰り返していた。ダー、ではない。相手は日本人なのだ。

ソーバリはちらりと窓際にいるターニャを見た。ターニャも、誰か、と訊いている目だ。ソーバリは電話の最中もちらりと一度ターニャに目を向けていた。意味のない視線だったかもしれないが、ターニャを話題にする電話であったようにも思えた。事態が事態なので、卓也もナーバスになっているが。

ソーバリの手下たちも、緊張した面持ちで彼を見つめていた。

ソーバリは苦笑のような表情を見せて言った。

「中古車を買ってもらえるか、って電話だった。週末にも来るそうだ」

手下たちは頰のこわばりを解いた。

ソーバリはデスクの椅子に腰を下ろし、引き出しを開けてから、手下のひとりに訊いた。

「新しい相場表はどこだ？　昨日届いたやつは？」

手下のひとりが答えた。

「デスクに置いておきましたけど」

「見えないぞ」

「ガレージですかね」

「そうか」

ソーバリは立ち上がって、事務所の奥のドアへと向かった。そちらは、さきほど敷地に入ってくるときに確かめたが、簡単な整備もできそうなガレージが、この事務所には付設していた。そちらにもデスクや書類棚があるのかもしれない。ターニャは窓際に立ったまま、ソーバリがそのドアの向こうに消えるのを見つめていた。

カチリと、ドアがロックされる音が響いた。

ターニャが、ハーフコートの内側に掛けたポーチに手を入れながら、卓也のほうに歩いてきた。出入り口に向かうようだ。

歩きながらターニャが卓也に言った。

「きて」

卓也は首を傾けた。どこに行く？　と訊いたつもりだった。

ターニャは答えずにポーチから拳銃を引き出すと、入り口の脇にいた若い男に向けた。

「あんたのを貸して」

若い手下が驚いた顔でターニャを見つめ返した。

「早く。あんたのマカロフを」

若い男は、ターニャに気圧《けお》されたように、ジャケットの内側から拳銃を取りだしてきた。ターニャの持っている拳銃とはちがって、いくらか大ぶりの拳銃だった。色も銀色というよりは、鋼《はがね》そのものの色だ。当たる光次第で、黒にも銀色にも見える。

「スパスィーバ」

ターニャはそのマカロフを左手に受け取った。両手に一挺《ちょう》ずつの拳銃をさげて、ドアを肩で押した。力をこめるとき、表情が痛そうに歪《ゆが》んだ。卓也はあわててドアに手をかけて押し開いた。手下たちは呆気《あっけ》に取られた顔だ。

すっかり夜である。周辺の街灯はすべて点灯し、国道113号に面した民家や事業所の窓にもすべて明かりが入っていた。国道を行き交う車はヘッドライトを点灯している。

ターニャが卓也の借りたセダンに向かっている。

卓也は追いついて、声を出して訊いた。

「どこに行く?」

ターニャがセダンの助手席側に立って言った。

「斜め前の事務所」

亀山興産という中古車輸出業者の事業所だ。さっきソーバリが、西股組と関係があると言っていた事務所。西股組の企業舎弟《しゃてい》なのかもしれない。

卓也は訊いた。

「どうして?」

「ソーバリはわたしを売るわ。早く」

「どうするつもりだ?」

ターニャは何も言わない。

しかたなく卓也はオートロックを解除した。ターニャは自分でドアを開けて助手席に素早く身体を入れた。

卓也が運転席に乗ると、ターニャは言った。

「あっちの事務所の駐車場に入れて。そのあと、道路脇に停めておいて。早く」

卓也はセダンを急発進させて、駐車場入り口へと進めた。ルームミラーを見たが、ガレージの扉は開かない。窓に人影も映っていない。

車の列が途切れた。卓也はセダンを左折させ、二十メートル進んだところで右手に直角に曲げた。セダンは道路面と歩道のわずかな段差で、一度大きく揺れた。卓也は駐車場に入ったところでセダンを停めた。

ターニャが、ハーフコートの裾《すそ》をひるがえして車の外に降り立った。両手に拳銃が一挺ずつ。彼女は卓也に顔を向けて、口の動きで言った。

待っていて。

卓也はステアリングを切り、亀山興産の駐車場で車の向きを変えた。

事務所の裏手に二台のセダンがあった。そのうち手前側のセダンの運転席から、若い男が飛び出してきた。カーゴパンツを穿《は》いた、体格のよい男だ。右手に何か持っている。

ターニャはその男の方向に歩きながら、無造作に右手の拳銃を発射した。若い男は、身体をくるりとひねってセダンのボディにぶつかり、地面に崩れ落ちた。

リアウィンドウが、突然白く崩れた。同時に銃声も聞こえた。助手席に人影がある。ガラスの内側から発砲したようだ。ターニャは立ち止まり、右手を伸ばしてまた放った。助手席の人影は見えなくなった。

奥のセダンの運転席側に、人影が現れた。ターニャはなお前進しながらもう一発放った。運転席側に現れた男は、後方へ倒れた。

ターニャはそのセダンの後部席のドアを開けた。ターニャが後部席に身体を入れて何かを引っ張りだした。

出てきたのは、エミだった。猿ぐつわをかまされ、手を後ろに回している。手錠のようなものを掛けられているようだ。ふらついていた。ターニャは左手の拳銃を脇にはさむと、エミの猿ぐつわをはずした。エミは裸足《はだし》のままもう一台のセダンの運転席側に回った。

事務所の通用口から、スーツ姿の男がひとり飛び出してきた。藤倉ではなかった。彼も手に拳銃らしきものを握っている。ターニャは左手を伸ばして撃った。男は膝《ひざ》から地面に倒れ込んだ。

エミが運転席のドアを開けた。すぐにトランクが開いた。中から男が出てきた。ユーリーだ。やはり猿ぐつわをかまされ、後ろ手に縛られている。ターニャとエミがユーリーを支えてトランクから降ろした。

ユーリーも一度ふらついたが、すぐにそこがどこか理解したようだ。エミの背に手をまわすと、国道へ向かって駆け出した。ソーバリの事務所に駆け込むつもりなのだろう。ターニャが事務所の通用口のほうを警戒しながら、セダンに駆け戻ってきた。

助手席に飛び込むと、ターニャは言った。

「出して」

卓也はセダンを急発進させ、強引に国道にノーズを突っ込んだ。ちょうど亀山興産の前にきていた軽自動車が急停車し、ホーンを激しく鳴らした。卓也はかまわずにセダンを車線に入れて加速した。とりあえず国道113号を東方向だ。


藤倉は、その破裂音で思わず身を屈《かが》めた。

裏手？

また破裂音。

「おい」と、携帯電話を握りながら、藤倉はソーバリに怒鳴った。「何をやった？」

ソーバリも動転しているようだ。

「ターニャが、そっちに行った」

「まだ話が終わってない」

「勝手に行ったんだ。いまの銃声だな」

「そうだよ。くそ」

藤倉は携帯電話を切った。

通用口のすぐ内側にいた岩瀬が、小型の拳銃を右手に持って、外を窺《うかが》っている。

あの女はそこで赤嶺たちと撃ち合っているのか？

立て続けに二発の銃声。

「くそっ」と藤倉はいまいましい想いで口にした。「男三人、何をやってるんだ」

藤倉は、亀山のデスクに目を向けた。彼はいま自分のデスクの下にすっかり身を隠している。藤倉を恨みがましい目で見つめていた。

藤倉は、身を屈めたまま肩をすぼめた。おれがやってるんじゃない。

岩瀬が、通用口のドアを開けて裏手に飛び出した。その瞬間、また発砲音。ひとが倒れたような音が聞こえた。

「くそ」と、藤倉はもう一度口にした。岩瀬も撃たれたのだろう。

展開が予想よりも早い。自分の目算では、ソーバリと条件を詰めたあと、さらに五分後ぐらいに身柄交換ということになるはずだった。いや、じっさいはターニャの身柄など求める気はなかった。ターニャをそっちで始末して、死体の一部を見せろと言うつもりだった。指か耳か、それを示されれば、ソーバリの誠意を了解してもよい。そのあとユーリーたちをどうするかは、岩瀬にまかせるつもりだったのだ。つまりここでは、自分が拳銃をぶっ放すような派手な事態は想定していない。拳銃は自分のセダンのグラブボックスの中なのだ。

いまここに、あの女が入ってきたら。

それを想像して、藤倉はあとずさり、応接セットのカウチの後ろに身を隠した。

すると、すぐ外で車の急発進音がした。

藤倉は身を縮めたまま十秒待ち、それからそっと身を起こして、カーテンの隙間から外をのぞいた。

もう静かなものだった。誰の姿もない。左手、駐車場の裏手のほうにふたつ、人間が倒れているのが見えた。

携帯電話が鳴った。

取りだすと、ソーバリからだった。

「交渉途中に」と藤倉は怒鳴った。「汚ねえぞ」

ソーバリは言った。

「ターニャが勝手に始めてしまったんだ。ユーリーたちは戻ってきた。おれたちにはもう、お前たちに含むところはない。終わりにしよう」

「無理だな。そんな一方的な終わりにはできない」

藤倉は携帯電話を切った。

三十秒ほど、卓也はルームミラーで後方を確かめつつセダンを走らせた。追尾してくる車はないようだった。

動悸《どうき》が激しかった。呼吸が荒い。まるでいま自分自身が格闘技を一試合終えてきたような気分だった。ターニャの胸も、大きく隆起を繰り返している。

ナビを見て現在位置を確かめると、新潟空港に近づいていることがわかった。

卓也は、呼吸を整えながら言った。

「どういうことだ。説明してくれ」

　ターニャは、まだ両手に拳銃を持ったまま答えた。

「言ったでしょう。あのジゴロは、絶対にソーバリに取り引きを持ちかけた。あなたに持ちかけたのと同じようにね」

「ソーバリがきみを売るって？」

「売るつもりがないなら、最初の電話で突っぱねる。あとはもう条件の話し合いだけだった」

「あの電話がそうだと、確信しているのか」

「あなたよりも、こういうことには敏感にできてる」

「あんたも、身内だろう」

「男たちの仲とはちがう。将校と兵隊のちがいよ」

「組織のメンバーなんだと思っていた」

「わたしは組織の商品だった。たまたま今回は、自爆ヒットマンとしてモスクワから送られてきた女よ」

「それでも、組織に貢献した」

「あの男は、実際的だわ。おセンチじゃない。高く売れるならわたしを売る」

　卓也は、ついいましがたの光景を思い起こしながら訊いた。

「いま、何人撃ったんだ？」

「四人」とターニャは答えた。「車に三人いた。事務所からひとり飛び出してきた」

「藤倉はいたか?」

「あのジゴロはいなかった」

卓也は、溜《た》め息《いき》をついて言った。

「こんどは四人殺したのか?」

「死んではいないはず。急所ははずしている。処置が遅れたら、失血で死ぬ男はいるかもしれないけど」

「撃つ必要があった?」

「くだらないことを言わないで」とターニャはいらだたしげに言った。「黙っていればわたしもユーリーもエミさんも殺された」

「取り引きなら、ユーリーたちは助かったんじゃないか」

「あのヤクザたちが、わたしひとりで満足するとは思わないわ」

もうぼくは降りる、と卓也は言おうとした。横目でターニャを見ると、顔は蒼白《そうはく》だ。貧血を起こしている?

案じる声をかける前に、ターニャはくたりと卓也のほうへ倒れかかってきた。

関口卓也は、あわててターニャの身体を左手で支えた。

「しっかり。撃たれたのか?」

返事はなかった。卓也はターニャの上体をそっと助手席側に押して、彼女の身体を確かめた。黒いコートには、とくに血のぬめりのようなものはない。顔や手首など肌が露出している部分にも、血はついていなかった。銃傷は受けていないのだろう。やはり貧血か。いまの激しい動きのせいで、また脇腹の傷口が開いたのかもしれない。

卓也は、ルームミラーを見た。国道113号を追い上げてくる車はないようだ。

どうする？　このあと、自分はどこに向かうのがよい？　明日のウラジオストック行きの便に乗るために、空港近くのホテルを探すか？　あるいは空港近辺に車を停めて夜を明かすか。

だめだ、卓也は首を振った。

あの藤倉という男は、ターニャが成田からの出国をあきらめて新潟に向かったことを読んでいた。正確にぼくらの目的地を察して、新潟まで追いかけてきたのだ。

あの藤倉なら、と卓也は視線を前方に戻して考えた。ターニャが新潟に向かった理由として、ソーバリの事務所に駆け込む、ということだけではなく、新潟空港からの脱出も当然想定している。明日、ターニャが新潟空港から出国するのはきわめて難しい。藤倉は、空港で待ち構えるのではないか。

藤倉はいまどこだろう。追ってきてはいないようだ。あの現場にそのまま留《とど》まっているのだろうか。そもそもいまの銃撃戦は、近所の住人などからすでに、警察に通報されたということはないか？

卓也は、いましがたの銃撃戦の様子を思い起こした。撃ち合い自体は、あの亀山興産の事務所の裏手側で起こった。道路からは、撃ち合う様子は見えていなかったと思う。もちろん周囲の民家や事業所には、銃声は聞こえたかもしれない。でもそれが撃ち合いだったと、ひとは判断するだろうか。目に見えるかたちでひとが転がったわけでもない。派手に何かが壊れたわけでもなかった。周囲はまだ、そこで撃ち合いがあったとは判断していないかもしれない。警察への通報はまだか。

卓也はウィンドウを少し降ろして、外の音を聞こうとした。パトカーのサイレンの音は聞こえてこない。もっとも、いま自分が現場から数キロ離れたところまで走ってきたせいかもしれないが。

もう一度、あの撃ち合いの様子を思い起こした。ターニャは、撃ったとき急所をはずしたと言っていた。とはいえ、相手が動けなくなるだけの傷だ。手当てが必要だろう。病院に運びこまなければ、死んでしまう。藤倉も救急車は呼んだはずである。その場には留まっていないにしてもだ。

ターニャもやはり病院に連れてゆくべきか。彼女は望まないだろうが、生き延びたいのならば、きちんとした手当てを受ける必要があるのではないか。

ターニャが、小さくうめき声をもらした。

卓也が横を見ると、ターニャは目を開いて、上体を起こしたところだった。

彼女が訊いた。

「わたし、気を失っていた?」

「ああ。少しね。具合は？」

「大丈夫。撃たれたわけじゃない」

「脇腹の傷は痛む？」

「もう、そんなでもない。いま、どこに向かっているの？」

「当てはないんだ。ただ、あの現場から離れようとしている。東に向かっている」

「東に何かある？」

「新潟空港」

「ロシア行きの飛行機は、明日でしょう？」

「別の空港に行くという手もある」

「現実的？」

「まだこの時刻なら、大阪に行ける。警察に手配さえされていなければ、とにかくこの新潟から離れられる」

「そして、あらためてべつの空港から出るのね」

「だけど、いまがどういうことになっているのか、わからない。きみのあの発砲で、もう警察が手配を始めたかもしれない。その場合空港は逃げ場のない場所だ」

　左手に新潟空港の進入路を示す標識が現れた。次の信号のある交差点を左折すると、新潟空港だ。一瞬ためらってから、卓也は車を加速してその交差点を通過した。

「空港は通り過ぎた」と卓也は言った。「とにかくもう少し離れる」

ターニャが言った。

「じゃあ、車で東京に戻るというのは？」

卓也は少し考えて答えた。

「手配された場合、自動車道でも警察が検問を始めるだろうな。下の道を通ってゆくか」

「下の道って？」

「自動車道ではなくて、ふつうの国道」

「安全？」

「時間はかかるけど、自動車道よりはましか」

「あまりいいアイデアじゃないのね」

「どうして？」

「声の調子が、暗いわ」

「当然だ！」卓也は、思わず怒声で言った。「ぼくはプロの犯罪者じゃない。こういう場合にどうしたらよいのか、何の知識も経験もないんだ」

ターニャは少し狼狽《ろうばい》したように言った。

「落ち着いて」

「ああ、そうするよ」

ターニャは黙り込んだ。

卓也は、荒く息を吐きながらナビを操作し、広い範囲を表示させた。

　上越自動車道に乗るには、まず日本海東北自動車道に乗る必要があった。この先を右折すると、日本海東北自動車道の新潟空港インターチェンジに出る。そこで乗って、東京をめざすか。つまりきょうきた道を引き返すのだ。東京まで行けば、外国人女性が潜むのは、新潟よりも容易だろう。サポート組織がなくても、とりあえずクレジット・カードさえあれば、しばらくは潜伏可能ではないか。そして指名手配されていないと確認できたら、成田か関西空港からのロシア行きの便に乗る。いや、北京行きでも、ソウル行きでもいい。とにかく簡単に出国できる国にいったん移動してもらい、そこから先のことは自力でやってもらうというのはどうだろう。

　新潟空港インターチェンジの標識が見えてきた。国道113号から離れて右折することになる。卓也は標識にしたがって、その交差点を右折した。

　車を進めながらナビを見ているうちに、ひとつの施設名が目に入った。

　フェリー乗り場
　新潟からは、フェリーが数航路出ている。新潟と佐渡《さど》を結ぶ航路、北海道・小樽《おたる》や苫小牧《とまこまい》に向かう航路などだ。北海道まで行けば、函館《はこだて》と千歳《ちとせ》から、ロシアに行く飛行機が飛んでいる。稚内まで行けば、サハリンとの定期航路がある。東京に戻るのではなく、北海道に渡ってしまうという手はどうだろうか。殺人事件の起こった東京よりも、そしてたったいままた銃撃戦の起こった新潟よりも、警察の監視の目はゆるいはずである。藤倉も、まさかここからターニャが北海道に渡るとは想像しないのではないか。

　卓也はターニャに訊いた。

「稚内にも、きみの組織の仲間がいるんじゃなかったか。ぼくのうちのことまで調べ上げたんだから」

　ターニャが答えた。

「あるはず。日本では、新潟と稚内に組織がある。わたしは直接は誰も知らないけど、連絡はつく」

「稚内のことは、藤倉たちには知られている？」

「さあ。稚内の組織にしても、そもそも非合法なんだし、知られていないんじゃない？」

「函館はどう？　函館空港からも、サハリン行きの飛行機が出ている」

「函館に組織があるとは聞かないわ」

「千歳空港も、サハリン路線がある。北京や大連行きも出ている。北海道に向かうのはどうだろう」

「この車で？」

「車に乗ったまま、船に乗る。北海道行きのフェリーボートがある。今夜だ」

　ターニャは、真正面を見つめたままだ。

　数秒後に、彼女は訊いた。

「もしフェリーにまで手配がまわってきたら、おしまいになるのね。どこにも逃げようがない」

「サドンデスの可能性は、この先もずっとついてまわる。より危険の割合の少ないほうを選ぶしかないんじゃないか」

「東京に戻るのと、北海道に渡るのと、どっちがリスクが小さい？」

「この車が手配されているのでなければ、北海道に渡るほうがいいと思う。きみの組織もあるんだし」

ターニャがポーチに手を伸ばした。電話か？　支援態勢を確認するために。でも、相手は誰だ？　ソーバリはいま、ターニャの判断では、彼女を売ろうとしたはずだ。

ターニャが携帯電話を取りだしたので、卓也はつい訊いた。

「誰？」

「ソーバリ」とターニャは答えた。

「きみを売ろうとしたんじゃなかったか？」

「売らなかった。まだ、こっち側だわ」

「戻るってことはないだろうね」

「警察の様子を訊くだけ」

ターニャは携帯電話を耳に当てた。

藤倉奈津夫は、倒れた男たちのそばから立ち上がって、亀山に顔を向けた。

亀山は、事務所の裏口の前に呆然《ぼうぜん》とした表情で立っている。口をぽかりと開けていた。パニックで頭が真っ白、という状態なのだろう。

藤倉は、亀山のすぐ目の前に立ち、彼の目をのぞきこんで言った。

「四人ともたぶん助かる。救急車を呼ぼう」

亀山はまばたきして藤倉を見つめてきた。

「おれはどうなるんだ？　救急隊員になんて説明するんだ？　警察も呼ぶことになるぞ」

「さっきの銃声で、近所の誰かがもう通報したかもしれない。どっちみち警察はくる」

「なんて説明するんだ？」

「知らない連中がここでいきなり襲われた、と言うしかないだろう」

「あんたのことを言ってもいいのか？」

「まさか。おれは消える。おれはここにはいなかった」

「ボストーク商会のことは、話していいんだな？」

「言うな。言うだけのことを、見聞きしていないだろう？」

「じゃあ、これを誰がやったと？」

「お前は何も見ていなかったろう。いなかった。音だけ聞いたと答えたらどうだ？」

「警察が、それで満足するか」

「見ていないものは見ていない。しゃべりようがないんじゃないか」

藤倉は三浦の手から引きはがした拳銃を上着のポケットに収めると、自分が乗ってきたセダンに向かった。ここから先は運転手なしということになる。やむを得まい。

駐車スペースの東側に、民家がある。そこの窓に明かりがついており、人影が見えた。カーテンの隙間からこっちを注視していたようだ。藤倉の視線に気づいたのか、すっとカーテンが動いて、隙間もなくなった。影は消えた。

やつがもう警察に通報ずみかもしれなかった。

それにしても、あの女、あっと言う間に四人倒して人質を奪っていった。自分たちの鉄砲玉でも、あれほどの度胸のある者はいないだろう。少なくとも自分はいままで、見たことがない。誰か鉄砲玉に獲ってこいと命じても、せいぜいが抗争相手の事務所のシャッターに、二、三発拳銃弾をぶちこんで遁走《とんそう》するのが関の山、岩瀬たちは多少胆《きも》が据わっているかと思ったが、じっさいに撃ち合いとなったら、一発も女に当てることができないまま、全員倒されてしまった。

あの女、ロシア軍女兵士だったのかもしれない。チェチェンとかグルジアあたりで、じっさいの戦闘体験があるのかもしれなかった。あるいは、手前《てめえ》の生命などまるで惜しくないと考えているのか。たとえばクスリとか、洗脳のせいで。

そうでも考えないことには、あの女の大胆不敵さは理解できなかった。

藤倉は駐車場から自分のセダンを出した。まずは女の乗った車が走り去った方向、つまり国道の東方向に走るしかない。その方向には新潟空港がある。空港から高飛びが想定できた。この時刻ならまだ、飛行機の便はあるはずだ。

空港は警官が多いが、行ってみるしかないだろう。

まだ女の逃走から五分遅れぐらいだ。自分に幸運があれば、うまく追いついて、警察には知られずに仕留めることができるかもしれない。チェックインされてしまっていたら、手の打ちようはないが。

ソーバリは、事務所の中を見渡した。

スチール製の工事用パネルはすでに全部ガレージのほうに移した。事務所はもう要塞の姿を留めていない。ごくふつうの、中古車輸出事業を営む零細外国資本のオフィスでしかない。

ソーバリは、次の指示を待つ手下たちに言った。

「拳銃は、全部エミに預けるんだ。事務所には一挺も残しておくな。警察は確実にここに捜索に入る。拳銃ひとつふたつのことで、全員が刑務所に入る必要はない」

ユーリーが言った。

「丸腰になって、大丈夫か？　このあとは、襲撃されても反撃しないってことか？」

「警察が動き出せば、ここは警察に守られることになるんだ。西股組も、手は出せなくなる。そのあいだに、手打ちにする」

「ターニャが撃ったのは四人だ。あちらにはまだひとり、切れる男が残っている。やつは、執念深そうだぞ」

「藤倉ってやつだ。知っている。西股の右腕だ。だけど、あいつひとりでは何もできないだろう。心配する必要はない」

「もっと新手を送り込んでくるかもしれない」

「警察の目をかいくぐってヒットマンを送るのは、もう無理だろう。向こうの組織も監視下に置かれるんだ」

ソーバリは、もう一度手下たちに言った。

「拳銃は、全部エミに。マガジンもカートリッジも、事務所には、その手のものは何ひとつ残すな」

エミは、応接セットの上でぐったりしていた。まだ顔には恐怖が残っている。身体が細かに震えているようにも見えた。

ソーバリはエミに訊いた。

「あんたの友達で、荷物を預かってくれそうな女はいるだろ？」

エミは首をゆっくりとめぐらしてソーバリの視線を受け止め、うなずいた。

「いる」

「きょう、このあと、ユーリーと一緒に行って、荷物を預けてしまえ。そのあとあんたは、雲隠れしていたほうがいいかもしれん」

「店があるわ」

「こうなったら、臨時休業しかないだろ」

「いいの？」

「しかたがない」

　そのときソーバリの携帯電話が震えた。モニターを見ると、ターニャからだった。

「どこだ？」とソーバリは訊いた。

「離れた」とターニャが答えた。「ユーリーもエミさんも無事ね？」

「ああ。世話になった」

「警察はもうきた？」

「まだだ」

　ソーバリは携帯電話を耳に当てたまま窓に近寄り、ブラインドを少し上げて亀山興産の事務所を見た。まだ救急車も警察もきていない。亀山は、まだ通報していないのかもしれない。あの事務所には藤倉もいるはずだが、彼は必死にいま、善後策を練っているところか。それにしても、四人の仲間たちのためには、救急車を一刻も早く呼ぶことが必要だろうに。

　ソーバリはターニャに訊いた。

「四人、殺したのか？」

「ううん。予定にないことだった。急所ははずしたわ。運がよければ、みな生き残るでしょう。これからどうしたらいいか、アドバイスをもらえる？　明日、新潟空港から脱出するのはどう？」

「無理だろうな。いまの件、うちがらみの銃撃戦だと警察が知れば、当然新潟空港も手配される。ロシア便の乗客はみなチェックされる」

「誰か、サポートしてくれる？」

「できない。おれたちは、身動きが取りにくくなった。お前には、電話で情報を流す。こっちが管制塔になる。そのつど逃げる方法を指示するから、そのとおりにしてくれ。とりあえず、新潟市内のホテルを取れ。あのホテルには戻れないか？　チェックアウトしたわけじゃないんだろ？」

「したようなものよ。向こうにもばれてしまったのだし」

「お前がまたそのホテルに戻るとは、あっちだって夢にも考えない」

「そうかしら。それより、新潟をとにかく離れるのはどう？　新潟空港がだめでも、大阪って町の空港には、ロシア便はあるんじゃない？　大阪には、組織の人間はいない？」

「いない」ソーバリはすぐに答え直した。「いや、ひとり、使える男がいる。そいつに連絡しておこうか」

「ええ。あとで、電話を教えて」

「大阪には、どうやって向かうんだ？」

「決めてないけど、日本人ガイドと一緒に、車か列車か」

「決めたら教えろ。こまめに連絡を取るようにしてくれ。もしおれが携帯電話に出ないときは、警察がきていると考えておけ」

「わかった」

ターニャが電話を切った。

ユーリーやそのほかの手下たちが、ソーバリを見つめてきた。

この中で、ターニャに声が割れていないのは誰だ？　若い構成員たちは、ほとんどターニャとは言葉を交わしていないはずだが、ふたこと三言やりとりがあった者もいるかもしれない。

ソーバリは、手下の中ではユーリーに続いて年配の男に声をかけた。

「サーシャ、お前はあの女と話をしたか。ひとことかふたことだけでも」

サーシャと呼ばれた男が、その角張った顔を横に振った。

「全然。どうしてです？」

「いや、なんでもないんだ」

ソーバリは、またブラインドから亀山興産の事務所を見つめた。

ちょうど駐車スペースから、白っぽいセダンが発進してゆくところだった。空港方面に向かうようだ。男がひとり乗っていたが、顔までは判別できない。しかし、あれはたぶん藤倉だろう。東京でも彼は、あの好き者の西股組長にいささかうんざりしていた様子だった。西股との交渉は決裂したけれども、藤倉が相手なら道理が通じそうな気がする。ターニャが飛び出してゆく直前の電話でも、それを感じた。やつは、抗争の落としどころを知っている。計算もできる男だと思う。話は途中で終わってしまったが、やつが持ちかけてくる取り引きには、一考の余地があるはずだ。この抗争が拡大するようなら、藤倉とはきちんと差しで話してみてもよかった。誰の得にもならない消耗戦ではなく、互いが疲弊せずにすむ解決の道はあるはずだ。

そのためには、ターニャはこちらの切り札になる。

ターニャが携帯電話を畳んだので、卓也は訊いた。

「大阪に行くって決めたのかい？」

ターニャは、硬い顔で答えた。

「いいえ」

「じゃあ、どうして大阪の名を出したんだ？」

「売られたくないから。ソーバリがあのジゴロと取り引きしたときには、あのジゴロを見当はずれの方向に誘導してやる」

「さっきは、彼はこっちの側だと言わなかったか？」

「あいつは実際的だわ。利用できるものは利用する。高く売れるときは売る。いまはまた様子見している」

「根拠はあるんだろうね」

「直感」

道の先に、一日市《ひといち》インターチェンジの標識が見えてきた。新新《しんしん》バイパスという道路があるのだ。もし市内に戻るなら、ここで右折したほうがよい。日本海東北自動車道に乗るなら、その交差点を通り過ぎて、あらためて新潟空港インターチェンジの標識が現れるのを待つことになる。

卓也は訊いた。

「ソーバリは、きみ同様に直感の働く男だろうか?」

ターニャが頭を卓也に向けてきた。

「どうして?」

「大阪、と聞いたことで、逆方向だと察したかもしれないから」

「大丈夫。しょせんあいつもマフィアの男だわ」

「どういう意味だ?」

「あたしたち女には、ろくな頭はないと思っている。わたしが持ってるのも、度胸だけだと」

前方の交差点で、右折信号が点灯した。卓也は加速して、その交差点を右に曲がった。ここはターニャの直感と洞察力を信じたほうがよいと思えたのだ。

「どこに行くの？」とターニャが訊いた。「港。フェリーに乗る」

「出る時刻は知ってる？」

「出港は、夜十一時だったかな」

「あなたは、日本の全部の船の出港時刻を覚えているの？」

「フェリーはだいたい夜遅くに出る。乗客が眠っているあいだに海を進み、朝に目的地に到着するんだ」

ターニャが腕時計を見た。

「少し時間がある。そのあいだに手配されなければよいけど」

「ソーバリに電話したらどうだい。いま高速道路に乗ったって。北陸自動車道で大阪に向かうと」

「問題は警察のほう。大きな事件が起こると、警察は駅や空港を見張るでしょう？」

「犯罪者が逃げたと推測できるときは、そうかもしれない。でも、あの現場に到着した警察は、やはり向かい側のロシア人の会社が関わっていると考えるよ。じっさいそうなのだから、そういう証言も出る。だから、今夜は連中の事情聴取に時間をかけると思う」

「あなたは理詰めタイプね」

「お互いに、足りないところを補いあえるね」

「少しお腹がすいたわ」

「何か希望は？」

「パンと温かいスープがあればいい」

「目立たないところで食べよう」

とにかくいまは、このバイパスを新潟市中心部に近い方向へ走ることだった。


藤倉は、空港ビルの一階をざっとひと回りしたが、女もあの関口という旅行代理業者の姿も発見することはできなかった。

出発時刻の表示を確かめると、まだ間に合う飛行機が四便あった。中部国際空港行きと、名古屋小牧《こまき》空港行き、それに大阪伊丹《いたみ》空港行きが二便。

自分も航空券を買ってチェックインし、搭乗ロビーで女を探すか。その場合、拳銃やナイフを持ってチェックインはできないから、殺すには自分の手を使うしかない。女とはほとんど格闘に近いことを演じることになるわけだ。いささか派手だし、藤倉自身も確実に逮捕されるだろう。

この手は面白くない。

藤倉はロビー中央のエスカレーターで二階に上がり、手荷物検査場の手前にある飲食店をざっと探した。女たちはいなかった。

すでに連中は搭乗待合室に入ってしまったか。その場合、あの関口は車を乗り捨てにすることになる。あるいは、関口は女だけをチェックインさせ、自分は空港から引き上げたかもしれない。

二階を探しながら、携帯電話で関口に電話をかけてみた。反応なしだ。着信拒否がかかっているのか、それともほんとうに電源が切られているか。

もちろん関口が電話に出たとしても、いまどこにいるのかという質問に素直に答えるはずはない。しかし、やりとり次第でおおよそのことを推測する手がかりは得られる。女と一緒なのか、別々か。運転中か、そうではないのか。そういったことが推測できれば、自分の次の手も考えようがあるのだが。

藤倉はあきらめてエスカレーターで一階に降り、駐車場に向かった。自分のセダンの運転席に戻ってから、藤倉は大滝組長に電話した。

「なんだ」と、不機嫌そうな声。

藤倉は、できるだけ乾いた声で言った。

「向こうの手下たちをふたり拉致《らち》したんですが、逆襲されました。岩瀬たちは撃たれて倒れています。いま救急車で運ばれているはずです。例のロシアン・マフィアの事務所のそばです」

大滝組長の反応がなかった。

「もしもし」と、回線がつながっているかどうか確かめると、怪訝《けげん》そうな声が返った。

「岩瀬たち三人がやられた、と言ったか？」

「ええ。撃たれました。三人とも生命は助かると思いますが、重傷です。うちの三浦も撃たれました」

「お前たち、全部で何人だった？」

「おれを入れて五人です」

「ふたりを拉致？　なんでそんな面倒なことをやったんだ？」

「三下《さんした》よりも、もっと大物をやろうと。先にこっちが仕掛けたんですが、即座に逆襲されました」

「ロシア人たちにか」

「女にです。あのヒットウーマンにです」

「その女、倒したんだろうな。拉致したふたりは、奪われる前に仕留めたんだろうな」

「いいえ。拉致した手下たちも、逃げました」

「何かい、お前」大滝の声が低くなった。「女ひとりに五人がいいように遊ばれたって、それを信じろって言うのか？」

藤倉は、自分の脇の下にじんわりと汗が染みだしてきたことを意識した。

「目の前でじっさい起こってしまったんです。相手はまさかというタイミングで反撃してきたんで、虚を突かれました」

「相手には、まったく手がついていないのか？」

「撃ち合いになりましたが、そのとおりです」

また反応がなくなった。藤倉は携帯電話を耳から少し離して、怒鳴り声が返ってくるのに備えた。

「藤倉よ」大滝の声はいっそう低くなっていた。「西股から始まって、二日間で何人やられた？　お前がそばにいながら」

「それだけ手ごわい相手でした。こっちは、チャカを抜き出す暇もなかったんです。修羅場にはそうとうに慣れてる女です。プロです」

　大滝がとうとう怒鳴った。

「言い訳になるか、馬鹿野郎！」

「申し訳ありません。岩瀬たちも、拉致の手際はいいし、頼もしかったんですが」

「いいか、岩瀬たちは、マークされていないから新潟にやれた。それがあっさり撃たれて、もう送る玉もないんだぞ。わかってるだろうが、西股が撃たれてから六本木は警官だらけだ。関係の事務所全部に監視がついてる。商売は上がったりだ。これがあと一週間続けば、兄弟の組も全部干上がる。どうするつもりだ？　これは誰のせいなんだよ？」

　それは阿呆《あほう》な西股克夫組長のせいだ、というのが藤倉の思いつくたったひとつの答だった。しかし藤倉はそれを口にしたりはしなかった。

「申し訳ありません。ここは、いったん戻って、態勢整え直してから、あらためて考えるということでは？」

「考えてる余裕があるのか？」

「ほかに、やれることもありません」

「その女、ロシアン・マフィアの事務所に逃げ込んでるんだろ？」

「いえ、どこか別のところに逃げました」

「現場は、ロシアン・マフィアの事務所の近くって言わなかったか」

「近くです。あのあたり、似たようなビジネスやってる会社が多いんです」

「なのに、女はそこには逃げ込んではいないって？」

「ええ。ロシア人の事務所から出てきて、撃って、人質を救い出して、自分も逃げました」

「どうして女は逃げたんだ？　事務所に戻るのがふつうじゃないのか？」

「連中も、表の稼業と非合法のこととは分けているんでしょう。今度のことでも、ヒットマンはわざわざロシアからきたんです」

「いまさら、表も裏もあるか。お前、タマを持ってるところを見せてみろ」

　藤倉は確認した。

「事務所を襲えってことですか？」

「そうだよ」

「ひとりじゃ無理です」

「だから、女はお前にまかせて、三人を送ったんだぞ。お前がへた打ったんじゃないだろうな。もしそうなら、小指ですまない。お前、東京に帰ってきても居場所はないぞ。

女だけでも獲れ」

「女は、逃げたんです。ソーバリの事務所にもいません」

「ロシアまで追えよ。お前には、それだけの責任ってものがあるだろ。何回ロシアで射撃訓練受けてたんだ？　こういう場合のためだろうが」

そうは思わなかったが、反論すれば話は長くなる。藤倉は言った。

「はい」

「女を獲るまで、東京には戻ってくるな。わかったな」

藤倉はもう一度、はい、と答えるしかなかった。

携帯電話を畳んでから、次の行動を決めた。いつまでもこの新潟空港にいてもしかたがないのだ。女がすでにチェックインした可能性は大だ。もし空港に逃げ込んでいなかったとしたら、その場合はすでに、日本海東北自動車道に乗ってしまったと見たほうがいいだろう。もし自分にチャンスがあるとしたら、彼女が成田を使うか関空から出国するかを推測できて、待ち伏せできる場合だけだ。

藤倉は、自分のセダンを発進させた。とりあえず、亀山興産の事務所に戻る。あの現場がどうなっているかを確かめる。

国道113号に入ったところで、前方から救急車のサイレンが聞こえてきた。ピーポ音。いや、それに警察車のサイレンの音も重なっている。藤倉は、国道に連なる車列の最後尾についた。目立たぬように、現場脇を通過しなければならない。

もし早々とこの国道の先で検問が実施されていた場合は、どうする？　よっぽど不審な車両とみられない限り、グラブボックスの隠しの中の拳銃は発見されないと思うが。

亀山興産の事務所に近づいてゆくと、救急車がすでに二台、その駐車場に停まっているのがわかった。道の先からも接近してくる。それにパトカーも一台ある。さらに、ルーフに回転灯をつけたワゴン車も二台、立て続けにその駐車場に入っていった。

藤倉は、亀山の事務所の向かい側、国道の少し手前側にあるボストーク商会の事務所に目を向けた。

さっきまでとはちがい、窓はどれも白っぽい光を満たしていた。内側の目隠しや弾除《たまよ》けらしきものは取り払われたのだろう。つまりソーバリは、自分の事務所に警察が事情聴取にくることを予測して、警戒態勢を解いたのだ。亀山興産の事件とは無縁を装うことにしたのだ。

ということはつまり。

ソーバリは事務所から拳銃も大型ナイフも運び出してしまったということだ。連中が合法のビジネスを続けるつもりなら、拳銃の不法所持ぐらいの罪で逮捕されるわけにはゆかないのだから。

藤倉は、ボストーク商会の駐車場出入り口まできたところで左ウィンカーを出し、セダンをその駐車場に乗り入れた。こうなったら、ソーバリと直談判だ。

藤倉奈津夫は、その駐車場にセダンを入れて停め、ライトを消した。

この段階で、丸腰でソーバリの事務所に入ってゆくことは、誤りだろうか。撃たれないか？　蜂の巣にならないか？　いま銃撃戦があったばかりのこのタイミングで、相手方ボスとの直談判は無謀ではないか？

しかし、あとどんな手がある？　自分たちの組織は、このままでは絶対にあのコリアン・ロシアン・マフィアとは手打ちとはしない。まだまだ消耗戦は続く。大滝組長が言ったように、その場合、組長射殺を許してしまった自分の責任は小さくない。大滝は兄弟組織のボスとして、あくまでも藤倉を前面に立てて、この武闘を続けようとするだろう。長引けば長引くほど、自分が無様に殺される可能性は増える。よくて拳銃不法所持か発砲罪で逮捕、もう少し運が悪い場合は、殺人罪で逮捕だった。そこでおれの人生は終わる。女と、いい酒と、賭《か》け事の好きなおれの人生は終わるのだ。

だったら、この一か八《ばち》かに賭けるしかない。ソーバリとの直接交渉のほうにしか、自分が生き残る芽はない。

あの関口というガイドが、と、藤倉はいまいましく思い起こした。素人のはずなのに、意外にも稼業者並みのタフな男だった。取り引きにも応じてこない。ここまでこちらを虚仮《こけ》にしながら、まだ日本でこの先生きてゆけると考えているようだ。もっとも、おそらくあの女は、今後とも組織が保護してやると約束して、従わせているのだろうが。

藤倉は時計を見た。午後の五時二十分になっていた。

長引いたときのことを考えてかけておいた保険について、まだ連絡がない。関口の妹を脅しておく、という一件だ。札幌の兄弟組織がひとを出してくれたはずだが、まだ終わっていないのだろうか。まだ連絡がないということは、こっちの要請が無視されたということか。

まさか、と藤倉は考え直した。さしてリスクの大きなことを頼んだわけではない。あちらにしたって、西股組に貸しを作っておくのは、悪いことではないはずなのだ。西股組長は死んだが、その兄弟組織は大きい。この程度のことで、貸しを作っておいて損はない。たぶんやってもらえているはずだ。

脅された妹が関口に連絡するなら、やがて関口のほうから藤倉に電話があるだろう。取り引きできないかと。ただしいまは、その電話を待っている余裕はなかった。

フロント・ウィンドウごしに、ボストーク商会の事務所の窓を見ることができた。ブラインドを少しだけ開けて、数人の男が藤倉のセダンを見つめている。連中は、いまこの駐車場に入ってきたのが何者か、わかっていないはずである。それとも、もう見当はついているか？

藤倉は携帯電話を取りだして、さきほどかけたばかりのボストーク商会の固定電話に電話をかけた。

「はい」とソーバリの声。

藤倉は、威圧や怒りの調子のこもらぬニュートラルな声で言った。

「藤倉だ。いま外にいる」

「外？　その車がそうか。用事は？」

「話し合いたい。事務所に入っていいか」

ソーバリが笑った。

「おれを襲うつもりなのか？　カラシニコフが待ってるんだぞ」

ブラフに決まっている。いまその事務所に、銃器類があるはずはなかった。

「ちがう。話したいんだ。入っていったら、おれを殺すか？」

「本気なら、丸腰で来い。殺しはしない」

「いいだろう。行くぞ」

「車を降りたら、上着を脱ぎ、両手を開いて近づいて来るんだ」

「わかった」

藤倉は運転席から降りると、上着を脱いで、右手に持った。ちらりと亀山興産のほうにも視線を向けた。あちらに到着した警官が、藤倉のこのしぐさに不審を感じなければよいのだが。さらに事務所の窓に身体を向けて両方の腕を水平に伸ばした。これで、ソーバリも藤倉が丸腰であることは確認できたろう。少なくとも、すぐに取りだせる格好で大型の拳銃など携行していないと。

藤倉は上着を左手に持ち替えると、ゆっくりと事務所のエントランスに向かった。

事務所に一歩足を踏み入れると、すぐに両側から腕を取られた。ソーバリの手下たちのようだ。べつのひとりが、藤倉の脇や腰のうしろ、それに内腿《うちもも》や足首の上あたりを手早くあらためた。藤倉は、彼らがするにまかせていた。どっちみち、この手続きは不可欠だ。自分たちも、ソーバリが六本木の事務所にやってきたときはそうしたのだ。武器を持っていないことが確認されると、奥へと案内された。

玄関口からは見えない位置に、ソーバリがいた。デスクのうしろで、事務用の椅子に腰をおろしている。皮肉っぽい笑みを浮かべていた。

手下の数は、見たところ五人だ。あのユーリーという中年男も、エミという日本人女もいなかった。

ソーバリは、デスクの前の椅子を勧めてきた。藤倉はその椅子に腰をおろして、足を組んだ。左右にソーバリの手下が立った。

ソーバリが訊いた。

「降伏するって話か」

「いいや」藤倉は首を振った。「取り引きしないかって話だ」

「いまこっちには、取り引きしなきゃならない事情はないぞ。いまも四、五人撃ち殺されたろう？」

「死んではいない。助かる」

「まだほかに、鉄砲玉はいるのか？　いちばん荒っぽい連中を送り込んだのだろうが」

「いる。四人撃たれた以上、兄弟組織も戦争に出る。だけどそうなれば、双方、被害は甚大だ」

「力の差が、まだわからないのか？」

「虚を突かれただけだ。本番はこれからだ。だけど、そうなると警察が出てくる。どっちも、身動きが取れなくなる。お互いのビジネスは、不可能になる。取り引きするタイミングだ」

「言っておくが、始めたのはこっちじゃない。あの西股は、おれたちが出した条件を断ったんだ。あんた、その場にいたから、やりとりは覚えているよな」

「ボスは、計算ができなかった」

「可哀相に。ボスをやれるだけの男じゃなかったんだ。そうだろう？」

藤倉は、その確認には同意せずに言った。

「手を打つときだと思わないか。干上がる前に」

「かまわんよ。降伏してくれ。受け入れる。損害賠償も求めない。誰か信用できる人物を立ててくれれば、手打ちにする」

「いまこのままの貸し借りでは、無理だ。こっちは七人が撃たれてふたり死んでるんだ。ひとりは組長だ」

「繰り返すけれども、始めたのはうちじゃない。いましがた撃たれた四人にしても、うちの手下をさらったせいだ。余計なことが裏目に出たんだ。ちがうか？」

「上の指示だよ」

「西股組長の上に誰がいるんだ？」

「兄弟分の組がある。同盟ができているんだ。きょうの件は、その同盟の組長たちが、西股組長の弔い合戦に出たってことだ。じっさいに仕切っているのは、大滝という、血の気の多い組長だ。こいつは、たとえビジネスが干上がることになっても、簡単に手打ちにはしない」

「じゃあ、取り引きにならないじゃないか。あんた、いったい何をしにきたんだ？」

藤倉はちらりと左右の手下たちに目をやった。彼らも多少の日本語は解するはず。ソーバリとのやりとりは理解できているだろう。

それでも藤倉は少し上体を前に倒し、声の調子を落として言った。

「少し条件を変えれば、取り引きは成立する」

まだ一時間もたっていないときに、藤倉はその提案をソーバリに持ちかけようとした。拉致した手下とその女とを、あのターニャという女と交換しないかと提案しかけたのだ。もちろん、この交換条件自体はまだ口にしていなかった。具体的な話は携帯電話でやろう、と電話を切ったところで、あのターニャが亀山興産の駐車場を襲ってきたのだった。交渉はその時点で終わったけれども、あのときの電話の雰囲気では、ソーバリにも取り引きを受け入れる気持の準備はあるとわかった。ソーバリは、自分の手下を救うためなら、モスクワから送られたヒットウーマンを差し出す腹があったはずである。

やつの組織であの女がどれほどの地位にあるのかは知らないが、幹部の情婦ということはない。返り討ちにあって殺されても惜しくない、という女が送り込まれたはずなのだ。少なくともソーバリにとって、優先順位の高いものがあの女ではないことははっきりしていた。だからこの提案は、ソーバリにとってさほど意外なものでもないはずだった。ただ、いまは彼のもとに女はおらず、こちらにも人質はいない、という前提が違ってきているだけだ。

ソーバリは首をかしげた。

「条件を変える？　たとえば？」

「こっちの被害は、ふたり死亡。五人重傷」

「こっちも、女をひとり殺されてる。あんたたちの被害者の中には、女を殺した男も含まれているんだ。ちがうか？」

やっぱり、と藤倉は思った。ソーバリは、西股があのロシア人娼婦《しょうふ》の殺害犯だと承知していたのだ。たぶん同じロシア人娼婦たちから事情を知らされ、それを特定できていたのだろう。それを承知したうえで、ソーバリは形式上の始末と賠償金による解決を提案してきた。西股はあの条件を受け入れるべきだったのだ。

藤倉はそれでも、西股があのロシア人女の殺害犯であることは認めるわけにはゆかなかった。

藤倉は言った。

「女を殺した相手は、見つかっていないよ。守れなかったことは、謝らなきゃならないが」

「昨日で、終わらせることもできた」

「ふたり撃たれたところで?」

「釣り合いが取れないとでも言うのか。何度でも言うけれども、最初にトラブルを起こしたのはそっちだ。うちの女を殺したんだ。こっちはそれでも、あんたたちの自主的な処理と賠償金で解決しようと申し入れた。これだけ下手に出てやったのに、お前たちは解決を突っぱねた」

ソーバリの目がつり上がってきた。怒りが増幅してきたのかもしれない。顔色も少し青ざめてきたように見える。

藤倉はソーバリを手で制して言った。

「承知だ。もう解決しなきゃならない。あんたたちは十分に、おれたちを痛めつけた。あんたたちの力はわかった。だから手打ちにすべきだと思う。兄弟組織の組長たちも、なんとか説得する。そのために、条件を整えてもらえないか」

「だから、条件ってなんだ?」

「いま撃たれた男たちのことは、とりあえず忘れる。問題は死んだ者の数だ。おれたちはふたり殺されてる。日本のおれたちの稼業で、これを放っておくわけにはゆかないんだ。黙って頭を下げたら、もう組の看板を掲げてるわけにはゆかない」

「数の差はやむをえないだろう」

「あんたなら、そのあたりを調整できるんじゃないか?」

ソーバリが一回瞬《まばた》きして、藤倉を見つめてきた。藤倉がほのめかした意味を、理解したのだろう。

藤倉はたたみかけた。

「このままでは、抗争は終わらない。兄弟組織は、繰り返しあんたたちを狙う。この先ずっと熟睡はできなくなる。手打ちの情報が流れないかぎり、警察も警戒を続ける。商売も不可能。あんたたちはただ事務所にこもっているしかなく、やがて資金を使い切って、新潟を撤退するんだ」

ソーバリは藤倉を凝視したまま言った。

「うちに反撃する力は、あんたたちにはない」

「西股組にはない。だけど、兄弟組織にはある。もうひとつ、あんたたちを新潟から追い出すためには、直接誰かを襲う必要はないんだ。このまま手打ちにしないだけでもいい。そうなった場合、地の利の悪いあんたたちのほうが、先に音を上げることになる」

ソーバリは、藤倉の左右の手下たちをちらりと見てから、デスクの向こう側で椅子を少し回した。彼の左側の顔が藤倉に向けられた。その左手の指が、顎を支えた。藤倉の提案を吟味しているのだろう。しかし、即座に拒否しなかったのだ。受け入れる余地がある、ということだった。ソーバリもまたずっと抗争の落としどころを考えていたはずである。たとえば、誰かひとり差し出すことで、解決がはかれるなら、と。

もちろん、いま自分が提案しているのは、組織、とくにあの武闘派の大滝組長の了解を取ったことではなかった。藤倉の独断による提案である。しかし大滝も、西股がじつはロシア女をひとり殺していると知れば、被害のカウントのしかたを変える。抗争が長引けば、この手打ちの条件も悪いものではないと、考えるようになるだろう。

ソーバリはまた椅子を回して、真正面から藤倉を見つめてきた。

ソーバリが訊いた。

「あんたが、それで説得できるのか？」

藤倉はうなずいた。

「する。できる」

ソーバリがさらに訊いた。

「できなかった場合の責任は取れるか？」

「ああ」

外で救急車の警報音が大きくなった。

ソーバリの手下のひとりが、窓際で何か言った。ロシア語だ。救急車が出る、とでも言ったのだろう。その救急車の警報音は、すぐに遠ざかっていった。

ソーバリは言った。

「ここにも、すぐに警察が事情聴取にくるだろう。出ていっていい」

取り引きの提案は、どうやら受け入れられたと考えていいようだ。あとは連絡を待てということか。

藤倉は椅子から立ち上がり、ソーバリに小さく頭を下げてから、出入り口に向かった。

ソーバリの手下たちがついてきた。

駐車場に出てセダンの運転席に身を入れてから、道路の反対側の亀山興産の事務所に目を向けた。警察車はいま七、八台にもなっているだろうか。駐車場の中を、十数人の制服警官たちが動き回っている。四人が撃たれた事件ということで、彼らも興奮しているのだろう。滅多《めった》にない大事件のはずなのだ。死んだ者が出ていないにせよだ。

どこかで検問があるだろうか。

亀山興産の建物の前、道路際で、寝間着に防寒ジャケットを引っかけたような格好の中年男が、警官と話していた。その中年男は、東の方向を指さしている。駐車場から東方向に逃げた車がある、とでも証言しているのだろう。

となれば検問は新潟空港側だ。

藤倉はセダンのヘッドライトを点灯すると、ボストーク商会の駐車場で、セダンの向きを変えた。事務所の入り口の前では、ソーバリの手下ふたりが、藤倉を見つめていた。藤倉はふたりに微笑を見せてから、左ウィンカーをつけて国道113号にセダンを出した。

卓也が標識にしたがってその通りを左に折れると、目の前にターミナル・ビルがあった。二階建てで、一部は三階建てだ。その背後に、大きな白い船が停泊している。船首と船尾部分が、建物からはみ出してのぞいていた。

建物に向かうアプローチの左右が、駐車場だった。すでに三、四十台の乗用車やトラックが、駐車場で列を作っている。アプローチの左側では、ゆるやかなスロープが海方向に向かって伸びていた。乗船用のブリッジなのだろう。

駐車場は明るく照明されている。その光のせいで、ターミナル・ビルもフェリー・ボートも、ライトアップされたように、夜の港に浮かび上がっていた。警察車は見当たらない。

ターニャが訊いた。

「あの船？」

「そう」と、関口卓也はセダンを徐行させながら答えた。「今夜のうちに出港する」

「手荷物検査なんかはないのね」

「ない。危ないものは、車の中に置いておいてもいい」

「持ってゆくわ。船の中で何があるかわからないし。このまま乗るの？」

「いや。乗船手続きが必要だ。切符を買って、名前を書く。いったん停めて、手続きしてくる」

卓也はセダンを駐車スペースに停めると、ターニャを残してビルに入った。

時刻表を確かめると、きょうこれから出港するのは、北海道・苫小牧《とまこまい》行きの船だった。十一時三十分に出港。明日午後五時二十分に苫小牧着である。北海道・小樽行きは、明日午前十時三十分発で、小樽着が明後日の朝四時三十分だ。選択の余地はなかった。一刻も早くこの新潟を離れるなら、今夜の苫小牧行きの船に乗るしかない。

発券窓口で、卓也は係の男に訊いた。

「苫小牧行き、バス・トイレ付きの部屋って取れますか？」

窓口の男は、手元のPCのモニターに目をやってから答えた。

「スイートルームが二部屋残ってます」

「おいくらですか」

「おふたりで使って、六万六千円」

「車は、3ナンバーのセダン」

「二万円」

合計八万六千円。およそ千USドルということになる。この船賃は、いまとりあえず自分が立て替えておこう。

係が言った。

「乗船申し込み用紙に記入してください。書いたら、またここに」

卓也はうしろにあったテーブルで申し込み用紙に自分の名を記入した。同行者の欄には、苗字《みようじ》なしの妙子という名。夫婦を装うことにした。

レンタカーのナンバーも記し、運転免許証とクレジット・カードを添えて、窓口に出した。すぐにチケットが渡された。

係の男は、時計を見てから言った。

「乗船開始は、出港二時間前。それでもよいなら、列のうしろに並んでください」

卓也は訊いた。

「船内で、夕食はとれます？」

「軽食なら」

「どうも」

駐車場を横切ってセダンに戻ると、ターニャは助手席でほっとしたような笑みを見せた。

「どうした？」と卓也は訊いた。

「戻ってきてくれたから」

「乗船手続きをしてくる、と言ったじゃないか」

「なんとなく」とターニャはまた微笑した。少しはにかむような笑み。「あなたに、置いてゆかれたんじゃないかと、少しだけ思った」

「逃げたと？」

「ええ」

「思いつかなかった。その手もあったか」

「意地悪を言わないで」

「あっと言う間に四人撃った女性に、意地悪なんて言えるものじゃないよ」

卓也はナビを操作して、どこで夕食をとるか思案した。あまり人目につきたくはないが、かといって場末のレストランでは、逆に目立つ。さっきまでいたホテルのレストランもまずい。藤倉に知られている場所だ。避けたほうが無難だ。

中央埠頭《ふとう》のそばに、ファミリー・レストランが一軒あった。全国チェーンのハンバーグ・レストランだ。ここなら、パンもスープもある。

「腹ごしらえだ」

卓也がシフトレバーに手をかけたとき、携帯電話が震えた。卓也はポケットから携帯電話を取りだした。家からだ。母親だろう。妹の啓子なら、たいがい携帯電話でかけてくる。

「はい」と応えた。「卓也」

母親の声が出た。

「卓ちゃん、たいへんなことが」

動転している調子だった。呼吸が激しく乱れている。

母親は続けた。

「いま、救急車が来てるんだけど、啓子が、啓子が、倒れてて、死んでるって。警察がいま来る」

「え？」

卓也は、母親の言葉をにわかには信じられなかった。

「いま、どこ？　うちかい？」

「うちだよ。少し前に帰ってきたら啓子が倒れてて」

「うちの中で？」

「そう。居間で。意識がないの。それで、一一九番に電話したの。救急車がきて、いま啓子の容体を調べて、死んでるって。警察がくるみたい。警察がきて、ああ、あたし、どうしたらいいんだろう」

「落ち着いて。母さん、落ち着いて。いまそこに啓子がいるの？」

「死んでるって」

「怪我かい？　病気か何か？」

「わからない。でも、首のところが、色が青黒くなってるって。土足のあともある。強盗でも入ったみたい」

「強盗？」

「あ、警察がきたみたいだ」

携帯電話からも、サイレンの音が聞こえてきた。

卓也は言った。

「母さん、叔母《おば》さんのところに電話して。そばにいてもらって」

「わかった。電話一回切るね」

「ああ」

電話は切れた。

啓子が死んでいる……。強盗が入ったようだ。首が青黒くなっている……。

殺されたということか。

卓也は運転席で首をめぐらし、ターニャを見つめた。ターニャは瞬きして卓也を見つめ返してきた。何か異常な気配を察しているようだ。

昨日この女は、と卓也は思い返した。自分に協力させるため、稚内の生家の所在地まで調べて、自分たちは何でもできると脅してきたのだった。このターニャの組織は、生家の場所を調べただけでは足りず、おれの家族にまで手をかけたのか。おれに人殺しの片棒を担がせるために、おれの妹を殺したのか。

ターニャが訊いた。

「何があったの？　強盗と言った？」

卓也は、冷やかに、しかし鋭い調子で言った。

「降りろ」

「え？」

「降りろと言ったんだ。もうアテンドは終わった」

「どうして。どうして？　何があったの？」

「妹が殺された」

「殺された？」

「稚内のうちで、妹が殺された。お前たちだろ」

「いいえ。知らない。そんなことはしないはず。何かの間違いだわ」

「降りろ。終わった」

ターニャはなお卓也を見つめてくる。卓也の言葉がどれだけ真剣なものか、それを必死にはかっているかのような目だった。

「妹さんが、ほんとうに殺されたの？」

「ああ。いまのは、母からの電話だ。母が、死んだ妹を発見したんだ。降りろ」

ターニャはなお少しのあいだ卓也を見つめた。卓也は憎悪と嫌悪を隠すことなく、ターニャの視線を受け止めた。

ターニャは視線をそらした。

「わかった。ここまでなのね。降りるわ」

卓也は、ターニャの分のフェリーのチケットをターニャの荷物の上に放り投げた。

ターニャはそのチケットを手に取って、助手席のドアに手をかけた。

卓也は運転席を降りると、後部席のドアを開け、ターニャのスーツケースを取りだして、ターニャの前に放った。ターニャは、夜の乾いた駐車場の路面に、棒立ちになっている。スーツケースを取り上げようともしなかった。まだ事情がよく呑《の》み込めていないという表情だった。このような成り行きを、想像もしていなかったのだろう。

目が合ったが、卓也は無視した。

運転席に身体を入れると、あらためてシフトレバーをドライブに入れて、セダンを発進させた。

横目でターニャを見たが、助手席のすぐ外側で、彼女は突っ立ったままだ。夜の港の薄明かりの下で、彼女はそのまま消え入りそうなほどに、頼りなげだった。痛々しくも見えた。

　セダンを五メートルほど進めたところで、卓也は制動をかけた。

　どうして？　どうしてだ？

　卓也はシフトをリバースに入れ直すと、五メートルの距離を後退した。

　再びターニャの顔が、助手席側のドアウィンドウの向こうに見えた。彼女は目をうるませていた。卓也とまた視線が合うと、彼女はふしぎそうに首を傾けた。

　卓也は運転席を降りると、セダンの前方を回ってターニャの前に歩いた。

　卓也は訊いた。

「どうして撃たないんだ？」

　ターニャは、瞬きした。

「撃って欲しいの？」

「いいや。だけど、撃つところじゃないのか。ぼくは、警察に駆け込むかもしれないのに」

「撃つなんて、考えなかった」

「どうして？」

「あなたを撃つ気なんてない」

「だから、どうして？」

「妹さん、殺されたんでしょう？」

「きみらの組織がやったんだろ？」

「ちがう。絶対にちがう」

「信じられない。殺しまくるきみらのくせに」

「あなたの衝撃はわかる。わたしも自分の妹を殺されたばかりだし」

卓也は、自分がわずかに動揺したのを感じた。そうだった。彼女が日本でやっていることは、ただの仕事としての殺人じゃない。身内を殺した者への復讐《ふくしゅう》だった。復讐を邪魔する者の排除としての発砲だった。

卓也は確認した。

「やったのは、稚内のきみらの組織じゃないのか？」

「ちがう。確かめてもいい。あなたに協力してもらうため、家族のことも知っていると脅すとは知っていた。でも、殺すとは聞いていない。そんな必要はないもの」

「だとしたら、巻き添えだ」

「何の？」

「きみらの抗争の。ぼくはモスクワで、藤倉に自分の家族のことも話したような気がしてるんだ」

「あのジゴロも、あなたの家族の居場所を知っていたの？」

「たぶん。やつは、暴力団の組織のネットを使って、妹を殺すこともできた」

「なんてやつ」

ターニャが、口惜《くや》しげに唇を噛んで首を振った。

卓也は言った。

「もう終わりだ。これ以上はアテンドできない。あとはひとりでやってくれ。ターミナル・ビルから、乗船できる。明日の夕方に、苫小牧に着く」

ターニャは、こんども抗議せず、不服をもらしもしなかった。

「ありがとう。ここまで、ほんとうにありがとう」

「ダスビダーニャ、ターニャ」

「ダスビダーニャ」

卓也が運転席に戻ろうと動きかけたとき、ターニャがつけ加えた。

「約束するわ。あなたの妹を殺したひと、わたしが殺してやる。わたしの組織の誰かだろうと、あのジゴロだろうと。その手先も、指示を出したやつも」

卓也は驚いて訊いた。

「きみの組織の誰かでも？」

「絶対ちがうと思うけれど、もしそうだとしても、やるわ。必要のない殺人だもの」

「まだこれ以上、ひとを殺す？」

「わたしにできることは、ほかにないわ」ターニャは口調を変えた。「行って。わたしは、あとはなんとか自力でロシアに帰る。きっとやれるでしょう。いったん帰ってから、あなたの妹さんを殺した誰かを突き止めて、弾丸を撃ち込む。ここまで、ありがとう」

卓也はその場から動けなくなった。だめだ。一瞬前までの憤怒と激情は、いますっと冷えた。

卓也は溜め息をつくと、ターニャに言った。

「もう一度乗りな」

ターニャはまた瞬きした。卓也の言葉をどう受け取るべきなのか、判断に困っているかのような表情だった。

「どうするの？」

「乗って」と卓也は、自分の気持ちの急変に腹立たしさも感じながら言った。「食事だ。まだ旅は続くんだ」

「一緒の？」

「一緒だ」

ターニャの顔が、ふっと崩れたように見えた。ターニャは一歩前に出て、卓也に身体を寄せてきた。ターニャの右手が、卓也の背にまわった。

「ありがとう。そしてごめんなさい。あなたの妹さんまで巻き込んで」

卓也は軽くターニャの身体を押して言った。

「レストランに行く。きみは事情を確かめてくれないか」

「ええ」

ターニャはうなずくと、目の下を左手の甲でぬぐってから、自分のスーツケースを持ち上げた。

レストランに向かって走り出すと、すぐにターニャは携帯電話を取りだした。たぶんモスクワにいる組織の幹部にかけようとしているのだ。

卓也は運転しながら、モスクワのいまの時刻を考えた。ちょうどお昼ぐらいだろうか。

電話が相手とつながったようだ。ターニャはロシア語で話し始めた。

「ええ、わたし。大丈夫よ。東京から逃げることはできなくなった。ソーバリから聞いていない？　ええ、日本の別の町から脱出する。それより、教えて。わたしの日本人ガイドの家族のこと。稚内の組織は、ガイドの生家の場所を突き止めたでしょ。突き止めただけ？」

卓也はターニャを横目で見た。ターニャはうなずいてくる。あなたの推測は誤りだとわかるから、とでも言っているつもりなのだろう。

「ええ。その家の情報は役に立ったわ。でも、そこの家族に何もしていないでしょ。何かしたの？」

「ええ。ガイドの妹が殺されたの。さあ。この何時間かのことだと思う」

「関係ない？　そんな指示は出してないのね。家を確かめたのは、昨日？　わかった」

「ええ。また電話する。まだ決めていないの」

卓也は、視線を前方に戻した。レストランの看板が左手に見えてきた。

ターニャはまだ電話を続けている。

「いえ、大阪か、べつの町から。モスクワ行きの直行便があるといいけど、中国経由にするかもしれない。まだ決めていないのよ。わかった。わかった。ええ」

電話を切ると、ターニャは言った。

「組織は、あなたの家族に手を出したりしていないって。家の場所を確かめたのも、昨日」

卓也は言った。

「じゃあ、やっぱりあの藤倉たちだ。あいつらの兄弟組織が、稚内まで出向いて行ったんだろう。稚内に組織があるのかもしれない」

「わたしがボスを撃ったせい？」

「ぼくがきみを助けているからだ」

「あのジゴロを、いま殺しておきましょうか。まだあの中古自動車屋にいるんじゃないかな？」

「いい。そうと決まったものじゃない。やつらなら、そのうちまたあの藤倉は取り引きを持ちかけてくる。早くきみを引き渡せって。そういうことを持ちかけてきたときにはっきりする」卓也は逆にターニャに訊いた。「組織にも、稚内に向かうことは言わなくていいのかい。稚内で、支援が必要になるんじゃないか」

ターニャは首を振った。

「まだいい。組織はわたしの予定の詳しいことを、知る必要はない」

そのとき、ふいに妹の死が現実的な意味を持って意識の表層に急浮上してきた。

啓子。

卓也は思わず、声にならない声で絶叫していた。


藤倉奈津夫は、その駐車場にセダンを入れて奥へと進んだ。

新潟亀田インターチェンジに近いショッピング・センターの駐車場だった。藤倉はいま、ソーバリの事務所を出たあと国道113号を新潟市中心部方向に走り、市街地手前で迂回《うかい》する格好で亀田バイパスに折れて、このショッピング・センターに入ったのだった。ソーバリから連絡が入った場合、どのようにも動けるように、インターチェンジのそばにいることにしたのだ。また腹ごしらえもする必要があった。大きなショッピング・センターの中には、たぶん軽食堂ぐらいはあるだろう。

藤倉は駐車場の奥へと進み、ほかの車から十分な距離を取ってセダンを停めた。

あの女に三浦や岩瀬たちが撃たれてから、ほぼ一時間たつ。この一時間のあいだに、女とあの関口はどっちに向かっただろう。ぐずぐずしていれば警察が新潟の要所要所に非常線を張る。だから彼らが新潟を離れたことはまちがいないはずだ。その点は、疑いの余地もない。

新潟からの逃走にはやはり、関口が運転する車を使っているはずである。新幹線や飛行機に乗ってはいない。この先の行動の自由の確保のためにも、彼らは車で移動している。たぶん日本脱出の直前まで、車で動くことだろう。

藤倉は、ボストーク商会の事務所でのソーバリとのやりとりを反芻《はんすう》した。

あのとき自分は、遠回しにターニャひとり差し出せば手を打とうと持ちかけた。ターニャの名は出さなかったけれど、ソーバリには理解できたはずである。そのあとのソーバリの表情は、それは検討に値する申し入れだと言っているも同然だった。

ただ、さっきの交渉のとき、ソーバリはターニャがどこに向かっているか、知っていたのだろうか。藤倉は、ソーバリが一瞬見せた戸惑いとも困惑ともつかぬ目の色を覚えていた。あれは、取り引きしようにも自分は居場所を知らない、という意味の目の色ではなかったのか？

また、ターニャはこのあとはもう、ソーバリたちの組織には頼らずに日本を脱出するつもりだろうか。国外に出るだけなら、関口がいれば十分かと思うが、これ以降まったくソーバリたちと連絡を絶ってしまうとも思えない。彼女はロシア本国から送られてきた女のはずなのだ。脱出にあたってはロシア本国にある組織と連絡を取るだろうし、本国の組織はまた新潟のソーバリともこの件に関しては情報を流し合うことだろう。日本でビジネスが続けられるかどうかがかかっているのだ。本国の組織も、成り行きは注視しているはずである。

またターニャは、どこから日本を出るつもりなのか。大阪か。それとも東京か。

藤倉は答を見いだせないまま、セダンを降りた。腹ごしらえだ。へたをすると、ここから先は五、六時間、まったく食事の時間も取れないままに走り続けることになる。


そのレストランは、フェリーボート・ターミナルの駐車場から二キロほど離れた場所にあった。港周辺は産業施設ばかりの殺風景なエリアだったが、ここまで走るとようやく周囲に集合住宅や民家も増えてくるのだ。関口卓也はその駐車場に入る前に、それらしきセダンがないかどうかを確認した。藤倉の乗る車は、たぶん先ほどの銃撃現場にあったドイツ車のうちの一台だ。

さっと見て見当たらなかったので、卓也は駐車場にセダンを入れ、東京ナンバーの車がないかどうかも確かめた。

卓也が車を調べているあいだ、ターニャには助手席で身を縮めさせていた。

「大丈夫だ」と、卓也はセダンを駐車スペースに入れて言った。「ここで、パンもスープも食べられる」

ターニャが身を起こし、卓也を見つめてきた。

「どうした？」と卓也はターニャに顔を向けた。

ターニャは、不安そうに言った。

「怖い顔をしてる。わたしに怒ってる？」

「あたりまえだ」卓也は、自分の言葉の険《けん》には頓着《とんちゃく》せずに言った。「きみにじゃないけど、きみらに」

「ロシア人ってこと？」

「きみらの業界の連中ってことだ」

「ごめんなさい」

「きみが代表して謝る必要はないけど」

そのとき、ターニャの携帯電話が震えたようだ。ターニャは視線をポーチに落とすと、すぐに携帯電話を取りだした。

「ああ。ええ」

ターニャが卓也に目を向け、口の動きだけで言った。

ソーバリ。

「ええ。そう」ターニャは続けた。「いま、高速道路を走ってる。大阪に向かってるの。大阪の空港から、モスクワに出るわ。できるだけ早い便で」

卓也はターニャを見つめたままでいた。この嘘は、自分が売られた場合を考えてのことだ。彼女はいま、自分の任務を終えたために、逆に自分が取り引き材料にもなりうると承知している。身内にさえ気を緩めることはできないのだ。モスクワまで帰り着けば別だろうが。

「ええ。わかった。電話を待つわ。ええ」

　電話を切ってから、ターニャが言った。

「ソーバリよ。いまどこかって」

「大阪って答を、信じたようかい？」

「たぶん。大阪に、サポートを頼めるロシア人がいるそう。これから連絡するって。その本人から、そのうち電話がかかってくる」

「ほんとにサポートしてくれるんじゃないのかい」

「まだわからない。いまは、用心しておくのが利口だわ。まだわたしたちは、まったく手詰まりってわけじゃないんだし」

　卓也は、ターニャがわたしたちと言ったことを意識した。わたしたち、か。このトラブルは、自分たちふたりに降りかかってきたものなのか。卓也に、ではなく、ターニャひとりに、でもなく。

「食べに行こう」

　卓也は運転席のドアノブに手をかけた。


　藤倉の携帯電話が小さく鳴った。

取り上げると、ソーバリからだった。

藤倉はそのカレーショップの席を立ち、ショッピング・センターの通路に出た。少しうるさいが、やりとりを聞かれる心配はいらない。

「藤倉だな」と相手が確かめた。

「そうだ」と藤倉は答えた。

「いま話せるか」

「大丈夫だ。乗る気になったか」

「取り引き自体は、秘密にできるか。ないものに」

「どういう意味だ?」

「消耗品でも、会社の備品だ。おれが勝手に始末はできない。結果として、使い捨てになってしまったことはしかたがないにしても」

藤倉は訊いた。

「それが条件ってことか?」

「そうだ。この件、おれはあんたとは何の取り引きもしていない。だけど、あんたは自力で帳尻《ちょうじり》を合わせた。そういうことだ」

「かまわない。だけど、差し出してくれるのかどうか、はっきり言ってくれ」

「情報を流す。あんたがそれを生かせ」

「モスクワにいる、なんて情報だと意味はないぞ。あの女が日本を出る前に、どこにいるか、確実な情報をくれるのか」

「そのつもりだ。あんたはいまどこだ？」

「新潟のどこかだ」

「ターニャは、大阪に向かった。関西空港からモスクワに出る腹のようだ」

「おい」藤倉は鼻で笑った。「それが情報になるか。どうしろって言うんだ」

「うちの子分に、そのうち連絡が入る。その子分は大阪にいる、と思わせている。大阪まで追えば、もっとはっきりした情報を渡せる」

「取り引きと言えるものじゃないぞ」

「精一杯の申し出だ」

「大阪ではずばりいまここにいるって情報をもらうぞ。おれがその消耗品を処分して、やっと取り引き成立だ」

「わかっている。じゃあ、次の連絡を待ってくれ。いまから大阪に向かえるのか？」

「ああ」

「情報、うまく使ってくれ。それじゃあな」

電話はそこで切れた。

藤倉は、携帯電話の時刻表示を確かめた。

午後七時を回っている。いまから大阪に向かうとすると、まず日本海東北自動車道に乗り、北陸自動車道から名神《めいしん》高速に入るというルートがたぶん最短コースだろう。七、八時間か。きついドライブになるが、やむを得まい。運転手の三浦はいまごろ病院で拳銃弾の摘出手術だ。自分で運転するしかない。

藤倉は携帯電話をポケットに戻すと、もう一度カレーショップに戻った。残りのカレーをたいらげて、すぐ出発だ。まだせいぜい一時間の差。道路上で追いつくことは不可能にせよ、大阪では距離は一気に縮まる。関空での脱出までに、互いの距離は五メートル以内となる。その最後の五メートルは、ベレッタが埋めてくれるのだ。

卓也たちがフェリー・ターミナルまで戻ったとき、またターニャの携帯電話が鳴った。

卓也は彼女のロシア語の受け答えを見守った。

「ええ。よろしく、サーシャ。わたしはターニャ。ええ、大阪に向かっている。たぶん深夜になるんじゃないかしら。飛行機の便を探しておいて欲しいの。いえ、予約はしなくていい。検討して、こっちでする。ええ、そうね。大阪に着いたところから空港まで、エスコートしてくれるんなら、安心だわ。そのときはお願い。いまはとにかく、大阪に向かう。着いたら、また電話する」

電話を切ると、ターニャは卓也に言った。

「大阪にいるコリアン・ロシアンから。サーシャって男よ。ソーバリから、協力を頼まれたんだって。飛行機を予約すると言ってくれたけど、断った」

「どうして？」

「パスポート・ナンバーを教えろって言われたから」

「ぼくも訊いた」

「あまり簡単に教えていい情報じゃない。飛行機の予約なら、あなたにお願いする。泊まる場所はどうするかとも訊いてきた。手配しておくって」

「それも断った？」

「いまは、まだ要らない。でも、日本の警察がわたしを指名手配したなら、隠れ家が必要になる。新しいパスポートも。大阪から出る以外に手がなくなったときは、サーシャに動いてもらってもいいけど」

「そのサーシャって男、信用できると思う？」

ターニャは首を振った。

「わからない。でも、最初、口調がなれなれしいような気もした。わたしを前にも知っているみたいな」

「知らない男？」

「大阪には誰も知り合いはいないわ。サーシャはソーバリの用意した罠《わな》かもしれない。そう用心しておいて損はない」

こんどは卓也の携帯電話が震えた。自宅からだった。

「母さん？」

母親が、半分泣きじゃくるように言った。

「いま、病院。啓子が死んだのを、確認されたよ。警察から事情聴取を受けてたの。啓子はやっぱり、殺されたようなんだって。ストーカーみたいな男の心当たりはないかって」

卓也は、ふいに口から苦い汁を流し込まれたような気分になった。

自分には心当たりがある。あの藤倉。自分の東京の部屋に押し入り、パソコンを操作して、個人情報をあらかた調べ上げてしまった男。そして藤倉の背後に控えている暴力団。その業界の事情には詳しくはないが、藤倉の所属している組織は、かなり広域の縄張りを持つ暴力団ということなのだろうか。それとも、暴力団同士のネットワークは、堅気《かたぎ》の自分が想像するよりもずっと緊密ということか。卓也の母親と妹の住む家に押し入って、妹を殺したほどなのだから。

母親がなお泣きじゃくりながら言っている。

「あたしには、心当たりなんて何もない。ストーカーなんて話題も出ていなかったよ。警察は、物盗りに入った誰かが強盗に早変わりして、啓子を殺したのかもしれないって言ってるんだけど」

「母さん」と卓也は呼びかけた。「落ち着いて。叔母さんはそばにいるのかい？」

「きてくれた。あの子も泣いてるよ」

「警察は何と言ってる？　犯人の目途は立ってないんだよね？」

「まだ、近所にいろいろ聞いている最中。全然わからないって」

「真っ昼間のことなんだろう？」

「啓子が病院から帰ってきてすぐのことらしい。刃物とか鉄砲とかは、使っていないようだって」

「きっと目撃者もいるさ」

「明日には、啓子の遺体を引き取っていいって。だから明日納棺、通夜ってことになるかね。お前、帰ってこれるかい？」

「明日？」明日午後五時過ぎに苫小牧に着いて、そこから稚内までまた七、八時間のドライブになるが。「いま、じつは身動きできない場所にいるんだ。着けるのは、明日の真夜中になる」

「通夜だから、何時でもかまわない。帰ってきてやって。そばにいて」

「わかった。わかった。必ず、明日の通夜には帰るよ」

携帯電話を切ると、ターニャが言った。

「明日、お葬式？」

卓也は答えた。

「通夜って言うんだ。亡骸《なきがら》のそばで、身内が一晩明かす」

「間に合うの？」

「深夜になる」

「ほんとうにごめんなさい。いっそ帰国する前に、あの藤倉も撃って行こうかとも思うい」

「よしてくれ。これ以上死人が出るのは真っ平だ。つぎはお袋が殺されるかもしれないわ」

「妹さんを殺されて、放ってはおけないでしょう」

「日本の警察はすぐに犯人を探し出す。藤倉の組織が指示したことなら、藤倉までいずれたどりつくさ。ぼくが、警察に情報を教えてもいい」

「あのジゴロが、それで逮捕される？」

それは微妙だ。事情はまだわからないが、藤倉が関わったことだとして、たしかに殺人教唆《きょうさ》が適用されるかどうか。啓子が殺されたとき藤倉が本州にいたのは確実なのだから、彼を殺人罪で逮捕、起訴することは無理だろう。つまり藤倉はおとがめなしとなる可能性は大きい。

それでも卓也は言った。

「藤倉を殺しても、彼ひとりでは終わらない。もうそんなことは考えないでくれないか」

ターニャは、無神経なことを言ったとでもいうように小さくうなずいた。

「わかったわ」

フェリー会社の係員らしき男がセダンに近寄ってきた。船員ふうの制服を着ていた。ターニャは助手席で反対方向に顔を向けた。

卓也が窓を開けると、係員が言った。

「乗船券を拝見」

卓也はふたりぶんの乗船券を見せた。


藤倉奈津夫は、自分のセダンが北陸自動車道の朝日《あさひ》インターチェンジを過ぎたところで、携帯電話を取りだした。

新潟亀田インターチェンジから高速道に乗って、ほぼ二時間たっていた。ほんとうはもう少し早めに携帯電話を使いたかったのだが、上越ジャンクションを過ぎたあたりからトンネルが増え出したのだ。落ち着いて電話ができそうにもなかったので、ここまで我慢した。ナビで確かめると、ここから先は北陸自動車道もトンネルは少なくなる。電波障害の心配はなくなるはずだ。

呼び出したのは、札幌の兄弟組織の組長・河島だった。関口卓也との取り引き材料とするため、自分は稚内にいる関口の妹を少し脅してやってくれないかと頼んでいた。脅すといっても、具体的に暴力を振るう必要はなかった。関口の妹が、得体の知れない恐怖を感じるだけでいい。観察、尾行、個人情報の把握……。誰かが自分につきまとっているかもしれない、自分の私生活が誰かに知られているようだ、と不安がらせるだけでいい。犯罪とは言い切れない程度の微妙な水準での、いやがらせ。それを頼んだのだった。

どういう首尾のものとなったか、そろそろ連絡があってしかるべきだけれど、その札幌の組長からはまだ電話もない。こっちから確かめておくべきだった。新潟までやってきたのにいまのところ成果はなく、それどころか身内四人を撃たれるという大へままでやってしまった。こうなると、保険の意味で頼んでおいたことが意味を持ってくる。ソーバリとの取り引きがいまひとつ信用できないものであるのだし、ここは自分がかけた保険の利用も考えるときだった。

河島が出たので、藤倉は名乗って言った。

「お願いした稚内の件、いかがです？」

河島は、かすかに狼狽を感じさせる声で言った。

「待ってくれ。かけ直す」

河島の言葉のうしろに音楽が聞こえた。札幌の繁華街のクラブかどこかなのだろうか。

藤倉は携帯電話を腿《もも》の上で閉じて、ジャケットのポケットに落とした。

河島から電話が入ったのは、三分後だった。遅いと、焦《じ》れてきたところだった。

河島は言った。

「まずいことになった」

「何か？」

「うちの若いのが、やりすぎたんだ」

「やりすぎた？」まさか。

「看護婦をつけていって、ちょっと脅すつもりが、手をかけてしまったそうだ。死んだようだ」

「死んだ？」藤倉は思わず怒鳴った。「何やってるんですか」

ステアリングを握る右手が震えた。セダンは夜の高速道路上で蛇行した。あわてて藤倉は右手に力をこめた。

「すまん。脅すだけだと念を押したんだが、頭が足りない野郎だった」

藤倉は言った。

「そっちの責任ですよ。おれはそんなことは頼んでいない。そっちの責任で処理してください」

「わかってる。あんたには迷惑はかけない。そのつもりだ。ただ、ちょっと手間暇かけたり、費用のことで相談するかもしれない」

「費用なんて、こっちに請求できるようなものですか？」

「いや、だけどな、こっちだっていろいろ義理があると思えばこそ、四の五の言わずに引き受けたんだ。そっちが苦境なのはわかってるからだ」

「殺しまでは頼んでませんよ」

「うちの若いのを危ない目にあわせるってことでは、五十歩百歩だ」

「脅しと殺しでは、量刑がまるでちがうでしょう」

「組員ひとりにきわどいことさせたんだぞ」

「とにかく、この件についてはおれは無関係だ。とばっちりを寄越さないでください。その若いのは、いまどうしてるんです？」

「稚内に留め置いてる。札幌に帰すわけにはゆかないからな」

その言葉に、藤倉は相手の含みを感じ取った。殺しなんていうとんでもないドジをやった組員を、相手もそのままにしてはおけまい。自分ひとりでやったことと自首させるか、ひそかに処理するか、どっちかということではないのか。どっちみち、さして有能な男ではあるまい。となると、取り調べではあっさり組長の脅しの指示についてしゃべってしまうかもしれない。いや、刑事に誘導されて、殺しの指示があったとさえ供述してしまうかもしれなかった。そのまま警察に預けるのは危険だろう。

いま、その処分の方法を検討中ということか。

藤倉は言った。

「殺しの件は、組長のところで止めてもらいますよ。いいですね」

河島は、イエスともノーとも取れるような口調で言った。

「まあ、なんとか」

電話を切ってから、もう一度藤倉はセダンの運転席で大声を上げた。

「馬鹿野郎！」

関口の妹を殺したとは。これで、取り引きの材料がひとつ、なくなってしまった。脅してしまっては。

藤倉は、ふいに思い至った。

あの関口は、妹が死んだという事実をもう耳にしたのか？　関口の自宅での殺害のようだから、時間から言って、死体がもう見つかっていてもふしぎはない。家族、この場合、関口の母親が犯行を知ったとして、すぐに関口にも連絡することだろう。関口は驚愕《きょうがく》し、激昂《げっこう》する。すぐにも稚内に飛んで帰ると決めるのではないか。

もしかして、あのターニャの拳銃の乱射も、関口の妹が死んだせいか。そのことでまずぶち切れたあの女が、エミとユーリーというふたりの人質奪還に、信じがたく素早く動いたということだろうか。もしそうだとするなら、次にターニャが向かう先は、稚内ではないのか？　大阪ではなく。すぐにも出国するのではなく。ついでに関口の妹の殺害犯も始末する、ということにはならないだろうか。関口とあの女が、関口啓子の殺害犯の正体と居場所を知っているかどうかは別として。

引っかけられた、と藤倉は確信した。女たちは、大阪には向かっていない。ソーバリに、大阪に行くと連絡があったというのも、ほんとうの行き先を知らせないためだ。ソーバリも、女にかつがれている。

それに。

藤倉は暗い北陸自動車道の前方に目を据えながら思った。

たしか稚内からはサハリンに船が出ている。千歳空港からもロシア行きの飛行機が出ていたはずだ。大阪に行かなくとも、北海道に行けば、ロシアへの出国はできるのだ。でも、ターニャたちはどういうルートで北海道に向かった？　日本海東北自動車道を北に走っているか。函館行きのフェリーが出ている青森に向かって。

フェリー。

新潟からも出ている。

藤倉はルームミラーで後方をちらりと確認し、ウィンカーを左に出した。路側帯に駐車すると、藤倉は携帯電話で新潟港から出るフェリーを調べた。新日本海フェリーという海運会社が航路を持っているとわかった。すぐその会社の新潟港ターミナルに電話し、電話に出た相手に訊いた。北海道行きのフェリーは出ているかと。

相手の男は答えた。

「夜十一時半に出港して、明日の午後五時二十分に苫小牧に着くのが一便。明日の朝十時半に出港して、明後日の朝四時半に小樽に着くのが一便あります」

「午後十一時半というのがあるのか？」

「ええ。乗るのであればお急ぎください。出港一時間前に車の積載は締め切ります」

時計を見た。午後九時十分になっていた。

いまから戻って、十一時半の船に間に合うか。十時半に車の積載締め切りとなれば、車で乗るのは難しい。しかし、身体ひとつでなら船に乗ることはできるだろう。飛行機とちがって、手荷物検査はないはずだ。拳銃も持ち込める。船の中でふたりを探して始末し、海に投げ込めばよい。船会社がふたりの行方不明に気づくのは、自分が下船したあとだ。悠々と東京に戻ることができる。

ナビの地図を拡大して、現在位置を確かめた。自分は朝日インターチェンジを通過したところで、札幌のあの組長に電話していた。そのあいだに、入善《にゅうぜん》スマートインターと、黒部《くろべ》インターを通過している。次のインターチェンジは、魚津《うおづ》だった。

魚津から引き返すか。

藤倉は、自分の判断が間違いである可能性も考えてみた。つまり、ソーバリからの情報どおり、ターニャは大阪に向かっているということ。その場合、ガイドの関口さえ、自分の妹の死よりも女を脱出させることを優先していることになる。いくらロシアン・マフィアに取り込まれた男であったとしても、その振る舞いは少し薄情すぎるように思えた。まるで本物のヤクザ者のようではないか。昨日、六本木の事務所の前で再会したときも、彼はごくふつうの旅行ガイドと見えた。向こうの組織に取り込まれていたとしても、ずっぽりではない。つまり、信条も生活のスタイルもまだ彼は堅気に近いはずだ。身内が死んでもなお、組織の殺し屋に義理立てするはずはない。警察はやつを殺害犯の共犯とは特定できていないのだし、家に帰ることにとくに障害はないはずだ。

そしてあの女、ターニャは。

ターニャもここまで関口のアテンドで動いてきた以上、急にひとりになったとは考えにくい。人質に取った女の話でも、ターニャは怪我をしているとのことだった。ガイドは欠かせない。もし関口が急遽《きゅうきょ》稚内の生家に帰ると決めたのなら、女も確実に関口と行動を共にしているはずだ。それでもロシアには帰ることができるのだから。

やはり新潟に引き返そう。

藤倉は、携帯電話を取りだして、もう一度札幌の河島に電話した。

「殺した男、まだ稚内にいるってことでしたね？」

河島は言った。

「ああ。稚内から動くな、と言ってある」

「そのままにしておいてください」

「稚内で、埋め合わせの仕事を頼むことになるかもしれない」

「どうしてだ？」

「埋め合わせできるのか？」

「組長にとっても、損のないかたちで」

河島が藤倉の言葉をどう解釈したかはわからない。しかし、いくらか安堵《あんど》したようだった。相手は言った。

「潜ませておく」

藤倉は携帯電話を切って上着のポケットに収めると、右ウィンカーを出してふたたびセダンを北陸自動車道上に発進させた。

セダンを指定のスペースに停めると、係員がすぐにこれをスチールの索《さく》で甲板に固定した。

卓也はターニャの先を歩いて、エレベーターホールに向かい、スイートルームのあるレベルまで上った。サングラスをかけたターニャは、部屋に入るまでずっと無言だった。スイートルームは、ツインのベッド・スペースと、大きなL字形のソファのあるリビング部分との組み合わせだった。そこが船であることを考えると、かなりぜいたくな空間の使い方だ。窓は広い。集合住宅のベランダ窓ほどの高さ、広さがある。丸い船窓を予想していたので、その窓の大きさは意外だった。ガラス戸を開けてみると、専用のベランダがある。この季節の日本海では、このベランダを使いたい気分にはならないだろうが。

ターニャはベッドに向かって歩くと、倒れ込むようにベッドに身体を横たえた。

卓也はふたりの荷物をドレッサーの横に置くと、バスルームの中を見た。そこそこのホテル並みのレベルのバスルームで、窓は海に面している。

小用をすませてバスルームを出ると、ターニャはもうトップシーツを肩まで引き上げて眠っていた。

卓也はソファに腰を下ろして時計を見た。十時十分前になろうとしていた。出港まではまだ一時間四十分もある。卓也はこの間に、警察の手配がこの船まで回らぬこと、藤倉が北海道行きのこのフェリーのことに思い至らぬことを願った。

捜査本部の置かれている麻布署で、寒河江はその連絡を受けた。警視庁組織犯罪対策部に対して新潟県警から照会があったのだという。

きょう夕刻、新潟市内で発砲事件があり、四人の男が撃たれた。死者は出ていないが、四人とも重傷で、新潟市内の病院に運ばれて手当てを受けている。運転免許証から、少なくとも三人は東京に現住所があると確認できた。暴力団同士の抗争の疑いがあるとのことで、新潟県警は被害者の名を警視庁に照会したのだ。

とりあえず電話を受けた課員が回答したとのことだった。しかし県警の担当者は、寒河江にも直接電話すると言っていたという。

身構えて待っていると、携帯電話が鳴った。寒河江はすぐに耳に当てた。

「警視庁暴対、寒河江です」

相手は言った。

「新潟県警、暴対の二宮です。きょう起こった発砲事件のことで」

「聞きました。四人が撃たれたとか」

「はい。このうち、ふたりの身元を確認していただきました。ひとりは岩瀬勝也」

「その名前なら、指定暴力団誠志連合大滝組の組員です」

「もうひとりは、三浦弘樹」

「同じく西股組の組員ですね」

「こっちのニュースでも流れてますが、西股組はいま東京で抗争中なのですね？」

「抗争と言ってよいかどうか。相手が判明していないのです」

「相手がわからない？」

寒河江は、東京六本木の事件と、日赤医療センターの一件を簡単に語ってから、つけ加えた。

「なのに、いま西股組と抗争関係にある組というのが見えてこないのです」

「現に、新潟では撃ち合いがあった」

「相手について、被害者たちは何か証言してますか」

「意識ある三浦という男も、黙秘です。何も言ってません」

「相手に見当は？」

「目撃証言では、女がいたらしい。六本木の事件と共通しますね」

「日本人？」

「いえ。というか、何人《なにじん》だ、という証言ではなかったな」

「現場は？」

「新潟空港に近い場所。パキスタン人やロシア人の貿易会社とか故買屋が集まってるところです。現場となった事業所も、ロシア相手の重機輸出会社。マル暴ではありません。現場の向かい側にロシアン・マフィアの息がかかってると判断できる事務所もあって、いまそっちでも事情聴取してます」

「関係ありそうですか？」

「抗争しているという雰囲気でもないんです。が、場所が場所なので、一応」

寒河江は、いま聞いた情報を頭の中で整理しながら言った。

「情報交換の必要がありそうですね。明日、捜査員をそちらにやります。朝一番の上越新幹線で」

「お待ちしてます」

携帯電話を切ってから、寒河江は腕を組んで天井を見上げた。抗争はいよいよ大きなものになってきた。しかも、こんどの銃撃戦現場が新潟となれば、相手がロシアン・マフィアという線がほぼ確実だ。そうであれば、これまで東京都内で抗争の情報が出てこなかったことについても納得がゆく。岩瀬や三浦たちは、新潟で抗争相手に対して報復に出て、返り討ちに遭ったということなのだろう。東京でもあらためて西股組、大滝組らの事務所を包囲し、再報復を封じなければならない。

寒河江は、ふと奇妙なことに気づいた。

三浦弘樹が撃たれた？　やつは西股組の藤倉奈津夫の弟分だ。いつも西股のベンツの運転手役だ。あいつが新潟にいたということは、藤倉もいたということのはずだ。

藤倉はいまどこだ？

明日、新潟には部下の矢島をやるつもりだった。それよりも、自分が行ったほうがよいようだ。

藤倉奈津夫は、ターミナル・ビルの二階、ブリッジの手前で地団駄を踏んだ。

白い大型のフェリーボートが、いまゆっくりと新潟西港のフェリー岸壁を離れてゆくところだった。

北陸自動車道、日本海東北自動車道を飛ばせるだけ飛ばして新潟に戻り着いた。そしていま、新日本海フェリーのターミナル・ビルの前にセダンを停め、階段を駆け上がった。ほんの数分遅かった。ブリッジははずされ、出入り口のガラス戸はロックされていたのだった。

遠ざかりながらフェリーは二度、大きく汽笛を鳴らした。

追わなければ。

藤倉は決意した。

おれも北海道に行く。

稚内

関口卓也は、スロープに車を進めてフェリーボートを降りた。

苫小牧フェリー・ターミナルの広大な駐車場が目の前に広がっている。広漠とした眺めだ。空の色は、新潟よりもはるかに冬に近づいていた。鈍色《にびいろ》の重い空だった。

卓也は苫小牧に足を下ろすのは初めてだった。何度か千歳空港を使うとき、着陸直前に通過する都市として記憶しているだけだ。道央自動車道は、この町の内陸寄りを走っている。苫小牧東インターチェンジまでは、ほんの五キロかその程度のはずだった。

苫小牧の中心市街地は、どうやら左手内陸側の方向らしい。高層ビルは見当たらない。多少のオフィス・ビルと集合住宅が固まっているあたり、それが町の中心部なのだろう。新潟と較べるなら、ずっと小さい町だ。港自体は、できてからせいぜい五十年、しかも原野の只中《ただなか》に建設された土地。町全体が水平方向に厚みを持たずに広がっているのだろう。右手方向には、何本もの巨大な煙突や、背の高い工業施設が見える。発電所とか、石油関係のプラントがあるようだ。

助手席でターニャが訊《き》いた。

「ここから稚内まで、どのくらい？」

関口卓也はセダンを駐車場の出口方向へと進めながら答えた。

「たぶん七時間ぐらい」

時計はいま、夕方の五時二十五分を示していた。つまり、卓也が稚内の生家につくのは深夜になる。しかし、どっちみち妹の通夜の最中だ。母も叔母《おば》も親しい親族も、みなまだ起きていてくれるはずだ。

駐車場を出る車の列からはずれ、卓也はいったん駐車場の隅にセダンを停めた。フェリーの上では携帯電話がつながらなかったため、ネットにアクセスすることができなかった。いま、稚内に向かう前に調べておかなければならない。

最初にサハリンのコルサコフと、稚内とを結ぶ航路の時刻表を見た。定期の航路は季節運航で、五月から十月まで、おおむね週に二便出ている。いまは十一月なので、この定期フェリーに乗ることは不可能だが、このほかにも不定期で貨客船が就航していた。これは冬のあいだも運航される。

調べると、ちょうど十日後にコルサコフ行きの船が出ていた。

十日後。稚内で脱出をうかがうには、長すぎやしないか。ターニャに危険が迫る。

函館と千歳からの空路をあらためて確認してみた。どちらも週一便である。函館は、きょう出発。千歳は三日後だった。これを使うのがよいかもしれない。きょうから三日間なら、なんとか隠れおおせることができるのではないか。

もうひとつ、小樽からもサハリンに船が出ている。ホルムスク行き。ロシア本土のワニノにも入港する。これは不定期だ。たしかひと月に一便程度あったはず。

卓也は小樽の旅行代理店に電話して、つぎの船の予定を訊いた。二週間後だという。二週間後。これも使えないだろう。現実的なのは、千歳からの空路という手だ。

ターニャが、卓也の横顔を見つめて訊いた。

「困ったことでも？」

卓也はターニャに顔を向けた。

困ったことがあるなら言って、とその顔は言っている。

卓也は言った。

「脱出の方法だ。少しずつタイミングが悪い。稚内からサハリンのコルサコフに行く船は十日後だ。小樽からホルムスクに向かう船は二週間後。ただし飛行機は、三日後にある。千歳から、ユジノサハリンスクまで。一週間待てば、函館からの飛行機もある」

「何が問題？」

「早い手段で三日後。それまで逃げきれるかどうか、ぼくは心配だ。警察も動きだして、きみの身元がわかったら、空港は危ない。きみをいつどこから脱出させるか、それを考えている」

「だから、稚内に行くんじゃなかった？　船があるから」

「十日後とは思わなかった」

「船会社の客船の場合でしょう？」

「どういう意味？」

そのときターニャのポーチの中で携帯電話が鳴った。ターニャは携帯電話を取り出して、耳に当てた。

卓也は、もう一度思案に戻った。自分は何がなんでもいったん稚内に帰り、妹の通夜と葬儀に出なければならない。明日が告別式。明後日稚内から千歳に行けば、その次の日ターニャをサハリン便に乗せて見送ることはできるが。

「はい」とターニャが、乾いた声で言った。「ええ。朝に、大阪に着いたわ。疲れていたので、休んでいたのよ。心配かけたわ」

「それより、ソーバリから何か連絡は入っている？　いまどんなことになっているか知りたいの」

「ええ。そうなの。思ったよりも傷が深かったの。どこかで手当てを受けようと思う。飛行機に乗るのはそれから」

「いいえ。当てはないわ。あなたは知ってる？　弾傷の手当てをしてくれて、警察には通報しないって誰かを」

「そう？　念のために診てもらえるかどうか、聞いておいてもらえる？　わたしは今夜は、身体を休めて様子を見る」

「ええ。わかった。わかった」

ターニャが携帯電話を畳んだので、卓也は訊いた。

「例のサーシャかい？」

「ええ。ずっと携帯がつながらなかったので、少し怒っているみたい」

「海の上だったからね。なんだって？」

「もう大阪に入っているなら、いろいろ協力するって。闇の医者か、救急措置ができるひとを一応頼んでおいた。わたしが大阪に着いたと思わせておくために」

またターニャの携帯電話が震えた。彼女はすぐ耳に当てた。

ターニャが、口の動きで言った。ソーバリ。

それから彼女は、電話の相手に言った。

「ええ、サーシャとはいま連絡が取れたわ。ホテルを取って、ずっと眠っていたの。鎮痛剤を飲んでいるものだから、熟睡していた」

「いえ、体調次第。これからモスクワまで飛行機に乗るには、もう一回手当てを受けたほうがいいかもしれない」

「ここ？　大阪の中心部だと思う。地名はわからない」

「ホテルの名前？　なんだっけ。何か発音しにくい日本語の名前よ。それより、警察は動いてるの？　わたしは指名手配された？」

「そう？　ええ。わかった。日本のマフィアのほうは？」

「ええ。いいわ。出発する前には、あらためて電話する。いえ、モスクワ直行便にはしないかもしれない」

「ええ。そうね。じゃあ」

卓也がターニャを見ると、彼女は言った。

「昨晩、警察が事情聴取にきたって。事務所の様子を見て、発砲事件とは無関係だと思ったらしい。新潟市内で、検問が行われている」

「あの事務所は要塞《ようさい》になっていたのに」

「すぐに片づけたんでしょう。ガンも」

「藤倉も、ソーバリたちとの抗争だとは証言しなかったってことかな」

「撃たれた男たちも、まだ何も言っていないんでしょうね」

「でも、目撃者はいたんだろう」

「そうね。いずれ警察も、何が起こったのか、つかむでしょう。ソーバリと西股組との抗争のことがわかる」

「ソーバリの事務所もそのうち家宅捜索。ソーバリも何かの容疑で逮捕されるんじゃないか」

「モスクワがわたしを送ったのは、ソーバリの事務所を維持したいから。逮捕されたら、ソーバリはわたしのことを明かす。少なくとも、昨日の発砲は女がやったことだと警察に話すでしょう。自分たちは関係がないと」

「その前に、きみを脱出させなくちゃならない。三日の余裕はあるかな」

「三日というのは？」

「まずきみを千歳に送り届けようかという気になってきた。ここから三十分のところにある空港だ。土曜日の出発まで千歳のホテルに泊まってもらう」

「わたしだけ？」

「ああ。ぼくは、殺された妹の葬儀がある。それをすませたら、もう一度千歳に戻る。出国手続きやら何やらを手伝う」

ターニャが、かすかに不安そうな目となって言った。

「わたしを最後までアテンドするって約束したわ」

「葬式が終わったら、戻ってくる」

「わたしも稚内に行くわ」

「つきあう必要はない」

「稚内まで行けば、目の前はもうロシアよ。定期船でなくても、船は行き来している。わたし、稚内のアンダーグラウンドの事情は、たぶんあなたより詳しいわ」

卓也は、首を傾けて確かめた。

「密航すると言っているの？」

「あなたが思うほど難しいことじゃない。稚内には組織がある。彼らも、脱出には手を貸してくれるはず」

「ソーバリとつながっていたら、きみが危険だ」

「稚内の組織は、サハリンが仕切ってる。ソーバリとはそんなに強いつながりじゃないわ」

ターニャは、ちょっと待ってというように手を挙げてから、携帯電話を持ち上げた。かかってきたのではなく、ターニャのほうからかけるようだ。

ターニャはやがて話し出した。

「ワーニャ？　ええ、任務は果たした。いま帰国しようとしているところ。日本の警察が追っているので、ちょっと助けが欲しくて」

「いいえ。そんなんじゃない。いま、大阪にいるの。大阪の空港からモスクワ行きに乗るつもりなんだけど、もしもの場合、次の手を考えなければと思って」

「ええ。北海道まで行けば、なんとかサハリンに行けるんじゃない？」

「ああ、やっぱり、稚内からね。ええ、それでいいのよ。帰ることができるんなら」

「ええ、もしものとき、頼るかもしれない。電話番号と相手の名前を教えて」

ターニャは、ボールペンをポーチから取り出すと、使われなかった航空券の封筒の裏に手早くなにごとか書き留めた。

「ひとつお願い。この電話があったことを、どこにも誰にも秘密にしておいて欲しいの。わたしはとにかく、大阪から帰国する。それがいちばん面倒がないから。ええ、スパスィーバ」

携帯電話を畳んでから、ターニャは言った。

「わたしも稚内に行くわ」

「稚内から密航？」

「ええ、船は手配できるはずだって」

「きみの組織が手配してくれるの？」

「というか、わたしが直接、稚内の仲間に頼む」

「そんなにやさしいことじゃないと思うがなあ。たしかにぼくは、そっちの業界のことは詳しくないけれども」

「国境があれば、必ずそこでは、モノもひとも行き来するわ。たぶん世界じゅうどこでも。ガザでさえ、モノは動いているんだから」

卓也は決めた。彼女がそういうならとにかく目指すのは稚内。脱出の手段は、稚内で考える。ターニャのネットワークに期待してみる。無理ということであれば、あらためて小樽にでも千歳にでも函館にでも戻ればよいのだ。暴力団と警察の追跡をどのようにかわすか、という問題はあるにせよだ。

「よし、稚内に向かうよ」

「行きましょう。わたしは、ついてゆくだけだけれど」

「元気になったようだね」

ターニャが助手席で微笑した。

「船の中で、ぐっすり眠ったから。わたし、何時間眠っていた？」

「たぶん十二時間以上」

「あなたは眠った？」

「八時間は眠ったと思う。これからの長距離ドライブも大丈夫だろう」

卓也はセダンを発進させ、駐車場を出て、フェリー・ターミナルのある広大な埋め立て地を抜けた。目の前に、苫小牧市の幅の広い通りがあった。大型トラックやタンク・ローリーが激しく行き交う道だった。卓也はその道を右折した。燃料計を見ると、そろそろ補給しておくべき頃合いだった。稚内まで、この苫小牧から約四百キロあるのだ。卓也は、道の先にガス・ステーションの看板を探した。三つほど並んでいる。あのどこかでガソリンを入れよう。

新潟市河渡《こうど》の亀山興産の事務所を出て、警視庁組織犯罪対策部の寒河江は腕を組んだ。ここは発砲事件の現場になった場所だが、亀山は事件について何の事情も知らないという。東京の暴力団西股組の知り合いがここを訪れていたことは認めたが、発砲は亀山が藤倉奈津夫と事務所で話をしているときに外で突発的に起こったのだとか。銃声とわかった瞬間に亀山はデスクの下にもぐり込んだ。やがて駐車場で車の発進音がして静かになった。おそるおそる裏口のドアを開けてみると、四人の男が倒れていた。誰が撃ったのか、襲撃は何人だったか、襲撃側が使った車は何であったか、まったく何も知らないという。

会っていた藤倉は、すぐに自分の車で出ていった。藤倉は、何か新潟に関係することで情報を教えて欲しいような素振りだった。しかし、まだ世間話も終わらないうちに、その襲撃と発砲は起こったのだ。藤倉が何を訊こうとしていたのかも、わからない。

寒河江は亀山に、発砲後、男女ふたりが国道113号を突っ切って、向かい側にあるロシア人の貿易会社の事務所に駆け込んだはずだと問い詰めた。目撃証言があると。

しかし亀山は、知らないと言い切った。そういう人物がなぜここで目撃されたのか、その理由について心あたりもないと。

向かいのロシア人たちとはどんなつきあいかとも訊いた。亀山は、同業者同士通りいっぺんのつきあいだと答えた。扱い品目が違うので、商売敵《がたき》というわけでもない。空港や新潟港の税関でときおり顔を合わせたとき、目礼をする程度の関係とのことだった。

寒河江は新潟県警の捜査車両に身体を入れると、新潟県警暴対担当の二宮という捜査員に訊《たず》ねた。

「ボストーク商会は、まったくノーマークだったんだな」

二宮という五十年配のその捜査員はうなずいた。

「ロシアン・マフィアとの関連は推測できています。ただし、このエリアには、外国人がやってる貿易会社が二十以上もあります。パキスタン人、ロシア人、イラン人、韓国人。どこだっておおもとの出資者までたどれば、その国のマフィアとつながってるかもしれません。その意味では、とくべつ危険な事業者というわけでもない」

「まったくまっさらってはずもあるまい」

「以前、新潟市内で、風俗営業法に抵触する店もやっていた。一度だけ、二年前に、店のロシア人ホステスをふたり、入管法違反で挙げたことはありますが」

「ボストーク商会自体は、摘発できなかったんだな」

「そのとおりです」

「あっちでも事情を訊こう」

「昨夜も一度、事務所で責任者から事情聴取してます。事務所も、とくに抗争中という様子は見えませんでしたね」

「発砲のほうの心当たりは？」

「何も知らないと。駆け込んできたような男女もいないということです」

捜査車両は、赤色灯を回転させて強引に国道を横断し、ボストーク商会の駐車場に入った。寒河江が車を降りてボストーク商会の事務所に向けて歩きだすと、二宮もすぐ追いかけてきて横に並んだ。

「連中、国籍はロシアで、名前もロシアふうですが、コリアン系です。コリアン・ロシアン」

寒河江は一応ドアをノックしたが、応《こた》えを待ったりはしなかった。ノブをまわし、自分でドアを開いた。

目の前に、質のよさそうなスーツを着た男が立っていた。年齢は四十歳前後だろう。額が広く、一重まぶたの目。細い鼻梁《びりょう》。なるほど、あの民族の男性の一特徴がよく出た顔だちだった。また、もし彼がマフィアにつながっているとしたら、粗暴さや度胸のよさよりも、頭の切れと冷徹さでのし上がってきた男なのだろう。そう思わせるだけの雰囲気があった。

寒河江は、警察手帳を見せて言った。

「警視庁の者だ。昨日の事件のことで、また話を聞かせてもらえるか」

男は言った。

「昨日も訊かれましたよ」

「拒むか？」

「ここででしたら、どうぞ」

寒河江は二宮と一緒に事務所の中に入った。ごくふつうの、零細企業の事務所と見える部屋だ。日本の暴力団事務所なら、まず正面の壁に所属する団体の金箔《きんぱく》押し紋章が掲げられているところだが、そのようなものは見当たらない。神棚も、書も、猛獣とか猛《もう》禽《きん》類の剝製《はくせい》もなかった。ホワイトボードや予定表、カレンダーのほかには、モスクワのなんとか寺院を写した観光ポスターが目につく程度だ。

従業員らしき男が三人いる。ひとりはスーツ姿。あとのふたりはジャンパーをひっかけていた。白人ふうの顔だちのものはいない。

寒河江は、応接セットへと歩き、ソファに腰を降ろして、意表を突く問いを男にぶつけた。

「西股組の藤倉がここに来た理由はなんだ？」

相手の顔が、一瞬強張《こわば》った。


旭川市《あさひかわ》を北に抜けた場所で、道央自動車道は行き止まりだった。そこから稚内までの二百五十キロは、自動車専用道ではない。まだ四時間ほど走ることになる。卓也は午後の八時二十分に、道央自動車道を降りて、国道40号に入った。

すぐに和寒《わっさむ》の市街地だった。卓也はいったんコンビニエンス・ストアで車を停めた。これからの時間帯、この先稚内まで洋食の出るレストランは望むべくもない。ここでサンドイッチとか飲み物とか、軽食を用意しておかねばならなかった。

買い物をしたあと、母に電話をかけた。すでに通夜が始まっているという。会場は生家近所の斎場とのことだった。家のほうはいま誰もいない。警察もいまはとくに立ち入り禁止とはしていないとのことだ。妹の啓子が死んでいた状態も、さほど凄惨《せいさん》なものではなかったという。

電話を切ってから、卓也は考えた。ターニャをどこに泊めるか。稚内には、外国人旅行者にも快適なホテルは、さほどあるわけではなかった。稚内駅近くのあの高層ホテルが、一番の格ではあるが。

卓也はホテル検索サイトからそのホテルのホームページを呼び出し、部屋を取りたいと伝えた。自分の名を出し、チェックインはきょうの深夜になると。携帯の電話番号を伝えて、予約は済んだ。

卓也がそのコンビニの駐車場からセダンを発進させたのは、午後の八時四十分だった。

寒河江は、新潟駅に向から捜査車両の中で、深く溜《た》め息《いき》をついた。

新潟県警の二宮が訊いた。

「事態は見えてきましたか？」

「いいや」思わずいまいましげな口調になった。寒河江は息を大きく吸い込んでから続けた。「東京で西股克夫って男が撃たれた事件と関係してるのは確実だ。ここで、西股組と大滝組の若いのがハジキ持って撃たれたんだからな。報復の返り討ちに遭ったんだ」

「相手は、ボストーク商会？」

「たぶんな」

「ボストーク商会の駐車場で四人が撃たれたんなら、その西股組の襲撃が失敗だったということなんでしょうけど。でも、現場は亀山興産の駐車場です」

「何か取り引きが始まるところだったんだ。だから、ボストーク商会に近い中立的な場所に関係者が集まったんだ」

「でも、ボストーク商会も、あのとおり抗争中の組事務所には見えませんでしたよ」

「模様替えぐらい簡単だ。そして、東京の事件自体にも、おそらくボストーク商会は直接関わっていないんじゃないか。親組織がやったことかもしれん。だからあそこは、要塞にはなってなかったんだ」

「でも、目撃証言では、ふたりの男女がボストーク商会に駆け込んだ」

「事実だとすれば、人質だったのかな。西股組は、亀山興産で何か取り引きを持ちかけていたのではないか、って気がするんだが」

「車の急発進、という目撃証言は？　女が飛び乗っていったとの聞き込み情報もありますが」

「その車に、四人を撃った女が乗っていたんだろう」

「女なんですか？」

「西股組長を撃ち、翌朝日赤病院で西股組の三下を撃ったのも、女だ。外国人らしい」

「じゃあ、その女は、ボストーク商会の親組織が差し向けた鉄砲玉ってことでしょうか」

「発端はともあれ、東京の事件は、ロシア本国から送られてきた女がやってのけた、と考えたくなってきたな」

「だけど、四人がわざわざ東京からハジキ持ってやってきた。西股組は、ボストーク商会を襲うつもりだったんでは？」

「西股組の認識では、抗争の相手はあくまでも新潟のボストーク商会だったんだ。それでも、どこかで手打ちに持ち込む算段をしていた。だから、亀山興産にきていながら、事務所襲撃まではやらなかった。だけど、取り引きは最後の段階で決裂した、ってことなんだろう。ただ、どういう順序で物事が起こったのかは見えてこないな」

もうひとつわからないことがある。西股組の藤倉奈津夫の役割と行動だ。彼は亀山興産の事務所にいながら、撃たれた男四人のうちに入っていない。応戦もしていない。いったい彼は亀山興産の事務所で何をしていたのだ？　亀山の話では、何か情報を訊きたい様子だったというが、あの証言を信用するとして、藤倉があの時点で知りたがっていた情報とは何についてのものだ？　そこで取り引きが行われようとしていたという自分の仮説が正しいとして、取り引きの中身はどういうものだったのだろう。

何よりの疑問。彼は発砲事件後、どこに消えた？　いまどこにいる？　ヒットウーマンを追った？　ではヒットウーマンはどこに逃げた？

ボストーク商会のあのボスは、藤倉については何も知らないとしらを切ったが、自分はそれを信じてはいない。

寒河江は、二宮に確認した。

「事件後の緊急手配はどういう意味のものだったんだ？」

二宮が答えた。

「発砲事件と判明したあとすぐ、空港とJR新潟駅で不審者の尋問を実施してます。撃ったのが女だとすると、見逃している可能性はあるんですが」

「時刻は、事件発生からどのくらいだ？」

「一一〇番通報を受けてから、四、五十分でしょう。一時間は経っていません」

「ということは、六時ぐらいってことか？」

「そうですね」

新潟県警の捜査車両は、新潟駅前の車寄せに滑りこんで停まった。

寒河江は車を降りてから、二宮に言った。

「新しい情報は、すぐに伝えてくれ。ひょっとすると、合同捜査本部設置ってことになるかもしれないが、そのときはまたよろしく」

二宮がうなずいた。


和寒の町を出発してからおよそ四時間走って、ようやく稚内だった。生家のある稚内の潮見に着いたときは、もう深夜零時四十分になろうとしていた。卓也は車をそのままJR稚内駅へ向けて進めた。

その高層ホテルの前まできて、卓也はセダンを徐行させた。車寄せに二台の車が停まっている。一台は白っぽいセダン、もう一台は黒っぽいセダンだが、ルーフに赤色回転灯が載っている。

警察の車だ。

卓也はアクセル・ペダルを少し踏み込んだ。

ターニャが訊いた。

「どうしたの?」

「警察がきている」と卓也は答えた。「この町で殺人事件が起こっているんだ。ホテルの泊まり客が調べられているんじゃないかな」

ターニャが言った。

「殺人事件は昨日のことでしょう? きょうチェックインする客が調べられる? むしろきょうチェックインする客は、事件とは無関係と思われる」

「きみがもう手配されている可能性を考えた」

「わたしが手配されたときは、あなたも、この車も手配されているんじゃない? 少なくともわたしたちは、無事にフェリーボートを降りることができた。高速道路も通ってきた。これって、むしろ安全の証明じゃない?」

道理だった。卓也はホテルの前で車を一周させると、あらためて車寄せにつけた。すぐにベルボーイが近づいてきた。

予約しているとベルボーイに告げ、卓也は車を降りた。ターニャもハーフコートの前のボタンを留めて、車から降り立った。

エントランスの自動ドアを抜けるとき、四人の男たちとすれ違った。公務員のようでもあり、その筋の男たちとも見えないこともない連中だった。卓也は無理に笑みを作って、ターニャの腕を取った。ターニャのほうも、事態を察したのだろう。おおげさな笑みを卓也に向けてくる。いまこの男たちには、自分たちは底抜けに能天気な馬鹿カップルと見えているだろう。ターニャがやや風俗寄りの女性と見られる可能性も少しはあるが。呼び止められなかった。卓也たちは無事にチェックイン・カウンターにたどり着くことができた。

卓也は差し出された宿泊票をターニャの前に滑らせ、目で合図した。ターニャは、ボールペンで手早く名前の記入欄を埋めた。キリル文字で記されたのは、ロシアの女性国会議員の名前だった。卓也はその宿泊票を引き取ると、チェックアウトの予定日と日本の連絡先として自分の東京の事務所の電話番号を書き加えた。

案内されたのは、港が見える十一階の部屋だった。ベルボーイが去ったところで、卓也はターニャに言った。

「明日、妹の葬儀が終わったら、またここにくる。それまでは休んでいてくれ」

ターニャはうなずいた。

「わたしはわたしで、脱出の手配を進める。あなたには、もうそんなに迷惑をかけないと思う」

卓也は、多少皮肉のこもった声で言った。

「そう願う」

ターニャの表情にかすかに、傷つけられたという色が浮かんだ。ほんの一瞬のことではあったけれど。卓也は、自分の口を呪った。言わずもがなのことだった。

　卓也は、おやすみを言って部屋を出た。


　卓也が生家に帰り着いたのは、午前一時を五分まわった時刻だった。

　玄関灯はついているが、中には誰もいないはずである。来る途中の母との電話で、通夜は近所の斎場で行われていることを知っていた。警察が立ち入り禁止のテープでも張っているかとも想像していたが、それもなかった。現場検証なり鑑識作業はもう終わったということなのだろう。

　つまり、妹はさほど凄惨な殺され方をしたわけではなかったということだ。血や肉片が飛び散るような現場であれば、警察もそうあっさりと立ち入り禁止ロープをはずしたりはしないだろう。そもそも母親が、この家にいることをいやがったかもしれない。

　玄関脇の駐車スペースに車を停め、家の中に入った。妹が殺されたという居間は、推測どおりとくに荒されてはいなかった。何かが壊れたり、裂けたり、あるいは何かの染みができているとか、事件をうかがわせるものは何もない。卓也は安堵《あんど》して二階の自分の部屋に向かい、置いてある喪服に着替えた。これから近所の斎場に行かねばならない。

　妹の死には、愚かなことに巻き込まれた自分に責任がある。自分は今夜、そのことで自分自身を責め続けることになるだろう。

藤倉奈津夫は、小樽港フェリー・ターミナルの駐車場で、自分のセダンを停めた。新潟であの銃撃戦があってから二日後、正確には三十五時間後である。午前四時四十五分だった。夜はまだ明けていない。

一昨日、わずかの差で苫小牧行きフェリーを逃した藤倉は、すぐに次の北海道行きの算段をした。拳銃《けんじゅう》を持たねばならない以上、飛行機を使うことは論外である。列車か、自動車を使うしかない。しかし、青森に向かってそれからフェリーボート、函館上陸という方法では、あの女と関口に大きく時間の差をつけられる。へたをすると丸一日かそれ以上、遅れて追いかけることになる。連中の目的地が稚内という以上のことは推測できないが、その時間差はかなり決定的なものになるだろう。

なんとか次の手はと考えて、新潟のそのフェリー・ターミナルから、小樽行きの船が出ていることに気づいた。出発は翌朝である。およそ十八時間で、小樽港に着く。これなら、遅れはおよそ八時間から十時間で済む。彼らが脱出に使う船なり飛行機なりの出発日次第では、なんとか詰められる遅れだ。もし関口が少し油断するとか、あるいはほかの用事で身動きできないというような状況となれば、一気に立場の逆転も可能ではないか。甘い読みかもしれないが、自分はいま目の前で獲物を逃してしまったのだ。そのわずかな可能性に賭《か》ける以外に、ほかに打つ手もないのだ。

藤倉は駐車場で一夜を明かし、翌朝新潟フェリー・ターミナルを出港するフェリーボートに乗ったのだった。

ほぼ丸一日の航海のあと、たったいま北海道・小樽の港に上陸したのだ。すぐにも電話をかけねばならなかった。自分の業界でなくても、朝の五時というのは、まだ電話などしたらどやされる時刻である。

しかし、事態は急を要する。

藤倉は、最初にソーバリに電話を入れた。

彼はいま警察に引っ張られているかもしれない、とも予測していたが、すぐに出た。

「いま話せるか?」藤倉は確かめた。

「大丈夫だ。なんだ?」

この話しぶりでは、そばにひともいないようだ。詳しいことも話題にできそうだ。

「女の居場所だ。その後の情報は? 大阪には着いたのか?」

「それが、大阪に行ったのかどうか、はっきりしない。大阪にいることにしたと、おれにも子分にも電話はあったが、居場所を教えないんだ。関空から帰国するとは言ってるんだが」

「罠《わな》を見破られたってことはないか」

「なんとも言えない」

「ひとつ訊く。この二日間、女との連絡はいつの何時ごろにあった? わりあい長い時間、連絡なしか、そっちからかけても圏外という時間があったと思うが」

「訊いてどうする？　彼女が撃ちまくった日の七時過ぎに、大阪に向かうという電話があった。そのあと、昨日の夕方五時過ぎまで、連絡はつかなかった」

「二十時間、どうしていたって？」

「大阪に着いて、鎮痛剤を飲んで熟睡していたそうだ」

藤倉はその答を聞いて、いよいよ確信を強めた。二十時間、電話がつながらなかった。つまり彼女は、電話の通話圏外にいたのだ。自分が十八時間そうであったように、彼女はほぼ確実に船の上にいた。つまり彼女はいま、北海道に上陸している。

藤倉はソーバリにもうひとつ訊いた。

「あんたの組織は、北海道ならどこに拠点がある？」

ソーバリがいぶかるような声で訊いた。

「どうしてそんなことを？」

「彼女の目的地は大阪じゃないとわかったからさ。北海道にもあるだろ？　小樽か、根《ね》室《むろ》か、それとも稚内か」

少しの間のあとに、ソーバリは答えた。

「稚内にある」

やはりその地名が出た。まちがいない。あの女は確実に、稚内を目指した。問題は稚内からいつどんな手段で脱出するかだ。苫小牧上陸が昨日の夕方のはずだから、いまのところまだ出ているはずはないが。そして、女の脱出が明日以降の予定なら、自分はきょうのうちに、半径数キロの範囲内まで迫ることができるはずだ。

「頼みたい」と藤倉は言った。「もし次に女から連絡があったら、大阪に非常線が張られた、このおれも関空で待ち構えていると言え。情報が漏れたと。すぐに稚内へ向かって、組織からの連絡を待てと」

承知した、とソーバリが答えた。


麻布にある大滝組事務所のエントランスの前で、寒河江は立ち止まった。

すでに機動隊がこの事務所の入ったビル全体を包囲している。表通りは通行止めだ。先日来、エントランスにだけは機動隊の一小隊を交替で張りつけていたが、きょうは家宅捜索ということもあって、その三倍の警察官を動員したのだ。午前九時十二分である。

寒河江は組織犯罪対策部の自分の班の部下たちを見渡してから、インターフォンのスイッチを押した。

「はい」と、乾いた声。

寒河江は名乗ってから、家宅捜索の旨を告げた。責任者立ち会いのもとにいまから実施すると。捜索令状はもちろん胸ポケットに入っているが、この事態だ。大滝組の組員たちも、形式的なことを言ってはこないはずだ。新潟で自分の組の構成員が三人撃たれているのだ。家宅捜索は折り込み済みのはずである。つまり、事務所の内部をあらためたところで、拳銃はもちろん、どんな微罪のネタも転がってはいない。しかしやっておかねばならぬ手続きだった。

ロックがはずれる音がして、すぐにドアが開いた。正面に、スーツ姿の大滝剛三が立っている。いまどき東京の暴力団組長には珍しくなった前科二犯の武闘派だ。短髪で、ごつごつと骨ばった顔だち。たとえ彼がチョークストライプのスーツ姿ではなくても、ふつうの市民は彼をその筋の男と判断して誤ることはないだろう。

寒河江は、胸ポケットから捜索令状を取りだすと、大滝の前にかざした。

「どうぞ」と大滝は言った。「好きなだけやっていってください」

大滝がドアの内側で一歩脇によけた。寒河江の部下たちが、どっとエントランスの中に駆け込んでいった。

寒河江は、部下たちをその場で見送ってから、大滝に言った。

「少し話を聞かせてもらうぞ」

「ここで？」

「だんまりを決め込むなら、麻布署まできてもらうが」

「短くすませましょうや。何を聞きたいんです？」

「大事な質問はふたつある。とぼけた答なら、こっちも対応を考えるから、心して答えろ」

「寒河江さんにはいつだって、真面目にやってきたでしょうが」

「ひとつは、いまお前らは何をやっているのかってこと」

「もうひとつは？」

寒河江は大滝の感情の読み取りにくい目を見つめて言った。

「藤倉はいまどこだ？」

大滝が一回瞬《まばた》きした。


告別式は午前十時からだった。

祭壇の前で僧侶《そうりょ》の読経《どきょう》があり、そのあと焼香となった。斎場のその式に参列したのは、五十人ばかりだ。関口卓也の親族が二十人ほど、啓子の友人や病院の同僚たちが三十人ばかり。昨日の通夜には、合わせて百人ほどのひとがきて焼香していったが、きょうはウィークデイだ。仕事のあるひとたちは、来られない。こんなものだろう。

柩《ひつぎ》の中の妹の死に顔には、やはり苦悶《くもん》が現れていた。検視医も納棺師も、彼女が犯罪被害者である事実を忘れさせるべく精一杯のことはしてくれたのだろう。しかし目の下と首の鬱血《うっけつ》跡は、歴然としていた。いやでも殺されたことを思わないわけにはゆかない死に顔だった。告別式の始まる前、卓也は啓子の顔のまわりに何十輪ものカーネーションを詰めてその犯罪の痕跡《こんせき》を隠そうとしたが、無駄だった。

いま、告別式参列者がひとりひとり柩をのぞきこんで、最後の別れを告げている。このあと柩は蓋《ふた》で覆われ、稚内市営の火葬場に向かうのだ。

母親も、親族も、もちろんそのほかの参列者たちも、これがストーカー殺人の結果だと信じているように思える。単純な強盗殺人ではないと。警察がとくにそう断定して発表したわけではないが、捜査員たちの事情聴取や聞き込みの言葉から、誰もがそう想像しているようだった。一昨日、啓子の勤め先の市立病院に妙な男がやってきたことも、通夜の席で話題になっていた。見るからに粗暴そうな男が、啓子に届け物があるといって訪ねてきたとか。啓子は自分に落ち度のないところで、誰か男の激しい執着の対象となってしまっていたのだろうと。

真相を知っているのは、この葬儀の場では卓也だけだった。妹は、自分が巻き込まれた暴力団同士の抗争の巻き添えを食って、日本の暴力団員に殺されたのだ。卓也がロシアのマフィアの手先と誤解されたせいで。そのことを卓也は昨日通夜の席で妹の死に顔を見た瞬間から、繰り返し繰り返し意識している。もし自分が過去に戻ってやりなおせるものなら、やりなおしたかった。妹が殺されたりせぬよう、決定的な判断ミスの直前までもどって、正しい判断に修正したかった。しかし、どの時点まで戻るなら、妹は死なずに済むのだろう。あの藤倉という暴力団員に、ターニャを引き渡せと言われた時点か。それとも、ターニャが六本木のあのビルから飛び出してきたところまでか。あるいは成田空港でターニャを迎えた瞬間か。まさかモスクワ駐在時、藤倉をアテンドしたところまでさかのぼる必要はないと思うが、しかしわからない。あのとき自分は藤倉に、自分は稚内出身で、ロシア語はこの町で学んだ、ということを問われるままに教えたのだ。家族がいるとも、たぶん言ってしまっただろう。その不用意な個人情報の開示が、妹の殺害につながった可能性は大だ。その後ターニャの逃避行につきあうことになったとしても、自分が藤倉に家族のことまで話していなければ、藤倉は妹に手をかけることはなかった。自分が戻らねばならぬとしたら、藤倉をアテンドすることになったあの日のモスクワだ。

葬儀社の中年男が言った。

「それではそろそろ、出棺の時刻となりました。ご家族、ご親族以外のみなさまは、どうか斎場の外で、関口啓子さんの柩をお見送りください」

柩のまわりにいた参列者たちが、沈鬱《ちんうつ》な顔のままその部屋を出ていった。

母が、ハンカチを目に当てながら卓也に言った。

「まだ信じられないよ、わたしは」

卓也は応えた。

「ぼくもだ。ぼくもだよ、母さん」

叔母が卓也の横に立ち、すすり泣きながら卓也の肩に手を置いた。

大滝剛三は、窓辺に立って寒河江たち警視庁組織犯罪対策部の面々の車が立ち去ってゆくのを見送った。

まだエントランスの前には出動服姿の機動隊員たちが張りついているが、とりあえず家宅捜索と事情聴取はしのいだのだ。肝心のことは何も答えず、とぼけたままに。寒河江はぶち切れる寸前という表情を見せていたが、大滝を引っ張るということまでは決断しなかった。とりあえず大滝組とその兄弟組織の事務所を完全に封鎖することで、抗争の拡大は防げるはずだという読みなのだろう。兵糧攻《ひょうろうぜ》めにすることで、大滝たちが音を上げ、ひそかに手打ちにかかることを期待しているのかもしれない。いずれにせよ、新潟県警に逮捕され、警察病院で手当てを受けている岩瀬たちの本格的な取り調べも、数日中に始まる。岩瀬の根性では、そう長くは黙秘は続けられない。少なくとも自分たちが何をやっていたか、やろうとしていたかという点まではゲロってしまうはずだ。大滝を含め、組にあらためて手が入るまであと数日というところだろう。それまでに、事態を収拾しなければならなかった。もう被害のバランスにこだわってはいられない。この四日間で七人撃たれ、そのうちふたりが死んだ。この抗争は一方的なものになった。自分たちには、もう反撃の余力もない。ここで自分が逮捕されたり、しのぎを妨害されては、組は消滅する。兄弟組織も音を上げて、大滝になんとかしろと泣きついてくることだろう。もう自分にもその計算はできるし、その予測はつけられる。

しかも。

一昨日、岩瀬たちが撃たれたと藤倉奈津夫から報告を受けたあと、自分はあらためて西股組の若い衆に事情を問いただした。するとそのチンピラは、そもそもの発端は西股組の息のかかった店のロシア人ホステスが殺されたことだった、と明かしたのだ。組にはそのホステスたちに安全に商売させる義務があった。組はホステス殺害の責任を取らねばならなかった。ホステスを斡旋したロシアの組織は、二千万のカネでの手打ちを持ちかけてきた。しかし西股克夫はこれを拒絶した。それで相手は殺し屋を送り込んできた、という事情だとわかった。なぜ、カネで解決しようとした連中がすぐに殺し屋を送り込み、西股を殺したのか。それはやつが女を殺したからではないか。だとしたら、この抗争には西股組の側にまったく正当性はない。舎弟分の西股克夫を殺されて報復に出たのは、自分の勇み足だったのだ。藤倉がそれを最初に正直に打ち明けていれば。

大滝は窓から離れると、若い手下に言った。

「藤倉に電話する。お前の携帯に、番号入っているか」

「はい」と、手下はすぐに自分の黒い携帯電話を取りだしてきた。

藤倉につながったところで、大滝は言った。

「大滝だ。いま電話大丈夫か」

藤倉が、いくらか意外そうな声で言った。

「ええ」

「東京に、ガサ入れが入った。うちのほか、兄弟分の事務所、裏事務所もだ。新潟の撃ち合いに切れて、寒河江はうちらを締め上げる気でいる。お前の行方を捜してるぞ。指名手配じゃないが」

藤倉が黙っているので、大滝は確かめた。

「聞こえてるか？」

「聞こえてますよ。いま女を追ってるんです」

「どこだ？」

「北海道ですよ。女は、稚内から逃げる気でいます」

「稚内？」大滝は確かめた。「わかってるのか？」

「ええ。確度の高い情報ですよ。こんどこそやれるでしょう。何か？」

「事情を聞いた。もともとは西股が、馬鹿やったせいだったんだな。お前は西股をかばって何も言わなかったんだろうが」

「すいません。じつは、そういうことだったんです」

「収めどきだ」

藤倉が驚いたように言った。

「いいんですか？　岩瀬たちも撃たれた。こっちの死人はふたりです」

「戦争にはならん。一方的すぎる。とことんやる義理も薄い。収める。仲裁を立てる」

「当てでも？」

「あるさ」

「先方には伝えたんですか」

「連絡先も知らん」

「じゃあ、おれから伝えていいですか。向こうも仲裁は受け入れます。しかも、いちおうはこっちの顔を立てて」

「どういう意味だ？」

「女です。七人撃った女。あれを売ってくれる。あの女を獲《と》れるんなら、仲裁の条件としても悪くないでしょう？」

大滝は、まさかと思いつつも訊いた。

「確度の高い情報って、じゃあ」

「そのとおりですよ。だから稚内に向かってます。ただし、向こうにしても、モスクワに対する立場がある。自分で女の首を差し出すわけにはゆかない。おれがやるしかないんですが」

「話はついたってことだな」

「いえ。それはおれの立場でできることじゃありませんから。ただ、その決着方法について打診したら、拒まなかったんです。含みのある答えかたでした。手打ちを大滝組長が受け入れてくれるとは思っていなかった。こっちは時間稼ぎの打診のつもりだったんですが」

怪しいものだ、と大滝は思った。藤倉のことだ。戦争の最中にも相手との接触を絶やさず、ずっと落しどころを探っていたということなのだろう。まったくやつは、西股の子分にしておいたのが惜しいほどに切れる男だ。ほんとうなら、一家を構えてもいいぐらいの器だ。いったん自分の預かりにしている西股組は、仲裁が終わったあとはやつにまかせてもいいかもしれない。やつが逮捕、起訴されなければだが。

大滝はもう一度言った。

「寒河江は、お前の居場所を探ってる。もう何かやってしまったのか？」

「何も。それに、手は打ってあります。おれがこれからすることについても、身代わりが用意されてますよ。寒河江は令状も取れません」

「とにかく」大滝は言った。「女を始末したら、戦争は終わったとあっちに通告していい。正式の仲裁については、ひとを頼んでからにするけどな」

「了解です」

大滝は通話を切って、携帯電話を子分に返した。

ロシアン・マフィアのほうも終わらせることを望んでいるなら、とりあえず自分の生命も安全だということだ。いまはただ、警察対策だけを考えておけばいい。しのぎも、あと三日か四日で再開できるだろう。組の連中を飢えさせずに済む。こういうご時世では、それが何よりだ。粗暴な男として評判を取っている自分だが、そのくらいの計算はできるのだ。いまが退《ひ》きどきだ。

藤倉奈津夫は、その通話を切ってからセダンを減速した。道央自動車道の路肩にちょうど待避スペースがあった。藤倉はセダンをそのスペースに入れて停め、あらためてもうひとつ、電話を入れた。

すぐにソーバリが出た。

藤倉は名乗ってから、言った。

「説得した。関連の組も、手を引く。終戦だ」

ソーバリが確認してきた。

「あれだけ犠牲が出ているのに？」

「事情を最初から全部教えてやった。そうしたら、納得した。みな、ビジネスのほうが大事だしな」

「条件は、あのままか」

「ああ。あれひとりで、すべて終わる。その後の情報は？」

「何もない。モスクワにも、関西空港から出ると伝えてきたらしいが、いつのどこ行きの便か、なんてことはまだだ」

「新しい情報があったら、伝えてくれ」

「出国されたら、おれはその先は責任は持てないぞ。あんたがどう説得したかは知らんが、そこで手打ちにするしかない」

「わかってる」

その通話を切ってから、もうひとつ番号を呼び出して、オンボタンを押した。相手は札幌の河島だ。

「おれです」藤倉は言った。「例の困ったちゃん、組長に迷惑かけないように、なんとか適切なところに移してやろうと思いましてね」

相手が訊いた。

「うまい手があるのか？」

「ええ。隠れ場所、教えてもらえますか。いま稚内市内ですか？」

「市内だ。借金のかたに押さえた整備工場があって、そこに潜んでる」

「その若い衆の名前と、潜伏場所と、携帯電話の番号を教えてください。チャカは持っていますか」

「持たせてない。そいつの名前は福本晴哉。工場の場所は、言うからメモしてくれ」

藤倉は、グラブボックスからボールペンとメモ用紙を取りだした。

相手の言うことをメモし終えて電話を切ってから、藤倉は鼻で笑った。

この福本という三下は、組長の指示を無視して余計な殺人まで犯した。そして、組長は組長で、そんな阿呆《あほう》を子分にしていた愚か者だ。ふたりとも、それぞれ自滅するのが運命というものだろう。藤倉は、この福本を適当に利用することについては、何の痛みも感じなかった。その結果、河島に累《るい》が及んで逮捕されることになったとしてもだ。こっちが頼んでもいない殺人まで、やられてしまったのだ。あの組長にも多少の罰が下ってもよいのだ。

卓也は火葬場の建物を出て、駐車場のバスへと向かった。

妹の遺骨は、母が持った。葬儀社が用意してくれた陶器の壺《つぼ》に納め、さらにこの壺を桐の箱に入れて、白布で包んだのだ。啓子の遺影は、卓也自身が胸の前に持っている。

稚内市の南のはずれにある市営の火葬場だった。火葬に立ち会ってくれた親族たちが十数人、卓也に従うように続いた。

卓也は、バスの前にひとり男を認めて、足を止めた。

藤倉奈津夫だ。あの暴力団員。ターニャがジゴロと呼ぶ男。外見はクラブ・ホストふうだが、その黒っぽいスーツの下に鋭い暴力への志向を包み込んでいる男。その藤倉が、バスのドアの横で、かすかに皮肉っぽい微笑を浮かべて立っている。手に菊の小さな花束を持っていた。

卓也は思わず周囲に目をやった。そばに警官がいないか。いたら、藤倉を指さして大声で言ってやるつもりだった。この男が、妹殺しに関わっている。この男が妹の殺人を指示したのだ、と。

しかし、荒涼とした原野の中に建つ火葬場の駐車場には、警察はいない。稚内署の刑事たちは、まさか殺人に関係した男が火葬場にやってくるとは、想定していないのだ。

藤倉のほうが近づいてきて言った。

「お悔やみを言わせてくれないか。まったくひどいことが」

卓也は周囲の耳を意識しながら、抑えた声で言った。

「お前だろ。お前たちがやったことだろう」

「ちがう。無関係だ」

「お前のせいだ。お前たちのせいだ」

「ちがう。聞くだけでも聞いてくれ」

藤倉は菊の花束を卓也に押しつけると、手で軽く卓也の二の腕を押した。参列者から少し離れようということのようだ。卓也は、押されるままにバスから十歩ほど離れた。

十分にほかの参列者から離れたところで、藤倉が言った。

「詳しい事情はあとできちんと説明したい。おれの電話を受けてくれないか。シカトしないで」

「説明って、何だ？」

「おれは、誰が妹さんを殺したのか、知っている。そいつの名前も、居場所も教えてもいい」

「お前がやらせたことだろう。そう言ったも同然なんだぞ」

「とにかく、おれからの電話を受けろ。市内に戻ったころに、電話する。大事な電話だ。

お前がすぐ警察に通報すれば、妹さんを殺した男は捕まる」

「知っているなら、いまここで言えばいい」

「教えるなら条件があるんだ」

母親が、卓也に顔を向けているのがわかった。不審そうだ。

「卓也」と、母親が声をかけてきた。

藤倉は、すっと離れながら言った。

「とにかく、電話を受けてくれ」

藤倉は、風の中、長髪を乱れさせて、駐車場を歩いていった。その先に、銀色のドイツ製のセダンが停まっている。

「卓也」とまた母親が呼んだ。

卓也は、自分の顔から強張《こわば》りを消して、斎場のバスへと向かった。

バスの乗降口の前で、母親が訊いてきた。

「知ってるひと？」

卓也はうなずいた。

「ああ」

「啓子も知ってたひと？」

「いや」

「だけど、わざわざ火葬場まで。何かあったの？」

「いや。たまたま知ったらしい」

母親は、卓也の答には納得した様子を見せなかった。まだ顔に不審を残したままだ。しかしそれ以上詮索《せんさく》することなく、遺骨を胸に抱えてバスに乗り込んだ。卓也もあとに続いた。

あの藤倉が持ち出してくるという条件については、想像がついた。啓子殺害犯の名と居場所を教える代わり、ターニャの居場所を教えろということだ。

彼が稚内にいる、ということは、もうターニャの所在について、おおよそのことが知られているということだろうか。藤倉は卓也たちが苫小牧行きのフェリーに乗ったことを突き止めて、目的地を稚内と推理したのか？　まさかロシア人組織たちの情報が、藤倉にも流れているということはないだろう。ターニャ自身、自分が稚内に向かっているとは、組織に告げていないはずであるし。

いずれにせよ、藤倉を見くびることはできない。彼はずばり稚内に現れたのだ。ターニャがどのように脱出するか、その手段まで見当をつけているということかもしれなかった。自分がすっとぼけても、ターニャの居場所は早晩突き止められるかもしれない。

麻布署の武道場におかれた捜査本部で、寒河江は新しい報告を受けた。

三日前、西股組の事務所前から急発進していったセダンについての、新しい目撃者が出てきたのだ。目撃者は下ふたけたのナンバーを覚えていた。車種と色はわかっているから、車自体を特定することは容易だ。持ち主はすぐにわかるだろう。どうやら、発砲犯の身元特定まであと一歩というところまできたようだ。

寒河江は、報告してきた捜査員に指示した。

「ナンバーがはっきりしたところで、A号照会だ。盗難車の可能性もあるが、その場合は乗り捨てられている。駐車違反、レッカー移動の車も当たれ。最初の現場から半径五キロ圏の駐車場も、しらみつぶしだ」

はいと答えてその捜査員が出ていってから、寒河江は腕時計を見た。

午後四時二十分になっていた。最初の銃撃事件発生から、そろそろ丸四日たとうとしていた。

藤倉の電話は、卓也が自宅に帰り着いた直後にあった。

母親は、心労もあるのか、自分の部屋に入ってしまった。親族たちも、帰ったところだった。

卓也は居間で着信を確認すると、玄関口に出て通話ボタンを押した。

「やっと出てくれた」と藤倉が言った。「妹さんのことは、ほんとうに気の毒に思う。ロシア人たちときたら、堅気《かたぎ》にまで手をかける。まったくひどい連中だ」

卓也は冷やかな声で言った。

「殺したのは日本人だ。目撃されてる。警察はもう容疑者を突き止めてる」

「コリアン・ロシアン・マフィアだ。顔だちは日本人と変わらない」

嘘だ、と言おうとしたけれども、いましがたまでの確信はわずかに揺らいだ。新潟を出て以来、きちんとニュースを見ていない。東京の事件、新潟の事件、それにこの稚内の妹殺し事件がどのように報道されているのか、卓也はよく知らなかった。それは、警察が何をどう判断しているか知らないということでもある。

黙っていると、藤倉が続けた。

「妹さん殺しの犯人の名前と居場所、教えてもいい」

「それがロシア人だって言うなら、あんたが警察に通報すればいい。ひとり片づくだろうに」

藤倉が苦笑したような声をもらした。

「煮るのも焼くのも、まずあんたの好きにしてもらおうと思ってな」

「警察に電話する以外に、何ができる？」

「いろいろあるだろう。おれのほうの条件は、あの女の居場所について、教えてもらいたいってことだ」

「ぼくはもう一緒にいない。火葬場で見ただろう」

「どこで別れた？」

「新潟」

「一緒にフェリーに乗ったのは知ってる。稚内にいるんだろう」

返事は一瞬遅れた。

「いや」

藤倉は、お見通しだ、とでも言うような調子で言った。

「稚内にいることは知ってる。すぐにわかるけど、手間をかけたくないんだ。もうこの件では、妹さんを含めて三人死んでる。ほかに撃たれた者が五人だ。早く終わらせなければ、まだまだ死人が出るぞ」

「ぼくのせいだと言うのか」

「そうだよ。お前が、こじらせた。必要もないのに、死人を増やしたんだ。まだ増える。だけど女の居場所を教えてくれたら、それで終わりになる。考えてくれ」

黙っていると、さらに藤倉が言った。

「あっちの組織に、どれだけの義理がある？ カネでつながってるわけじゃないだろ？ それとも何か弱みでも握られているのか？ いまならまだ、巻き込まれただけだ、という言い訳も通用する。自分は堅気だってつっぱって、この抗争から離れることもできるんだ」

「ぼくは堅気だし、巻き込まれただけだ」

「だったら、おれたちにまかせてくれ。あの女を、こっちに渡してくれ」

「もう別れてる。いまどこにいるか知らない」

「そういう言い分が警察で通用するか？　いいかい、おれはお前のことを警察に通報することもできるんだぞ。殺人犯の共犯として、お前を調べろと」

「とにかく女のことは知らない。ぼくは妹の葬式のために、稚内に帰ってきたんだ。もうあんたたちのこととは完全に無関係だ。もう巻き込まないでくれ」

「やれやれ」藤倉がわざとらしく溜め息をついた。「妹さんを殺したロシア人を、みすみすロシアに帰してしまうのか」

そのとき、玄関前に知人の女性が現れた。啓子の年上の同僚だ。中島美也子。優秀な看護師だと、啓子は言っていた。卓也も何年か前、ロシア旅行の手配を手伝ったことがある。通夜にはきていなかったが、夜勤であったか、稚内を離れていたかという事情なのだろう。お悔やみを言いにきてくれたようだ。すでに目が赤かった。

中島美也子は、卓也の前で足を止めて、ていねいに頭を下げてきた。

「このたびはひどいことに。もう言葉もありません」

「切る」と卓也は藤倉に言った。「取り込んでるんだ」

待て、という言葉が聞こえたような気がしたが、かまわずに卓也は通話を切った。

卓也は、居間で中島美也子のお悔やみを受けたあと、家を出て自分のセダンの運転席に体を入れた。ターニャに、藤倉の提案をすっかり伝えて、対応を話し合わねばならない。まさかとは思うが、妹はターニャの組織に殺されたのではないことを、もう一度誓ってもらわねばならないだろう。

エンジンを始動させてからターニャに電話をかけた。

「はい」と、すぐにターニャが出た。

卓也は、藤倉が稚内まで追ってきていることを伝えた。ターニャは絶句してから言った。

「誰も知らないのに。誰にも伝えていないのに」

「こっちの組織とは、連絡はまだ取っていないのかい？」

「ええ。体を休めていたから。だから、組織はわたしが稚内にいることを知らない。もちろん、新潟からこの街に向かったことも」

「きみたちの組織の事情を知っていれば、稚内に向かったと見当がついたのかもしれない。サポートしてもらえるんだから」

「そうね。たしかに」

「もう少し、いろいろ話したいことがある。いまからそっちに行っていい？　夕食も食べていないだろう？」

「待って。あのジゴロはあなたをつけてくるわ。そばで見張っているはず。見えない？」

卓也はあわてて周囲に目をやった。

十一月の午後五時半すぎだ。とうに日没はすぎており、街路は暗くなっている。そのせいもあり、この住宅街の通りに、藤倉のセダンや、ほかに不審な車両も見当たらなかった。しかし、ターニャの居所を探るために藤倉が卓也を見張るというのは、たしかに想定できることだった。

「見当たらない」

「遠回りして、ふいに進路を変えて、それを繰り返して、絶対についてきていないって確信できたら、こっちに向かって」

「わかった」

卓也は慎重にセダンを発進させると、ルームミラーを何度も確認しながら、表通りへとセダンを出した。この通りを北に向かうと、国道40号を越えて、官公庁の多いエリアに入る。港に接する地区だ。40号の交差点を通過し、宗谷《そうや》支庁の庁舎、それに稚内地方合同庁舎の前を過ぎて、つぎの交差点を右折した。港にぶつかったところで、また右折。港を左手に見ながら南下した。この時刻、このあたりの交通量は少ない。尾行してくる車があれば目立つ。ルームミラーには、尾行者のヘッドライトは認められなかった。

いったん40号に入ると、いましがた通過した交差点を左折した。自宅へ向かう道だ。卓也は40号の一本南の通りに右折して、そのまま道なりにセダンを進めた。この道はやがてＪＲ南稚内駅の前を通過し、北海道道１０６号に合流する。国道40号と並行して延び、やがてターニャの泊まる高層ホテルの近くを通るのだ。

南稚内駅前のロータリーで向きを百八十度変えて、もう一度尾行のあるなしを確認した。それらしき車はなかった。卓也はあらためて自分のセダンを高層ホテル方向へと向けた。


部屋に入ると、ターニャはハーフコートを着込んでいた。黒いパンツをはいている。外出して動きまわるという態勢と見える。これから組織の人間と会うつもりなのか。

卓也は言った。

「尾行はない。藤倉は、妹を殺したのは、きみたちの組織だと言う。絶対にちがうね？」

ターニャは卓也の視線を受け止めると、きっぱりと首を振った。

「ちがう。絶対に。殺す必要なんてない」

「藤倉は、殺害犯の居場所を知っていると言うんだ。きみの居場所の情報と引き換えに、そいつを教えていいと言ってる」

ターニャは、さして意外そうな表情も見せなかった。

「乗ったの？」

「いや」

「あなたは、その犯人をどうしたい？　警察に通報する？」

部屋の奥で、テレビがついているようだ。音楽が聞こえる。

「ちょっと待って」

腕時計を見た。ちょうど六時になろうとしていた。卓也はターニャに言った。

「テレビのニュースを見せてくれ」

ターニャがどうぞと言うように奥へと歩いた。

チャネルを地元局のニュース番組に合わせると、最初は政局がらみの報道だった。

ついで六本木暴力団組長射殺事件の続報。

どこかのビルに私服捜査員たちが踏み込んでゆく映像が流れた。

女性キャスターの声がその映像にかぶさった。

「いまのところ、発砲犯と見られる男女二人組の行方はわかっておりません。捜査本部は、二日前新潟で起こった発砲事件もこの六本木の事件に関係があるとみて、懸命の捜索を続けています」

卓也は衝撃を受けた。男女二人組？　すでに自分は共犯ってことになってしまっているのか？　だとして、自分の身元を警視庁は把握してしまったのだろうか。すでに自分は指名手配ずみか？

ターニャが卓也の顔を見つめて、心配そうに訊いた。

「どうしたの？」

「ぼくも、殺人の共犯ってことになってる」

「脅されただけよ」

「その言い分が通るかどうか」

「弁護士に言えるでしょう。裁判でも」

「日本は、そういう社会じゃない」

「ロシアに似てる？」

「ああ」

ターニャが、突然口調を変えて言った。

「あのジゴロにその取り引きに応じるって言って」

卓也は面食らった。自分を売れと、彼女は言ったのか？

ターニャが言った。

「尾行はなかったんでしょう？　あのジゴロは、待ってる。妹さんを殺した男ってのがいる場所で。わたしが行くのを待ち構えてる。行ってやるわ」

卓也は瞬きしてターニャを見つめた。

ターニャは、関口卓也の視線を受け止めている。いまの言葉を冗談で口にしたようには見えない。その黒い瞳《ひとみ》にともる強い光は真摯《しんし》そのものだった。

卓也はあえて訊いた。

「行ってどうする？」

ターニャは答えた。

「その男を殺す」

「どうして？」

「妹さんが殺されたことには、わたしにも責任があるわ。責任を取らせて」

「いまさら」卓也は鼻で笑った。「ぼくを巻き込まなければ、妹は死ななかった」

ターニャは目を伏せて言った。

「申し訳なく思う。謝ってすむことではないことも知っている。だからせめて、妹さんを殺した男を、きちんと処刑したい」

「もうよしてくれ。まだ死人が足りないのか？」

「あなたは、放っておいて気がすむの？」

「警察がなんとかしてくれる」

「犯人はどうなる？　日本の裁判だとどんな罰を受けるの？」

卓也は専門外の知識をなんとか呼び起こしてみた。ひとり殺害ということであれば、強盗殺人であっても死刑にはならないだろう。重くても無期懲役か。もしこれが傷害致死だと判断されたならば、もっと軽い。

卓也は答えた。

「懲役七、八年ですむかもしれない」

「ロシアに似てるわ。文明国ね。妹さんを殺した犯人が、七年で刑務所を出てくる。あなたはそれで満足？」

「法律がそうなら、しかたがない」

「わたしは、身内を殺されたなら、裁きを国まかせにはしないわ」

「だから日本に来て、ふたり殺した。きみの信念については、もう十分すぎるくらいに知ったよ」

「わたしはあなたの妹さんを殺した男も、放っておかない」

「どうして？」

「その」ターニャは一瞬、言いよどむ表情を見せた。「だから、あなたの妹さんの死には、わたしにも責任がある」

　卓也は、皮肉をこめて訂正した。

「きみにも、じゃない。きみに、責任がある」

「そうね」ターニャは反論しなかった。「わたしに責任がある。責任は取ってゆきたい」

「罠《わな》だ、ときみは言った。つまりそこには、あの藤倉もいるかもしれない」

「一緒に撃つ」

「どうして藤倉まで？」

「ひとつは、わたしを殺そうとしているから。そういう理由じゃ不足？」

「やつには知られずに、国に帰ることもできるんだろ？」

「あの男がこの街にいるとわかったんだもの。放っておけば、またわたしの帰国の邪魔をしてくる」

ターニャは、右手を挙げて、もうよしましょうとでも言うように手を振った。こういう言葉のやりとりは不毛ということかもしれない。彼女の左手は、黒いハーフコートのポケットに延びた。

ターニャは、携帯電話を取り出しながら言った。

「この街でも撃ち合いってことになれば、脱出に時間はかけられないわ」

「じゃあ？」

ターニャはうなずき、すぐにロシア語で話し始めた。

「タチアナ・クリヤカワ。モスクワのトレポフからこの番号を教えてもらった。日本でひと仕事終えたのだけど、飛行機での脱出ができなくなったの。援助してもらおうと思って」

「ええ。ワーニャ・トレポフ。ルビヤンカ広場のナイトクラブ、フェニックスのマネージャーよ。確認の電話を入れて。折り返しの電話を待っていい？」

「ええ。いえ。北海道にいるわ。そこがどこかはわかってる。脱出のルートがあるとワーニャから教えられた」

「ええ。サハリンまで行ければ。待つわ」

電話を切ってから、ターニャは卓也に顔を向けてきた。

「この街の組織と連絡を取った。何も事情は知らない様子ね。ソーバリも、ここの組織とは連絡は取り合っていないんでしょう」

　卓也は訊いた。

「同じ組織なのに？」

「ウラジオストックと、サハリンと、それぞれ独立して事業をしている。稚内は、ユジノサハリンスクのテリトリーなの」

「助けてくれそうか」

「モスクワがひとこと言えば」

「余計なことは止めて、このまま静かにロシアに帰るという手もある。ここで止めれば、長生きもできるだろうに」

　ターニャの顔に、冷やかな笑みが浮かんだ。余計なことは止めて、という部分が気にいらなかったのか。それとも、長生きできる、という部分がなぜか気に障《さわ》ったのか。卓也には判断がつかなかった。

　テレビでは、ニュース番組が地元稚内のニュースを報じ始めた。

　男性キャスターが言っている。

「稚内市潮見の住宅で、その家に住む看護師、関口啓子さんが殺されていた事件で、関口さんに先日来つきまとっていた男がいたことがわかりました」

　映像は、卓也の自宅周辺の様子だった。警察官が、警察犬を連れて捜索していた。

「男は三十歳から四十歳ぐらい。関口さんの勤め先にも姿を見せていたということです。

警察は、この男が事件になんらかの関係があるものと見て、行方を追っています」

映像が変わった。妹の啓子の顔が大写しとなった。ナースキャップをかぶった写真だ。何歳か若いときのものと見える。看護学校の卒業アルバムあたりから拾ってきたものだろうか。啓子は屈託のない笑みで、カメラをまっすぐに見つめていた。卓也はまた胸に痛みを感じた。通夜のときから先刻の火葬のときまでずっと感じ続けていた痛み。ようやく衝撃が薄れていったかと思っていたのに、このニュース映像はふたたび卓也の胸の傷口を広げてくれたようなものだった。ああ、と卓也は思わず目をそむけて吐息をもらした。

ターニャが、低い声で言った。

「よく似てるのね。妹さん、きれいだわ」

「殺された」と、卓也は言った。「ぼくがくだらないことに巻き込まれたせいで」

ターニャがすっと一歩卓也に近づき、卓也の右手を握った。まったく意識しなかった動作のようだった。卓也の表情と声に、ただ身体が反応しただけのような。卓也は驚いた。彼女はこれまで、自分の身体の周囲にバリアでも作っているかのようだった。卓也のとくに意味のない偶然の接触さえ避けていたように思えたのだが。

次の瞬間、ターニャは自分でも驚いた様子であわてて卓也から身を離した。

「電話だわ」

ターニャは、窓のほうに歩きながら、携帯電話を耳に当てた。またロシア語が聞こえてきた。

「ええ。事情はわかったでしょ。そういうことなの。ええ。稚内から、サハリンに逃げることはできない？　できるだけ早く」

「いえ、いま、ここは札幌。稚内まで、車で八時間？　ええ、夜のあいだずっと走ってゆけばいいんでしょう？」

「ええ。わかった。稚内港？　いえ、近くまで行ったところで電話っていうのはどう？」

「わかった。東京の事件？　さあ。とにかくひと仕事終わったのよ。ええ」

「じゃあ、電話を待つわ。明日の朝」

ターニャが携帯電話をポケットに収めながら振り返ったので、卓也は訊いた。

「逃げる手配ができたの？」

ターニャはうなずいた。

「やってくれるって。手配ができたら、電話がある。用心のために、いま札幌にいると伝えた。明日の朝までに、稚内に着いていろって」

「サハリンまで、密航ってことかい？」

「さあ」ターニャは首を振った。「サハリンまで五十キロぐらいでしょう？　陸地が見えるぐらいに近いんだから、方法はある。最悪の場合は、手漕《てこ》ぎの船でも使うわ」

ロシアの貨物船や漁船に潜んで密航するのか、と卓也は考えた。それとも日本の船か。

たしかにターニャが言うとおり、手はあるはずだ。ロシア旅行のガイドとして、卓也もむかし根室海峡に出没したというレポ船の話は耳にしていた。日本の物資を密輸出する代わり、密漁を見逃してもらう船。いや、密貿易それ自体を本業にしてしまったような船のこと。それらの船はときには人間も運んだという。同じことが、ここ宗谷海峡でもあっておかしくはないのだ。もしその手が使えないなら、ロシア製の拳銃が北海道にあのようにニュースを賑《にぎ》わせるほど入ってくるはずもない。

「さあ」と、ターニャが両手をハーフコートの襟に滑らせて言った。「脱出の手配は、この街の組織が引き受けてくれた。明日の朝には、この国を出てゆける。それまでに、やるべきことをしていくわ。罠に乗ってちょうだい」

「どうしろって？」

「あのジゴロに電話して。女の居場所を教えるから、妹さんを殺した男の居場所を言えって」

「嘘を言うかもしれない」

「罠なら、そこにジゴロがいる。とりあえずジゴロを撃ってから、ほんとのことを聞き出してもいい」

「危ない。待ち構えてるところに、わざわざ出向いてゆくなんて」

「わたしは日本でどれだけ危険をくぐってきた？」

卓也は質問を変えた。

「きみの居場所をどう教えたらいいんだ？」

「札幌にいるって」

「稚内にいることを、もう確信している。だからやつも、ここにいるんだ」

「それでも、そう言うべきだわ。あなた、まだ稚内にいることは認めてないんでしょう」

「やつを見てぎくりとしたから、やつは察したかもしれないけど」

「嘘はつき通すこと」

「きみの生きるノウハウか」

「生き延びるための、よ。先に向こうの情報を聞き出して。わたしの居場所はそのあと」

卓也が動かずにいると、ターニャが焦《じ》れったそうに言った。

「まだ何か問題がある？」

卓也は言った。

「やはり、警察にまかせよう。これ以上、死人が出てほしくない」

「妹さんを殺した男でも？」

「ぼくは堅気《かたぎ》の日本人だ。きみのやりかたにはついてゆけない」

ターニャは卓也から視線をはずすと、ポーチから拳銃を取り出した。拳銃はすぐ卓也に向けられた。卓也はあっけに取られてそこで凍りついた。

「携帯電話を貸して。わたしが話す」

卓也は驚きから立ち直って言った。

「稚内にいることがばれるぞ」

「罠にかかったふりをする手間が省ける」

ターニャはその拳銃の撃鉄を引き起こした。半自動拳銃なのだから、さほど意味のない操作。ただ、撃つ意志はほんものだと言っているだけだ。

「出さなければ、ぼくを撃つか？」

「殺しはしないように。でも、携帯は奪い取るわ」

「本気か？」

「一度でもわたしが、冗談でガンをひとに向けた？」

卓也は折れた。ここでは折れるしかない。

「わかった。やつに電話する」

卓也は携帯電話を取り出して、藤倉の番号を呼び出した。オンボタンを押すと、コール二回で藤倉が出た。

「待ってた」藤倉が言った。

卓也は、ターニャを見つめたまま、藤倉に言った。

「取り引きに乗る。まず、啓子を殺した男の居場所を言え」

「先に女の居場所を」

「駄目だ。お前が先だ」

藤倉は小さくため息をついたようだ。

「大沼《おおぬま》って沼を知ってるか」

「知ってる」

市街地を東に出た先、空港に近い原野のただ中にある。ひと気の少ない場所だ。

「大沼の展望台の手前だ。声問《こえとい》って場所から238を南に折れる。沼に突き当たる少し手前に、自動車整備工場がある。閉鎖中だ。そこに、妹さんを殺した男が潜んでるよ。福本晴哉って馬鹿だ」

「ロシア人だと言っていなかったか」

藤倉は、電話の向こうで一瞬言葉に詰まったようだ。まずいことを口にしたと気づいたのだろう。

「ロシアのマフィアが雇ったチンピラだ」

もうわかった。その福本晴哉という男に啓子殺しの指示を出したのは藤倉だ。彼は卓也にターニャを引き渡すよう脅すため、それだけのことをやってのけたのだ。堅気の若い女ひとりを殺すことなど、彼にとってはどうでもよいことだった。いま、藤倉は自分にとっての、許しがたい仇敵《きゅうてき》となったかもしれない。

「聞いているのか」と藤倉が言った。

卓也は、いまの想いを押し殺して確認した。

「大沼の、自動車整備工場だな」

「女は?」

「札幌だ。札幌グランドホテル」

ターニャが拳銃をおろした。小さくうなずいたようにも見えた。

藤倉が言った。

「もう駆け引きは止めにしないか」藤倉の声は冷やかなものになった。「稚内にいることは承知だ。取り引きは、正直にやろうや」

「札幌だ」と卓也は繰り返した。「グランドホテル。そこに送り届けた」

「ほんとに泊まっているかどうか、すぐに調べられる」

「教えてくれるかどうか」

「部屋番号は？」

「知らない」

「身内の葬式が続いてもいいのか？」

卓也は藤倉の脅しは無視した。

「情報交換は終わりだ。ぼくはこれから、警察にその男のことを通報する。これでぼくは、きみらのトラブルとは無縁だ。わかってるな」

「おい」

卓也はオフボタンを押した。あとは、こっちに用事ができないかぎり、やつからの電話に出ることはない。

ターニャが訊いた。

「どこ？」

「街の外。空港近くの、原野の中だ。自動車整備工場に男が潜んでいるって。警察に通報すると、やつを脅してやった」

「そこにいるとわかるの？」

「道順をわかりやすく教えてくれた。その場を知っている言い方だった。やつは、そこにいる。そこからすぐ消えるかもしれないけど」

ターニャが微笑した。

「いいえ。消えない。あいつは絶対に、わたしを待っている。案内して」

「これ以上、ひと殺しの手引きはできない。車は貸す。きみが運転してゆけ」

一瞬とまどいを見せてから、ターニャは言った。

「いいわ。場所だけ教えて」

卓也は身体をドアに向けた。


寒河江は、取り調べ室のデスクの上に、黒い表紙のついた書類を放った。きょうの午後、大急ぎで部下に作成させた被害届けだった。恐喝の訴えである。被害者は、かねてからあたりをつけていた宅配便のドライバーだ。何かのときに、被害届けを出させようと思っていた。大滝組の事務所の前の狭い通りで、一度大滝に駐車をとがめられ、殴られていたのだ。四ヵ月前、暴行を受けたと麻布署に訴えてきたとき、寒河江はこれを本庁の自分の部署で引き受け、相談に乗っていたのだ。いずれ大滝を脅すときにこの訴えは使えると。いまがそのタイミングだった。

大滝が、憮然《ぶぜん》とした表情で言った。

「なんです、これ？」

きょう二度目の事情聴取だった。答えかた次第では逮捕するつもりだったから、話はこの取り調べ室で聞くことにしたのだ。さすがの大滝も、不安の色を隠していない。

寒河江は言った。

「被害届けだ。傷害容疑で逮捕できるぞ。また務めてくるか」

「傷害容疑？」

「ああ。宅配便の運転手、殴ったこと、覚えてるだろ」

大滝は目を丸くした。

「あんなことで？」

「全治二週間。医者の診断書もある。正直なところ、微罪だ。拳《こぶし》で一発。お前にゃ、傷害やってるって意識もなかったろうがな」

「そんな微罪で、本気で放り込む気ですか」

「お前の答えかた次第だって。このまま事務所を監視して、商売締め上げ、お前を拘置所に送ってやる。組は半年で解散だろうな」

少しのあいだ葛藤《かっとう》を見せてから、大滝が媚《こ》びるような調子で訊いた。

「何を答えたらいいんです？」

寒河江は、またその質問を口にした。

「藤倉は、いまどこだ？」


目的地としてナビにその整備工場をセットすると、卓也は運転席から降りた。

すでに空は真っ暗だ。この高層ホテル前の駐車場を、オレンジ色のナトリウム灯が照らしている。駐車場のすぐ北側には、稚内のランドマークともなっている防波堤がある。コンクリート製の巨大なひさしが、稚内港を守る形で延びているのだ。ドーム、と呼ばれる構造物。外洋側が湾曲する壁で、右手、港の内側方向には列柱が並ぶ。サーファーならばその構造物を、チューブと呼ぶのではないか。四百メートル先でそのチューブは終わり、その先にさらに防波堤がくの字のかたちに延びている。およそ一キロ先、防波堤の切れたところが稚内港の入り口だった。明日、もし晴れるならば、その防波堤の上に立つとサハリンの南端を望むことができた。つまりここまでくれば、ターニャの故国は文字通り指呼《しこ》の間ということになる。

ターニャが、運転席の外にまわってきて、車に身体を入れようとした。顔にはとくに何の感傷も見当たらなかった。すでに修羅場に出てゆくための気持ちの切り換えも、あるいは気持ちを高めるための手続きも終わったという表情だった。少し固く、またナトリウム灯の光の下でも、彼女の顔はいくらか青ざめて見えた。

ドアノブに手をかけたところで、ターニャは卓也を見つめてきた。

「あなたにはお世話になった。とても迷惑をかけた。許してもらえることじゃないのはわかっている。これで、なんとか責任を取ろうと思う」

卓也は努めて非情な声で言った。

「お別れだね。車はこの駐車場に戻しておいてくれたらいい。キーはフロントに預けて。明日は送らない」

「ええ。あなたが警察に捕まるようなことにならなければいいけど」

「巻き込まれたってことを、必死で訴えるさ」

「もし危ないって場合は、サハリンに逃げてきて。できるだけのことはする」

「きみが？　組織が？」

「わたしが。あなたには組織も借りがある」

卓也は微苦笑して首を振った。

「指名手配になれば、どこに行っても生きてはゆけない」

「ロシアは広いわ。あなたが生きられるスペースはある」

「最悪の場合は考える」

ターニャはうなずいてドアを開け、運転席に身体を入れた。別れの握手ぐらい求められるかと思ったが、ターニャはそれをしてはこなかった。やはり、男との接触は苦手というタイプなのだろう。一般に言ってロシア人はスキンシップ好きだけれど、彼女は珍しいタイプかもしれない。日本人とのハーフのせいかもしれなかった。

ターニャは、内側からドアを閉じると、右手を挙げた。さよなら、というあいさつなのだろう。視線はもう卓也に向いていない。フロント・ウィンドウの先に据えられていた。

卓也は、そのまなざしに、はっきりとした死の決意を見た。彼女は、生き延びること、生還することを期待していない？　明日の脱出をすべてに優先させる意志もない？

ターニャが、そのセダンを静かに発進させた。

次の瞬間、卓也は自分でも驚くことをやっていた。動き出したセダンに合わせて駆け、ドア・ウィンドウを叩《たた》いたのだ。

ターニャが制動をかけてセダンを停め、卓也にふしぎそうな目を向けてきた。ここまできてまだ何か問題でもあるのか、と問うているようでもあった。ウィンドウが下ろされた。

卓也は、背をかがめて運転席をのぞきこみ、ターニャに言った。

「運転を代わる。助手席に乗って」

「どうしたの？」

「早く。ひとりでは行かせられない」

「あなたも行くの？」

「ぼくの妹の問題だ。きみのご好意に甘えられない。殺害犯も藤倉も、誰かが殺さなければならないとしたら、それはきみじゃない」

「警察と裁判所まかせにはしないのね」

「きみまかせにはしない。きみを止められないなら、自分でやる。拳銃、ひとつ余分にあったね？」

ターニャはソーバリの手下からも一挺《ちょう》、拳銃を借りている。実弾があと何発残っているかはわからないが。

「あるわ。マカロフが」

「代わって」

ターニャは、かすかに愉快そうな顔となって、セダンを降りてきた。


寒河江は、被害届けの書類を持って、取り調べ室を出た。

廊下の先を、大滝が歩いている。いま彼は、とうとう寒河江の質問に答えたのだ。見返りに、宅配便ドライバーを殴った件については、立件しないことにした。地検に送ったところで不起訴もありうるような微罪で逮捕するのは、時間と労力の無駄だった。どっちみち大滝ならば、待てば大きな犯罪を犯す。殺人教唆《きょうさ》か殺人の共同正犯までは望めないにしても、恐喝や貸金業法違反で挙げることは十分可能だった。それはそれで、大滝の身柄確保が第一義的に求められるというときに使う。いまは、この抗争の拡大を防ぐことが最優先課題。この取り引きは悪いものではないはずだった。

刑事部屋に入ると、一緒に取り調べ室にいた部下の矢島が、寒河江に訊いた。

「これからどうします？」

寒河江は振り返り、いったん腕時計を見て言った。

「きょう、これから稚内に行ける方法を調べてくれ。まだ札幌行きなら飛行機があるだろう。札幌からは列車か。それとも車ってことになるのかもしれんが」

「すぐに出発ですか？」

「ああ。藤倉が稚内にいるんだ。稚内で、今夜か明日にもまた事件が起きる。そのとき、藤倉を引っ張るのは、道警じゃない。うちだ」

「逮捕状が必要になりますね」

「いまの大滝と同じ手でやる。あのロシアン・パブの件で、入管法違反取れるだろう」

「手続きします」

「いったん本庁に戻るぞ」

「はい」

寒河江は、麻布署刑事部屋の壁のカレンダーに目をやってから思った。今夜稚内に飛ぶことになると、コートが必要になるのではないか。北緯四十五度のあの街は、この季節、もうかなり寒くなっているはずだ。サハリン方向から吹いてくる風も冷たかろう。

ロッカーに、一着薄手のコートがあったはずだが、あれで間に合うだろうか。

国道238号を、空港に向かって走った。声問と呼ばれる集落の灯を左手に見て、ひとつ橋をわたったところで、ナビはつぎの交差点での右折を指示してきた。右折すると、道は原野のあいだを一直線に延びて、公園として整備されている沼地に着く。道の突き当たりには展望台があり、駐車場もあった。卓也はもう何年もこの沼には来ていないが、記憶にある姿とさほど変わってはいないはずだ。夜になれば完全にひと気も消えて、真っ暗闇となる場所である。藤倉が言っていた整備工場は、その展望台の手前二百メートルのところにあるらしい。たしか柵《さく》をめぐらした廃車置き場があった。そのひと隅に工場もあったのだろう。

右折すると、助手席でターニャが言った。

「工場の前まで行くの？」

彼女はすでに、膝《ひざ》の上に拳銃を置いている。

卓也は答えた。

「ぼくが真正面まで行って、表から声をかける。福本晴哉って男に、出てくるように呼びかける」

「撃ってくるんじゃない？」

「拳銃を持っていれば、妹は撃たれて殺されたはずだ。持っていないだろう」

「返事がなければ？」

「中を確かめて、いなければ出直す」

「わたしを工場の手前で降ろして。横からまわって、あなたを援護する」

「わかった。もう一度言うけど、福本って男はぼくにまかせてくれ。勝手に撃ったりしないで欲しい」

「まだ、甘いことを考えているんじゃない？」

「きみに、これ以上人殺しをさせたくないんだ。ぼくが福本を殺しても情状酌量されて多少は減刑されるだろうけど、きみはそうはゆかない」

「あのジゴロが仕掛けた罠よ。向こうだって容赦ないことをしてくる。あなたが人質にされるかもしれない」

「そうなったら、その先はきみにまかせる」

直線道を一キロほど進むと、ハイビームにしたヘッドライトの明かりの中に、ひとつ看板が見えてきた。反射塗料で、東宗谷モータース、と記されている。その文字の下に、左を向いた矢印。あそこだ。卓也はセダンを減速して停めた。

ターニャが助手席から降り、音がしないようにそっとドアを閉じた。目で合図し合ってから、卓也はまたセダンを発進させた。ターニャは道の脇へと出ると、排水溝を飛び越えて、柵に沿って歩きだした。敷地内に入りやすい場所を探すということだ。

ターニャの黒いコート姿は、すぐに闇の中に消えて見えなくなった。

徐行気味に百メートルほど進むと、看板のある位置の手前左手にゲートがあった。卓也はそのゲートの前へとセダンを寄せて停めた。

ゲートには鎖が渡してある。闇の中に目をこらすと、真正面にボールト屋根のスチール製ハウスが建っているようだ。壁の鋼材の表面がぼんやりと白っぽく見えている。その建物の右手には、ごく小さな事務所ふうの建物。工事現場用のプレハブをつないだものかもしれない。どちらの建物にも、明かりはついていなかった。

工場建物の左手の空きスペースに、車が一台停まっている。白っぽい小型車だ。これが、潜んでいるという啓子殺しの犯人の車なのだろうか。火葬場で藤倉が乗っていたセダンは、その空き地には見当たらない。罠ではなかったのか？

卓也は拳銃を腰のうしろのベルトに差し込むと、グラブボックスから非常用のマグライトを取り出してゲートの鎖の前まで歩いた。車のヘッドライトはつけたままなので、卓也のシルエットは廃工場の中にいる人間には見えているはずだ。中に誰かがいるとして。

鎖をまたごうとしたとき、足が鎖を揺らしてしまった。カチャカチャという金属音がした。ひと気のない沼の畔《ほとり》だ。その音は想定外に大きく響いた。卓也は鎖に手をかけ、揺れを止めた。

少しのあいだ、卓也はその場で身じろぎせずに、周囲に耳を澄ました。もし工場の中に殺人犯が隠れているとして、そいつも侵入者の気配には敏感になっているはず。いまの鎖の音を聞いて、何か反応するはずだ。外をうかがうなり、隠れるなり、逃げるなり。いや、むしろ身を縮め、息を殺して自分自身の気配を消そうとするか。

これがもし罠であれば、いま建物か敷地のどこかでは、藤倉が拳銃を構えているはずである。しかし彼の狙いはターニャだ。卓也がここにひとりで現れたことで、いま藤倉は落胆していることだろう。

どうであれ、自分はいま、身を隠す必要はないのだった。卓也は鎖を押さえながらまたぎ、敷地の中へと足を踏み入れた。地面にはコンクリートを流してある。靴音が固く響いた。

まず事務所のほうだ。

卓也はマグライトを点灯して、正面に向けて歩いた。

「福本」と、卓也は歩きながら呼びかけた。「関口卓也だ。妹をお前に殺された。出てこい」

建物からも、敷地のどこからも、やはり何も反応はなかった。

「福本。出てこい。逃げられない。警察には通報ずみだ。すぐに警察がくるんだ」

事務所らしきその建物は、外壁がかなり傷んでいた。使われなくなってずいぶん時間がたっているようだ。

事務所の引き戸の前まできて足を止め、ガラスごしに事務所の中を照らした。事務用のデスクやらキャビネットなどがまとめられている。床には雑誌や新聞などが散らばっていた。卓也は引き戸に手をかけたが、びくともしなかった。頑丈に閉め切っているようだ。

卓也は、事務所の左側の奥にある工場に向かって歩いた。中央に広いシャッターがあって、その横にひとつ出入り口がついていた。アルミ製のドアだ。

ドアの前でドアノブに手をかけると、ノブは動いた。

卓也は、慎重にドアを引き開けながら言った。

「福本、関口卓也だ。お前が殺した女の兄貴だ。少し話したいことがある。警察がくる前に、出てこい」

ドアを開けて、電灯のスイッチを探した。あったが、明かりはつかなかった。卓也はやむなく、マグライトを内部に向けた。ガランとした、天井の広い空間だった。壁の高い位置に窓が並んでいる。向こう側の壁に沿って、廃車やら整備用の工具らしきものやらが雑然とまとめられていた。

そのとき、建物の広い空間に声が響いた。

「関口、嘘だったな」

藤倉の声だ。声の位置はつかめなかった。卓也の左手？

卓也は声のしたほうにマグライトを向けたが、藤倉の姿を捉《とら》えることはできなかった。ガラクタの陰にいるようだ。

また藤倉の声。

「札幌のあのホテルには、あの女はチェックインしていないってよ。取り引きは不成立だ」

卓也は両手を交互に腰のうしろにまわし、勘づかれぬように右手にマカロフを持って背に隠した。

藤倉が言った。

「もう一回だけ機会をやる。女はどこだ？」

卓也はあとじさりながら言った。

「札幌だ。ホテルの前で降ろした。あとのことは知らない」

破裂音があった。左手に一瞬閃光《せんこう》が見えた。卓也は驚愕《きょうがく》でその場に尻餅《しりもち》をついた。拳銃はまだ背に隠したままでいた。持ち出せば、確実に次の一発がくる。

藤倉が言った。

「こっちは暗さに慣れてる。二発目は、お前の額をぶち抜くぞ。女はどこだ？」

「知らない」

「福本」と、藤倉が呼びかけた。「そいつを縛り上げろ。正直に答えてもらう」

右手で、応える声があった。

「わかった」

啓子殺しの犯人は、やはりここにいたのだ。

右手の物陰から、黒い影が現れた。これが福本晴哉、啓子を殺した男なのだろう。卓也はマグライトを向けた。黒っぽいスーツを着ている。

卓也は尻であとじさって訊いた。

「妹を殺したのはお前なのか？」

相手は、慎重に近づいてくる。

「ああ。殺すつもりはなかったけどな」

「何をするつもりだった？」

「ちょっと脅すだけだった。個人的には、ちょっと愉《たの》しむだけ。だけど嫌がったんだ」

「それで殺した？」

相手は足を止めた。卓也の真正面五メートルほどの位置だ。卓也にそれ以上無防備に近づいて安全かどうか、思案しているように見えた。

「気がついたら死んでいた」

福本は言った。

「過失だよ。だけど、おれは変態じゃない。死んだ女には興味はないんだ。妹さんには、それ以上手を出していない」

ふいに激しい怒りが込み上げた。この殺人犯は、それでも屍姦《しかん》しなかったことを喜べと言っているのか？　そこまでの凌辱《りようじよく》はしていないと。

切れるタイミングがあるとしたらここだ。卓也はマグライトを床に転がし、後ろ手に隠していた拳銃を福本に向けると、両手でしっかりと構えた。

福本がたじろいだ。暗い中でも、卓也が何をしようとしているのかわかったのだ。まさか卓也が拳銃を持っているとは、予想外だったのだろう。

「待てよ」

福本は身体をひねった。その場から逃げようとしている。卓也は拳銃を放った。想像外に強い反動があった。もう一発。

福本のシルエットが、床に崩れ落ちた。

左手で銃声があった。右手の壁では、ゴッッと穴が穿《うが》たれた音。藤倉が撃ったのだ。

卓也はさっと身体を伸ばして床の上で転がった。ドアに逃れるつもりだった。

「そんなもの持っていたのか」と藤倉の声。「素人が持つと危ないだけだぞ」

卓也は腹這《はらば》いになって、ドアへと進んだ。また銃声があった。背後の壁で、何かがはじけ飛んだ。

その音にかぶさるように、べつの銃声が響いた。藤倉のものよりは、いくらか軽く感じられる音だ。方向は、工場の左手だ。

ターニャか？

そのターニャの声がした。

「撃って。機械の陰」

また銃声。藤倉も発砲した。銃口はターニャのほうに向けられたようだ。卓也は目見当で、いま閃光のあった方向に向けて一発放った。

次の瞬間だ。卓也の左手に激しい衝撃があった。ハンマーでもたたき込まれたような感覚だ。はっ、と声が出た。痛みが脳天へと突き抜けた。卓也は拳銃を放すと、右手で左のてのひらを押さえた。かすかに粘性のある液体が、てのひらを覆っていた。左の人指し指が、なくなっていた。激痛の中心は、かつてその人指し指の付け根があった場所だ。

銃声。こんどはターニャだ。二発続いた。

何か金属同士がぶつかったような音がした。闇の奥で、ひとの動く気配があった。ガラクタの向こう側を、藤倉が動いているようだ。スペースが狭すぎるのか、身体を何かにひっかけながら。

ターニャがまた発砲した。藤倉の動いている近くで、小さく火花が散った。

ドアが開いた、と見えた。向こう側の壁にも、出入り口があったのだ。暗い室内でも、そこだけ薄明かりができたのがわかった。そこにターニャがまた発砲した。黒っぽい影が、転がるように外へと消えた。少しのあいだ、乾いた地面を駆ける音が聞こえた。足音は少し乱れ気味だった。しかし、ターニャの撃った弾に当たったのかどうかはわからない。

もうひとつ黒い影が動いて、出入り口の前に立った。ターニャのシルエットだった。

ターニャはその出入り口から表に向けてもう一発放った。

ほとんど間をおかずに、屋外から銃声がふたつ。ターニャのシルエットは、出入り口の薄明かりからすぐに消えた。

「大丈夫？」とターニャの声がする。

「撃たれた」と卓也は応えた。「手だ」

卓也は、床のマグライトを右手で持ち上げて自分に向けた。自分の姿が、闇の中に浮かび上がったはずだ。ターニャが暗がりの奥から駆けつけてきて、床に転がっている福本の脇に立った。彼女は、福本の身体にも無造作に一発放った。福本の身体が、どんと弾《はじ》かれたように動いた。

「どこ？」

ターニャは卓也に駆け寄ってくると、脇に膝をついた。

卓也は上体を起こし、痛みをこらえながら言った。

「左手。指が一本なくなった」

てのひらを見せてやった。ターニャは顔をしかめた。

「手当てしなきゃ。病院に行きましょう」

ターニャが、卓也を助け起こそうとした。卓也はなんとか自力で立ち上がった。

ターニャは床の拳銃を拾い上げた。いましがた、卓也が使ったマカロフ。もともとは、新潟のソーバリの手下から借りた拳銃。ターニャはそのマカロフをポーチに収めた。自分の拳銃は、右手に持ったままだ。

「藤倉は、どうなった？」

「わからない。たぶんはずれた」

「追わないのか？」

「相手は、闇の中に消えた。あっちが有利。無理はできない」

「啓子を殺した男は？」

「とどめを刺した。あなたが撃ったときに、もう致命傷だったかもしれないけど」

「藤倉はどうする？」

「とりあえず、妹さんを殺した男は死んだ。責任は取ったと考えてもらえる？」

「ああ」

「じゃあ、もう放っておく。わたしの邪魔をしないかぎり」

それはいい案だ。これ以上死者を増やさないというのは最高だ。

「車に戻ろう」

「運転できる？　わたしが代わってもいい」

「頼む」

ドアに歩きだそうとして、卓也はよろけた。さっとターニャが肩を入れて支えてくれた。卓也は思わず、左手でターニャの二の腕をつかんだ。そこにはハーフコートの布地がなかった。直接、肌だ。生温かい感触があった。

「あ」と、ターニャが小さく声を出した。「わたし、怪我をしてる？」

「袖《そで》が、破れてるみたいだ」

「少し痛い」

「早く病院に」

ふたりで互いに支え合うように建物を出て、車へと戻った。

ターニャが運転席に乗り、卓也は助手席だった。卓也はジャケットのポケットからハンカチを取り出して、傷口に当てた。室内灯の薄明かりのもと、水色のハンカチがたちまち赤く染まった。

ターニャが、自分の左腕を見た。コートが裂けて、そこだけ白い肌が露出している。肌は血にまみれていた。

ターニャがセダンを発進させながら訊いた。

「これ、あなたの血？」

「ぼくの血も」

ターニャは、セダンを路上で完全に切り返してから、右手でその露出部分に触れた。切り傷があった。深さはさほどでもないようだが、五センチほどの長さで、血が滲《にじ》み出ている。止血が必要なだけの滲出量《しんしゅつ》だ。ターニャは右手についたその血を見て、ロシア語の卑語《ひご》を口にした。

「ディアブル！」

「どうした？」

「いい」怒気を含んだ声だ。「運転はさほど慣れていない。病院まで話しかけないで」

「わかった」

ターニャはアクセル・ペダルをいきなり強く踏み込んだ。急加速のせいで、卓也は思わずのけぞった。

藤倉を仕留めることができなかったせいで、と卓也は想像した。彼女は怒りを自分に向けているのだろうか。


セダンが国道238号に戻り、新声問橋《しんこえとい》をわたったところで、卓也は携帯電話を取り出した。ターニャも怪我をしているのだ。病院に直接駆け込むのは、この場合警察を引っ張り出してしまうおそれがある。病院以外の場所で、手当てをしてもらう必要がある。いま、卓也に思いつく手立ては、ひとつだけだった。

中島美也子が出た。数時間前にも、卓也の生家までお悔やみにきてくれていた看護師だ。啓子と同じ病院に勤める先輩だった。

「さきほどはありがとうございました」卓也は礼を言ってから、修飾なしに続けた。「怪我をしています。ふたり。さほど重くはないんですが、手当てしてもらえますか」

中島美也子は、卓也の声の調子からおおよその状況を察したようだ。

「何があったんです？」

「啓子殺しの犯人を、自分で捕まえようとした。そのとき、荒っぽいことになって、ぼくは指を一本なくしました。もうひとりは、創傷です」

「救急車は使えないことね？」

「ええ」中島美也子はものわかりがよい。「そうなんです。手当て、してもらえますか」

「とりあえず市立病院に行って。夜間の出入り口。わたしも行って、待ってる」

「いま声問にいます。十分以内で着けると想いますが」

「わたしに声をかけて。ほかのひとじゃなく」

「はい」

運転しながら、ターニャがちらりと卓也を見た。卓也は言った。

「手当てしてもらえることになった。市立病院」

「どう行くの？」

「あのホテルの近くだ」

そのとき、ターニャの膝の上で、かすかな振動音が聞こえてきた。携帯電話が鳴り出したようだ。ターニャが、左手でステアリングを持ったまま、携帯電話を取り出した。

ターニャは、卓也に、例の件、とでも言ったような表情を見せて話し始めた。

「ええ。向かっている。朝の六時まで？　十分だと思う」

「ドームの先端？　港の北側の防波堤の先ね。ええ」

「日の出直前？　何時なの？　六時三十分ぐらい？　わかった」

「ちょっと待って。もしもの場合、わたしと、もうひとりになるかもしれない。ええ、こんどの仕事を手伝ってもらった日本人。義理があるの」

「ええ。ええ。そう。じゃあね」

携帯電話を切ってから、ターニャが言った。

「サハリンに渡る手配は済んだって。明日朝、ボートで沖合に出る。サハリンに向から船を待つ」

卓也は訊いた。

「ぼくを、サハリンに連れてゆくのか？」

「あなたもひと殺しになってしまった。日本にはもういられないでしょう？」

「裁判で、無罪を主張するって手もある」

「非現実的だわ。拳銃を持って出向いたのよ。計画的殺人。罪は重いんじゃない？」

「サハリンに逃げるのが、現実的か？」

「刑務所か、ロシアの暮らしか。それほどのジレンマ？」

「勝手に決めないでくれ。刑務所と決まったものじゃない。身内の敵討ちとなれば、執行猶予がつくかもしれない。ぼくは日本でも生きてゆける。自由のままで長生きできる。ちがうか？」

ターニャは返事をしないままに、またセダンを加速した。

病院は、市街地の西のはずれ、南北に延びる丘を背にして建っていた。人口四万人の町の市立病院だから、規模はたかがしれている。東京であれば、個人病院でももっと大きなところがあるかもしれない。建物は四階建て、啓子の話では、五十人の看護師が働いているとのことだった。

駐車場に入って、夜間専用のエントランスの前まで進んだ。赤いランプがついている。その下に、私服姿の中島美也子が立っていた。

ターニャがセダンを停めると、中島美也子はセダンまで駆け寄ってきた。

車内をのぞいてから、中島美也子が言った。

「泊まりの先生に、わけを話したわ。怪我は、どの程度？」

卓也は、自分の左手を見せてやった。血のついたハンカチで押さえたままで。ターニャは身体をひねって、左の腕の創傷を見せた。

「そのくらいでよかった」中島美也子は安堵した顔で言った。「なんとかなるわ」

中島美也子の先導で、もう患者もいない病院内に入った。看護師たちもみな、ナースステーションで待機中のようだ。廊下を進んだが、ひとりの看護師にも会わなかった。

処置室のひとつに入ると、白衣の男性医師が待っていた。四十代なかばかという年齢の医師だった。脂気のない髪が、少しだけ額にかかっている。

「吉沢先生です」と、中島美也子が紹介した。

卓也は頭を下げた。

「関口啓子の兄です」

吉沢医師が言った。

「このたびは、ひどいことになりました。お通夜には行きましたよ」

「それにからんだ件で、怪我をしてしまいました」

「事情は想像がつきます。聞きません。だけど、犯罪に加担はできないから、処置のことは日報にも記録することになる。通報義務をしらばっくれるのは、明日の朝までってことでいいかな」

「かまいません」と卓也は答えた。それだけでも十分な好意だった。

「見せてください」

「こちらの女性を先に」

ターニャが意外そうな表情で卓也を見てから、一歩前に進んだ。吉沢医師が椅子を勧め、ターニャの傷口に腕を伸ばした。

「待って」とターニャが鋭い調子で言った。「処置には気をつけてください。わたしは、HIVのキャリアです」

吉沢の顔がこわばり、腕が止まった。

卓也も驚いて、ターニャを見つめた。それはつまり……。それにさっき、自分はターニャに寄りかかったとき、傷口同士を接触させている。血が混じり合ったはずだが。

ターニャが卓也の視線を受けとめてうなずいた。

「ええ、そうなの。そういう病気」

吉沢は自分の椅子を後退させて、中島美也子に言った。

「マスクと、ゴム手袋を。きみもしなさい」

中島美也子は、目を丸くしたまま、処置室の奥に歩いていった。

吉沢医師は、立ったままの卓也に目を向けた。

「あなたの傷も」

卓也はハンカチをはずして、指が一本消えた左手を見せた。

吉沢医師は顔をしかめた。

「何かで引きちぎられたのかい？」

「拳銃弾」

「弾傷か。きみの縫合を先にしよう」

横からまたターニャが言った。

「彼も、HIV感染の可能性がある」

吉沢医師は、卓也からも少し腰を引き気味にして、ターニャに訊いた。

「では、彼と？」

ターニャは首を振った。

「ちがう。さっき、傷口同士が触れ合った。ウイルスは、彼の傷口から入ったと思う」

吉沢医師は、こほんと咳《せき》をしてから、卓也に言った。

「きょうできるのは、応急処置だけです。あなたには、できるだけ早く、きちんとした処置をしてもらうよう勧める。明日、あらためてこの病院に入院して。明日、来れる？」

「まだなんとも」

そのときふいに、その地名が思い浮かんだ。

サハリン。

海峡の向こう側にある土地。ターニャが帰ってゆく島。ターニャが誘ってくれた土地。サハリンに行くことも悪くない手だと思えてきた。明日、どうしても警察で事情聴取を受けねばならないのだとしたら。きょうあの廃工場で起こったこと、あの男に拳銃弾をぶちこんだ事実を、告げねばならないとしたら。ターニャとはどういう関係で、この四日間何をやってきたのか、何を目撃し、何の当事者となってきたかを詳《つまび》らかにしなければならないのなら。

中島美也子が、マスクをつけ、医療用のゴムの手袋をはめて戻ってきた。そのマスクとキャップのあいだからのぞいた目には、明らかにおののきがあった。犯罪者を治療するから、ではなく、HIV感染者の治療に当たらねばならないからだ。この病院ではもしかすると、肝炎はともかく、HIV患者と接するのはこれが最初のことかもしれなかった。

卓也は中島美也子から視線をそらし、処置台の上に横になった。

寒河江たちが札幌千歳空港の到着ロビーに出ると、ふたりのコート姿の男が待っていた。ひとりは四十代、もうひとりは三十代前半という年齢だ。

年配のほうの男が近づいてきて、寒河江に訊いた。

「寒河江さんですか?」

寒河江は立ち止まってうなずいた。

「ええ。警視庁マル暴。こっちは部下です」

「道警マル暴の磯貝です。車を用意してあります」

この事件で、警視庁は北海道警察本部に応援を依頼した。警察庁からも、応援の指示がいったはずである。東京と新潟で合計七人が撃たれ、そのうちふたりは死んでいるのだ。いずれ、警察庁がじきじきに乗り出してもおかしくはないだけの一大抗争事件である。道警としても、ご勝手にと応援を拒むわけにはいかなかったのだ。

ビルのエントランスに向かって歩きながら、磯貝が言った。

「辺鄙《へんぴ》な土地なので、ここから稚内まで、警察車を飛ばして九時間かかります。朝の始業には間に合います」

「東京で何が起こっているか、ご存じですね」

「あらましだけ。うちに入ってきている情報では、稚内のふたつあるロシアン・マフィアの事務所は、どちらも穏やかなものだそうです。とくに抗争に入っているようには見えないとか」

「稚内が戦場になるのは、これからです」

自動ドアが開いた。外から、いきなり冷たい風が吹き込んできた。寒河江は思わず身をすくめた。

「あちらに」と磯貝が手で示した。

真正面に、白いセダンが停まっている。特別な装備をつけていない、何の変哲もない乗用車だ。しかし、中には強力な無線設備と高性能のナビが搭載されているにちがいない。

寒河江は後部席を断り、助手席に身体をいれた。ふんぞり返ってご案内願うような事態ではないのだ。


卓也は目を覚ました。

最初、自分がどこにいるかわからなかった。暗い部屋だ。エアコンのモーターの音がかすかに聞こえる。空気はやや乾き気味で、卓也自身の匂いはついていない。

傷口がうずいている。麻酔が切れかけてきているようだ。少し痛む。自分はもしかすると、この痛みのせいで目覚めたのかもしれなかった。

病院か？

いや、ちがう、と思いなおした。昨夜は簡単な手当てを受けたあと、ターニャを泊めたホテルに戻ってきたのだ。そして自分も、同じベッドルームのベッドのひとつに倒れ込んだ。朝は早い。日の出前に、ドームの端にある桟橋突端に行っていなければならなかった。その場合、ドームに近いこのホテルで眠るのが最適だった。

身体をひねって、ベッドサイドの時計を探した。サイドテーブルの液晶が、午前四時三十分を指している。六月ならとうに陽は昇っている時刻だが、十一月半ばのこの時期は、まだ深夜と言ってよかった。

「起きた?」とターニャの声がする。

「ああ」と答えて、卓也はフットライトのスイッチをつけた。まぶしすぎない程度の光量で、部屋の様子がわかるようになった。目の前のベッドで、ターニャが顔だけこちらに向けている。

卓也は訊いた。

「傷はどう?」

「わたしのは浅かったから。あなたは?」

「少し痛むけれども、大丈夫」

「少しうなされていたわ」

「起きていたの?」

「わたしは、鎮痛剤は打たなかったから。こんどのこと、ごめんなさい」

「何のこと?　巻き込んだことか?」

「それもある。あなたに、ＨＩＶを感染《うつ》してしまったこと」

「いいさ」

ひとこと教えてくれていたら、とも思ったが、口には出さなかった。どっちみち、それは卓也がひとをひとり殺してから起こったことだ。もうさして意味を持たない。

「あなたは、いつか発症する」

「エイズ治療は進歩しているらしい。発症しないまま、生き延びられるかもしれない」

「そうは思わない。少なくとも自分についてはそうは思わない。わたしの人生は、この先そんなに長くはないわ」

「ロシアに帰れば、長生きできるさ」

「組織は、そんなことは許してくれない」

「功績ができたのに」

「そうね」ターニャは寂しげに笑った。「わたしには、妹の復讐《ふくしゅう》。組織には、手柄。少しは報酬があってもいいわね」

「このあとは、モスクワで暮らすの？」

「どうかな。わからない。南のほうで暮らせるなら、それもいいけど。どっちみち長くはないのだから。だから、好きな」

「好きな」

「好きなひとと、一緒に静かに暮らすのもいい」

卓也が黙っていると、ターニャが少し上体を起こして訊いた。

「そっちに行っていい？　許してもらえるなら。HIVの女がいやでなければ」

卓也は、ターニャの瞳を見つめた。その瞳には怯《おび》えと不安とが見て取れた。拒絶されると、半分あきらめているかのような。同時に、許しを請うてもいる。思い切り抱きしめてやりたくなるほどの愛らしさで。

卓也は言った。

「きてくれ。きみと立場が一緒になったんだ。ぴったりしよう」

「ほんとにいいの？」

「こうなれるのを、待っていたような気がする」

ターニャは表情から怯えと不安を消し、微笑してベッドを移ってきた。寝間着は着ていなかった。黒いキャミソールとショーツ姿だった。毛布の下にもぐりこんできたターニャの肌は、一瞬ひんやりと感じられた。

卓也はベッドの中で身体を動かし、ターニャの上体を抱いた。ターニャは自分の足を卓也の足にからませてきた。

ターニャが言った。

「ほんとに許して。巻き込んでしまって。病気まで感染《うつ》してしまって」

「きみと出会えた」

「だから帳消しにする、と言ってくれたの？」

「こういうふうに出会うしかなかったんなら、受け入れるさ。きみをアテンドできてよかった」

「ずっと仕事だった？」

「仕事以上のものになったよ。わかってるだろう」

「あなたの人生を終わらせてしまった」

「どうかな。長さだけが大事なんじゃないし。それより」

「なあに？」

「ロシアに帰ったら、好きなひとがいるの？　一緒に静かに暮らす誰かが」

「ううん。いない」

「じゃあ、サハリンに一緒に逃げたあとも、そばにいていいか？」

ターニャは卓也の胸で卓也を見上げ、真顔で言った。

「いいの？　ほんとにわたしと」

「いい」

「わたしはフッカーで、殺し屋で、ＨＩＶキャリアよ」

「そのうちのふたつは、もう終わったろう。それにぼくも、似たようなものだ」

ターニャの黒い瞳が、うるんできた。ターニャは鼻をすするような音をたててから、小さくうなずいた。

「一緒にいて」

卓也がうなずくと、ターニャは目をつむり、身体を少しずらして、唇を近づけてきた。卓也はターニャの頭に添えた手の位置を直し、彼女の唇を受け入れた。卓也の背中で、ターニャの指にわずかに力がこもった。

着替えたときに白み始めていた空は、もうかなり明るくなっていた。部屋の時計を見ると、六時五分だ。日の出二十五分前。

卓也はコーヒーカップをテーブルの上に置くと、ターニャに声をかけた。

「行こう」

ターニャは窓辺にいる。北の方角に目をやっているのだ。ホテルの十一階のこの部屋からは、天気がよければサハリンの島影を望むことができる。彼女はずっと、島が見える瞬間を待っていた。

「だめね」とターニャは振り返って言った。「きょうは見えそうもない」

「すぐに、見える場所まで行ける。半日後には上陸している」

ターニャがポーチから携帯電話を取り出した。着信があったようだ。

「ええ。おはよう。着いたわ。もう稚内にいる。ええ、行ける」

「ドームの先の防波堤ね。ええ、車で近くまで行く。ドームの端まで？　ええ、わかった」

「白いセダンよ。ニッサン・フーガ。ええ、もうひとりいる。一緒に逃げるわ。大丈夫ね？」

「ええ。じゃあ、十分か十五分後に」

電話を切ってから、ターニャは卓也に視線を向けて言った。

「行きましょう」


ひんやりというよりは、大気はもう寒いぐらいだった。ただし風はない。宗谷海峡を渡る航海は、さほどきついものにはならないだろう。たとえ漁船の船倉に潜むことになったとしてもだ。

卓也はホテルの駐車場から静かにセダンを発進させた。ドームと呼ばれる防波堤は、目の前である。いったん駐車場を左手に出て北側のT字型交差点に進み、それから右折してドームの中に延びる道へと入る。

卓也はセダンをT字型交差点へと進めた。信号は黄色の点滅だ。右折するとき、反対側に路上駐車中のセダンが見えた。ふたりか三人、ひとが乗っている。

ドームに入った直後、またターニャが携帯電話を取り出した。モニターを見て、ターニャは驚きを見せた。

「エミさんだわ」

新潟で藤倉の人質になった女性だろうか。ターニャの傷を手当てしてくれた、もと看護婦。ソーバリの手下の女房。

「ええ。え。ほんと」

ターニャは、卓也に切迫した声で言った。

「待って。停めて！」

卓也は急制動をかけてセダンを停めた。

「ええ。ええ。ありがとう。ええ、エミさん、スパスィーバ」

ターニャは携帯電話を畳んで、卓也に顔を向けてきた。どんな内容であったのか、もう彼女の顔から想像がついた。

ターニャは言った。

「エミさんから。組織が、わたしを売った。稚内には行くなって。殺されるって」

卓也はルームミラーを見た。交差点の反対側にいたセダンが、ドームの中に進んできている。ドームは事実上トンネルと同じ構造だ。右手は列柱だけれども、その隙間から車を出すわけにはいかなかった。

卓也は正面に目をこらした。ドームの向こう端のほうに、一台車が停まっていた。その手前の列柱の陰には、ひとの姿もちらりとのぞいている。待ち伏せだ。つまり自分たちは前後をふさがれた袋のネズミだった。

卓也は、自分が冷静であることに意外な想いだった。この事態を、予期できていたかのような気分だ。落胆していない。嘆いていない。

　卓也はターニャに訊いた。

「車を捨てて、逃げるか？」

　ターニャが首を振って言った。

「あなただけ逃げて。わたしは、このまま進む」

「殺される」

「高いものにつく。それを思い知らせてやる」

　言いながらターニャは、ポーチから拳銃を取り出した。着替えたあと彼女は、マガジンに弾を詰め直していた。六発か七発、装塡《そうてん》されているということになる。

「あなたのマカロフも貸して」

　卓也は首を振った。

「ぼくもつきあう」

　ターニャは目を丸くした。

「あなたが死ぬことはないわ」

「きみひとりで死なせない」卓也はまたルームミラーを見た。うしろの車から、男が三人降りてきている。みな、右手に何か黒いものを握っていた。「前に行くしかないかな」

「あっちが、ロシアだわ」

　ターニャが運転席側に身体を倒し、キスを求めてきた。卓也は彼女の唇に短く触れてから、自分も拳銃を右手に握った。

「行くよ」

「ええ。卓也、愛してるわ」

「ぼくもだ、ターニャ」

卓也は、あらためてそのドームの中でセダンを発進させた。前方の列柱のうしろで、男たちがさっと身構えたのがわかった。背後の男たちは、あわててまた車に飛び乗った。

加速してゆくと、ちょうどドームの出口に四輪駆動車が停まっていた。その前方のスペースにも、乗用車が停まっている。ざっと見たところ、待ち構えている男たちの数は五、六人か。完全に物陰に隠れている者も何人かいることだろう。

速度は五十キロまで上がった。このままでは、四輪駆動車に激突する。減速するか。

次の瞬間、セダンのボディに激しい振動があった。金槌《かなづち》で叩いたような音。それがいくつも連続した。破裂音が同時に車の外で響いている。

フロントガラスに罅《ひび》が走った。視界が白っぽくなった。ターニャが、助手席で前方に向けて撃ち始めた。フロントガラスがたちまち砕けて散った。列柱の前にいた男がひとり、もんどりうって倒れた。

右の脇腹に痛みが走った。ついで右の股《また》。運転席のドアガラスも割れた。卓也は痛みで思わずブレーキを踏み込んだ。

ターニャが撃っている。その先にいるのは、あの藤倉だった。彼は片手で拳銃を撃っていた。ルームミラーが砕け散った。ターニャが撃つと、藤倉はその場でコマのように回転して倒れた。卓也は割れた窓から手を出し、目につくものに向けて立て続けに拳銃弾を放った。痛みがさらに増してゆく。弾はすぐに尽きた。

頭に激しい衝撃があった。卓也は自分がターニャに倒れかかることを意識した。ターニャの顔が目の前にあった。彼女は微笑していた。安心して、離れない、とその顔は言っている。わたしたちは一緒。何もかも一緒だから。すべてを許してくれたあなたを、わたしも受け入れるから。あなたに、わたしのすべてを捧《ささ》げるから。

遠くでまだ銃声が聞こえている。前方でも、横手でも、またうしろでも。

意識があったのはそこまでだった。すべてが、黒くなった。

☆☆

寒河江は、助手席のウィンドウを下ろした。

まちがいない。この破裂音。銃声だ。銃声が連続している。

寒河江は、道警の捜査員たちに言った。

「何か、始まったぞ。どこだ？」

「ドームのほうでしょう」と磯貝が答えた。「防波堤があるんですが」

「急いでくれ」

「はい」

運転席の捜査員がサイドボックスの脇のスイッチを操作した。ルーフに警告灯が出たようだ。ついでサイレンが鳴り出した。

北海道警察本部のその捜査車両は、国道40号上で加速した。この時刻、道路上にはろくに車の姿はなかった。捜査車両はたちまち法定速度を倍にも超えた。

稚内市の、中心市街地だった。寒河江は腕時計を見た。

午前六時十二分だ。車の右手に、ＪＲ稚内駅がある。磯貝の話では、この駅のそばにコリアン・ロシアン・マフィアが事務所を構えているとのことだが。

ナビに目をやると、ここはもう稚内港の西端にあたる場所だった。北防波堤まで、あと五百メートル少々というところか。

くそっ、と寒河江は胸のうちで悪態をついた。これで死者は何人になるんだ？　この大抗争の規模はいったいどれほどのものなのだ？　暴力団対策のプロを自負してきた自分にもわけのわからないこの一件は、いま終わろうとしているのか。それともいま燃え盛っているさなかなのか。

事情も把握できないままにこの最果ての街まできたが、新しい事件にはどうやら間に合わなかった。未然に防ぐことはできなかったようだ。

そもそもこの一連の事件を貫くキーパースンは誰なのだ？　六本木で目撃された女がすべてに関わっているのか？　だとしたら、そいつはいったい誰だ？　どんな理由で、北日本を股にかけて撃ちまくっている？　また、彼女の相棒らしき男はいったい何者だ？　これまで自分のアンテナに引っかかったことのない女と男。それがこんな大事件を引き起こすとは。

銃声が少し大きくなった。現場まで、あと二百メートルというところだろうか。自分がそこに到着したとき、目に入るものはいったい何なのだろう？

想像はできたが、寒河江にはそれを認めることはできなかった。あっていいことじゃない。それをやれるような者も組織も、自分の知るかぎり、この日本にはないはずだ。

それを誰かに委《ゆだ》ねた組織についての情報も持っていない。つまりこの件は、自分の把握する裏社会情報の外で起こった。外に、この抗争をやってのけるだけの能力をもった組織があり、ひとがいたのだ。自分はそれを知ることができなかった。自分が作ったネットワークに、その情報は引っかかってこなかった。

完敗だな。

寒河江は苦々しい想いで、自分の敗北を認めた。

銃声が、ふいにやんだ。何も聞こえなくなった。

（終）

解説　『新宿のありふれた夜』から『北帰行』へ

福田和代

〈北へ向かう〉という行為には、孤独で雄々しく、禁欲的に己を極限まで追い詰める印象がつきまとう。厳しく自己を律し、精神に磨きをかける。それゆえ内外の冒険小説や映画には、北へ向かう、あるいは寒冷地を目指す名作が数多く存在する。

例えば、今は亡き友人との約束を果たすために、東京から青森まで自転車でツーリングする『男たちは北へ』（風間一輝）。『北壁の死闘』（ボブ・ラングレー）など、登山ものの秀作もほぼ全てそうだろう。北へ〈向かう〉わけではないが、佐々木譲の諸作品も、多くが北海道を舞台にしている。映画にもいろいろあるが、ひとつ例を挙げるなら、アルプスのアイガー北壁を舞台にした『アイガー・サンクション』なども、その類《たぐい》だろうか。

北へ向かった現実の事件で、強烈な印象を残すものもある。二〇〇〇年に、いじめを受けていた男子高校生が後輩四人を金属バットで殴って重軽傷を負わせ、その後自宅に戻り母親を殴殺した後、ひとり自転車に乗って北へ向かうという岡山金属バット事件が発生した。加害者となった少年の心象風景は推測するしかないが、過ごしやすい南には向かわず、ひたすら北へ向かったことに、自分自身を罰するような禁欲を感じるのである。この事件は、後に若松孝二監督による映画『17歳の風景　少年は何を見たのか』のモチーフにもなっている。北へ向かう行為は、やがてその人間自身や周囲の感性を研ぎ澄まし、内側の闇をひたすら覗《のぞ》き込ませるのだ。

本作『北帰行』も、タイトルから既に、北に帰り行く話であることが知れる。妹を殺したヤクザに復讐《ふくしゅう》を遂げるため、日本に潜入した美貌《びぼう》のヒットマン、タチアナ（ターニャ）・クリヤカワ。日本旅行中の彼女をただアテンドするだけのつもりが、事件に深く巻き込まれていく旅行代理店の関口卓也。彼らもまた、ヤクザの報復と警察の追手から逃れ、北を目指す逃亡者だ。追う側は、ターニャに組長を殺され、組内での自分の立場も危うくなった、元ホストで頭の切れる藤倉。そして、警視庁組織犯罪対策部の寒河江警部。

本作の救いは、追われて北へ向かう人間がひとりではないことだ。ターニャと関口。関口はターニャに反発しながらも気遣い、彼らがふたりで北に向かうことで、追いつ追われつのクールなデッドヒートのさなかにも、どこか切なく甘いメロディが流れている。しかも、ターニャは関口に心を惹《ひ》かれている様子がありありと認められるのに、なぜか頑《かたく》なに自分の身体には触れさせようとしない。その謎も、次第に解けていく仕掛けだ。

ここで、「おや？」とお気づきの佐々木譲ファンも多いと思うのだが、ヤクザを撃ち殺し追われる女と、彼女に手を差し伸べる行きずりの男、というシチュエーションに、思い出されることはないだろうか。そう、一九八四年に刊行された初期の名作サスペンス『真夜中の遠い彼方』（『新宿のありふれた夜』と改題して角川文庫に収録）を彷彿《ほうふつ》とさせるではないか。ひょっとして、『北帰行』の関口とターニャは、ファン待望の郷田克彦とメイリンの再来なのだろうか？

佐々木譲は、実に作風の幅が広い作家である。その作品群は、いくつかの際立って力強い潮流を形作っている。まず、『ベルリン飛行指令』『エトロフ発緊急電』『ストックホルムの密使』『鷲と虎』など、歴史に題材を得た壮大なスケールの冒険小説。『武揚伝』『くろふね』『五稜郭残党伝』などの時代小説。おなじみ『警官の血』『うたう警官』『暴雪圏』などの警察小説。これにバイク小説、ホラー、ノンフィクション――と目を瞠《みは》るほどさまざまなジャンルの作品群が続くのだが、もうひとつ、『ハロウィンに消えた』『夜にその名を呼べば』などのサスペンス小説という大きな流れがある。『新宿のありふれた夜』『北帰行』は、この流れに属する作品だと言ってもいいだろう。

『新宿のありふれた夜』が、新宿というあらゆる歓楽と汚辱に満ちた箱庭のような街を舞台として、穴倉めいたスナックにひきこもるマスター郷田克彦と外国から来た女メイリンの脱出行を描いていたのに対し、『北帰行』のスケールは遥《はる》かに大きい。東京から新潟、稚内《わっかない》へと地理的にも移動しつつ、警視庁組織犯罪対策部の刑事、暴力団、ロシアン・マフィアの男たちが、ある者は欲望にかられ、ある者は失った面子《メンツ》を取り戻すため、ある者は職務をまっとうするため、あらゆる手段を駆使して主人公たちに肉薄するのだ。そこには、リアルな警察小説の名手としての作者の知識と筆力が、遺憾なく発揮されている。サスペンス小説の潮流と警察小説で培われた端正な作風とが、大きくうねりながらひとつに融合した作品だ。

『新宿のありふれた夜』に書かれた夜は、鬱屈《うつくつ》した熱気に満ちていた。今夜で閉店するというスナック「カシュカシュ」に集う常連客たちは、労働団体の事務局に勤めている議論好きの女であったり、遠い昔に学生運動に関わったらしい予備校の講師や、暴走族上がりの氷屋だったりして、シニカルなふりをしながらいつまでも消えない胸の残り火をそれぞれにちらつかせていた。予備校講師の三宅が言う。

〝「むかし俺が、革命、と叫んだために、ほんとうに銃をとって再起不能になったやつが出た。それ以来、俺は意味のある言葉は口にしないことにしてるのさ」〟

この台詞《せりふ》を、『北帰行』のヤクザ、藤倉が刑事に向かって吐く言葉と比べてみてほしい。

〝「報復とか、稼業とか、そういうひと昔前のヤクザ見るようなことは言わないでください。おれたちは、近代ビジネスやってるんですから」〟

藤倉はこうも考える。

〝これで相手かたの死者はふたりとなる。こちらは死者ふたりプラス重態ひとりだが、手打ちができないほどアンバランスというわけでもなかった。こちらの死者の中に組長が含まれていることは、少なくとも自分は問題にしていない。〟

藤倉がターニャと関口を追いつつ、冷徹に計算する死者の数の論理には凄《すご》みが感じられて面白い。組の側の被害者数に対し、あと何人相手の命を取れば、バランスが取れるか。藤倉はそればかり計算している。

『新宿のありふれた夜』の熱っぽさに比べて、『北帰行』のひんやりとドライな感覚はどうだろう。もちろん、これは舞台となった土地の違いでもあるだろう。今なお澱《よど》んだような熱気の残る新宿と、新潟・稚内という北の街という背景の違いだ。しかし私は、この二冊をあらためて読み比べて、日本人の心性はわずか三十年ほどで、随分大きな変化を遂げたんだなと感じたのだった。この二冊の読み心地の差は、そのまま三十年前と今との、この国のありようの差ではないか。そしてそれは、作者がいかに時代の空気を巧みに小説の中に閉じ込めてきたかの証左でもあるのだ。

本作をお読みになった方は、未読であればぜひ、『新宿のありふれた夜』をあわせてお楽しみになることをお勧めする。

余談だが、『新宿のありふれた夜』は、一九九〇年に若松孝二監督によって、『われに撃つ用意あり　READY TO SHOOT』とのタイトルで映画化されている。先述のとおり、若松監督は岡山金属バット事件を映画化している。佐々木譲と若松監督とが、『新宿のありふれた夜』で出会った後、まるでシンクロするかのように、「北へ向かう」モチーフを作品化していることも、なかなか興味深いのである。

ところで、今や警察小説の名手と紹介されることの多い佐々木譲だが、私の最初の出会いは国内冒険小説とサスペンス小説の名手としてであった。

初めて読んだのは、『エトロフ発緊急電』。社会人になって数年、いまだ上司や先輩から指示されるままに仕事をしていたために面白みがわからず、鬱々《うつうつ》とした会社員生活を送っていた私の楽しみは、本しかなかった。それも、痛快な冒険小説とハードボイルド。ある日後輩の女性社員が、「福田さん、これ読んでください。これは絶対に読まなきゃだめです、百パーセント気に入りますから！」と満面に興奮の色を浮かべて押し付けたのが、『エトロフ』だった。帰りの電車で読み始め、私は降りるべき駅を乗り過ごした。目的の駅に着いたことには気付いたのだが、「こんなところでこの小説を閉じられるか」と腰を据えて読み続けたのである。そういう書物との出会いほど、幸せなものはない。

本書は二〇一〇年一月に小社より刊行
された単行本を文庫化したものです。

北帰行《ほっきこう》

佐々木《ささき》 譲《じょう》

角川文庫 17591

平成二十四年九月二十五日　初版発行

発行者―井上伸一郎
発行所―株式会社角川書店
東京都千代田区富士見二―十三―三
電話・編集　(〇三)三二三八―八五五五
〒一〇二―八〇七八
発売元―株式会社角川グループパブリッシング
東京都千代田区富士見二―十三―三
電話・営業　(〇三)三二三八―八五二一
〒一〇二―八一七七
http://www.kadokawa.co.jp
印刷所―暁印刷　製本所―BBC
装幀者―杉浦康平

定価はカバーに明記してあります。

さ 31-5　ISBN978-4-04-100485-2　C0193

角川文庫発刊に際して

角　川　源　義

　第二次世界大戦の敗北は、軍事力の敗北であった以上に、私たちの若い文化力の敗退であった。私たちの文化が戦争に対して如何に無力であり、単なるあだ花に過ぎなかったかを、私たちは身を以て体験し痛感した。西洋近代文化の摂取にとって、明治以後八十年の歳月は決して短かすぎたとは言えない。にもかかわらず、近代文化の伝統を確立し、自由な批判と柔軟な良識に富む文化層として自らを形成することに私たちは失敗して来た。そしてこれは、各層への文化の普及滲透を任務とする出版人の責任でもあった。

　一九四五年以来、私たちは再び振出しに戻り、第一歩から踏み出すことを余儀なくされた。これは大きな不幸ではあるが、反面、これまでの混沌・未熟・歪曲の中にあった我が国の文化に秩序と確たる基礎を齎らすためには絶好の機会でもある。角川書店は、このような祖国の文化的危機にあたり、微力をも顧みず再建の礎石たるべき抱負と決意とをもって出発したが、ここに創立以来の念願を果すべく角川文庫を発刊する。これまで刊行されたあらゆる全集叢書文庫類の長所と短所とを検討し、古今東西の不朽の典籍を、良心的編集のもとに、廉価に、そして書架にふさわしい美本として、多くのひとびとに提供しようとする。しかし私たちは徒らに百科全書的な知識のジレッタントを作ることを目的とせず、あくまで祖国の文化に秩序と再建への道を示し、この文庫を角川書店の栄ある事業として、今後永久に継続発展せしめ、学芸と教養との殿堂として大成せんことを期したい。多くの読書子の愛情ある忠言と支持とによって、この希望と抱負とを完遂せしめられんことを願う。

一九四九年五月三日

角川文庫ベストセラー

ハロウィンに消えた　佐々木　譲

シカゴ郊外、日本企業が買収したオルネイ社は従業員、市民の間に軋轢を生んでいた。差別的と映る〝日本的経営〟、脅迫状に不審火。ハロウィンの爆弾騒ぎの後、日本人少年が消えた。戦慄のハードサスペンス。

新宿のありふれた夜　佐々木　譲

新宿で十年間任された酒場を畳む夜、郷田は血染めのシャツを着た女性を匿う。監禁された女は、地回りの組長を撃っていた。一方、事件を追う新宿署の軍司は、新宿に包囲網を築くが。著者の初期代表作。

鷲と虎　佐々木　譲

一九三七年七月、北京郊外で発生した軍事衝突。日中両国は全面戦争に。帝国海軍航空隊の麻生は中国へ出兵、アメリカ人飛行士・デニスは中国義勇航空隊として出撃。戦闘機乗りの熱き戦いを描く航空冒険小説。

くろふね　佐々木　譲

黒船来る！　嘉永六年六月、奉行の代役として、ペリーと最初に交渉にあたった日本人・中島三郎助。西洋の新しい技術に触れ、新しい日本の未来を夢見たラスト・サムライの生涯を描いた維新歴史小説！

きみが住む星　池澤夏樹　写真/エルンスト・ハース

成層圏の空を見たとき、ぼくはこの星が好きだと思った。ここがきみが住む星だから。他の星にはきみがいない。鮮やかな異国の風景、出逢った愉快な人々、恋人に伝えたい想いを、絵はがきの形で。